Golden Keyes Parsons

Im Schatten des Sonnenkönigs

Zur Erinnerung an meine Mutter Lois Clark Keyes,
deren französisch-hugenottisches Erbe uns in
eine fruchtbare Glaubenserde gepflanzt hat.

Und für meinen Mann Blaine Parsons,
der nie daran gezweifelt hat, dass diese Geschichte
veröffentlicht werden würde.

Über die Autorin

Golden Keyes Parsons ist eine beliebte Rednerin und Leiterin von Freizeiten. In ihrem Erstlingswerk hat sie die historischen Überlieferungen ihrer hugenottischen Vorfahren verarbeitet. Sie lebt mit ihrer Familie in Texas.

Golden Keyes Parsons

Im Schatten des Sonnenkönigs

Übersetzt von Antje Balters

Gerth Medien

FSC
Mix
Produktgruppe aus vorbildlich bewirtschafteten Wäldern und anderen kontrollierten Herkünften

Zert.-Nr. SGS-COC-001940
www.fsc.org
© 1996 Forest Stewardship Council

Verlagsgruppe Random House FSC-DEU-0100
Das FSC-zertifizierte Papier *Super Snowbright* für dieses Buch liefert Hellefoss AS, Hokksund, Norwegen.

Die englische Originalausgabe
erschien im Verlag Thomas Nelson, Nashville, Tennessee
unter dem Titel „In the Shadow of the Sun King".

Auflage 2010
Bestell-Nr. 816 460
ISBN 978-3-86591-460-6
Umschlaggestaltung: Michael Wenserit
Umschlagfoto: Shutterstock, Getty Images
Satz: Typostudio Rücker
Druck und Verarbeitung: GGP Media GmbH, Pößneck
Printed in Germany

Historische Einordnung

Die heiligen Hallen der Kirchengeschichte sind besudelt mit dem Blut von Menschen aller Denominationen des christlichen Glaubens, die in Freiheit den Gott anbeten wollten, der als Mensch zu uns gekommen ist, um uns zu befreien. Ein Merkmal des gefallenen Menschen ist es, dass er es nicht leiden kann, wenn jemand Gott auf eine andere Art und Weise anbeten möchte, als es seinen eigenen persönlichen Vorstellungen von Anbetung entspricht. Wohl in keiner Geschichtsepoche war dies ausgeprägter der Fall als im Frankreich des siebzehnten Jahrhunderts unter König Ludwig XIV., dem Sonnenkönig.

Nach Martin Luthers Verkündung des *Sola Scriptura, Sola Fide*, durch welche die Reformation eingeleitet wurde, war auch der Einfluss des französischen Reformators Johannes Calvin auf die französische hugenottische (protestantische) Lehre ganz besonders wichtig. Dieser hugenottische Glaube enthielt eindeutig die Lehre von der Rechtfertigung allein durch den Glauben und das Erlösungswerk Christi am Kreuz. Diese Lehren standen in direktem Widerspruch zur Lehre der römisch-katholischen Kirche, in der die Sakramente der Kirche bei der Erlösung des Menschen eine wichtige Rolle spielen.

Während Calvin und seine Nachfolger noch gegen einen gewaltsamen Aufstand gegen die katholische Kirche waren, änderte sich diese Haltung durch das Massaker an Tausenden von Hugenotten in den Straßen von Paris am St.-Bartholomäus-Tag im Jahr 1572, dem Hochzeitstag von Heinrich von Navarra (Protestant) und Margarete von Valois (Katholikin). Die französischen reformierten Theologen lehnten einen bewaffneten Widerstand gegen eine tyrannische Krone nicht mehr grundsätzlich ab.

Im Jahre 1598 jedoch unterzeichnete Heinrich IV. das Edikt von Nantes, durch das die Hugenotten gesetzlich anerkannt wurden. Die Verfolgung der französischen Protestanten ließ langsam nach.

Trotz dieser offiziellen Regelung wurde die Duldung der Hugenotten, die durch das rechtsgültige Edikt gewährt wurde, von der katholischen Kirche nie gebilligt. Der Klerus und die Berater um König Ludwig XIV. warnten den König, dass die Stabilität seiner Herrschaft auf einer moralischen Gesellschaftsordnung beruhe, die ohne die Unterstützung durch eine einheitliche Staatsreligion nicht zu erreichen sei. Und so wurde ein Dekret nach dem anderen erlassen, die das Edikt von Nantes einschränkten, was letztlich einer völligen Rücknahme des Toleranzediktes gleichkam.

Im Jahre 1660 forderte die Versammlung des Klerus König Ludwig XIV. auf, alle hugenottischen Schulen und Krankenhäuser zu schließen und Hugenotten von allen öffentlichen Ämtern auszuschließen. Im Jahre 1670 sprach dieselbe Versammlung die Empfehlung aus, dass Kinder von Hugenotten im Alter von sieben Jahren zum Katholizismus konvertieren müssten. Sie wurden in diesem Alter ihren hugenottischen Eltern weggenommen und in Klöstern und Konventen erzogen. Im Jahre 1675 wurden Mischehen zwischen Katholiken und Protestanten für ungültig erklärt und Kinder aus diesen Verbindungen galten demnach als unehelich.

Mittlerweile hatten auch die sogenannten Dragonaden begonnen. Dies bedeutete, dass sich Dragoner in Privathäusern auf Kosten der dort lebenden Menschen einquartierten und das Kommando übernahmen, besonders bei den Wohlhabenden. Schon bald beraubten, schlugen und vergewaltigten die Soldaten die Hugenotten, in deren Häusern sie sich breitgemacht hatten, und zwangen die Bewohner zu Gesprächen über den katholischen Glauben. Aus Angst um ihr Leben ließen sich viele Hugenotten zum Schein darauf ein, zu konvertieren, aber Tausende verließen auch ihre Heimat und flohen ins Ausland. Unter dieser Fluchtwelle litt Frankreichs Wirtschaft erheblich, denn viele Hugenotten waren tüchtige Geschäftsleute und begabte Künstler.

Eine der Provinzen, die besonders furchtlos Widerstand leistete, war die südliche Provinz Dauphiné, in der die Familie Vaudois lebte. Dort und in dieser turbulenten Zeit beginnt unsere Geschichte.

Kapitel 1

Madeleine blieb am Brunnen stehen und stellte den Eimer mit frisch gepflückten Frühlingsblumen auf dem Steinrand ab. Urplötzlich wurde die spätnachmittägliche Stille von Hundegebell unterbrochen und Vögel flatterten aus den Bäumen auf. Dann hörte sie die donnernden Hufe.

Der Eimer fiel vom Brunnenrand und polterte auf das Kopfsteinpflaster, sodass die frischen Blumen herausfielen und wild durcheinander auf dem Boden landeten. Sie raffte ihren Rock zusammen und rannte von der Seite des Herrenhauses zum Haupteingang, wobei sie unterwegs zwischen einer Schar von Enten und Gänsen hindurchlief, die schnatternd auseinanderstoben. Sie sah unter dem Baldachin der Alleebäume hindurch den Zufahrtsweg zum Anwesen hinunter, und dann hörte sie François kommen, bevor sie ihn sehen konnte.

Ihr Mann war bereits früh am Morgen nach Grenoble geritten, um sich dort persönlich um den Verkauf von zwei Rassepferden aus ihrer eigenen Zucht zu kümmern. Jetzt kam er in gestrecktem Galopp in Sichtweite. Was war da los? Sein dunkles Haar hatte sich von seinem Hut befreit und flog ihm nun um seine Schultern. Sein Blick war panisch und die Augen schreckensweit.

„Dragoner! Ich hab sie drüben vom Hügelkamm aus gesehen." Er zügelte sein Pferd, sodass Erdklumpen und Steinchen in alle Richtungen stoben und auch auf Madeleine niederprasselten. François sprang ab, sein Atem ging stoßweise, während er fortfuhr: „Beeil dich, sie sind nur ein paar Minuten hinter mir. Wo ist Jean? Wir müssen die Jungen sofort in die Höhle bringen."

Madeleine rannte zu dem imposanten steinernen Herrenhaus und rief über die Schulter zurück: „Jean ist hinter dem Haus im Garten. Ich hole die Kinder. Wir treffen uns dann hinter dem Stall." Sie jagte ins Haus, griff nach den Jacken und Mützen der Jungen, die im Vorraum hinter der Haustür hingen, und rief dann die beiden.

Madeleines Mutter Elisabeth saß neben dem großen Steinkamin im Wohnzimmer mit der drei Jahre alten Evangeline auf dem Schoß. „Was ist denn los, Madeleine?", fragte sie.

„Dragoner! Hilf mir, die Jungen zum Pferdestall zu bringen! François macht dort gerade die Pferde bereit, damit sie sofort zur Höhle aufbrechen können."

Elisabeth stand auf und setzte sich die Kleine auf die Hüfte. „Komm du mal mit mir, Vangie. Wir gehen nach oben." Sie schaute Madeleine an. „Ich suche noch Kleider zum Wechseln für sie zusammen."

„Dazu ist keine Zeit mehr, Mutter."

„Mama?" Der acht Jahre alte Charles lugte um die Ecke.

„Wo ist Philippe?" Madeleines Stimme wurde lauter.

„Er ist oben. Wieso? Was ist denn los?" Seine unschuldigen Augen wurden ganz groß. Mit einer Hand hielt er einen winzigen Spielzeugsoldaten aus Holz umklammert.

„Ich hole Philippe." Elisabeth, die immer noch die kleine Vangie auf der Hüfte trug, hastete an Madeleine vorbei die Treppe hinauf.

Madeleine holte tief Luft und kniete sich dann vor Charles hin. Sie nahm den Jungen bei den Handgelenken und musste sich sehr konzentrieren, damit ihr die Panik, die in ihr aufstieg, nicht an der Stimme anzumerken war. „Onkel Jean bringt euch für eine Weile ins Versteck. Du erinnerst dich doch, wie wir das geübt haben, nicht wahr?“

Charles nickte.

„So, und jetzt beeil dich. Renn zum Stall hinüber. Ich hole Philippe.“

„Aber warum denn, Mama? Warum müssen wir in das Versteck? Kommt denn jemand?“

„Für lange Fragen ist jetzt keine Zeit mehr, mein Junge. Lauf!“ Madeleine rannte hinter ihrer Mutter her die Treppe hinauf.

*

Charles flitzte auf der Hinterseite des Hauses zur Tür hinaus, am Turm vorbei und dann den Weg hinunter zu den Pferdeställen. Henri, der Stallmeister, kam mit einem Sattel und zwei Decken beladen aus der Sattelkammer, während François und Jean dabei waren, zwei Pferde aufzuzäumen.

„Zum Satteln ist jetzt keine Zeit mehr“, sagte François. „Sie müssen einfach so reiten.“

Der ältere Mann blieb mit den Decken im Arm stehen. „Aber ...“

„Sie schaffen das schon. Jean, du und Charles, ihr reitet zusammen auf dem Fuchs. Philippe kann die Stute nehmen.“

Madeleine und Philippe kamen aus der zweiten Etage die Außentreppe herunter – Philippe hatte seine Arme tief in den Jackenärmeln vergraben. Madeleine hatte Charles' Kleider in der Hand.

„Haltet auf keinen Fall an – wegen nichts und niemandem –, bis ihr am Fluss seid“, wies François seinen jüngeren Bruder an. „Dann reitet ihr weiter flussaufwärts bis zur Höhle, und da bleibt ihr, bis einer von uns zu euch kommt.

Wenn die Dragoner euch verfolgen sollten, werden sie denken, dass ihr flussabwärts geritten seid, weil das der einfachere Weg ist."

Jean nickte. „Ja, mach ich. Ich passe gut auf die Jungen auf."

„Die Vorräte in der Höhle reichen für mindestens eine Woche."

„Mach dir keine Sorgen, Bruder. Wir schaffen das schon. Ich warte dann auf Nachricht von euch."

Mit diesen Worten stieg Jean auf seinen Hengst, der schon ungeduldig mit den Hufen scharrte.

„Hier, Charles, du musst noch deine Mütze aufsetzen." Madeleine kraulte ihn mit der Hand unterm Kinn und stopfte dann seine roten Locken unter die Mütze.

Philippe stieg mit der Abenteuerlust und der Zuversicht eines Zwölfjährigen auf seine schwarze Stute und sagte: „Macht euch keine Sorgen, wir schaffen das schon. Bis bald dann."

„Ja, mein Junge. Es ist sicher nicht für lange."

Jean hob Charles hoch und setzte ihn vor sich aufs Pferd. „Halte dich gut an der Mähne fest, Kleiner."

Charles drehte sich um und schaute zu seinem Onkel auf, der ihn beruhigend anlächelte und ihm einen aufmunternden Klaps auf den Oberschenkel gab.

François gab seinem Pferd das Signal loszugehen und sein kleiner Sohn, der sich an der rotbraunen Pferdemähne festkrallte, drehte sich noch einmal um und winkte zum Abschied.

Jean ritt voran und trieb das Pferd schon rasch zum Galopp an. Philippe hielt mit, indem er seine Gerte zu Hilfe nahm.

*

„Halte dich fest, Charles. Halte dich fest!“ Erst während sie diese Worte rief, spürte Madeleine den Kloß in ihrem Hals. „Haltet durch, meine Söhne.“ Sie winkte ihnen zum Abschied noch nach, und als sie damit aufhörte, legte sie die Hand, mit der sie gewunken hatte, vor den Mund, um ein aufsteigendes Schluchzen zu unterdrücken.

Die beiden Pferde gingen neben dem niedrigen Steinwall her, der beim Haus beginnend am gesamten Landbesitz entlang bis zum Fluss hinunter verlief. Sie ritten das leicht abschüssige Gelände hinab, übersprangen dann den Wall und ritten auf eine Reihe von Eichen zu, die in frischem, hellgrünen Frühlingslaub am Fluss entlang standen. Die Berggipfel in der Ferne waren immer noch schneebedeckt vom Winter.

Hinter den Reitern stob zwar eine Staubwolke auf, aber diese setzte sich recht schnell wieder im dichten Gras.

„Schnell Jungs. Da hinüber zu den Bäumen ... zu den Bäumen“, rief François ihnen nach und ballte die Fäuste, als ob er dadurch dem jungen Mann und den beiden Jungen helfen könnte, schneller ihr Ziel zu erreichen.

Die bangen Eltern mussten ihren ganzen Willen aufbringen, um ihren Jungen nicht weiter nachzuschauen, sondern in das dreistöckige Herrenhaus zurückzugehen. Madeleine schaute zu den Giebeln in dem steilen Dach hinauf und sah Claudine, die Gouvernante der Kinder, hinter einem Gobelinvorhang hervorschauen. Aus einem der Schornsteine stieg Rauch auf. Die Knechte, die dabei waren, den Garten von den Spuren des Winters zu befreien, hielten in ihrer Arbeit inne und sahen zu, wie die Herrschaft des Anwesens wieder zum Haus zurückkam. Madeleine blickte auf und sah, wie die rundliche Gestalt ihrer Mutter mit Vangie auf dem Arm den Weg hinuntergeeilt kam.

Vangie streckte ihre Ärmchen nach den Brüdern aus, die sich immer weiter entfernten, und forderte: „Vangie auch mit.“

Madeleine nahm ihrer Mutter Vangie ab und drückte das schmollende Kind ganz fest an sich. „Nein, mein kleiner Schatz. Deine Brüder machen nur einen kleinen Ausflug. Sie sind bald wieder da. Komm, wir gehen zurück ins Haus. Es ist schon spät."

Evangeline quengelte weiter. Sie ballte ihre kleine pummelige Hand zur Faust und rieb sich damit die Augen. Tränen kullerten ihr die roten Bäckchen hinunter. „Vangie auch mit."

„Bring sie doch bitte nach oben und mach sie fertig zum Schlafengehen, Mutter", sagte Madeleine und übergab die Kleine wieder Elisabeth. „Nimm am besten die Außentreppe. Suche Claudine und Suzanne und warne sie – aber möglichst unauffällig. Die Dragoner werden jeden Augenblick hier sein."

Als sie dann rasch weiterging, um wieder zu François aufzuschließen, der auf dem Weg zum Haus war, trat Madeleine auf irgendetwas. Sie bückte sich, hob es auf und sah, dass es Charles' hölzerner Soldat war. Sie presste das Spielzeug an sich und sah noch einmal zum Wald hinüber, wo in der Ferne die Reiter immer noch zu sehen waren.

„Ach bitte, lieber Gott, beschütze sie", sagte sie mit bangem Hoffen.

Zum ersten Mal seit François angaloppiert gekommen war, um seine Familie zu warnen, erlaubte sie es sich, ihm in die Augen zu sehen, und was sie dort sah, war Angst. Aber er schloss Madeleine in seine Arme und sagte: „Denk an das, was wir verabredet haben. Die Jungen sind in Spanien zu Besuch bei Verwandten. Wir müssen auf jeden Fall ruhig und besonnen bleiben." Das Donnern nahender Hufe lenkte ihn ab.

Madeleine löste sich von ihm, damit sie ihn ansehen konnte, und strich ihm mit der Hand das Haar aus der Stirn. „Das ist sicher alles nur ein Irrtum. Ludwig würde niemals zulassen, dass wir von Dragonern belästigt werden."

François sah sie nur mit düsterer Miene an und sagte: „Hoffentlich hast du recht."

Dann eilten die beiden zum Haupteingang des Herrensitzes, um dort das Dragonerregiment zu empfangen. François hatte seinen Arm fest um Madeleines Taille gelegt.

Die rot-blauen Uniformen der Dragoner kamen in Sichtweite, dann ritten die Soldaten den Zufahrtsweg entlang zum Haus, auf dem zwanzig Minuten zuvor auch François angeritten gekommen war, und stiegen von ihren Pferden ab.

François ging auf den Offizier zu, der das Regiment anführte. „Ich grüße Euch im Namen unseres ruhmreichen Sonnenkönigs Ludwig."

Der Offizier, der einen scharlachroten Mantel mit Silberknöpfen trug, erwiderte François' Gruß vom Sattel seines prachtvollen Schimmelhengstes aus. „Ja, wir sind tatsächlich im Namen unseres Königs Ludwig hier. Wir haben den Befehl, hier unsere Soldaten einzuquartieren. Als Protestanten – Hugenotten – seid Ihr unseren katholischen Truppen dieses Privileg schuldig."

Der Offizier spie die Worte *Protestanten* und *Hugenotten* förmlich aus, als wären sie vergiftet.

„Aber selbstverständlich." François' ursprüngliches Bestreben, liebenswürdig zu wirken, schmolz angesichts des Offiziers mit seinem Imponiergehabe dahin.

Der Kommandeur drehte sich nach hinten um und gab seinen Soldaten den Befehl, ihre Pferde in die Ställe zu bringen. „Hafer und Wasser für die Pferde."

Das war keine Bitte des Kommandeurs, sondern ein Befehl.

„Ja, Monsieur, hier entlang. Ich hole unseren Stallmeister." François führte die Reiter den von hohem Gebüsch gesäumten Weg entlang zur Scheune.

Madeleine wusste, dass er durch seine Aufmerksamkeit den Soldaten gegenüber diese von dem Weg ablenken wollte, auf dem kurz zuvor Jean und die Jungen davongeritten waren. Er ging sehr langsam voraus, damit die drei Flüchtenden mehr Zeit hatten, außer Sichtweite zu gelangen. Die Schatten des Spätnachmittags begannen, die Bäume in der Ferne bereits in Dunkelheit zu tauchen.

Der Anführer der Dragoner stieg vom Pferd und reichte die Zügel einem Adjutanten, der kaum älter als sechzehn zu sein schien und den Hengst sofort zum Stall führte.

Dann drehte sich der Kommandeur zu Madeleine um und sah sie an. Die Fahne der Dragoner, die er in der rechten Hand hielt, flatterte im Wind. Sein Gesicht war braungebrannt und sonnengegerbt, und seine grauen Augen lagen tief in den Höhlen. „Ich werde jetzt einen Blick in das Haus werfen."

Madeleine erschauderte und machte einen kleinen Knicks. Ihr schlichter Aufzug, bestehend aus einem braunen Baumwollrock mit einer schmutzigen Schürze davor, war ihr peinlich. Sie setzte ihre ganze Willenskraft ein, damit das Zittern ihrer Knie aufhörte. *Ich sehe aus wie eine Bäuerin!,* dachte sie. Sie steckte ein paar Strähnen ihrer dicken mahagonifarbenen Haare unter die Haube zurück und band die Schleife der Haube neu, während sie sich umdrehten und zum Haus gingen.

Ein Diener stand schon bei der reich verzierten Eingangstür bereit und machte eine tiefe Verbeugung, als Madeleine den Kommandeur ins Haus führte.

Als er das Foyer betrat und Madeleine ihm das Erdgeschoss des Herrenhauses zeigte, äußerte der Offizier seinen Beifall. „Hmm ... ja."

Sie gingen in einen beeindruckenden großen Raum mit schweren burgunderfarbenen Vorhängen vor den glänzenden Fenstern. Madeleine war froh, dass die Mägde bereits mit dem Frühjahrsputz fertig waren. Sie zog alle Vorhänge zurück, als der Kommandeur und sein Adjutant den Raum betraten. Ein elegantes Sofa und mehrere Sessel, die zu den

Vorhängen passten, bildeten eine Sitzgruppe um den Kamin herum.

„Dieser Raum eignet sich hervorragend als Büro für unser Hauptquartier." Der Kommandeur durchschritt das große Zimmer, zog seine Handschuhe aus und schlug damit immer wieder in seine Handflächen, als wolle er das Gesagte dadurch betonen. An dem mit Goldintarsien verzierten Schreibtisch, der vor einem hohen Bücherschrank stand, blieb er stehen. „Wie ich sehe, lest Ihr gern."

„Mein Vater legte großen Wert auf Bildung." Die Bibliothek ihres Vaters mit den Schriften von Calvin, Viret, d'Aubigné sowie anderen protestantischen Theologen war ordentlich in einem Bücherregal neben dem großen Kamin untergebracht, in dem noch gerade ein letzter Rest von Glut schwelte. Madeleine ging zur Feuerstelle hin und rückte die Kerzenhalter aus Messing gerade, die den massiven Kaminsims schmückten.

„Ach, ihr Hugenotten glaubt also, dass die Theologie von Johannes Calvin Bildung ist?" Die unheilvolle Stimme des Offiziers dröhnte durch den Raum. „Das ist keine Bildung – das ist Häresie."

Aber dann überdeckte ein Mantel gespielter Höflichkeit seinen Zorn wieder. Obwohl er jetzt leiser sprach, war in seiner Stimme immer noch eine verkappte Drohung erkennbar. „Ach, ich bitte um Vergebung, ich habe ja völlig versäumt, mich vorzustellen. Ich bin Kommandeur Paul Bovée vom Regiment der Königlichen Dragoner."

Madeleine knickste noch einmal. „Und wir sind die Clavells."

„Ja, ich weiß. Und Ihr seid Madeleine de Vaudois-Clavell. Eine Vaudois – Eure Familie ist in der Dauphiné wohl bekannt wegen ihres – sagen wir – religiösen Erbes."

Madeleine lief ein vertrauter kalter Schauer den Rücken hinunter, als sie sich daran erinnerte, wie mehrere Angehörige ihrer Familie wegen ihres Glaubens umgebracht worden waren, als sie etwa zwölf Jahre alt gewesen war. Wären sie damals nicht bei Hofe gewesen, hätte sie und ihre Eltern höchstwahrscheinlich dasselbe Schicksal ereilt.

„Unser König und Ihr wart Jugendfreunde, nicht wahr?“ Kommandeur Bovée spielte am Griff seines Schwertes herum, das er an der Seite trug, und lächelte dabei. Es war unheimlich, denn seine Lippen lächelten zwar, aber sein Blick blieb dabei völlig kalt und gefühllos.

„Ja, Monsieur, das ist beides richtig. König Ludwig hat also von mir gesprochen?“ Einen Moment lang verspürte sie Erleichterung. Vielleicht würden sie ja doch von den Gräueltaten verschont bleiben, die im ganzen Land an Hugenotten verübt wurden – Plünderungen, dem Niederbrennen von Häusern, Verhaftungen, Vergewaltigungen, Morden und dem Verschleppen von Kindern, um sie dann in katholischen Klöstern erziehen zu lassen. Ob sie hoffen durfte, dass die ehemalige Stellung ihres Vaters bei Hofe und ihre Jugendfreundschaft mit Ludwig sie schützen würde?

„König Ludwig spricht sehr liebevoll von Euch.“ Kommandeur Bovée sah zu dem Bücherregal hinüber und ließ dann seinen Blick weiter schweifen an den Seiten des Regals hinunter zu den kleinen hölzernen Soldaten, die Charles noch wenige Augenblicke zuvor zur Schlacht aufgestellt hatte. „Es scheint, dass es hier in der Familie einen künftigen Soldaten gibt.“

Madeleine begann, die Spielzeugsoldaten in ihrer Schürze zu sammeln. „Ach, die hat die Magd nur vom Kaminsims genommen, um sie abzustauben. Wie nachlässig von ihr, sie einfach auf dem Boden liegen zu lassen.“ Madeleine stellte die kleinen Figuren auf das Bücherregal.

„Verstehe. Interessante Aufstellung. Stellt Eure Magd die Soldaten immer schlachtbereit auf, bevor sie sie abstaubt?“

„Nein – also, also eigentlich weiß ich das gar nicht.“ Madeleine senkte sittsam den Kopf. „Oft sind solche Anordnungen doch auch nur das Resultat des Zufalls, nicht wahr?“

„Ja gewiss." Der Kommandeur bedachte Madeleine erneut mit einem Lächeln, das ihr kalte Schauer über den Rücken jagte. „Schon möglich."

Sie ging an ihm vorbei. „Lasst mich Euch noch die Räume im hinteren Teil des Hauses zeigen."

Die große Küche schien den Kommandeur zufriedenzustellen. Der Duft von Steckrüben- und Kohleintopf mit Schweinefleisch, der in einem großen schwarzen Kessel über der Flamme des Küchenfeuers köchelte, erfüllte das ganze Haus. Große runde Brotlaibe, die früher am Tag gebacken worden waren, lagen auf einem Holztisch zum Abkühlen. Es lag intensiver Hefeduft in der Luft.

„Der Getreidespeicher, die Milchküche mit Butterei und die Käserei sind hier – durch diesen überdachten Gang." Madeleine zeigte in die Richtung, in der die jeweiligen Wirtschaftsräume lagen mit einer Handbewegung.

Kommandeur Bovée ging auf den Gang zu. „Darf ich?", fragte er. Sein roter Hut mit der Pelzeinfassung folgte der Bewegung seines Kopfes, als er sich einen Überblick über die Örtlichkeit verschaffte.

„Aber natürlich." Madeleine führte ihn durch die entsprechenden Räume, in denen das Gesinde all die Arbeiten verrichtete, die bei der Versorgung des großen Haushaltes eines Herrensitzes anfielen.

Im Kornspeicher blieb er stehen. „Gott hat Ihnen wirklich Überfluss geschenkt – und viel Platz, um ihn zu lagern."

„Ja", bestätigte Madeleine und sah zu, wie Kommandeur Bovée mit seinem Schwert in ein paar große Getreidesäcke stach. Ihr war klar, dass er nach ihren Söhnen suchte. Gut so! Je mehr Zeit er mit dieser Phantomjagd verbrachte, desto mehr Zeit hatten Jean und die Jungen, um in ihr Versteck zu gelangen.

Madeleine und der Kommandeur gingen von der Milchküche durch den Lichtgang in die Küche und von dort wieder zurück zur Vorderseite des Hauses. Madeleines Gedanken sprangen zwischen den Jungen in ihrem Versteck und ihrer Tochter hin und her, die oben bei ihrer Mutter war.

Bovée legte seine Hand auf das Geländer der Treppe, die in die erste Etage führte. „Und oben?"

„Schlafzimmer."

„Hält sich zurzeit jemand dort oben auf?"

„Ja."

„Und das wäre ..."

„Meine Mutter, die Gouvernante der Kinder und unsere Tochter Evangeline, die gerade ins Bett gebracht wird."

„Ah, ich verstehe. Und Ihre Söhne? Wo sind die, bitte schön?"

Kapitel 2

Jean gab seinem Pferd die Sporen und rief Charles zu, er solle sich noch besser festhalten. Philippe machte seine Sache unglaublich gut. Er hielt das Tempo mit, obwohl seine Stute eigentlich nicht so schnell war wie Jeans Fuchs. Sie erreichten die Bäume und tauchten in den Wald ein, aber Jean machte auch jetzt nicht halt. „Weiter, Philippe. Wir müssen weiter zum Fluss."

Die Zweige der Eichen, Eschen und Fichten peitschten ihnen gegen die Gliedmaßen und ins Gesicht, als sie sich ihren Weg durchs Unterholz bahnten. Keiner von ihnen redete, während sie die Pferde weiter antrieben. Selbst der sonst so gesprächige Charles war still.

Die steile Uferböschung des Flusses kam plötzlich in Sicht und Jean hob eine Hand, um Philippe zu signalisieren, oben an der Böschung anzuhalten. Abgesehen vom Rauschen des Wassers, das um die Felsen im Fluss herumwirbelte, war das Schnauben der Pferde das einzige Geräusch.

„Reite die Böschung gerade hinunter, direkt zum Ufer", wies Jean ihn an.

„Lass das Pferd einfach gehen. Es sucht sich selbst seinen Weg. Es stolpert nicht, wenn du ihm sein eigenes Tempo lässt."

Philippe nickte und ritt los. Er lehnte sich zurück, um das Gleichgewicht zu halten, als Erde und Steine unter den Hufen des Pferdes wegbröckelten, während es sich seinen Weg den steilen Abhang hinunter suchte.

Jean machte sich ebenfalls an den Abstieg und hielt dabei Charles mit seinen muskulösen Armen fest. „Lehn dich zurück, ich halte dich. Klammere dich an der Pferdemähne fest."

Charles tat, was ihm gesagt wurde, und Jean spürte, wie der Junge zitterte – ob aus Angst oder wegen der empfindlichen Abendkühle, die inzwischen eingesetzt hatte, wusste er nicht. Er legte seine Arme fester um Charles und ließ die Zügel locker auf den Pferdehals fallen, damit sich sein Pferd ebenfalls selbst seinen Weg suchen konnte.

Sie erreichten das Flussufer und lenkten die Pferde in das seichte Wasser am Ufer.

„Lass mich jetzt wieder vorreiten." Jean ritt an Philippe vorbei, und sie ritten im Trab hintereinander her flussaufwärts. Die Pferde rutschten zwar häufig auf glitschigen Steinen aus, fanden aber immer wieder rechtzeitig Halt.

Das Wasser wurde tiefer und die Strömung stärker. Jean drehte sich zu Philippe um. Der Blick des älteren der beiden Jungen verriet zwar seine Angst, aber er bewahrte eine furchtlose Fassade.

Jean ermutigte ihn, indem er sagte: „Du brauchst keine Angst zu haben. Durch den Regen in der letzten Woche ist der Fluss ein bisschen angestiegen, aber ich glaube nicht, dass es noch viel tiefer wird."

Philippe nickte.

„Ich habe Angst, Onkel Jean", murmelte Charles mit klappernden Zähnen.

„Ich weiß. Aber es wird alles gut." Jeans Worte strahlten Zuversicht aus, aber innerlich war er gar nicht so sicher. Sie mussten unbedingt schnell die Höhle erreichen, damit sie außerhalb des Blickfeldes der Dragoner waren.

In diesem Augenblick rutschte Philippes Pferd auf einem schlüpfrigen Felsen ab.

„Onkel Jean!“, rief er.

Die Stute bekam zwar wieder Halt, bewegte sich dann aber vom seichten Ufer weg und weiter zur Flussmitte hin. Dabei geriet sie an eine tiefe Stelle und begann zu schwimmen.

„Bleib bei ihr. Halte dich an ihrer Mähne fest.“

Das Weiße in den Augen der Stute glänzte, als sie ruhig durchs Wasser glitt.

„Ich kann nicht mehr – ich kann mich nicht mehr festhalten!“

Philippe plantschte hinter dem Kopf des Pferdes heftig herum, als er versuchte, sich noch fester in die Mähne zu krallen. Das Wasser wirbelte um ihn her und sein Kopf geriet unter Wasser.

Jeans Herz fing wie wild an zu rasen und er wendete sein Pferd, um nach Philippe zu sehen.

„Er geht unter!“ Charles Stimme wurde vor Angst ganz schrill, als er mit ansehen musste, wie sein Held im dunklen Wasser verschwand. „Hol ihn raus, Onkel Jean – so hilf ihm doch!“

Jean wusste, dass er im flachen Wasser bleiben musste, wenn er Charles nicht auch noch im tieferen Wasser verlieren wollte, aber er konnte auch nicht einfach zusehen, wie Philippe von der Strömung des Flusses fortgerissen wurde. Er holte aus, um nach den Zügeln von Philippes Stute zu greifen, bekam sie aber nicht zu fassen.

Dann kam der Junge wieder hoch, prustend und nach Luft schnappend, während die Stute auf Jean und Charles zuschwamm. Philippes Hände waren immer noch in der Pferdemähne festgekrallt, als er sich mit dem Gesicht nach vorn über den Hals der Stute beugte.

„Meine Mütze. Ich habe meine Mütze verloren!“ Philippe befreite eine seiner Hände aus der rauen, dichten Pferdemähne und streckte den Arm aus, um nach der grauen Wollmütze zu greifen – vergeblich. Sie trieb außerhalb seiner Reichweite in der schnellen Strömung des Flusses davon und zerriss an einem Ast, der vom Ufer aus in den Fluss ragte.

„Vergiss sie. In der Höhle sind genügend frische Sachen. Ist sonst alles in Ordnung?“

„I-ich glaube schon“, antwortete Philippe immer noch prustend und keuchend.

Als das Wasser wieder seichter wurde, stiegen die Pferde aus dem tiefen Wasser. Philippe setzte sich erneut auf den Rücken seines Fuchses und nahm die Zügel in die Hand. Das Pferd wieherte und schüttelte sich, sodass ein wahrer Tröpfchenregen über ihnen niederging.

„Gut gemacht“, lobte Jean ihn, lenkte die Pferde ans Ufer und saß dann ab.

„Charles, halte unsere Pferde genau an dieser Stelle.“ Jean packte die Zügel der Stute und fasste den Stoff von Philippes Hose an, die völlig durchnässt war. „Bist du sicher, dass es dir gut geht? Alles in Ordnung?“

„Ganz sicher – mir ist nur so kalt.“

Jean untersuchte die Beine der Stute, indem er mit der flachen Hand darüberfuhr und sie nach Verletzungen abtastete. „Sie hat es offenbar auch gut überstanden. Da betet anscheinend jemand ganz fest für uns. Auf jeden Fall hat Gott seine Engel geschickt, um uns zu behüten.“

Philippe lächelte seinen Onkel an.

Jean machte eine aufmunternde Geste mit der Hand und sagte: „Lasst uns jetzt weiter reiten. Wir müssen möglichst schnell die Höhle erreichen.“

Jean wies Philippe an abzusteigen, neben den Pferden herzugehen und sie etwa bis zur Hälfte die gegenüberliegende Uferböschung hinaufzuführen, bis zu einem Felsvorsprung, der parallel zum Flussufer verlief. Jean folgte ihnen und verwischte mit einem großen belaubten Ast ihre Spuren.

Er erklärte den Jungen: „Die Dragoner können uns vielleicht bis zum Fluss verfolgen, aber wenn sie merken, dass wir ins Wasser geritten sind, werden sie annehmen, dass wir flussabwärts gegangen sind, weil das der einfachere und näher liegende Weg ist."

Schweigend gingen sie eine Weile auf dem Felsvorsprung entlang. Die Uferböschung wurde immer höher und auch zunehmend schroffer.

„Da ist es." Jean blieb bei einer gut versteckten Einbuchtung in der Uferböschung stehen. Von einem buschigen Gestrüpp verdeckt, lag dort ein dicker Felsbrocken vor dem Höhleneingang. Jemand, der zufällig vorbeikam, hätte nichts davon bemerkt.

„Und was ist mit den Pferden, Onkel Jean? Was machen wir denn jetzt mit denen?"

„Wir werden sie einfach laufen lassen müssen. Nimm deinem Pferd das Zaumzeug ab, reibe es trocken, so gut es geht, und sorge dafür, dass nicht mehr zu erkennen ist, dass sie Zaumzeug anhatten und sie geritten worden sind. Ich bringe sie dann gleich auf das Plateau und lasse sie laufen."

„Meinst du nicht, dass frei laufende Pferde die Dragoner misstrauisch machen könnten?"

„Dein Vater und deine Mutter werden den Soldaten einfach sagen, dass die Pferde ausgebrochen und dann zur Weide gelaufen sind. So, und jetzt tu, was ich gesagt habe." Jean half Charles vom Pferd und schob ihn zum Eingang des Verstecks hin.

„Geh schon in die Höhle und sieh nach, wie es mit den Vorräten aussieht."

„Aber es ist viel zu dunkel da drinnen." Die Sonne stand bereits tief am Horizont. Es lag nur noch ein letzter Rest grauer Abenddämmerung über dem Flussufer."

„Es sind Kerzen da."

„A-aber ..."

Philippe stupste seinen kleinen Bruder ein wenig mit dem Ellbogen an. „Angsthase."

„Bin ich nicht."

„Bist du wohl." Philippe kicherte und nahm dem Pferd das Zaumzeug ab. Mit etwas Laub rieb er es dann, so gut es ging, trocken. Die Stute wieherte leise und schnüffelte an seiner Hand, als er sie tätschelte. „Braves Mädchen. Das hast du gut gemacht." Er legte sein Gesicht an ihren Hals und gab ihr einen letzten freundlichen Klaps.

Jean reichte Philippe das Zaumzeug, das er seinem Fuchs abgenommen hatte. „Wartet hier, Jungs, bis ich die Pferde weggebracht und freigelassen habe. Bleib bei deinem Bruder, Philippe. Ich bin gleich wieder zurück." Jean kraxelte die Böschung hinauf und schnalzte dann den Pferden zu, ihm zu folgen.

⁂

Charles saß schmollend auf einer Baumwurzel, das Kinn in die Hände gestützt.

Philippe ging zu ihm hin und warf das nasse Zaumzeug zu ihren Füßen auf den Boden. „Ach, komm schon, Charles, ich hab doch nur Spaß gemacht", sagte er, und dann begann er plötzlich unkontrolliert zu zittern, kreuzte die Arme vor der Brust und rieb sich mit beiden Händen die Schultern.

„M-mir ist so kalt."

„Mir auch." Charles vergaß völlig zu schmollen und zog sich seine Mütze weiter über die Ohren. „Ob es Mama und Papa wohl gut geht? Ob die Dragoner ihnen was tun? Warum ist denn Vangie nicht mit uns mitgekommen?"

„Ja – nein, ich meine Mama und Papa geht es bestimmt gut. Nein, König Ludwig wird nicht zulassen, dass die Dragoner einem von uns was tun. Und Vangie ist nicht mitgekommen, weil sie ein Mädchen ist und sowieso noch zu klein für die Schule."

„Wenn König Ludwig nicht zulässt, dass die Dragoner uns was tun, warum sind sie dann überhaupt hergekommen?"

„Das weiß ich auch nicht. Mach dir keine Sorgen. Wir lassen uns nicht von ihnen mitnehmen."

„Kein Dragoner fängt mich ein und bringt *mich* in eine katholische Schule." Charles schob auf ebenso trotzige wie kindlich prahlerische Art sein Kinn vor. „Stimmt es wirklich, dass sie einem ein Gewehr an den Kopf halten und einen zwingen zu revertieren?"

„Konvertieren heißt das, Charles – konvertieren. Ganz genau weiß ich das auch nicht, aber ich habe es gehört." Philippe schlug sich weiter mit gekreuzten Armen gegen die Schultern, ein verzweifelter Versuch, um sich zu wärmen. „So, und jetzt hör endlich auf zu plappern. Es ist besser, wenn wir leise sind."

*

Jean scheuchte die Pferde den letzten Teil der steilen Böschung hinauf, blieb dann noch eine Weile stehen und sah zu, wie sie zur Obstwiese trabten und dort zu grasen begannen.

„Lauft bloß nicht so schnell nach Hause zurück", murmelte er vor sich hin.

Die Pferde gingen weiter auf die Mitte der Obstwiese zu und Jean rutschte wieder die Böschung hinunter zum Höhleneingang.

„So Jungs, jetzt wollen wir mal sehen, was wir tun können, damit uns wieder warm wird." Er schob das Gebüsch zur Seite, das den großen Felsbrocken völlig zu überwuchern schien, an dessen einer Seite jedoch ein Spalt war, gerade groß genug, dass die Jungen sich ins Innere der Höhle zwängen konnten. Jean hatte schon ein wenig mehr Mühe, sich mit seinen muskulösen Armen und Schultern durch den schmalen Spalt zu zwängen.

„Hmm, ich muss wohl ein bisschen zugenommen haben", meinte er.

Die Jungen kicherten, als Jean es endlich unter lautem Stöhnen in die Höhle geschafft hatte. Von innen heraus griff er dann noch einmal durch den Spalt nach draußen und zog so gut es ging das Gestrüpp wieder vor den Felsbrocken, um so ihre Spuren zu verwischen.

Der letzte Rest der Abenddämmerung schimmerte noch durch den Spalt in die Höhle, aber das Licht reichte kaum aus, um etwas von der Umgebung zu sehen. Jean inspizierte das Feuerholz, das an den Wänden des Ganges aufgestapelt war, der zu der eigentlichen Höhle führte.

„Das Holz hier ist ganz nass. Der Fluss muss doch höher gestiegen sein, als wir gedacht haben. Philippe, sieh doch mal in der Kiste dort oben auf dem Felssims nach, ob die Essensvorräte und die anderen Sachen auch nass sind. Wir brauchen erst einmal ein paar Kerzen, damit wir etwas sehen können."

Philippe kämpfte sich zu dem Felssims hoch, auf dem er eine Holzkiste und eine kleine Truhe fand. An einem Felsvorsprung in der Nähe hingen eine Muskete, ein Bogen und ein Köcher mit Pfeilen. „Es ist alles trocken. Bis hierher ist das Wasser nicht gekommen", sagte er frohgemut.

„Gut. Gib mir mal die Truhe. Mal schauen, ob trockene Kleider für uns da sind. Ich hoffe, es sind auch Kerzen und die Zunderbüchse darin."

Philippe zerrte an der schweren Truhe und zog sie an den Rand des Felssimses vor. „Sie ist zu schwer für mich. Anheben kann ich sie nicht."

„Dann schieb sie einfach über die Kante. Ich fange sie auf." Mit einem lauten Schnauben fing Jean die Truhe auf und stellte sie dann auf den Boden.

Philippe hangelte sich über die Kante des Simses wieder hinunter, während Jean den Deckel der Truhe hochklappte. Die drei schauten hinein und hielten die Luft an in der Hoffnung, das darin zu finden, was sie jetzt am dringendsten brauchten, nämlich Kerzen, aber es waren keine dabei.

„Ich hole noch die Holzkiste. Wahrscheinlich sind sie darin." Jetzt zog Jean sich mit einem Klimmzug hoch auf den Sims und reichte Philippe die Kiste hinunter. Der Junge hantierte an dem Riegel herum und bekam schließlich den Deckel der Kiste auf. Ganz oben lagen, wie sie gehofft hatten, Kerzen und die Zunderbüchse.

Jean machte sich sofort an die Arbeit, indem er Steine gegeneinanderschlug, um den Zunder in Brand zu setzen und damit dann wiederum die Kerze anzuzünden. Das gelang ihm auch, während die Jungen die Kleider und Decken durchsahen, die ihr Vater in der Truhe bereitgelegt hatte. Auf dem Boden der hölzernen Truhe fanden sie außerdem Kochgeschirr, Seife und Lebensmittel sowie einen Lederbeutel.

„Kommt, Jungs, lasst uns die Kiste und die Truhe nach hinten in die Höhle schaffen. Wenn wir hinter der Biegung des Ganges dort hinten sind, brauchen wir uns keine Sorgen mehr zu machen, dass jemand von draußen das Licht hier drinnen sehen könnte. Charles, du nimmst die Kerze – und bring auch noch die Vorratskerzen mit. Philippe und ich nehmen die Truhe. Ich gehe dann gleich noch einmal zurück und hole auch die Kiste."

Charles ging voran, vorsichtig immer einen Fuß vor den anderen setzend. Die Kerze hielt er ganz hoch, damit sie eine möglichst große Fläche beleuchtete, und Jean und Philippe ergriffen jeweils eine Seite der Truhe. Schon nachdem sie ein paar Schritte weiter durch den niedrigen Tunnel gegangen waren, tat sich hinter einer Biegung vor ihnen ein großer Raum auf. Jean und Philippe stellten die Truhe auf dem ebenen Boden dort ab, Jean zündete eine weitere Kerze an und ging dann noch einmal zurück, um die Kiste zu holen.

Philippe fand in der Truhe trockene Kleider und zog rasch seine nassen Sachen aus, die er an einem Felsvorsprung zum Trocknen aufhängte. Dann kam auch Jean mit der Holzkiste zurück.

„Was ist mit Luft, Onkel Jean? Haben wir hier drinnen genügend Luft?“ Philippe schaute nach oben und sah sich in der Höhle um.

„Vom Hintereingang der Höhle kommt genügend Luft herein. Schau doch mal die Kerze an.“ Die kleine Flamme flackerte und neigte sich in Richtung des schwarzen Raumes hinter ihnen.

„Wir haben reichlich frische Luft. Wenn es sein müsste, könnten wir auch auf der Hinterseite durch den anderen Eingang die Höhle wieder verlassen, aber der Weg dort hinaus ist an manchen Stellen ein bisschen knifflig. Darüber brauchen wir uns aber im Augenblick noch keine Gedanken zu machen.“

Jean umschlang seinen Oberkörper mit den Armen und sagte. „Scheint so, als hätten wir eine ziemlich kalte Nacht vor uns. Ich habe hier drin kein trockenes Holz gefunden. Ich werde morgen ganz früh noch einmal die Höhle verlassen und Feuerholz sammeln. Hast du etwas zu essen gefunden, Philippe?“

Philippe wühlte in der Truhe herum. „Ja, ein bisschen – da ist ein Laib Käse, Zwieback und getrocknete Äpfel und dann noch was – ich weiß nicht, was es ist. Vielleicht getrocknete Birnen oder Aprikosen? Walnüsse ... und Wein. Papa hat Wein in die Kiste getan.“ Er holte eine Flasche hervor, um sie Charles und Jean zu zeigen. „Und hier ist noch etwas.“ Philippe hielt mit beiden Händen einen Lederbeutel hoch. „Der ist aber schwer.“

„Lass mich mal sehen.“ Jean nahm Philippe den Beutel ab. „Ja, der ist wirklich schwer.“ Jean löste die Lederbänder, mit denen der Beutel zugebunden war, und machte ihn auf. *„Mein Gott!“*

Philippe und Charles umringten Jean, um ebenfalls einen Blick in den Beutel zu werfen. Jean griff hinein und nahm eine Handvoll Goldmünzen heraus, die im Kerzenlicht glänzten. Er tastete im Innern des Beutels herum, befingerte die

Goldstücke und fand dabei zwischen den Münzen noch einen weiteren, kleineren Beutel, in dem sich mehrere *Mereaux* befanden – das waren Zeichen, durch die sie sich als Hugenotten ausweisen konnten, wenn es nötig war.

„Schaut doch mal, euer Vater hat wirklich an alles gedacht." Jean ließ die Jungen die Münzen anschauen und legte sie dann in den Beutel zurück.

Sie kauerten sich um die Kerze herum, so als könnte das spärliche Licht sie wärmen, und Jean verteilte das Essen – Käse, Zwieback und Trockenobst. Er erklärte den Kindern: „Wahrscheinlich bleiben wir ja gar nicht so lange hier, dass wir die Vorräte aufbrauchen, aber lasst uns für alle Fälle sparsam damit sein. Wenn ich morgen früh Holz sammeln gehe, bringe ich auch frisches Wasser mit."

Schweigend aßen sie ihre Mahlzeit zu Ende. Unausgesprochene Fragen hingen schwer zwischen ihnen in der feuchtkalten Luft der dunklen Höhle.

„Lasst uns die Decken aus der Truhe holen. Ihr könnt mir dann helfen, ein Lager herzurichten. Es ist sicher wärmer, wenn wir alle drei eng zusammenliegen."

Jeans Sorge um das Wohl der Jungen, die Aufgabe, am nächsten Tag trockenes Feuerholz zu finden, und die Tatsache, dass sie möglicherweise bereits jetzt von den Dragonern verfolgt und gesucht wurden, setzten ihm sehr zu, aber darüber sprach er nicht. Die Jungen brauchten schließlich von seinen Befürchtungen nichts mitzubekommen.

„Das wird perfekt", sagte er und gab sich große Mühe, die Jungen dadurch ein bisschen aufzumuntern. „Ihr beide legt euch jetzt schlafen und ich bleibe auf und halte Wache."

„Und was ist, wenn die Kerze …" Charles dünnes Stimmchen klang flehend.

„Ich kümmere mich darum, dass die Kerze in der Nacht nicht ausgeht. Mach dir also keine Sorgen."

Philippe stupste seinen kleinen Bruder an und lachte.

*

Philippe schlug die Augen auf und schaute in die flackernde Kerze. Der Talg war schon weit heruntergebrannt und schmolz jetzt um den Zinnkerzenhalter herum, brannte aber noch. Die Decke bis ganz oben über den Kopf gezogen, hatte sich Charles an den Rücken seines Bruders geschmiegt. Philippe tastete nach Jean.

Er war nicht da.

Philippe setzte sich auf und flüsterte: „Onkel Jean?"

Keine Antwort.

Charles regte sich zwar ebenfalls, wachte aber nicht auf.

Philippe wühlte sich aus den verknäuelten Decken heraus. Er hatte Mühe, richtig wach zu werden und einen klaren Gedanken zu fassen. Warum war Jean nicht da? Aber dann erinnerte er sich wieder. Sein Onkel hatte die Höhle schon so früh verlassen, weil er ja Feuerholz suchen wollte.

Philippe stand auf und schaute in die Holzkiste. Papa hatte reichlich Kerzen hineingepackt und noch drei weitere Kerzenhalter. Philippe nahm eine der Kerzen mit dorthin, wo sein Bruder immer noch schlief, und zündete sie an. Er nahm etwas von dem Trockenobst und knabberte es, während er sich durch den Tunnel zum Höhleneingang schob, um dort auf Jeans Rückkehr zu warten.

Gedämpftes Rufen durchdrang die Stille der drückenden Luft in der Höhle. „Hier drüben!"

Philippes Herz begann wild zu klopfen, als er die Stimmen unten am Fluss hörte. Dann folgte lautes Gebrüll und gedämpfte Rufe. Einen Augenblick lang saß er ganz still und versuchte herauszuhören, wer da rief und worum es ging. Durch den kleinen Spalt an dem Felsbrocken sah er hinaus und konnte zwischen den Zweigen des Gebüschs vor dem Felsen hindurch zum Fluss hinuntersehen, wo das klare Wasser in der Morgensonne glitzerte.

„Philippe? Wo bist du?" Charles war aufgewacht.

Philippe hastete vom Höhleneingang zurück zu seinem verängstigten kleinen Bruder. „Pssst, ich bin ja da. Sei still. Ich höre da draußen Stimmen."

Unbeholfen legte er seinem kleinen Bruder den Arm um die Schultern und dann saßen sie reglos da und lauschten.

„Sie sind aus dieser Richtung gekommen", hörten sie jetzt deutlich die eine Stimme von draußen.

Die Stimmen waren inzwischen näher gekommen und die Jungen hörten, wie Leute das Steilufer hinaufkraxelten, wobei immer wieder größere und kleinere Steine losgetreten wurden, das steile Ufer hinunterpolterten und dann in den Fluss fielen.

„Nein, komm zurück auf diese Seite. Da können sie unmöglich hochgekommen sein", war jetzt wieder zu hören.

Philippe und Charles sahen sich mit angstvoll aufgerissenen Augen an. Philippe legte seinen Zeigefinger auf die Lippen. Nachdem sie noch einen weiteren Augenblick gelauscht hatten, nahm er allen Mut zusammen und kroch wieder zum Höhleneingang. Noch einmal spähte Philippe hinaus, schoss dann aber wie vom Blitz getroffen zurück und presste sich nach Luft schnappend an die Höhlenwand. Alles, was er durch den Spalt sehen konnte, waren die schwarzen Ledergamaschen eines Dragoners.

Kapitel 3

Reiterkommandos und das Klirren von Pferdegeschirr weckte Madeleine aus ihren unruhigen Träumen. Wachen und Schlafen hatten die ganze Nacht in ihrem Geist Fangen miteinander gespielt. Sie stützte sich auf einen Ellenbogen auf und lauschte eine Weile dem Lärm dort unten. Die Sonne sandte dünne Strahlen durch den Morgennebel, der aus den taunassen Wiesen stieg.

„Brrr! Ganz ruhig!"

Sie drehte sich um und rüttelte ihren Mann wach. „François!"

Er murmelte etwas und setzte sich dann im Bett auf. „Was? Was ist denn los?"

„Sieh mal nach draußen."

Auf dem Hof vor den Pferdeställen waren ein paar der Dragoner versammelt, von denen mehrere den Hügel hinunter zum Fluss ritten. François warf die Decke zur Seite und stellte sich dann so ans Fenster, dass er von draußen nicht zu sehen war. „Wir können nichts tun, Madeleine. Wir müssen Jean und die Jungen der Fürsorge unseres allmächtigen Gottes anbefehlen."

Madeleine stand aus dem Bett auf und stellte sich zu ihrem Mann ans Fenster. Ihr Blick verweilte bei den Bäumen, die das Flussufer säumten – der Tau auf den Wiesen schimmerte im ersten Morgenlicht. Ihr Mutterherz war sofort wieder bei ihren Söhnen. Waren ihre Jungen sicher und hatten sie es warm genug? Hatten sie Hunger? Fürchteten sie sich? Sie wusste, dass Jean sich gut um sie kümmern würde, aber der Ernst der Lage setzte ihr doch sehr zu.

„Ich halte das nicht aus. Es zerreißt mir das Herz“, sagte sie.

François führte sie zum Bett zurück und ließ sie sich setzen. Er griff mit seinen beiden starken Händen ihre zierlichen, schlanken Finger und strich sanft darüber. „Ich ziehe mich an und versuche dann, unten etwas in Erfahrung zu bringen“, sagte er beruhigend.

„Ich schaue derweil nach Vangie und Claudine.“ Madeleine huschte über den Gang in Vangies Zimmer, wo sie die Kleine noch tief und fest schlafend vorfand. Aus dem Nebenzimmer war zu hören, dass Claudine sich bereits regte, aber aus dem Zimmer ihrer Mutter kam kein Laut.

François blickte auf, sagte aber nichts, als Madeleine in ihr Schlafzimmer zurückkam und sich tief in Gedanken versunken auf ihr Bett setzte. Wieso hatte Ludwig die Dragoner hierher beordert? Wenn sie doch nur mit ihm reden könnte – unter vier Augen. Sie wusste, dass sie ihn würde überzeugen können, die Soldaten wieder abzuziehen. Sie spielte mit dem Rand der Bettdecke herum und ließ dann ihren Kopf erneut auf das Kissen sinken.

Nein, den Versuch zu unternehmen, sich mit ihm zu treffen und ihn dazu zu überreden, die Dragoner abziehen zu lassen, wäre aberwitzig. Was dachte sie sich eigentlich? Ihr Jugendfreund war schließlich der König von Frankreich – nicht mehr der Junge, mit dem sie einst zusammen durch den Morgennebel galoppiert war. Nicht mehr der junge Mann, der sie auslachte, wenn sie sich mit den Tanzschritten des Menuetts abmühte, das er ihr geduldig beizubringen versuchte. Sie war nur eine von vielen verflossenen Liebschaften aus seiner Vergangenheit. Und was war, wenn er sich gar nicht mehr an sie erinnerte?

Bereits in dem Augenblick, als ihr dieser Gedanke durch den Kopf ging, wusste sie, dass er falsch war. Aber andererseits, was war, wenn er sich weigerte, sie überhaupt zu empfangen? Und diese Möglichkeit war die viel wahrscheinlichere.

Oder was, wenn er sie nur einfach wegscheuchen würde wie eine lästige Fliege? Schließlich war es lange her, dass sie miteinander befreundet gewesen waren. Vielleicht war er froh gewesen, sie endlich wieder los zu sein, als sie zusammen mit ihren Eltern den Königshof verlassen hatte.

Sie richtete sich kerzengerade auf. Diese ganzen Gedankenspiele brachten doch nichts. Sie musste sich auf den Weg machen und ihn treffen. Das war ihre einzige Hoffnung. Ja, sie würde nach Versailles fahren.

„François, ich habe nachgedacht, und ich habe einen Plan."

Ihr Mann, der sich inzwischen angekleidet hatte, griff nach seinem Jackett, das an einem Stuhl neben dem Kleiderschrank hing. „Und was für ein Plan ist das?"

„Ich werde nach Versailles fahren und mich mit Ludwig treffen."

François warf das Jackett aufs Bett und packte Madeleine bei den Schultern. „Nein, das ist viel zu gefährlich. Das lasse ich auf gar keinen Fall zu."

Doch Madeleine bettelte ihren Mann an: „Aber ich weiß, dass Ludwig uns nichts antun würde. Es muss sich um einen Irrtum handeln. Wenn ich nur selbst mit ihm reden könnte ..."

François sah sie durchdringend an und knirschte mit den Zähnen. „Madeleine, er war noch ein ganz junger Mann, als du ihn das letzte Mal gesehen hast. Ihr wart Jugendliche, die gemeinsam auf Bälle und Feste gegangen sind. Du weißt doch gar nicht, wie die schwere Last des Königsamtes ihn verändert hat. Du weißt nicht, welche Stimmen ihm heute etwas zuflüstern, weißt nicht, welchen Einfluss seine Frau auf ihn hat – und seine Mätressen. Schlag dir das aus dem Kopf." Er griff nach seiner Jacke, ging zur Tür hinaus und polterte dann die Treppe hinunter.

Madeleine rief ihrem Mann nichts hinterher, aber sie ging wieder ans Fenster zurück. Kommandeur Bovée stand auf dem Hof vor den Pferdeställen und gab Anweisungen an seine Soldaten. Plötzlich schaute er zum Haus hinüber und hinauf zu dem Fenster, an dem Madeleine stand. Er lächelte, nickte und tippte grüßend an seinen Hut.

Madeleine war erschrocken, ließ sich aber nichts anmerken, sondern bewahrte Haltung und nickte als Erwiderung seines Grußes zurück. Dann trat sie vom Fenster weg und spürte, wie ihr Puls in ihren Schläfen pochte.

„Suzanne!" Sie läutete nach der Kammerzofe, die ihr beim Ankleiden helfen sollte. Heute wollte sie etwas anziehen, das ihrem Stand eher entsprach, etwas, das der Frau eines Lehnsherren angemessener war als das, was sie gestern bei der Ankunft der Soldaten getragen hatte.

Kommandeur Bovée muss merken, dass er es hier nicht mit einfachen Bauern zu tun hat, sondern mit einer Familie von Stand, dachte sie.

Madeleine spritzte sich aus der Porzellanschüssel, die auf dem reich verzierten Waschtisch stand, kaltes Wasser ins Gesicht. Dann ging sie zum Schrank und öffnete die goldverzierten Türen, um sich einen Überblick über die Kleider zu verschaffen, die zur Auswahl standen.

„Madame?" Ihre Zofe Suzanne, die normalerweise ruhig und sicher war, wirkte an diesem Morgen fahrig und ängstlich.

„Komm und hilf mir, ein Kleid auszusuchen. Ich brauche etwas Vornehmes – schlicht, aber elegant."

„Ich verstehe, Madame." Suzanne ging zur geöffneten Kleiderschranktür und suchte ein dunkeltürkisfarbenes Seidenkleid mit champagnerfarbenem Spitzenbesatz um Ausschnitt und Ärmel heraus.

Madeleine lächelte. Sie wusste, dass ihre Zofe diesen Türkiston bevorzugte, weil er Madeleines Augenfarbe besonders schön zur Geltung brachte. Sie nahm eine völlig verhedderte Perlenkette aus der Schmuckschatulle, die mit verknotetem Krimskrams überquoll, und fand in einer der Schubladen ein Mieder.

Suzanne schüttelte den Kopf über das Durcheinander in den Sachen ihrer Herrin. „Kommt, ich helfe Euch." Sie entwirrte die Perlenkette und suchte nach den passenden Ohrringen.

Madeleine schaute sich im Spiegel an, drehte den Kopf ein wenig zur Seite und fing dann an, kräftig ihr Haar zu bürsten. „Wir haben heute keine Zeit, mein Haar richtig aufwendig zu frisieren. Teile es einfach in der Mitte mit einem Scheitel und stecke dann das Ganze mit meinen Perlenkämmen hoch."

Suzanne machte sich sofort an die Arbeit und half Madeleine geschickt bei ihrer Morgentoilette.

Als sie fertig waren, stand Madeleine auf und betrachtete das Endergebnis im Drehspiegel. „Na ja, das muss für heute genügen." Sie schaute an ihrem Kleid herunter – nicht gerade Alltagsgarderobe – und kam sich ein bisschen lächerlich vor, aber dann kam sie zu dem Schluss, dass sie vorerst die ihr rechtmäßig zustehende Rolle als Dame des Hauses einnehmen würde.

Madeleine sauste die Treppe hinunter und traf einige der Soldaten in der Küche beim Frühstück an, andere nahmen ihr Frühstück auch im Freien ein und wieder andere hielten sich in dem großen Hauptraum auf, in dem Kommandeur Bovée einen Tisch als Schreibtisch beschlagnahmt hatte.

Thérèse, die Frau des Stallmeisters Henri, war damit beschäftigt, Getreidebrei und Brot an die Männer zu verteilen.

Als sie Madeleine sah, warf sie ihr einen nervösen Blick zu, unterbrach aber ihre Arbeit nicht.

Die Morgensonne schien in die Küche, aber plötzlich fiel ein Schatten auf alles, als der Kommandeur im Eingang zur Küche auftauchte und dort stehen blieb. Er sah sich kurz um und trat dann ein.

„Guten Morgen, Madame Clavell. Geht es Euch heute Morgen gut?"

„Sehr gut, danke – und selbst?"

„Auch recht gut. Euer Herrenhaus ist wirklich überaus komfortabel. Und wenn ich dann heute Morgen der Dame des Hauses ein Kompliment für ihre Garderobe machen darf ..."

„Vielen Dank, aber doch eigentlich eher passend für ... Gäste."

„Es ist uns eine Freude, in den Genuss Eurer Gastfreundschaft zu kommen."

„Bitte, Herr Kommandeur, möchtet Ihr nicht ins Speisezimmer kommen, um dort Euer Frühstück einzunehmen?"

Madeleine führte den Kommandeur in den angrenzenden Raum und wies ihn mit einer Geste zu dem offiziellen Esstisch der Herrschaft hin, auf dem ein bis zum Boden reichendes feines weißes Tischtuch lag.

Kommandeur Bovée nahm am Kopfende des Tisches Platz und zog seine Handschuhe aus. „Ich hätte jetzt gern etwas von dem Eintopf mit einem Stück Brot. Soldaten kommen nicht gerade häufig in den Genuss eines solchen Luxus wie Eintopf mit Fleischeinlage."

Madeleine nickte Thérèse zu, die daraufhin sofort den Kommandeur bediente, während ihm ein Diener einen Zinnbecher mit Wasser hinstellte.

„Unser Wasser ist sehr gut. Kalt und rein und klar", sagte Madeleine und setzte sich ihm gegenüber ans andere Ende des langen Tisches.

„Ist es aus dem Fluss?“

„Nein, es kommt aus dem Brunnen, der von einer eigenen Quelle gespeist wird.“ Madeleine griff nach ihrem Becher mit Wasser. „Apropos Fluss, ich habe von meinem Fenster aus gesehen, dass Eure Männer dorthin geritten sind. Warum eigentlich? Wir haben reichlich Wasservorrat im Brunnen.“

François, der inzwischen ebenfalls das Speisezimmer betreten hatte, bekam Madeleines Frage gerade noch mit. Er ging auf den Kommandeur zu.

Henri stand trotz seines Alters kerzengerade aufgerichtet mit der Reitgerte in der Hand hinter seinem Herrn.

Kommandeur Bovée blickte weder auf noch nahm er Madeleines Frage zur Kenntnis, sondern verzehrte laut schmatzend seine Mahlzeit.

„Guten Morgen, Monsieur“, sagte François. „Wenn ich recht gehört habe, hat meine Frau Euch eine Frage gestellt, und sie ist es gewohnt, dass ihr in diesem Hause mit Respekt begegnet wird.“

Ohne François anzuschauen, wischte sich Kommandeur Bovée mit der gestärkten Leinenserviette den Mund ab und stand langsam auf, eine Hand am Schwert. Er drehte sich um und ging François gegenüber in Angriffstellung. Aber der Hausherr ließ sich nicht einschüchtern. Einen endlos scheinenden Augenblick, in dem die Sekunden weitertickten, starrten sich die beiden Männer feindselig an.

Madeleine hielt den Atem an, als Henri vortrat und an seiner Reitgerte fingerte.

„Papa!“ Vangie, die immer noch im Nachthemd war, kam zwischen den beiden Männern ins Zimmer gehüpft und rannte in die Arme ihres Vaters. Sie drückte ihm einen Kuss auf die Wange und schlang ihre Arme um seinen Hals.

Lächelnd erwiderte François die überschwängliche Zärtlichkeitsbekundung und drückte seine kleine Tochter fest an sich.

Mit einem Blick auf den schneidigen Kommandeur fragte Vangie: „Wer is'n das?"

Die Haltung des Kommandeurs entspannte sich ein wenig. „Na, was haben wir denn da für ein hübsches kleines Mädchen. Ich bin Kommandeur Bovée. Und wie heißt du?"

„Ich bin Vangie – ich bin drei", sagte die Kleine und streckte drei Finger hoch.

„Was, du bist erst drei? Ganz schön altklug für drei Jahre, würde ich sagen."

Vangie wich in die Arme ihres Vaters zurück, begann am Daumen zu nuckeln und sagte an Madeleine gewandt: „Ich hab Hunger."

Madeleine gab ihrer Tochter einen Kuss, nahm sie auf den Arm und rief dann nach Thérèse. „Gib bitte Evangeline ihr Frühstück. Ich sehe nach, was Claudine macht. Vangie hätte gar nicht allein herunterkommen dürfen."

François griff nach Madeleines Arm. „Nein, warte noch, Madeleine. Kommandeur Bovée hat immer noch nicht deine Frage beantwortet."

In diesem Augenblick platzte Claudine ins Speisezimmer. „Vangie, schäm dich ..." Als sie merkte, wie spannungsgeladen die Atmosphäre in dem großen Raum war, hielt sie mitten im Satz inne.

„Offizier Bovée?" François verschränkte die Arme.

Ein paar weitere Sekunden verstrichen, bis der Kommandeur ein amüsiertes Lachen von sich gab. „Ach ja, natürlich. Bitte vergebt mir. Immer mit den Soldaten unterwegs zu sein, verdirbt einem die guten Manieren, und man vergisst die einfachsten Höflichkeitsregeln." Er machte eine leichte Verbeugung und setzte sich dann wieder, um sein Frühstück fortzusetzen.

François blieb hartnäckig. „Meine Frau hat Euch eine Frage gestellt."

Madeleine warf ihrem Mann einen flehenden Blick zu.

Der Kommandeur antwortete, ohne aufzublicken: „Ein einfacher Erkundungsritt. Offenbar fehlen ein paar Pferde aus Eurem Stall."

„Ihr habt also bei einem Stall mit vierzig Pferden gemerkt, dass nicht alle da sind?"

„Die Erfahrung hat mich gelehrt, wachsam zu sein. Zwei Boxen stehen leer, und das allem Anschein nach noch nicht sehr lange."

„Also, das lässt sich ganz einfach erklären. Sie sind draußen auf der Weide. Sie sind ausgerissen, als Henri gestern den Stall ausgemistet hat. Wir müssen sie nur suchen und wieder herbringen."

Der Kommandeur drehte sich zu Vangie um und fragte: „Sag mal, Kleine, hast du noch Brüder oder Schwestern?"

Vangie zappelte auf Claudines Schoß herum und aß ein Stück Brot mit Butter. Sie schaute ihre Mutter an.

„Sag's dem Kommandeur, Vangie." Madeleins Stimme war leise, aber fest.

„Hmmm."

„Hmm, was? Brüder oder Schwestern? Oder beides?"

„Ja, Monsieur", korrigierte ihre Mutter sie.

„Ja, Misö."

„Wie viele?"

„Zwei Brüder."

„Wie heißen sie?"

Wieder sah Vangie erst ihre Eltern an und dann ihr Brot, das sie gerade aß. „Mehr Butter." Sie hielt Claudine das Brot hin.

Claudine stand mit dem kleinen Mädchen auf dem Arm auf und ging zur Anrichte, wo ein abgedeckter Topf mit Butter stand. Sie nahm den Deckel ab, holte noch etwas Butter heraus und strich sie dem Kind aufs Brot.

François, der am Kamin stand, beantwortete die Frage. „Wir haben zwei Söhne. Philippe ist zwölf und Charles ist acht."

„Ich glaube, ich habe Evangeline die Frage gestellt." Kommandeur Bovée nannte Vangie bei ihrem offiziellen Namen und es war ganz klar, was das zu bedeuten hatte.

„Vangie, wo sind deine Brüder?"

„Sie sind weg."

„Und wo sind sie?"

Evangeline biss noch einmal von ihrem Brot ab. Ihre Hände trieften inzwischen von der schmelzenden Butter.

„Oh oh", schalt Claudine. „Lass uns das schnell abwischen, bevor du dich damit völlig einschmierst." Sie setzte Evangeline auf den Rand der Anrichte und holte ein Tuch aus der Schublade, um dem Kind damit die Hände abzuwischen.

Kommandeur Bovée stand jetzt auf, ging zur Anrichte hinüber und nahm Vangie auf den Arm.

Sie sträubte sich, streckte die Arme nach ihrem Vater aus und rief: „Papa!"

„Ihr macht ihr Angst." François ging auf sie zu, um seine Tochter wieder auf den Arm zu nehmen.

„Wo sind deine Brüder, Vangie?"

„Weg." Sie hatte alle Finger ihrer einen Hand im Mund und mit der anderen Hand stemmte sie sich gegen den Brustkorb des Kommandeurs.

„Wohin sind sie gegangen?"

„Weiß nich'"

François nahm dem Kommandeur das Kind wieder ab. „Wir haben es Euch doch schon gesagt – die Jungen besuchen Verwandte in Spanien. Sie werden den Rest des Frühlings und auch noch den ganzen Sommer dort verbringen."

„Vielleicht – aber nur vielleicht. Wir werden sehen." Dann drehte er sich zur Familie um und sagte: „Fürs Erste einen guten Tag noch. Entschuldigt mich jetzt bitte, ich habe zu tun." Der Kommandeur machte eine tiefe Verbeugung und schritt dann hoheitsvoll aus dem Speisezimmer, wobei er beim Weggehen polternd mit dem Schwert gegen einen Stuhl stieß.

Ein allgemeiner Seufzer der Erleichterung erfüllte den Raum. François hob die Hand, um ihnen zu bedeuten, still zu sein und nichts zu sagen. „Geht an eure Arbeit und verhaltet euch so normal wie möglich“, flüsterte er. „Und betet zu Gott um Schutz für Jean und die Jungen.“

Elisabeth war zu den anderen Familienmitgliedern im Speisezimmer gestoßen. Sie ging zu François, um ihm Vangie abzunehmen, aber das kleine Mädchen klammerte sich an seinen Vater und presste das Köpfchen an seine Brust.

„Es geht ihr gut“, sagte er. „Lasst uns jetzt einfach wie immer frühstücken.“

Die Familie senkte die Köpfe, um wie üblich das Tischgebet zu sprechen, und war sich dabei der Anwesenheit feindlicher Soldaten in den übrigen Teilen des Hauses angstvoll bewusst.

„Wir werden uns nicht einschüchtern lassen und unserem Glauben absagen.“ François’ Hände blieben ruhig und seine Stimme war sicher und fest, als er den Becher zum Mund führte.

Thérèse servierte der Familie das Frühstück und Henri ging wieder hinaus zu den Pferdeställen. Vangie blieb während der gesamten Mahlzeit auf dem Schoß ihres Vaters sitzen, der hastig sein Frühstück zu sich nahm und dann Henri zu den Stallungen folgte.

Henris klare blaue Augen unter den buschigen grauen Augenbrauen drückten Sorge aus. „Was sollen wir wegen der Pferde unternehmen?“

„Geh und suche auf dem Weideland nach ihnen, vielleicht hinten bei der Obstwiese. Irgendwann werden sie zwar von selbst zurückkommen, aber vielleicht ist der Kommandeur ja überzeugt, dass die Jungen nicht auf ihnen weggeritten sind, wenn die Pferde morgen wieder im Stall stehen.“

„Ich sattle CiCi und reite gleich los.“ Henri ging zur ersten Pferdebox und holte den treuen Apfelschimmel heraus, der viele Jahre lang François' Reitpferd gewesen war. „Sie hat ein Gespür dafür, wo die anderen Pferde aus dem Stall sind."

François pflichtete ihm bei. „Reite zur Weide und rufe dort nach ihnen. Wahrscheinlich grasen sie auf den Obstwiesen auf der anderen Seite des Flusses."

Henri machte sich daran, die alte Stute zu satteln und aufzuzäumen. Sie wieherte und er gab ihr einen Apfel zu fressen. Sie war der Liebling des Stalls, obwohl es auf dem Herrensitz viele Pferde gab, die schneller waren, eine bessere Abstammung hatten und schöner waren. Aber CiCi war stark und zuverlässig und schien einen Instinkt für ihren Herrn und seine Familie zu haben. Henri hatte sie schon sehr lange in seiner Obhut.

Er lächelte, als er sie fertig machte und sich dabei erinnerte, wie die beiden Jungen auf ihrem breiten Rücken reiten gelernt hatten. Charles war ein bisschen ängstlicher gewesen als Philippe, aber beide hatten ihre Sache gut gemacht und saßen nun sicher im Sattel.

Henri stieg auf und rief François, nachdem er sich vergewissert hatte, dass die Soldaten, die sich noch auf dem Hof vor den Stallungen befanden, ihn auch hören konnten, zu: „Ich bin bald zurück. Sicher werde ich die fehlenden Gäule schnell finden."

François winkte Henri nach, bis er auf den hügeligen Wiesen verschwunden war, und versuchte, einen sorglosen Eindruck zu machen, bevor er wieder zu den Stallburschen zurückging, die dabei waren, die übrigen Pferde zu füttern.

Seine Aufmerksamkeit wurde aber abgelenkt, als er laute Rufe hörte, die vom Vorderhaus kamen. Über dem Dach stieg Rauch auf. François ließ den Futtersack fallen und rannte nach vorn auf die andere Seite des Hauses, immer dem Rauch, den Rufen und dem Geschrei der Männer folgend. Dort auf der kreisförmigen Zufahrt vor dem Haus stand ein großer Haufen ihrer kostbaren Bücher aus der Bibliothek in

Flammen. Soldaten standen dabei, johlten und stocherten das Feuer an. Dicker schwarzer Qualm stieg von den kostbaren Ledereinbänden auf.

Madeleine, Elisabeth, Vangie und Claudine kamen zur Eingangstür herausgestürzt. Madeleine blieb stehen – sie hatte die Augen vor Schreck und Schock weit aufgerissen, kniff sie dann aber wieder trotzig zusammen, dass sie ganz schmal wurden. „Oh nein! Nicht die Bücher! Wie könnt Ihr es wagen! Dazu habt Ihr kein Recht!“

Sie starrte zu dem Feuer hin, aber eine starke Hand packte sie bei den Handgelenken.

„Aber, aber, Ihr wollt euch doch nicht etwa König Ludwigs Befehlen widersetzen, oder?“ Kommandeur Bovée packte noch fester zu, während er das sagte, sodass es ihr richtig wehtat. Er zog sie unverschämt nah an sich heran. „Oder ...?“, wiederholte er noch einmal herausfordernd.

Madeleine kämpfte, um sich aus seinem Griff zu befreien, aber er presste seinen Körper fest an den ihren und provozierte dadurch, dass sie weiter Widerstand leistete.

Da stürzte François auf sie zu. „Nehmen Sie sofort Ihre Hände von ihr!“

Der Offizier warf ihm einen eiskalten Blick zu. „Aber natürlich!“ Dann trat er zurück und ließ Madeleines Arm los. „Ich beneide Euch, Monsieur. Mit Eurer Frau habt Ihr ja wahrlich einen Hauptgewinn ergattert – ein feuriges Temperament und dazu noch schön. Kein Wunder, dass sie eine von König Ludwigs Favoritinnen ist.“

François' Gesicht wurde tief rot.

„Wenn Ihr gestattet, Madame Clavell, ich muss jetzt wieder zurück an meine Arbeit.“

Madeleine rieb sich ihr Handgelenk an der Stelle, wo der Kommandeur sie festgehalten hatte. „Arbeit! Ihr nennt also das Zerstören kostbarer Bücher *Arbeit*?“

„Seid lieber dankbar dafür, dass das zunächst einmal alles ist, womit wir uns befassen.“

„Wollt Ihr uns etwa drohen – uns, einer Familie von Stand?“, forderte Madeleine Kommandeur Bovée heraus. „Ich werde dafür sorgen, dass Ludwig davon erfährt.“

„Ach, das bezweifle ich keinen Augenblick, verehrte Madame.“ Der Kommandeur zog sich seine Handschuhe an. „Nein, ich drohe Euch nicht. Ich führe nur die direkten Befehle unseres Königs aus. Die jüngste Versammlung des Klerus hat den König dazu ermutigt, unser Land sowohl im Glauben als auch politisch zu einen. Eure Familie ist außerordentlich bekannt für ihren Widerstand.“

Madeleine fuhr mit ihren Einwänden fort. „Das hier ist ein furchtbarer Irrtum. Irgendjemand anders muss den Befehl gegeben haben – Ihr handelt eigenmächtig. Ludwig hätte das hier niemals zugelassen.“

Mit zusammengebissenen Zähnen und schneidender Stimme entgegnete Kommandeur Bovée: „Ein Soldat handelt niemals eigenmächtig und ohne Befehl seines Vorgesetzten, Madame. Ja, es stimmt, Ihr seid von Stand, aber Ihr seid auch Protestanten und als solche eine Bedrohung für die Herrschaft unseres Königs. Wir haben lediglich die Absicht, Seine Majestät, den König, der Loyalität all seiner Untertanen zu versichern.“

Madeleine hatte Mühe, die Fassung zu bewahren. „Ihr dürft nach Versailles zurückkehren mit einem enthusiastischen Bericht über unsere Loyalität König Ludwig gegenüber, mit den herzlichsten, zärtlichsten Grüßen von mir ganz persönlich.“

„Oh ja, das richte ich gerne aus.“ Der Kommandeur entspannte sich und lächelte plötzlich strahlend, wodurch er beinahe gut aussah. „Ha! Da habt Ihr ja einen recht starken Konkurrenten, Monsieur Clavell – den König höchst persönlich.“

Madeleine trat an François’ Seite. „Absolut keine Konkurrenz. König Ludwig und ich sind lediglich alte Jugendfreunde.“

Der Kommandeur legte skeptisch die Stirn in Falten und grinste anzüglich. „Da hört sich das Hofgeflüster aber ganz anders an. Wenn es sich hier allerdings um einen Irrtum bei der Befehlsausgabe handeln sollte, könnte ein persönlicher Besuch von einer so schönen Dame beim König durchaus erforderlich werden, um die Angelegenheit aufzuklären."

François starrte den Kommandeur wütend an und griff dabei nach Madeleines Hand.

Madeleine stellte sich vor der imposanten Gestalt des Kommandeurs auf und sagte herausfordernd: „Ich freue mich schon darauf, Euch in Versailles wiederzusehen, Offizier Bovée."

Kapitel 4

Jean kauerte im dichten Gebüsch und spähte zwischen dem Brombeergestrüpp hindurch zum Fluss. In seinen Armen hielt er Feuerholz, das er in der ersten Morgendämmerung im Wald gesammelt hatte. Über dem Plateau auf der anderen Seite des Flusses konnte er sehen, wie mehrere Dragoner direkt gegenüber von der Höhle das Steilufer hinunter ausschwärmten. Er hörte, wie Wasser spritzte und einige der Männer ihre Pferde in den Fluss hineinführten.

Ein Gespinst aus Panik begann sich mit klebrigen Fingern um ihn herumzulegen. *Bitte Gott, gib, dass sie nichts sehen,* betete er. Jeans Hände zitterten unkontrolliert und ein Stück Brennholz, das ganz oben auf dem Stapel in seinen Armen lag, fiel herunter.

„Arrg!" Er stöhnte laut auf, als der Holzscheit fiel. Jean zuckte zusammen und sein Atem ging stoßweise. Er starrte hinüber zum Rand des Steilufers. Auf seiner Seite des Flusses war noch kein Dragoner auszumachen.

Vorsichtig und ganz leise legte er das Feuerholz auf dem Boden ab und kroch zurück ins Gebüsch, um sich Deckung zu verschaffen. In dem Augenblick, als er hinter einem von hohem Farn umwucherten Baumstumpf verschwunden war, tauchte der rot-blaue Hut eines Dragoners über dem Rand der Uferböschung auf. Der Soldat tastete sich ganz nah an den Rand vor, stand stocksteif da und suchte von dort aus die Obstwiese ab. In der einen Hand hielt er ganz locker seine lange Steinschlossmuskete vor sich, in der anderen hatte er Philipps Mütze, die, nachdem er sie offenbar aus dem Fluss gefischt hatte, immer noch vor Nässe tropfte.

Jean drückte sich ganz platt auf den Boden. Dornige Äste stachen ihm in die Haut und der Geruch feuchter Erde stieg ihm in die Nase. Er bemerkte wilde Pilze, die in dem natürlichen Humusboden wuchsen.

Der Dragoner, der gegen Steine trat und mithilfe seiner Muskete Äste auseinanderbog und das Gestrüpp absuchte, setzte sich jetzt in Richtung des Waldrandes in Bewegung, der direkt vor Jean lag. Er hielt die Luft an, damit sein Atemdunst ihn nicht verriet.

Der Dragoner kam so nah, dass Jean die Pistole in seinem Holster sehen und die Axt gegen sein Bein klicken hören konnte. Der Soldat schaute links und rechts – drehte sich dann um und ging durch das niedrige Unterholz zu den Bäumen rechts von ihm. Er steckte die Mütze in seinen Gürtel, lehnte die Muskete an einen Baumstamm und fing an, sich zu erleichtern.

Rufe vom Fluss her orderten ihn zurück. „Komm wieder hier herunter! Sie sind bestimmt nicht da hochgegangen."

Jean hörte den Soldaten fluchen, als dieser zu seinen Kameraden zurückeilte und dabei das Steilufer hinunterrutschte.

In Jeans Kehle hatte sich Speichel gesammelt. Er musste schwer schlucken und blieb reglos liegen, bis er ganz sicher war, dass der Dragoner wieder oben auf der Uferböschung angekommen war.

„Lasst es uns weiter flussabwärts versuchen. Hier ist keine Spur von ihnen. Sie müssen in die andere Richtung gegangen sein." Die Dragoner rutschten wieder die Uferböschung hinunter, wateten ins Wasser und machten sich flussabwärts auf den Weg.

Jean lag schlaff und reglos in seinem Versteck aus Frühlingslaub.

*

Philippe zog Charles vom Höhleneingang fort, drückte ihn dabei ganz fest an sich und hielt ihm mit einer Hand den Mund zu. Der kalte, schroffe Stein drückte ihm in den Rücken, als er sich ganz fest dagegenpresste. Er wagte es nicht einmal, „Pssst!“ zu sagen.

Der Befehl: „Komm wieder hier herunter. Sie sind bestimmt nicht da hochgegangen“, klang so, als ob der befehlshabende Soldat direkt am Eingang ihres Verstecks gestanden hätte. Dann hörten sie, wie jemand das Steilufer herunterrutschte, gefolgt von einem platschenden Geräusch im Wasser.

Ein paar Minuten lang sagten die Jungen nichts, sondern kauerten nur auf dem felsigen Boden und sahen einander atemlos und mit weichen Knien an.

„Wo ist Onkel Jean?“, brachte Charles heiser geflüstert heraus.

„Erinnerst du dich denn nicht? Er hat doch gesagt, dass er gleich heute Morgen trockenes Holz zum Feuermachen sammeln wollte.“

Charles begann jetzt, bohrende Fragen zu stellen: „Aber warum hat er uns hiergelassen, ohne uns zu sagen, wohin er geht? Was ist, wenn die Dragoner ihn entdeckt haben? Was, wenn er nicht wieder zu uns zurückkommen kann? Was ist, wenn wir ganz alleine hierbleiben müssen? Was sollen wir denn dann machen?“

„Psst. Wahrscheinlich hat er gedacht, dass er vom Holzsammeln wieder zurück sein würde, bevor wir aufwachen. Er ist bestimmt bald wieder da. Lass uns erst mal etwas essen.“

Philippe versuchte beruhigend zu klingen, aber insgeheim stellte er sich genau dieselben Fragen wie sein kleiner Bruder. Er wusste, dass er für Charles verantwortlich sein würde, sollte Jean nicht zurückkommen. Er zog sich auf das Felssims in der Höhle hoch und holte die Steinschlossmuskete von ihrem Platz herunter. Dann sprang er wieder auf den Boden und durchsuchte die Holzkiste nach Pulver und Kugeln.

Charles knabberte an einem Stück Käse, während Philippe die Muskete lud.

Ein leises Rascheln im hinteren Teil der Höhle ließ die beiden aufschrecken. Philippe hob eine Hand, um Charles zu signalisieren, dass er sich ruhig verhalten solle. Er ging um die Holzkiste herum und stellte sich vor Charles, die Muskete auf das stockdunkle Höhleninnere gerichtet. Das Rascheln hörte eine Weile lang auf, begann dann aber von Neuem.

Vielleicht war es nur irgendein Tier. Philippe wusste, dass er die Muskete nicht einfach abfeuern konnte, weil die Dragoner es mit Sicherheit hören und noch einmal zurückkommen würden. Aber was war, wenn es ein Dragoner war, der den Hintereingang der Höhle entdeckt hatte? Philippe bedeutete Charles mit einer Handbewegung, die Kerzen hinter den Felsen in den Schatten zu ziehen. Charles blies eine der Kerzen aus und stolperte dann lärmend, dass es in der ganzen Höhle widerhallte, als er auch die andere wegnehmen wollte. Die Jungen blieben eine Weile mucksmäuschenstill stehen, wo sie gerade waren, dann setzte das Rascheln wieder ein.

„Philippe? Charles? Ich bin es, Jean", hörten sie die vertraute Stimme ihres Onkels.

Philippe atmete erleichtert auf. „Du hast uns zu Tode erschreckt."

Jean kam an der Stelle hinter einem Felsen hervor, an der sich ihr Schlaflager befand. „Die Dragoner suchen nach uns. Ich ..." Er blieb abrupt stehen, als er die Muskete in Philippes Hand sah. „Ist die geladen? Nimm sie herunter, bevor du jemanden damit verletzt."

Philippes Kinn bebte, aber er unterdrückte den Drang zu weinen und stellte die Muskete an die Höhlenwand. „Wir haben die Dragoner gehört und sie dann durch den Spalt am Eingang auch gesehen. Wir haben gedacht, dass sie dich entdeckt hätten. Ich ... ich wusste nicht, was ich machen sollte."

Jean nahm den Jungen fest in die Arme. „Das hast du gut gemacht, mein Junge. Du hast genau das Richtige getan." Als Jean Philippe wieder losließ, sah er zu Charles hinüber, der vor der noch brennenden Kerze saß und ein paar Tränen vergoss.

„So, aber jetzt haben wir immer noch kein trockenes Holz. Das, was ich schon gesammelt hatte, musste ich liegen lassen, als ich die Dragoner in der Nähe gehört habe. Wir warten aber lieber noch ein bisschen, bevor wir die Höhle verlassen, bis wir ganz sicher sind, dass keine Dragoner mehr in der Nähe sind."

„Warum sind denn die Dragoner hier hochgekommen, um nach uns zu suchen?", fragte Philippe. „Papa hat doch gedacht, dass sie nur flussabwärts suchen würden."

Jean schaute wieder auf die Muskete, die Philippe zur Seite gelegt hatte. „Ist der Hahn gespannt? Dann sichere ihn jetzt sofort. Die Dinger sind wirklich gefährlich."

Philippe entspannte den Hahn und lehnte die Waffe dann wieder an die Felswand. „Tut mir leid." Dann wiederholte er seine Frage. „Warum sind die Dragoner so weit flussaufwärts gekommen?"

„Das lag an deiner Mütze. Einer von den Dragonern hat sie offenbar im Fluss gefunden. Ich habe sie bei ihm gesehen. Er stand so nah bei mir, dass ich seine Jackenknöpfe sehen und den Schweiß in seiner Uniform riechen konnte."

„Hattest du denn keine Angst?"

Jean rieb sich die Stirn. „Doch. Ich hatte solche Angst, dass ich dachte, mir würde das Herz aus dem Leib springen. Wenn der Dragoner nicht einem menschlichen Bedürfnis hätte nachgehen müssen, dann hätte er mich wahrscheinlich entdeckt. Ein paar Schritte weiter, und er wäre auf mich getreten. Aber genau im richtigen Moment haben seine Kameraden ihn zurückgerufen. Wenn die Dragoner von ihrer Suche wieder zurückkommen, werden deine Eltern ihnen bestimmt erklären müssen, wie die Mütze dort hingekommen sein kann.

„Es tut mir leid, Onkel, aber ich konnte wirklich nichts dafür."

„Es war ja auch nicht deine Schuld. So etwas passiert eben manchmal. Lasst uns noch ein wenig warten, bis wir ganz sicher sein können, dass die Dragoner weg sind, und dann gehen wir durch den Hintereingang hinaus. Von dort aus können wir die Gegend besser überblicken, weil der Höhleneingang in den Wald hinausgeht. Außerdem müsst ihr den Weg kennen, nur für den Fall, dass ... na ja, es ist jedenfalls gut, wenn auch ihr den anderen Ausgang kennt. Wenn wir die Höhle zum Hintereingang hinaus verlassen haben, möchte ich, dass ihr beide Wache haltet, während ich das Brennholz sammle. Dann gehe ich noch ein Stückchen flussabwärts und hole uns Trinkwasser aus dem Fluss. Stand auf dem Felssims, auf dem wir die Truhe und die Kiste gefunden haben, nicht auch ein Eimer?"

Philippe sagte eine Weile nichts, antwortete dann aber: „Doch, aber ich habe ihn nicht mit heruntergeholt."

„Würdest du ihn dann bitte jetzt holen, Philippe, während ich uns etwas zu essen besorge?"

Charles drückte sich an Jeans Seite und sagte: „Kann ich nicht bei dir bleiben, Onkel Jean? Bitte?"

Jean legte seinen starken Arm um Charles' Schultern. „Aber sicher. Geh schon, Philippe."

Philippe nahm eine Kerze und ging zu dem Gang, der zum Vordereingang führte. Über seine Schulter rief er zurück. „Ich bin sofort wieder da."

Als er den Gang betrat, war er sofort von Dunkelheit umgeben, in der nur seine kleine Kerze flackerte. Sein eben noch vorhandener Wagemut flackerte fast genauso wie die Flamme der Kerze. Er fand den Eimer schnell und eilte dann, gegen die eigene Angst anpfeifend, wieder zurück zu Jean und Charles.

Ungefähr eine Stunde lang warteten die drei noch in der Höhle, dann stand Jean auf und sagte: „Lasst uns jetzt gehen, Philippe. Nimm die Muskete, aber spanne den Hahn nicht. Und stecke für alle Fälle noch ein Paket Munition ein. Charles, du nimmst eine der Kerzen und folgst mir. Philippe, du bildest die Nachhut." Jean hockte sich vor Charles hin und fuhr fort: „Es ist sehr wichtig, dass du die Kerze ganz hoch hältst, damit wir möglichst viel sehen. Verstehst du?"

Charles bestätigte mit einem Nicken, dass er Jeans Anweisungen verstanden hatte, und begab sich dann an den Platz, den sein Onkel ihm zugewiesen hatte. Jean zündete eine weitere Kerze an, die er in der einen Hand behielt, und ging dann, den kleinen Eimer in der anderen Hand haltend, voraus.

„Der Weg nach draußen ist am Anfang ganz einfach, aber kurz vor dem Ausgang müssen wir auf einem schmalen Felssteg um einen Felsvorsprung herumklettern. Wenn ich euch sage, dass wir kurz davor sind, dann dreht euch seitlich und presst euch so eng ihr könnt an die Höhlenwand. Von dem Felsvorsprung aus geht es ziemlich steil nach unten und darunter ist Wasser. Gebt also gut acht." Beide Jungen waren aufmerksam und hörten Jean genau zu. „Seid ihr bereit?"

Sie nickten beide und stellten sich hintereinander auf. Den größten Teil des Weges konnten sie aufrecht gehen. Als sie sich dem schmalen Felssteg näherten, mussten sie jedoch gebückt gehen, um tief hängenden Steinformationen auszuweichen.

Jean blieb stehen, hielt die Kerze ein wenig höher, um das Höhlengewölbe über ihnen auszuleuchten, und blickte dann nach oben. „Diese Gesteinsformationen sind umwerfend, wenn man Zeit und genügend Licht hat, um sie sich anzuschauen. Irgendwann werden wir noch mal herkommen und das tun."

Charles und Philippe richteten ihren Blick auf das Naturwunder, konnten jedoch kaum etwas davon erkennen.

Jean gluckste leise und murmelte: „Das ist nicht unbedingt ein besonders geeigneter Augenblick für eine Unterrichtsstunde in Naturkunde, nicht wahr?"

Charles gelang ein schwaches Lächeln und er nickte. Philippe zeigte keine Regung.

Jean drängte sie zum Weitergehen. „Wir sind schon fast da." Dann richtete er sich auf und flüsterte: „Hier ist der Felsvorsprung. Drückt euch so eng wie möglich an die Höhlenwand und folgt mir."

Die beiden Jungen blieben dicht hinter ihm und bewegten sich nur zentimeterweise in Richtung des Lichtes, das vom Höhlenausgang kam. Ein Felsbrocken polterte von dem Felssteg herunter, prallte mehrmals auf dem steilen Gefälle ab und fiel dann weit unter ihnen ins Wasser. Charles und Philippe erstarrten, als das laute Platschen in der Höhle widerhallte.

„Nicht stehen bleiben, Jungs. Schiebt euch langsam seitwärts weiter – es ist nur noch ein kleines Stück."

Die vorspringende Felskante wurde breiter, als sie sich der Höhlenöffnung näherten, aber sie mussten auf allen vieren kriechen, um hinauszugelangen.

Jean sprang als Erster ins Freie und zog dann Charles heraus. „Puh! Aber das war gar nicht so schlimm, oder?"

Philippe taumelte ebenfalls heraus und kauerte sich mit der Muskete hin. „Nicht so schlimm."

Charles blies die Kerze aus und setzte sich am Eingang hin. „Ich habe gar keine Angst gehabt."

Jean und Philippe grinsten den kleinen Jungen an und wuschelten ihm durchs Haar. „So Philippe, ich möchte, dass ihr jetzt hier wartet und aufpasst. Ich glaube nicht, dass die Dragoner noch einmal in diese Richtung zurückkommen – jedenfalls nicht heute. Aber wenn du uns warnen musst, dann gib ein Signal, indem du pfeifst wie ein Star. Kannst du das?“

„Klar. So wie auf der Jagd, meinst du?“

„Genau. Charles, glaubst du, du kannst den Eimer auch tragen, wenn er mit Wasser gefüllt ist?“

Charles hatte wieder neuen Mut gefasst. „Das kann ich. Ich bin doch stark.“

„Braver Junge. Philippe, das Holz, das ich vorhin fallen gelassen habe, liegt direkt hinter den Eichen da hinten bei der Lichtung, an der Stelle, wo das Ufer zum Fluss hin steil abfällt. Du hältst oben Wache, und wenn ich pfeife, dann kommst du dorthin, wo wir sind. Wenn dann die Luft rein ist, gehen wir an den Rand der Uferböschung. Charles und ich rutschen hinunter vor den Höhleneingang, während du uns Deckung gibst. Ich bleibe dann vor dem Eingang stehen und halte von dort aus Ausschau, während Charles auch noch das letzte Stück zum Wasser hinunterrutscht. Dann kannst du herunterkommen und wir gehen durch den Vordereingang wieder in die Höhle. Oder möchtest du lieber das Holz tragen, Charles?“

„Nein, Onkel Jean, ich kann das Wasser holen. Das schaffe ich schon. Ich verspreche, dass ich es schaffe.“

„Ich glaube auch, dass du das kannst. So, Philippe, und du machst jetzt die Muskete bereit.“

„Ich bin bereit.“

„Dann los, Jungs.“ Jean und Charles krochen zwischen den Bäumen hindurch, während Philippe die Muskete schulterte und aufmerksam auf mögliche Anzeichen für Gefahr achtete. Die beiden erreichten den Holzstoß, und dann gab Jean Philippe das Signal, zu ihnen zu kommen. Sie gelangten ohne weitere Zwischenfälle zu der Baumreihe, die zur Lichtung führte.

Als sie kurz stehen blieben, um dann zur Uferböschung weiterzugehen, zeigte Philippe mit dem Finger in Richtung des Herrenhauses. „Seht mal da hinten! Rauch! Sie brennen unser Haus nieder!“

Die drei Clavells schauten stumm vor Schreck in Richtung des Herrenhauses. Dunkler Rauch quoll himmelwärts.

Jean flüsterte: „Lieber Jesus, was sollen wir denn jetzt nur tun?“

Charles ließ den leeren Wassereimer fallen. „Mama ... Papa ... Vangie ...“

„Beeilt euch. Wir müssen möglichst schnell wieder in die Höhle zurück. Alles Weitere entscheiden wir, wenn wir Brennholz und Wasser geholt haben. Also, los jetzt.“

Die drei rutschten die Uferböschung hinunter zum Vordereingang des Verstecks. „Nimm die Muskete, Charles. Philippe, halte das Gebüsch beiseite, damit ich das Brennholz in den Gang werfen kann.“

Charles nahm die Muskete und drehte sich wortlos zum Herrenhaus um. Die Rauchsäule zog ihre Blicke auf ihr Zuhause.

„Im Augenblick können wir nichts tun, um ihnen zu helfen“, sagte Jean und deutete mit dem Kopf in Richtung des Herrenhauses. „Wir müssen jetzt dafür sorgen, dass wir hier in Sicherheit sind. Genau das ist es, was Papa und Mama jetzt auch wollen würden – dass wir in Sicherheit sind.“ Er verlagerte das Gewicht des Holzstoßes auf seinen Armen.

Philippe stellte einen Fuß auf den Felsvorsprung, einen auf den Fels und die Erde vor dem Höhleneingang und zog dann das Gebüsch auseinander. Dabei fingen die Steine unter seinen Füßen an zu bröckeln und er verlor den Halt. „Autsch, meine Hand ist eingeklemmt!“

Philippes Hand verhedderte sich in dem Gestrüpp, während er mit Mühe wieder Halt bekam. Er zerrte die Hand zwischen den Ästen heraus und zerschrammte dabei seine zarte Haut. Blut quoll aus seinem Daumen und rann ihm den Arm hinunter auf seinen Hemdärmel.

Jean sah den Jungen an. „Das ist ja wirklich eine hässliche Wunde. Ein richtig tiefer Schnitt. Ist sonst alles in Ordnung?"

Philippe tat die Verletzung ab. „Sieht schlimmer aus, als es ist." Dann kraxelte er wieder zum Höhleneingang zurück und bog erneut die Äste des Gebüschs vor dem Eingangsfelsen auseinander. „So, kommt jetzt, ich hab's."

Jean warf erst das Brennholz in den Gang, drehte sich dann um und nahm Charles die Muskete und den Wassereimer ab. Dann kletterte der Junge ebenfalls hinein und nahm die Waffe an sich.

„Jetzt du, Philippe. Ich halte die Zweige auseinander, bis du ganz drinnen bist."

Philippe ließ die Zweige los und warf einen Blick auf seine verletzte Hand.

„So, jetzt erst mal alle in die Höhle. Um die Wunde kümmern wir uns später, wenn ich Wasser habe, um sie zu versorgen. Nimm jetzt erst mal die Muskete und gib mir Deckung, während ich den Wassereimer fülle."

Philippe schlängelte sich um den dicken Stein herum in den Tunnel. Dann schob er den Lauf der Muskete durch die Öffnung hinaus und beobachtete, wie Jean die Uferböschung zum Fluss hinunterrutschte.

Jean brauchte den Eimer nur einmal kurz ins Wasser zu tauchen, um ihn zu füllen, das war einfach; aber den vollen Eimer dann durch die schmale Öffnung am Höhleneingang zu bekommen, ohne dabei allzu viel Wasser zu verschütten, erwies sich als sehr viel schwieriger. Schließlich gelang es Philippe, den Eimer an der anderen Seite des Felsbrockens ins Höhleninnere zu ziehen, während Jean von außen drückte. Am Ende war etwa noch die Hälfte der ursprünglichen Wassermenge übrig.

Jean zwängte sich als Letzter durch den Eingang in die Höhle und nahm den Eimer wieder an sich. „So, und jetzt ab zu unseren Sachen in der Höhle, damit ich die Schnittwunde versorgen kann."

Durch den Spalt am Höhleneingang schaute Jean noch ein letztes Mal zu der Rauchsäule über dem Herrensitz hinüber. Er schüttelte den Kopf und ging dann voran durch den Tunnelgang zu ihrem Schlafplatz. „Stellt die Kerzen auf die Truhe dort, Jungs. Tut es sehr weh, Philippe?"

„Der Schnitt tut gar nicht so weh wie die Stelle, wo ich in dem Gestrüpp hängen geblieben bin."

Und wirklich, als Jean die Hand etwas genauer untersuchte, war der Schnitt gar nicht so schwerwiegend. Die Wunde blutete kaum noch. „Hmmm, kein Wunder, dass dir der kleine Finger so wehtut. Ich glaube, er ist gebrochen." Der Finger begann anzuschwellen, war dunkelblau angelaufen und seltsam zur Seite abgespreizt.

Jean drehte Philippes Hand um und begutachtete sie. „Alles andere sind nur Schrammen und Kratzer. Wir binden den verletzten Finger einfach mit den anderen zusammen. Das wird dann wahrscheinlich ein paar Tage lang wehtun, aber es heilt auch wieder. Setz dich erst mal hin, während ich ein Feuer mache und Wasser erhitze." Er goss Wasser in einen schwarzen Topf, den sie bei den Kochutensilien in der Holzkiste gefunden hatten, und warteten darauf, dass das Wasser kochte. Philippe setzte sich auf ihr Schlaflager und Charles hockte sich ganz dicht neben seinen großen Bruder und betrachtete vorsichtig dessen verletzte Hand. Dann zog er sich eine Decke über den Kopf, weil er nicht mit ansehen wollte, wie Jean die Wunde versorgte.

Philippe verzog das Gesicht. „Jetzt tut es weh."

„Tut mir leid, eine Zeit lang wird dir nichts anderes übrig bleiben, als die Schmerzen einfach auszuhalten."

Das Wasser war inzwischen so heiß, dass es dampfte. Jean hielt Philippes Hand. „Ich reinige die Wunde jetzt erst einmal."

Jean säuberte die Wunde und riss Stoffstreifen von einer dünnen Decke ab, mit denen er Philippes Ringfinger und den kleinen Finger miteinander verband, um den kleinen Finger zu fixieren.

Charles war auf dem Lager eingeschlafen, die Decke immer noch über dem Kopf. Jean verordnete Philippe, einen Becher Wein zu trinken, um die Schmerzen des gebrochenen Fingers wenigstens ein bisschen zu betäuben, und schon bald schlief auch Philippe tief und fest.

*

Jean lehnte mit dem Rücken an der harten, kalten Felswand, die Ellenbogen auf die Knie gestützt. Die in die Höhle ragenden Felsvorsprünge kamen ihm immer näher und er empfand die Enge wie ein Gefängnis, und zwar nicht nur für seinen Körper, sondern auch für seine Gedanken. Er presste eine Hand gegen die Stirn, als käme er auf diese Weise eher auf eine Lösung.

Oh Gott, was sollen wir nur tun? Was für eine qualvolle Geschichte hatten seine Leute jetzt schon wegen ihres Glaubens hinter sich bringen müssen. Freunde und auch Verwandte waren umgebracht worden, weil sie sich geweigert hatten, zum Katholizismus zu konvertieren, Kinder waren verschleppt und in Klöster gebracht worden, um dort erzogen zu werden. „Nachtgänger" wurden die Hugenotten von manchen genannt, weil sie gezwungen waren, wie gewöhnliche Kriminelle davonzulaufen und sich zu verstecken.

Jean drehte sich um und sah zu den beiden Jungen hin, die für ihn eher wie Söhne als wie Neffen waren. Ihm kamen die Tränen, als er sich an die Geburt seines eigenen Sohnes vor drei Jahren erinnerte. Er hatte noch Dinas Schreie bei der Geburt des Kindes im Ohr – und dann diese Stille, die zu still gewesen war. Kein Neugeborenenschrei. Er hatte in einer Ecke des Raumes wie erstarrt dagestanden, hatte Angst gehabt, etwas zu sagen. Immer noch hatte er das Bild von Dinas langem blonden Zopf im Kopf, der über die Bettkante hing, schweißnass von der Anstrengung der Geburt. Ihre blauen Augen waren offen gewesen, obwohl sie aufgehört hatte zu atmen. Alles schien voller Blut zu sein. Die Hebamme hatte den winzigen kleinen Jungen in eine Decke gewickelt, Jean mit gequältem Blick angesehen und den Kopf geschüttelt.

„Mein Gott, in deinem Wort heißt es, dass wir hinhören sollen und wir dann eine Stimme hinter uns hören werden, die uns sagt, ob wir nach rechts oder links gehen sollen. Ich höre, Herr. Ich verlasse mich darauf, dass du uns zeigst, was wir als Nächstes tun sollen.“

Jean wischte sich mit dem Ärmel über die Augen. Dann schaute er wieder zu Philippe und Charles hinüber, die immer noch beide schliefen, und ging noch einmal durch den engen Tunnel zum Höhleneingang. Er wollte sehen, ob der Rauch über dem Herrenhaus stärker geworden war oder vielleicht, nur vielleicht, sich verzogen hatte. Vielleicht war es ja auch gar nicht das Haus gewesen, das gebrannt hatte. Durfte er zu hoffen wagen, dass es etwas anderes gewesen war?

Jean spähte nochmals durch die Öffnung ins Freie, aber er konnte keinen Rauch mehr entdecken. Aufgeregt suchte er den Himmel ab, so gründlich, wie es von seinem Versteck aus möglich war. Doch weil er unbedingt eine bessere Sicht haben wollte, zwängte er sich ein weiteres Mal durch den engen Spalt, diesmal von innen nach außen, und landete auf Händen und Knien. Er stand auf und klopfte sich den Schmutz von den Händen, während er den Horizont absuchte. Die Rauchsäule war tatsächlich nicht mehr da. Es war nichts von ihr übrig, als eine tief hängende, flache Wolke. Es konnte also nicht das Haus gewesen sein, das da gebrannt hatte.

Jean schaute noch eine Weile weiter in die Richtung, in der der Herrensitz lag, wandte sich aber ab, und zwängte sich in die Höhle zurück. Er hatte François sein Wort gegeben, dass er die Höhle erst verlassen würde, wenn sie dort abgeholt würden. Wenn aber nicht bald jemand käme, würde er zum Herrenhaus gehen und nachschauen müssen, was dort passiert war. Was, wenn niemand mehr da war, wenn man sie alle verschleppt hatte – oder sogar noch schlimmer? Trotz seines Versprechens und trotz des Risikos, das er einging, indem er die Jungen allein ließ, musste Jean herausfinden, was passiert war – um ihrer aller Sicherheit willen, die wichtiger war als alles andere. Er würde warten, bis es dunkel wurde, und sich dann im Schutze der Dunkelheit hinauswagen.

Kapitel 5

Madeleines Hände zitterten vor Wut, als sie nach der verzierten Klinke griff und die Haustür öffnete. François folgte ihr in die Eingangshalle.

„Thérèse! Thérèse!" Madeleines Stimme bebte immer stärker. Man hätte glauben können, sie befände sich am Rande eines hysterischen Anfalls. „Wo ist diese Frau eigentlich, wenn man sie braucht?"

François griff nach Madeleines Arm. Er sah ihr tief in die Augen und sagte beschwichtigend: „So beruhige dich doch. Wir erreichen gar nichts, wenn wir den Kommandeur unsere Angst spüren lassen."

„Madame?" Die alte Frau erschien in dem Bogendurchgang zwischen Küche und Diele.

Madeleine entwand sich François' Griff. „Hole Henri und sag ihm, dass er die Kutschen bereit machen soll! Wir fahren nach Versailles!"

Thérèse warf François einen verstohlenen Blick zu. „Aber Madame ..."

„Willst du etwa meine Anordnungen infrage stellen?" Madeleines Wut entlud sich auf ihre Dienstmagd, die schon in der Familie war, seit Madeleine ein ganz kleines Mädchen gewesen war.

Tränen schimmerten in den von Falten eingerahmten, sanften Augen, die inzwischen unter Weitsichtigkeit litten. „N-nein, Madame, aber Henri ist gar nicht da. Monsieur hat ihn losgeschickt, um die Pferde wieder einzufangen und herzubringen."

Die leise Antwort der Bediensteten kühlte Madeleines Zorn ein wenig ab.

Dann gingen ihre Blicke von Thérèse zu François und dann wieder zurück zu Thérèse, und dann ließ sie plötzlich die Schultern hängen, begrub ihr Gesicht in den Händen und atmete ihre ganze Qual aus. „Ach ... Thérèse." Mit tränenüberströmtem Gesicht blickte sie auf und sah in diesem Augenblick wieder genauso aus wie das kleine Mädchens mit den roten Bäckchen, von denen Thérèse schon vor Jahren Tränen abgewischt hatte.

„Es .... es tut mir leid. Du hast immer treu zur Familie gehalten." Madeleine lehnte sich an François an. „Ich weiß auch nicht, was in mich gefahren ist. Vergib mir bitte, dass ich so unfreundlich war."

„Thérèse, komm bitte mit uns nach oben", sagte François ganz ruhig. Er führte Madeleine rasch die Treppe hinauf, nur weg von den Soldaten, die sich vielleicht auch noch ins Haus vorwagen würden.

Madeleine gewann langsam wieder ihre Fassung zurück, als sie die Treppe hinaufgingen. Auf dem ersten Treppenabsatz angekommen, fasste sie ihre Pläne für die Reise kurz zusammen.

„Hol Suzanne und sag ihr, sie soll die kleine Reisetruhe vom Dachboden holen. Dann geh nach draußen und sage Armond, dass er die beiden kleinen Kutschen für eine Fahrt nach Versailles bereit machen soll. Sag ihm, dass ich sowohl ihn als auch Henri dabeihaben möchte."

Thérèse sah François mit hochgezogenen Augenbrauen an. Sie war sich nicht sicher, ob sie noch stehen bleiben und warten sollte.

François schüttelte ganz langsam den Kopf. „Madeleine, bitte bedräng mich damit nicht. Ich fürchte um deine Sicherheit. Ich habe Angst ..."

Die unausgesprochenen Erinnerungen an die Beziehung zwischen Ludwig und Madeleine lagen schwer in der Luft. „Tu das nicht! Denk nicht einmal daran, dass ich dich betrügen könnte", verteidigte sie sich.

François blickte zu Boden und dann wieder Madeleine an. Sie wusste, ihm war der Gedanke zuwider, dass sie an den Hof des Sonnenkönigs reisen wollte. Obwohl von ihm als Lehnsherrn erwartet wurde, dass er sich mindestens einmal im Jahr bei Hofe sehen ließ, hatte er sich nie daran gehalten.

Er trat ein Stückchen von den beiden Frauen weg und verlagerte dann das Gewicht von einem Bein auf das andere. Madeleine sah zu, wie ihr Mann mit seinen widerstreitenden Gefühlen kämpfte, aber sie blieb standhaft.

Dann wandte er sich der Magd zu und sagte: „Geh, Thérèse, und tu, was sie sagt."

„Ja, Monsieur." Thérèse knickste und ging wieder zurück zum Treppenhaus, von wo aus eine Treppe vom Obergeschoss nach unten in den Garten und zu den Stallungen führte. Ihr schneller Schritt von einst war zu einem langsamen Schlurfen geworden.

Nostalgie und Zärtlichkeit für die alte Magd wallten in Madeleines Innerem auf und noch einmal bereute sie die harschen Worte, die sie zu ihr gesagt hatte. „Thérèse."

„Madame?" Thérèse drehte sich noch einmal zu ihrer Herrin um.

„Ich ..."

„Ja, Madame, ist schon gut. Ich kümmere mich um alles."

Die unausgesprochene Vergebung in Thérèses Blick war alles, was Madeleine gebraucht hatte. „Danke. Und jetzt macht einfach weiter mit den Vorbereitungen."

Das Ehepaar zog sich in sein Schlafgemach zurück und schloss die Tür hinter sich. Madeleine wandte sich ihrem

Mann zu und umschlang seine Taille mit beiden Armen. „Bitte, François ... unsere Söhne frieren da draußen in der Höhle und halten sich versteckt, weil sie um ihr Leben fürchten müssen. Wie sonst sollen wir denn diese Sache lösen? Die Soldaten werden nicht abziehen, nur weil wir besonders zuvorkommend zu ihnen sind. Sie hassen alles, wofür wir stehen. Das Edikt von Nantes garantiert uns zwar Schutz, aber sie werden keine Ruhe geben, bis wir konvertieren." Madeleine zögerte. „Oder hast du einen besseren Plan?"

François schüttelte den Kopf, gab ihr einen zarten Kuss auf die Wange und nahm sie dann in die Arme. Er setzte sich aufs Bett und zog sie zu sich herunter. „Ich werde dich nicht hindern zu tun, was du meinst tun zu müssen, Liebste, aber gutheißen kann ich deinen Plan auch nicht."

Madeleine verharrte zwar in François Umarmung, aber in Gedanken ging sie bereits die Einzelheiten ihrer Reise zum prachtvollen Hof von Versailles durch.

Sie setzte sich wieder auf. „Wenn Kommandeur Bovée sieht, dass die Kutschen nach Versailles tatsächlich losfahren, dann wird er seine Überzeugung fallen lassen, dass die Jungen hier irgendwo in der Nähe sind. Er käme doch niemals auf die Idee, dass ich einfach abreisen könnte, solange meine Söhne in der Nähe sind. Dadurch bekommst du die Möglichkeit, die Jungen aus dem Versteck zu holen und sie in Sicherheit zu bringen."

François ging zum Fenster und schaute zum Fluss hinüber.

„François?"

„Ich habe gehört, was du gesagt hast." Er drehte sich um und sah Madeleine an. „Der Umstand, dass wir beide Hugenotten sind, hat uns zusammengebracht. Ich weiß, dass Gott uns füreinander bestimmt hat und dass unsere Kinder unseren Glauben weitergeben werden. Aber ich bin erschöpft. Oh Gott, ich bin so müde ..." François setzte sich auf den Fenstersitz und ließ seine Hände auf die Knie fallen, wiegte sich vor und zurück, fast als hätte er Schmerzen. Sein Kopf sank nach vorn auf die Brust und er stieß einen tiefen Seufzer aus. „Ständig auf der Hut sein zu müssen vor Soldaten oder Spionen, die ein zunehmend intoleranter werdender König je nach Lust und Laune losschickt. Wird das Etikett mit der Aufschrift *Hugenotten* uns denn für immer verfolgen und unser Leben bedrohen?"

Madeleine ging jetzt ebenfalls zu dem Fenstersitz, setzte sich neben ihren Mann und strich ihm mit der Hand über die Schulter. François war immer mutig gewesen angesichts der Verfolgung, die sie wegen ihres Glaubens erleiden mussten – eines Glaubens, der den Lehren von Johannes Calvin folgte und sich dem langen Arm Roms und des Papstes widersetzte. Hugenotten wollten einfach die Freiheit, die Sakramente der Taufe und des Abendmahls so zu praktizieren, wie sie die Bibel verstanden – als äußerliches Zeichen des Wirkens Gottes in ihrem Innern. Sie glaubten nicht, dass man sich die Erlösung verdienen kann. War ihr Mann jetzt an einem Punkt angelangt, an dem er bereit war, dieses Erbe aufzugeben?

Madeleines erste Erinnerung an François war noch immer sehr lebendig. Die Familie Vaudois war erst ein paar Tage zuvor wieder nach Hause zurückgekehrt, nachdem sie bei Hofe gewesen war. Madeleine hatte es immer schrecklich gefunden, die Extravaganz und den Trubel des Lebens bei Hofe verlassen zu müssen, aber nach ihrem jüngsten heimlichen Rendezvous mit Ludwig war ihr die Abreise schwerer gefallen denn je.

Ihr Landsitz, den sie unter der tüchtigen Aufsicht von Henri und Thérèse zurückgelassen hatten, während die Familie Vaudois bei Hofe gewesen war, galt in der gesamten Provinz als Zufluchtsort für Hugenotten, die vor der Tyrannei genau des politischen Systems auf der Flucht waren, dem Madeleins Vater diente. Madeleine hatte in dieser Nacht die Aufgabe bekommen, am Tor des Getreidespeichers Ausschau nach Mitgliedern ihrer Gemeinschaft zu halten, die sich aus der Dunkelheit des Waldes zum Haus stehlen würden, um dort an einem geheimen Gottesdienst teilzunehmen.

François und sein Bruder hatten sich zum Anwesen der Vaudois geschleppt, dabei noch ihren Vater gestützt und den leblosen Körper ihrer kleinen Schwester getragen. François hatte ihnen dann ihre grauenvolle Geschichte erzählt, als er beschrieb, wie ihr Haus in der Nachbarprovinz geplündert und niedergebrannt worden war und seine anderen beiden Schwestern und seine Mutter vergewaltigt und umgebracht worden waren. Die drei Männer waren körperlich schwer gezeichnet von ihren heftigen, aber dennoch vergeblichen Bemühungen, ihre Familie zu beschützen und ihr Hab und Gut zu verteidigen. Die kleine Schwester war dann auf ihrer Flucht durch die Wälder gestorben, bevor sie die Sicherheit des Anwesens der Vaudois' erreicht hatten.

Die vier waren nur deshalb entkommen und am Leben geblieben, weil sie durch einen Geheimgang im Weinkeller ihres Anwesens hatten fliehen können. Um François' Kopf war ein blutiges Stück Stoff gebunden, das notdürftig eine große Platzwunde bedeckte, welche ihm durch das Schwert eines Dragoners beigebracht worden war.

Madeleine erinnerte sich noch an die Verzweiflung, die ihnen ins Gesicht geschrieben gestanden hatte, und daran, mit welcher Entschlossenheit François als ältester Sohn die auseinandergerissene Familie beschützt und sich um sie gekümmert hatte. In dieser ersten Nacht schon hatte sie sich in ihn verliebt – hatte sie sich in seine Stärke verliebt, die gepaart war mit einer zarten Verletzlichkeit. Sein glattes, dickes Haar war ihm ständig über die Augen gefallen – Augen, die immer fast vollständig geschlossen waren, wenn er lächelte und mit ihr scherzte.

Anfänglich hatte er sie kaum beachtet. Obwohl die Clavells reich waren und geachtete Geschäftsleute, führte François kein verwöhntes Leben.

Madeleine lächelte vor sich hin, als sie sich erinnerte, wie sie in jener ersten Zeit um seine Aufmerksamkeit gebuhlt hatte. Die prachtvolle Zeit bei Hofe und die Zuneigung von Ludwig waren immer mehr verblasst, besonders an dem Abend, als sie noch lange aufgeblieben war, um François bei der Versorgung seines schwer kranken Vaters zu helfen. Im Hause der Vaudois' stand zwar ein Heer von Bediensteten zur Verfügung, aber Madeleine hatte darauf bestanden, persönlich bei der Pflege des Kranken zu helfen.

Sie erinnerte sich jetzt, wie sie damals versehentlich François' Arm gestreift und wie seine Hand die ihre berührt hatte, als sie seinen Vater gemeinsam ein wenig aufgerichtet hatten, um ihm etwas Brühe einzuflößen. Sie erinnerte sich daran, wie der Blick des jungen Mannes bei ihr verweilt hatte, an ihre erste Umarmung und an den ersten Kuss, als das Feuer bereits fast ganz heruntergebrannt und sein Vater in einen unruhigen Schlaf gefallen war. Und dann an den Zorn ihres Vaters, als er die beiden in den frühen Morgenstunden so vorgefunden hatte. François hatte damals mutig ihre Ehre verteidigt, aber jetzt musste Madeleine fast laut auflachen, als sie an die Konfrontation der beiden Männer damals dachte.

Sie streichelte die Hand ihres Mannes, der immer noch dort auf dem Fensterplatz saß und hin und her gerissen war zwischen seinem Wunsch und seiner Pflicht, die Familie zu beschützen einerseits, und ihrem Wunsch, ihr zu erlauben, nach Versailles zu fahren, andererseits. Sie liebte die Hände ihres Mannes – Hände mit schlanken Fingern, die eigentlich eher wie Musiker- oder Malerhände aussahen. Es waren nicht die rauen, grobschlächtigen Finger eines Arbeiters, obwohl sich François als Gutsbesitzer keineswegs zu fein war, auch körperlich schwer zu arbeiten.

Die Zartheit seiner Finger wurde zur Hand hin immer kräftiger und mündete in ein Handgelenk und einen Unterarm, sehr die drahtig und stark waren. Vor ihrem inneren Auge konnte sie immer noch seine Hände im Licht des flackernden Kaminfeuers sehen, während er damals seinem Vater mit einem feuchten Tuch die Stirn abgetupft hatte, um das Fieber zu senken, und wie er ihm eine Decke bis unters Kinn gezogen hatte, wenn Schüttelfrost seinen Körper quälte.

Die Zuneigung zwischen dem jungen Paar hatte im Laufe der Zeit stetig zugenommen, und irgendwann hatten sich die Clavells schließlich auf dem Anwesen der Familie Vaudois niedergelassen.

Das Herz von Madeleines Mutter hatte François gleich von Anfang an gewonnen, aber dem Herrn des Hauses und des gesamten Besitzes musste er erst noch beweisen, dass er fähig war, das Gut später einmal zu übernehmen. Es dauerte aber gar nicht lange, bis Monsieur Vaudois so beeindruckt davon war, wie der junge Mann immer mehr Verantwortung übernahm, dass er der Verbindung zustimmte. Als dann kurz darauf Philippe geboren wurde, hätte Monsieur Vaudois nicht zufriedener sein können.

Madeleine stand auf und sah ihren mutlosen Ehemann an: „Ich weiß, dass ich immer sehr behütet gewesen bin und kaum eine Vorstellung davon habe, was andere für ihren Glauben haben erleiden müssen. Ich habe nicht so gelitten wie viele unserer Glaubensbrüder und -schwestern – und wie du gelitten hast. Aber wir dürfen unseren Glauben und unsere Überzeugungen jetzt nicht verraten. Dies ist nicht der Zeitpunkt, um schwach zu werden."

Ihr Vorwurf traf ihn bis ins Mark und veränderte die Atmosphäre in dem Zimmer auf einen Schlag. François erbleichte. „Aber ich ..."

„Ich weiß, dass du müde bist, François. Das bin ich auch. Aber wir müssen stark bleiben um der Kinder willen." Madeleine wiederholte ihr Argument noch einmal. „Es gibt keinen anderen Ausweg, als persönlich an Ludwig zu appellieren. Ich weiß, dass er mir zuhören wird. Ich glaube, er weiß gar nicht, welche Verwüstung die Dragoner auf dem Lande anrichten, und schon gar nicht, was sie hier bei uns machen.

Er hat immer das Edikt von Nantes befürwortet und unterstützt.“

François’ Augen spiegelten seine ganze Traurigkeit wider, aber er stand auf und sah seine Frau an. „Tu, was du tun musst. Vielleicht hast du ja Erfolg. Ich weiß auch keine andere Lösung.“ Er ging von ihr weg, drehte sich dann aber noch einmal um, nahm sie in die Arme und küsste sie zärtlich.

Madeleine schlang ihre Arme um seinen Hals und erwiderte seinen Kuss.

Selbst jetzt noch, nachdem sie schon dreizehn Jahre lang verheiratet waren, bekam sie immer noch Herzklopfen, wenn François sie berührte.

Aber dann löste sich Madeleine ganz plötzlich wieder von ihm. „Findest du mich immer noch hübsch? Sehe ich alt aus?“

„Schau einfach in den Spiegel, Liebling. Was siehst du?“

Madeleine drehte sich um und betrachtete sich in dem vergoldeten Spiegel, der über ihrem Toilettentisch hing. Sie drehte den Kopf ein wenig zur Seite und zupfte am Spitzenbesatz ihres Ausschnitts herum. „Ich weiß es nicht. Ich weiß es nicht mehr. Was siehst du?“

François schlang von hinten seine Arme um sie und schaute gemeinsam mit ihr in den Spiegel. „Ich sehe eine Frau mit Augen, die so dunkel und tief sind, dass man sich darin verlieren kann. Ich sehe eine Frau, deren Haut die Farbe der Maiglöckchen in unserem Garten hat. Ich sehe eine Frau mit Haar, das die Farbe von Mahagoni hat.“

„Mit ein paar grauen Strähnen.“ Madeleine strich sich das Haar mit einer Hand aus dem Gesicht.

„Wo? Ich sehe keine.“

„Du musst nur genau hinschauen. Siehst du, hier ist eine.“ Madeleine zeigte auf den Haaransatz über ihrer Stirn.

François ließ sie los und wurde ein wenig kühler. „Wieso eigentlich diese plötzliche Eitelkeit? Willst du etwa, dass

Ludwig dich wieder für deine Schönheit bewundert? Dass er sich daran erinnert, wie du warst, als ihr beide jung und verliebt wart?"

Madeleine wandte sich vom Spiegel ab und sah ihn an. Ihre Antwort kam wohlüberlegt und sicher. „Du weißt, dass ich nie wirklich in Ludwig verliebt war. Es war nicht mehr als eine jugendliche Vernarrtheit. Wie oft muss ich dir das denn noch versichern?"

Madeleine schaute zu Boden und drehte an ihrem Ehering. „Ja, ich habe mich zu ihm hingezogen gefühlt. Wer hätte das wohl nicht? Er war jung, hatte Ausstrahlung und er war König. Aber er war auch Katholik, und ich konnte mein Erbe nicht verraten. Und ich wollte nicht den Rest meines Lebens seine Mätresse sein oder eine Ehefrau, die damit würde leben müssen, dass er sich Mätressen hielt. Ich wollte jemanden wie dich, François. Jemanden, der mich in guten und in schlechten Zeiten liebt, in Reichtum und Armut. Jemanden, der mich nicht einfach irgendwann für das nächste schönste Mädchen bei Hof fallen lässt. Ich wusste ja gar nicht, was reife Liebe bedeutet, bis ich dich kennengelernt habe. Du bist der Mann, den ich gewählt habe – und dem König vorgezogen."

François' Augen füllten sich mit Tränen, aber er weinte nicht. „Es tut mit leid, Liebes. Ich weiß ja, dass du mir eine liebende und treue Frau bist, aber ich schlage mich immer noch mit dem Geist von Ludwig herum, der in deinem Herzen geblieben ist – einem Geist, der ewig jung und schön bleiben wird. Kommandeur Bovée hat recht. Ludwig ist ein übermächtiger Rivale."

Madeleine berührte François' Wange mit dem Handrücken. „Aber wie ich dem Kommandeur ja auch ganz richtig versichert habe, besteht absolut keine Konkurrenz. Wenn Ludwig heute herkäme mit allem Pomp, der höfischen Pracht und seinem ganzen Reichtum, um mich in einer goldenen sechsspännigen Kutsche abzuholen und auf sein Schloss zu bringen, ich würde ihn abweisen. Ich bin hier mit dir viel reicher, als der König es jemals sein kann."

Madeleine legte ihren Kopf an François' Brust. „Aber ich gebe zu, ich möchte trotzdem, dass er mich anziehend findet. Das wird der Hebel sein, den ich ansetzen kann. Meine alten Bande zu Ludwig werden vielleicht von Vorteil für uns sein." Dann nahm sie François' Hände in die ihren, sah ihm direkt in die Augen und fragte: „Hältst du es für möglich, dass Gott meine Beziehung zu Ludwig vorherbestimmt hat, um dafür zu sorgen, dass wir in Zeiten der Gefahr entkommen können?"

Die alte Narbe auf François' Stirn kräuselte sich, als er ihren Blick erwiderte. „Das ist ein gefährliches Spiel. Unser Gott leitet uns, aber wir können frei entscheiden und wir haben eine Wahl. Man soll sich aber auch versichern, dass man richtig wählt."

„Ich weiß, dass dieser Weg der richtige ist, mein Liebster. Vertraue mir. Das ist unsere Chance zu entkommen."

François strich ihr dickes Haar mit seiner rauen Hand glatt und rang sich ein schwaches Lächeln ab. „Ich liebe dich unendlich, meine sture, dickköpfige unwiderstehliche Frau."

„Dann darf ich dieses Kompliment wohl zurückgeben, mein lieber, sturer, beschützender Mann."

*

Der Fuchshengst und die schwarze Stute, auf denen die Jungen am Tag zuvor davongeritten waren, kamen im Galopp zu dem Wassertrog vor dem Stall gelaufen, dicht gefolgt von Henri auf CiCi. Ein paar Dragoner, die bei den Ställen herumlungerten, nahmen kaum Notiz davon. Henri stieg ab, sattelte sein Pferd ab und ließ CiCi zu den anderen beiden Pferden zur Tränke. Er hatte gerade den Sattel und das Zaumzeug in die Sattelkammer gebracht und ein paar Bürsten mitgebracht, um die Pferde zu striegeln, als Kommandeur Bovée sich näherte.

Henri verhielt sich äußerlich ganz ruhig. „Ja, genau wie ich vermutet hatte, wir haben sie grasend auf der Obstwiese gefunden. Sie mögen das Fallobst vom letzten Herbst." Er ging zu dem großen Tor und fuchtelte mit den Striegelbürsten herum. „Kann ich Euch vielleicht helfen, Monsieur? Sucht Ihr etwas Bestimmtes im Stall?"

„Ich bewundere nur Eure Ausrüstung. Eine beeindruckende Anlage. Kompliment für Eure Fähigkeiten als Stallmeister."

„Unser Herr ist sehr großzügig und weiß, dass es sich lohnt, in eine gute Ausrüstung zu investieren. Außerdem habe ich tüchtige Helfer." Henri deutete mit dem Kopf in Richtung der Männer, die in den Gärten und bei den übrigen Pferden arbeiteten. „Wenn Ihr mich jetzt nicht mehr braucht, entschuldigt mich bitte. Ich muss mich um die Pferde hier kümmern."

Ein Grinsen erschien auf dem Gesicht des Kommandeurs, allerdings nur ein sehr verhaltenes, bei dem sich seine Mundwinkel nur ein ganz klein wenig nach oben zogen. „Ja natürlich. Dein Ausflug zum Fallobst vom letzten Jahr hat dich sicher sehr angestrengt." Mit Henri zusammen verließ er den Pferdestall wieder. „Da wäre allerdings noch eine Sache, die ich gerne wüsste."

Henri war bereits eifrig damit beschäftigt, die Pferde zu striegeln. „Ja, Monsieur?"

Bovée zog Philippes Mütze aus der Tasche, ließ sie auf einem Finger kreisen und fragte: „Kennt Ihr die? Offenbar gehört sie einem Jungen."

Henri warf, ohne seine Tätigkeit zu unterbrechen, einen Blick auf die Mütze. „Aber natürlich kenne ich die. Wo haben Sie die gefunden? Philippe hat wochenlang danach gesucht."

„Einer von meinen Leuten hat sie aus dem Fluss gefischt. Sie hatte sich an einem Ast im Wasser verfangen. Sie sieht eigentlich nicht so aus, als hätte sie wochenlang im Wasser gelegen."

Henri griff nach der Mütze. „Hmm, ich weiß nicht Monsieur, aber sie ist aus Wolle. Die ist ziemlich haltbar, wisst Ihr. Ich nehme sie gleich mit ins Haus, wenn ich hier fertig bin."

Kommandeur Bovée hielt die Mütze noch einen Moment außerhalb von Henris Reichweite, gab sie ihm dann aber doch und sagte: „Sorg bitte dafür, dass seine Mutter von unserem Fund erfährt." Er blickte den Bediensteten mit spöttisch gekrauster Stirn an. „Sie hat sich bestimmt schon Sorgen darum gemacht."

„Ja, das mache ich, Monsieur. Vielen Dank, Monsieur."

Der Kommandeur schlenderte den Weg zum Haus hinauf und pfiff dabei irgendeine Melodie, als er an Thérèse vorbeikam, die zu den Stallungen unterwegs war. Er tippte kurz grüßend mit dem Finger an seinen Hut und setzte dann seinen Weg zum Haus fort.

„Henri! Ach Henri!"

Henri ließ die Pferde erst einmal stehen und ging ihr entgegen. „Was ist denn los, Thérèse? Du siehst besorgt aus."

„Madame möchte, dass du die beiden kleinen Kutschen bereit machst. Sie fährt nach Versailles. Sie ist fest entschlossen, sich mit dem König zu treffen und ihn davon zu überzeugen, dass er die Dragoner hier wieder abziehen muss."

„Und was sagt der Herr dazu? Hat er es ihr erlaubt?"

Thérèse zwirbelte ihre Schürze mit den Händen. „Er ist nicht dafür, aber sie ist fest entschlossen und lässt sich nicht davon abbringen."

Henri straffte die Schultern. „Sie wird auf keinen Fall ohne mich fahren." Seit Madeleines Vater gestorben war, hatte Henri die Rolle des Vaters und auch des Großvaters auf dem Herrensitz übernommen, obwohl er zum Gesinde gehörte.

„Sie will dich und Armond mitnehmen, und ich weiß nicht, welche Zofe sie dabeihaben will. Du sollst sofort mit den Vorkehrungen beginnen."

Kapitel 6

Madeleine hörte das Poltern des kleinen, aber schweren Schrankkoffers in dem engen Treppenhaus, als Suzanne sich damit die Speichertreppe herunterquälte.

„François, das ist Suzanne mit dem Schrankkoffer. Hilf ihr doch bitte."

Er öffnete die Tür und half der Kammerzofe, den Koffer ins Schlafzimmer zu ziehen.

Das junge Mädchen knickste. „Es tut mir leid, Monsieur. Thérèse hat mir gesagt, ich soll den kleinen Schrankkoffer vom Dachboden holen."

„Danke, Suzanne. Ich bin gerade auf dem Weg, Armond und Henri mit den Kutschen zu helfen. Du kannst ja derweil schon zusammen mit der Herrin mit dem Packen beginnen. Es sieht so aus, als ob ihr alle auf Reisen geht."

„Wie bitte?"

„Nach Versailles."

Suzannes blaue Augen strahlten. „Versailles? Ich habe großartige Geschichten darüber gehört. Fahren wir wirklich dorthin, Madame?"

Madeleine sah das Mädchen, dessen Wangen vor Aufregung über diese verheißungsvolle Aussicht gerötet waren, durchdringend an. Konnte sie ihrer Kammerzofe trauen?

„Ja, das werden wir. Aber es ist leider keine Vergnügungsreise. Es gibt Angelegenheiten, die wir dort zu regeln haben, und zwar den Umstand, dass die Dragoner nach den Jungen suchen, sich in unserem Haus einquartiert haben und womöglich alles verwüsten werden."

François ließ die beiden Frauen allein.

Madeleine öffnete die Tür des verzierten Kleiderschrankes und fing an, ihre Kleider durchzugehen. „Du weißt ja sicher, dass Ludwig und ich in unserer Jugend miteinander befreundet waren, als mein Vater noch am Hofe war."

Die Dienstmagd sah zu Boden. „Ja, Madame, davon habe ich gehört."

Madeleine sah sie an. Sie fragte sich, was für Geschichten die Zofe wohl über ihre Zeit in Versailles gehört haben mochte, als sie und Ludwig noch jung gewesen waren. Madeleine fuhr sich mit den Fingern durch die Locken. *Soll sie doch denken, was sie will.*

Madeleine gab Suzanne Anweisungen, welche Kleider, welchen Schmuck und welche Toilettenartikel sie einpacken sollte.

Die Kammerzofe tat ihre Arbeit und stellte dabei aufgeregt Fragen: „Sieht König Ludwig wirklich so gut aus, wie man sagt?"

„Ja, er sieht wirklich sehr gut aus. Einer der bestaussehendsten Männer, der mir je begegnet ist. Wobei natürlich François der bestaussehendste ist."

Suzanne erwiderte das Lächeln ihrer Herrin. „Isst er wirklich so viel, wie man sagt?"

Madeleine lachte. „Das ist keine Legende. Ich erinnere mich daran, wie er einmal zum Abendessen vier Teller Suppe, einen ganzen Fasan, ein Perlhuhn, zwei Scheiben Schinken, einen Salat, etwas Hammelfleisch mit Knoblauch und Gebäck gegessen und dann das Ganze mit Obst und hart gekochten Eiern beendet hat."

„Ist nicht möglich!"

„Ich habe unzählige Male mit ihm zusammen gegessen, und ich kann bezeugen, dass er immer gewaltige Mengen aß, am liebsten Erbsen, und zwar in jeder nur denkbaren Form – roh, gekocht, als Eintopf, gebraten. Er liebt Erbsen."

„Ist er denn ein dicker Mann?"

Madeleine schüttelte den Kopf. „Nein, überhaupt nicht. Man sollte eigentlich meinen, dass er dick sein müsste, so klein wie er ist, nicht wahr?"

Suzanne nickte. „Meint Ihr, dass ein Ballett aufgeführt wird während unseres Aufenthaltes dort?"

„Vielleicht. Ludwig liebt das Ballett. Manchmal tanzt er sogar selbst mit."

Madeleine setzte sich an ihren Toilettentisch und zog eine kleine Schublade auf, in der sie Kämme und Haarschmuck aufbewahrte. Immer Suzanne im Blick, schaute sie hinein, bis die Zofe sich über den Schrankkoffer beugte und ihr deshalb den Rücken zukehrte. Madeleine nutzte diesen Moment und griff langsam hinter die Schachtel mit den Kämmen, wo sie ganz hinten in der Schublade einen kleinen Knopf ertastete. Als sie darauf drückte, öffnete sich fast geräuschlos ein Geheimfach. Noch einmal sah sie zu Suzanne hinüber, die eifrig damit beschäftigt war, auf dem Boden des Schrankkoffers Schuhe zu arrangieren, nahm einen Samtbeutel aus dem Fach und schob ihn unter die Schachtel mit den Haarkämmen. Sie nahm zwei Elfenbeinkämme heraus sowie ein prächtiges schwarz schimmerndes Diadem und schloss dann die Schublade wieder.

„Hier Suzanne, die möchte ich auch mitnehmen, und die mit den Perlen. Und denke bitte daran, auch meine Perlenkette, die Brosche und die Ohrringe einzupacken."

„Oooh ... Madame, das habe ich ja noch nie gesehen."

Madeleine hielt das Diadem in der Hand und sagte: „Das passt besonders gut zu meinem schwarzen Spitzenschleier. Ich habe es getragen, als ich zum ersten Mal bei Hofe war, damals, bevor Ludwig mit dem Bau von Versailles begonnen hat. Er hielt zu diesem Zeitpunkt noch Hof in Paris und ich war noch sehr jung."

Madeleines Stimme wurde so leise, dass sie kaum noch zu verstehen war. „Ich war erst sechzehn und Ludwig einundzwanzig. Er hat mir das Tanzen beigebracht."

Suzanne kicherte. „König Ludwig war Euer Tanzpartner? Ich habe gehört, dass er der beste Tänzer am Hofe ist."

„Was du gehört hast, stimmt tatsächlich. Mein Vater hat mir damals gesagt, es wäre Zeit für mich, an einem der Bälle bei Hof teilzunehmen, und an jenem Abend haben mich meine Eltern mitgenommen. Ich war so nervös und außerdem stand ich vor Aufregung fast neben mir. Als die Musiker zur Eröffnung des Balles die Polonaise anstimmten, kam Ludwig zu mir, und wir führten sie zusammen an. Seine Sicherheit hat mich damals sehr beruhigt."

„Und was war Euer Lieblingstanz?"

„Ach, das weiß ich gar nicht. Sie gefielen mir alle." Madeleine begann eine Melodie im Dreivierteltakt zu summen. „Ich glaube, es war der Walzer."

Suzanne klatschte in die Hände wie ein Kind. „Ach, das klingt alles so romantisch!"

„Ludwig hat damals gesagt, dass er auf mich warten würde, bis ich erwachsen wäre. Mit meiner unschuldigen Schönheit hätte ich sein Herz erobert und er würde erst heiraten, wenn ich bereit sei, seine Braut zu sein. Meinem Vater gefiel das alles gar nicht. Er wusste Bescheid, wie schnell sich bei Ludwig ändern konnte, wem er seine Gunst und Zuneigung schenkte, und er wusste auch, dass der König jedem hübschen Mädchen am Hofe dieselben schönen Versprechungen zuflüsterte wie mir."

Immer noch am Toilettentisch sitzend, reichte Madeleine Suzanne lachend das Diadem. „Wie zu erwarten war, hat er tatsächlich nicht so lange auf mich gewartet. Er hat Maria Theresia von Spanien geheiratet, kurz nachdem wir den Hof verlassen hatten. Aber ich werde mich immer an diese Zeit der Feste in Versailles erinnern. Und die Heirat hat Ludwig ja bekanntlich nicht davon abgehalten, sich auch weiterhin Mätressen zu halten."

„Huch", Suzanne hatte vor lauter Faszination über Madeleines Erzählungen vom Königshof mit dem Packen aufgehört.

„Eine Ehefrau, Versailles und eine Mätresse – nicht einmal das alles zusammen hat ihn davon abgehalten, anderen jungen Frauen den Hof zu machen. Ich glaube aber auch, dass er eigentlich Versailles genauso sehr liebt wie alles andere. Seine eigentliche Mätresse ist im Grunde Versailles."

„Hat er jemals versucht, zu ... ich meine, Eure Zuneigung zurückzugewinnen, Madame?

„Oh ja, das hat er ..." Madeleine bekam einen verträumten Blick. „Aber das ist sehr lange her, Suzanne."

„Wie ist er denn so? Erzählt mir, woran Ihr Euch noch erinnert."

„Er mag gute Witze und kann auf seine eigene, ziemlich trockene Art überaus geistreich sein. Er liebt Musik und ist, wie gesagt, ein großartiger Tänzer. Er ist höflich – zieht vor Frauen immer den Hut, egal ob sie von Adel sind oder von niederem Rang. Aber er hat auch eine grobe, rücksichtslose Seite."

Suzanne sah Madeleine an.

„Hast du schon mal von dem Mann mit der Eisenmaske gehört?"

Suzanne wurde ganz blass. „Ist die Geschichte denn wirklich wahr?"

„Ganz sicher weiß das niemand. Diejenigen, die diese Geschichte weitererzählen, sagen, dass es wirklich einen Gefangenen von höherem Rang gibt, der seit Jahren in Einzelhaft gehalten wird. Es ist weder bekannt, wer er ist, noch welches Verbrechen er begangen hat. Manche behaupten, es sei Ludwigs eineiiger Zwillingsbruder, den er eingekerkert hält, damit er ihm nicht den Thron streitig machen kann."

„Und was glaubt Ihr?"

Madeleine ging zum Fenster und sah zu den Ställen hinüber.

„Ehrlich gesagt, ich weiß es nicht. Es gab Zeiten ..." Madeleines Stimme verstummte langsam. „Aber genug der Erinnerungen. Du wirst das alles ja bald mit eigenen Augen sehen. Du wirst verblüfft sein über die Pracht seiner königlichen Erscheinung. Es heißt, dass Menschen schon allein beim Anblick des Sonnenkönigs, wie er sich ja selbst nennt, anfangen zu zittern."

Madeleine stand auf und nahm ein schwarzes Samtcape vom Toilettentisch. „In einer Woche sind wir schon in Versailles. Aber vergiss bei aller Pracht und allem Prunk nicht, dass das Leben am Hofe auch ein teuflisches Spiel ist, bei dem man schlau und wachsam sein muss."

„Wieso denn das, Madame?"

Madeleine ging mit ihrem Cape zu dem Schrankkoffer hinüber und kontrollierte die bereits eingepackten Sachen noch einmal. „Bitte lege auch meinen blauen Morgenmantel noch mit hinein." Sie drehte sich um und sah Suzanne direkt an. „Es ist nicht alles so, wie es von außen scheint. Hinter all der Ritterlichkeit und dem Glanz, den schönen Frauen und gut aussehenden, galanten Männern wird schmutzige Politik gemacht, gibt es Intrigen, Eifersucht und Missgunst. Schau genau hin und lerne. Lass dich nicht durch diese Täuschung durcheinanderbringen."

Suzanne nickte in feierlichem Ernst.

Madeleines Stimme wurde wieder heiterer. „Geh bitte hinauf auf den Dachboden, Suzanne, und hole die alten Kleider, die ich damals bei Hofe getragen habe. Ich werde ein paar davon heraussuchen und auch noch mitnehmen."

„Ja, Madame." Suzanne ging einen Schritt zur Tür, kam dann aber noch einmal wieder zu ihrer Herrin zurück. „Madame, wenn Ihr mir noch eine Frage gestattet, woher wisst Ihr eigentlich, dass Ludwig die Bande, die Ihr in Eurer Jugend geknüpft habt, bis heute in Ehren gehalten hat?"

„Um ehrlich zu sein, Suzanne, ich weiß es nicht, aber ich muss es wenigstens versuchen. Und es ist wichtig, dass du immer genau das tust, was ich dir sage. Hast du das verstanden?"

„Ja, Madame. Immer. Und was soll ich tun?"

„Ich meine doch nicht jetzt, sondern ... ach, egal. Denk einfach daran, was ich gesagt habe, Suzanne. Und jetzt beeil dich. Wir haben noch viel zu tun."

Suzanne knickste und verließ das Zimmer. Nachdem die Zofe gegangen war, griff Madeleine in die Schublade und holte den Samtbeutel noch einmal hervor. Sie nahm einen kleinen silbernen Ring heraus und streifte ihn sich über den Finger.

Bilder von warmen Sommertagen und mondhellen lauschigen Nächten unterm Sternenhimmel, die sie gemeinsam mit Ludwig erlebt hatte, kamen ihr wieder in Erinnerung. Sie hielt den Ring ins Sonnenlicht und bewunderte die kunstvollen Gravuren. Als sie ihn wieder abnahm, drehte sie ihn so, dass sie die Gravur im Innern des Rings lesen konnte: *Toi seule pour toujours ... Louis*

Madeleine steckte den Ring wieder in den Beutel und ging zum Schrankkoffer. Als sie den Schatz in ein Seitenfach des Schrankkoffers legte, sinnierte sie: „‚Für immer der deine', hast du gesagt. Ich hoffe, dass du das immer noch so meinst, mein lieber Freund."

Kapitel 7

François ging den Weg zu den Stallungen hinunter, Unter- und Oberkiefer fest aufeinandergepresst, seinen Hut zwischen den Händen zerknautschend. Vier Stallburschen, die dabei waren, eine der Kutschen aus der Remise zu ziehen, schnauften vor Anstrengung.

Henris tiefe Stimme schallte dröhnend aus der Scheune herüber: „Bringt sie hierher." Er stand an der Stelle, wohin er die Kutsche haben wollte, und half auf dem letzten Stück beim Rangieren. „Gut so. Und jetzt holt auch noch die andere und stellt sie neben diese hier."

Er strich mit der Hand über die Lederverkleidung im Innern der Kutsche und untersuchte sie auf Kerben und Risse. „Dafür, dass sie so lange nicht in Gebrauch war und nur herumgestanden hat, ist sie noch richtig gut in Schuss."

François kam und half Henri bei der Inspektion des Gefährts. „Auch die Räder sind anscheinend alle noch in Ordnung." Er legte sich auf den Rücken in den Staub und untersuchte den Boden der Kutsche.

Henri berührte François an der Schulter und meinte: „Ich dachte, Ihr wäret gegen diese Reise."

„Das bin ich auch."

„Und dass Ihr nicht eure Einwilligung dazu gegeben hättet."

„Das ist richtig."

„Und warum seid Ihr dann hier bei mir und kümmert Euch um die Kutschen?"

François stand mit verschränkten Armen vor Henri und antwortete: „Gegen ihren Plan zu sein, bedeutet doch nicht, dass ich nicht alles tue, was in meiner Macht steht, um für die Sicherheit meiner Frau zu sorgen. Madeleine ist dickköpfig. Sie ist davon überzeugt, dass sie Ludwig bei einem persönlichen Treffen dazu überreden kann, die Dragoner wieder abzuziehen."

Henri lehnte sich an die Kutsche und war vom Rangieren immer noch außer Atmen. Er zog ein großes Taschentuch heraus und wischte sich damit die Stirn. „Aber ..."

François hob eine Hand. „Du kennst doch Madeleine genauso gut wie ich. Es ist völlig sinnlos, mit ihr zu streiten. Ihr Entschluss steht fest. Ich werde hierbleiben und mich um alles kümmern und ..." François sah sich um, um sich zu vergewissern, dass kein Dragoner in Hörweite war, „... und ich sorge auch dafür, dass Jean und die Jungen erfahren, wie die Lage hier zu Hause ist."

„Eine Woche Hinfahrt, ungefähr eine Woche Aufenthalt in Versailles und eine Woche Rückreise. Ich schätze, dass wir etwa einen Monat fort sein werden."

François nickte. „Nimm Armond als Kutscher für die andere Kutsche mit und noch vier weitere Diener. Du kennst jede Wegbiegung – die gefährlichen Stellen unterwegs und die Gasthäuser, in denen man sicher übernachten kann. Madeleine braucht deine Weisheit und Erfahrung."

Henri senkte den Kopf als Zeichen, dass ihm klar war, wie groß François' Vertrauen in ihn war.

François fuhr fort: „Armond ist zwar noch jung, aber er ist schon sehr reif für sein Alter, und wenn man ihm Verantwortung überträgt, übt er sie auch gewissenhaft aus. Außerdem hat er eine liebevolle Hochachtung vor Madame Clavell. Suche bitte auch Diener aus, die loyal sind und eine schnelle Auffassungsgabe haben. Ich habe nicht nur Angst vor dem, was euch unterwegs zustoßen kann, sondern ganz besonders vor den Gefahren, die euch am Hof drohen. Begriffsstutzige Diener sind da wenig hilfreich."

„Da stimme ich Euch ganz und gar zu, Monsieur. Ich werde mich um alles kümmern. Und was ist mit den Frauen?"

François rieb sich das Kinn. „Das weiß ich noch nicht. Suzanne kommt ganz sicher mit, aber wen Madeleine sonst noch dabeihaben möchte, hat sie mir noch nicht gesagt." Er hielt inne. „Möchtest du, dass Thérèse mitfährt?"

Henri schüttelte den Kopf. „Nein, Monsieur, lieber nicht. Sie ist nicht bei besonders guter Gesundheit. Ich hätte Angst, dass ihr eine so weite Reise nicht guttäte." Er lachte leise in sich hinein und warf dann die Hände hoch. „Aber Ihr wisst ja, dass sie ganz bestimmt protestieren wird. Sie wird wie eine Glucke über ihre Herrin wachen wollen. Doch das war ja schon immer so."

„Und das war auch gut so. Du und Thérèse, ihr seid wie Eltern für uns. Wir stehen tief in eurer Schuld."

Henri überging das Kompliment einfach und fuhr fort: „Madame will also Suzanne mitnehmen?"

Bevor François darauf antworten konnte, kam Armond zusammen mit einem der Stallburschen durch den großen Scheuneneingang herein. Die zweite Kutsche quietschte, als sie zum Stehen kam.

Armond sagte im Befehlston: „Hierher. Die Deichsel scharf einschlagen."

„Klingt ganz so, als hätten wir bei der hier Probleme mit der Federung", sagte Henri. Er warf einen Blick unter das Gefährt und zog an einem der Metallbänder. Plötzlich zersplitterte das Band und durchbohrte dabei den Boden der Kutsche. Gleich darauf brach auch noch die Hinterachse, sodass die Kutsche mit einem lauten Krachen gegen den Zaun prallte.

Die Stalljungen, Lakaien und die Knechte im Garten erschraken von dem Geräusch und unterbrachen ihre Arbeit. Zwei Dragoner kamen angerannt – ein kurzer stämmiger mit gezogenem Schwert und ein größerer Soldat mit einer Muskete im Anschlag. Henri und Armond traten beide vor, und zwar jeder an einer Seite von François.

François nahm die Hände hoch und zeigte auf die Kutschen. „Bitte nehmt Eure Waffen wieder herunter. Wir haben nur an einem der Metallbänder gezogen und das ganze Ding ist zusammengebrochen."

Finster dreinblickend sondierten die beiden Dragoner die Lage. Nachdem sie die gebrochene Achse begutachtet hatten, schlurften sie, irgendetwas vor sich hin brummelnd, wieder zurück auf ihre Posten.

François bedeutete seinen Bediensteten durch Gesten weiterzuarbeiten. „Geht wieder an eure Arbeit. Es ist alles in Ordnung."

Nervöses Lachen drang durch die Stallungen und Gärten. François standen Schweißtropfen auf der Stirn. „Wahrscheinlich sind wir alle ein bisschen am Rande unserer Nerven." Henri und Armond gegenüber versuchte er mehr oder weniger erfolgreich, Sicherheit auszustrahlen.

Armond rieb sich die Hände und schaute in die Richtung, in der die Dragoner verschwunden waren. „Wer wäre das wohl nicht, wenn jede Bewegung, die man macht, von diesen Einfaltspinseln beobachtet wird? Ich würde zu gern mal einen von denen zwischen die Finger bekommen."

François sah in Armond so etwas wie eine jüngere Ausgabe seiner selbst. „Keine Angst. Vielleicht bekommst du dazu noch früher Gelegenheit, als dir lieb ist. Aber erst einmal haben wir noch jede Menge zu tun. Wir müssen bis morgen eine Kutsche reparieren." Dann wandte er sich an Henri. „Ist das möglich?"

Henri nahm den Hut ab und kratzte sich am Kopf. „Ich glaube, wir haben noch Metallbänder auf dem Speicher. Vielleicht muss ich noch für die Reise passende Räder wechseln, aber mit Armonds Hilfe könnten wir es vielleicht bis morgen schaffen."

Armond salutierte scherzhaft und stapfte entschlossen in die Scheune.

*

Die Tür zum Zimmer ihrer Mutter war geschlossen.

„Mutter?", rief Madeleine und klopfte leise an.

Durch die geschlossene Tür hörte sie ein gedämpftes „Herein".

Madeleine öffnete die Tür und lugte hinein. In dem Schlafzimmer war es dämmrig. Die dunkelroten Vorhänge waren noch geschlossen und hielten das Tageslicht fern. Ein wenig letzte Glut des Feuers, das am Morgen angezündet worden war, glomm noch im Kamin. Rauch stand in dem Zimmer.

Ihre Mutter, die sich auf einer Chaiselongue am Fenster hingelegt hatte, bedeutete Madeleine einzutreten.

Madeleine marschierte schnurstracks zu den Fenstern, öffnete sie und stellte die Fensterflügel fest. „Es ist wirklich sehr stickig hier drinnen. Lass uns etwas frische Luft hereinlassen."

„Ich habe versucht, ein bisschen zu ruhen." Elisabeth schirmte ihre Augen mit dem Handrücken ab. „Aber sobald ich die Augen schließe, sehe ich, wie Rauch von den Büchern und Bibeln und den Schriften deines Vaters aufsteigt – und damit jede Hoffnung auf Frieden zunichtegemacht wird." Sie betupfte ihre Augen mit einem Spitzentaschentuch. „Was für eine Barbarei."

Madeleine trat an die Seite ihrer Mutter und umarmte sie. „Weine doch nicht, Mama."

„Diese Aufzeichnungen waren die kostbarsten Dinge, die mir von deinem Vater geblieben sind.“ Wieder liefen die Tränen und sie wandte sich ab. Madeleine vergrub ihr Gesicht im Haar ihrer Mutter, das nach Jasmin duftete. Sie tätschelte ihrer Mutter die Schulter und redete leise und beruhigend auf sie ein, so wie ihre Mutter sie früher als Kind beruhigt hatte, wenn sie Kummer gehabt hatte.

„Ganz ruhig. Wir werden nicht zulassen, dass diese Gräuel weitergehen. Wir werden etwas dagegen unternehmen.“

Ihre Mutter setzte sich auf, putzte sich die Nase und schwang ihre Beine über den Rand des Diwans. „Was meinst du? Gegen die Dragoner und den egoistischen Kommandeur Bovée sind wir doch machtlos.“

„Ich möchte, dass du mich nach Versailles zu einem Besuch bei Ludwig begleitest.“

„Wie bitte?“ Ihre Mutter beugte sich vor. „Was redest du denn da?“

„Ich weiß, dass ich Ludwig davon überzeugen kann, die Dragoner hier wieder abzuziehen.“

„Und wie willst du das anstellen? Du hast doch seit Jahren keinen Kontakt mehr mit ihm.“

Madeleine klatschte in die Hände, wie um ihre Entschlossenheit zu bekräftigen. „Ich bin zuversichtlich, dass er unsere Beziehung von früher noch in Ehren hält. Ich weiß, dass ich mit ihm vernünftig reden kann.“

„Mach dich nicht lächerlich, Madeleine. Du weißt doch nicht einmal, ob er sich zur Zeit überhaupt in Versailles aufhält. Er könnte genauso gut auch auf einer seiner ewigen Jagdreisen sein oder in Paris. Meines Wissens ist er immer noch nicht mit seinem gesamten Hofstaat endgültig nach Versailles umgezogen.“ Sie warf Madeleine einen warnenden Blick zu. „Du bringst dich selbst in eine äußerst gefährliche Lage, wenn du das versuchst.“

„Ich werde auf jeden Fall fahren, Mutter, und zwar egal, ob du mitkommst oder nicht. Ich bin allerdings sehr auf dein

Wissen über den Hof und auf dein diplomatisches Geschick im Umgang mit dem Adel angewiesen. Durch die Zeit mit Vater dort hast du viele Erfahrungen gesammelt, über die ich nicht verfüge. Und falls Ludwig im Moment nicht in Versailles sein sollte, fahren wir einfach nach Paris weiter. Aber du weißt genauso gut wie ich, dass er sich so oft und so lange wie möglich in Versailles aufhält. Die besten Chancen, ihn anzutreffen, haben wir jedenfalls, wenn wir nach Versailles fahren." Eine Weile schwieg Madeleine, aber dann sagte sie flehend: „Bitte, Mama. Bitte begleite mich."

Ihre Mutter erhob sich und ging vor Madeleine auf und ab. Schließlich antwortete sie: „Dein Vater hätte das niemals erlaubt."

„Vater ist aber nicht hier. Wenn er es wäre, dann wäre es gar nicht so weit gekommen, dass sich die Dragoner hier auf unserem Besitz einnisten – und nach unseren Söhnen suchen wie nach irgendwelchen ganz gewöhnlichen Verbrechern. Wir müssen auf jeden Fall etwas unternehmen!" Ihre Stimme wurde mit jedem Satz lauter. „Ich kann nicht hier zu Hause herumsitzen und mit ansehen, wie Soldaten über unserem Besitz kreisen wie die Geier über einem Kadaver, den sie dann Stück für Stück verzehren. Ich kann in dieser seltsamen zwiespältigen Sphäre nicht leben, immer höflich lächelnd und vor diesem abscheulichen Kommandeur Bovée knicksend. Ob es nun richtig ist oder falsch, ich muss einfach etwas tun."

Ihre Mutter drehte sich um und sah Madeleine direkt an. „Was genau meinst du eigentlich mit ‚Beziehung von früher'?"

„Das ist doch kein Geheimnis. Ihr habt doch damals genau gewusst, dass Ludwig hinter mir her war."

„Natürlich wussten wir das. Dein Vater und ich haben über die möglichen Folgen dieses Umstandes so manches Mal bis tief in die Nacht gegrübelt und geredet. Aber er war hinter jedem hübschen Mädchen am Hof her, und ich bin sicher, dass sich daran bis heute nichts geändert hat. Wieso sollte er auf eine Bitte von dir eingehen? Wenn ich mit dir mitkommen soll, Madeleine, dann muss ich die Wahrheit wissen. Welche Art von Verbindung hat damals zwischen dir und Ludwig bestanden?"

Madeleine trat ans Fenster und schaute in die Gärten hinunter. Sie sah, wie François und Henri die erste Kutsche inspizierten und die Stallburschen die zweite Kutsche herausbrachten. Ihr Herz schwoll an vor Liebe zu ihrem Mann. Sie drehte sich wieder um und betrachtete das Gesicht ihrer Mutter.

Ihre Mutter wartete immer noch auf eine Antwort.

„Er hat mir ewige Liebe geschworen."

„Pfff! So, wie jeder attraktiven Frau am Hof."

Madeleine sah wieder zum Fenster hinaus. Das war alles so lange her, und dennoch saß sie mit ihrer gesamten Familie wie in einer Falle. Und Madeleine wusste, dass nur Ludwig allein die Macht besaß, sie daraus wieder zu befreien. Ein kleiner Ausrutscher, eine falsche Bewegung und die Falle konnte zuschnappen und sie alle umbringen.

Sie raffte ihre Röcke und ging zur Tür. „Komm, ich will dir etwas zeigen."

Die beiden Frauen gingen den Gang hinunter in Madeleine und François' Schlafgemach. Madeleine ging zu ihrem Schrankkoffer, holte den Samtbeutel aus dem Seitenfach heraus, nahm den Ring aus dem Beutel und reichte ihn ihrer Mutter. „Den hat Ludwig mir damals geschenkt."

Elisabeth nahm den Ring wie beiläufig in die Hand. „Also wirklich, Madeleine. Solche Freundschaftsringe wurden doch bei Hofe an ziemlich jede Mätresse und Liebschaft verschenkt. Das bedeutete doch gar nichts."

„Dann lies die Inschrift."

Ihre Mutter hielt den verzierten Silberring auf Armeslänge von sich weg, um die Gravur trotz ihrer Altersweitsichtigkeit entziffern zu können. Sie drehte den Ring, las die Inschrift und schaute dann ihre Tochter mit einem ganz neuen Verstehen an.

„Ach so.“ Elisabeth schloss ihre Hand um den Ring. „Das wirft natürlich ein ganz neues Licht auf die Angelegenheit. Welche Gefühle hast du denn noch zu Ludwig? Was sagt dein Herz inzwischen dazu?“

Madeleine wählte ihre Worte sorgfältig. „Ich ... ich würde gegen alles Gold dieses Königreiches und auch für den König selbst nicht das eintauschen wollen, was ich mit François habe.“

Elisabeth forschte nicht weiter nach, sondern gab Madeleine den Ring zurück.

„Also gut. Sag Suzanne, dass sie mir helfen soll, wenn sie hier bei dir mit dem Packen fertig ist.“

Die Tür zum Schlafgemach ging auf und Suzanne blieb auf der Schwelle stehen, die Arme voll beladen mit Ballkleidern ihrer Herrin. „Entschuldigung, Madame.“

Madeleine steckte den Ring hastig in den Beutel zurück. „Komm doch herein, Suzanne, und lass uns schauen, was du alles gefunden hast.“

Die Aufmerksamkeit der Frauen wurde jedoch durch einen lauten Knall abgelenkt, der von draußen durch das offene Fenster drang. Sie rannten zum Fenster und sahen zwei Dragoner mit gezogenen Waffen nach vorn zu den Stallungen laufen.

„François!“, rief Madeleine laut. Eine der Kutschen lehnte inmitten einer Staubwolke schief am Zaun, und Madeleine sah, wie ihr Mann wild mit den Armen fuchtelnd versuchte, die Staubwolke zu zerstreuen.

„Immer ganz Friedensstifter und Beschützer.“ Madeleine unterdrückte ihre Angst. „Ich liebe dich, mein Ehemann.“

Die Dragoner nahmen ihre Waffen wieder herunter und gingen auf ihre Posten zurück.

Madeleine, die immer noch den Samtbeutel in der Hand hielt, steckte ihn in ihr Mieder, trat dann wieder vom Fenster zurück und schaute ihrer Mutter in die dunklen Augen. „Lass uns wieder an die Arbeit gehen. Wir müssen bis morgen früh fertig sein."

Suzanne breitete alle Kleider, die sie auf dem Dachboden gefunden hatte, auf dem Bett ihrer Herrin aus. Einige davon waren für eine reife Frau, wie sie es inzwischen war, einfach zu mädchenhaft, aber ein paar fand Madeleine darunter, die es für einen Besuch bei Hofe immer noch taten.

„Das rote hier auf jeden Fall, Suzanne. Ich habe es bei meinem letzten Besuch in Paris erstanden und es vergangenes Jahr beim *Fest des Schutzheiligen* getragen."

Madeleine strich mit den Fingern über die vielen langen Spitzenvolants, die die Ärmel schmückten, und die beim Tanzen bei jeder Bewegung so wunderbar anmutig mitschwangen. Das Kleid war elegant nach der neuesten höfischen Mode geschnitten, mit tief angesetzter Taille, schmal geschnitten und einem V-förmigen Miederansatz. Madeleine wollte in ihrer Garderobe auf keinen Fall altmodisch wirken. Sie kannte schließlich Ludwigs erlesenen Geschmack. Auch der weite, tiefe Ausschnitt würde ihm gefallen.

Sie stand vor dem Spiegel und versuchte, ihre Taille mit beiden Händen zu umfassen. Nach der Geburt von drei Kindern war sie nicht mehr so schlank wie damals. Suzanne würde einfach das Mieder besonders eng schnüren müssen. Madeleine stellte sich vor, wie sie tanzte, wie die mitschwingende Spitze des Kleides ihre Figur bei den einzelnen Tanzfiguren umspielen würde. Sie war wieder jung.

Suzanne nahm ein weiteres schweres Ballkleid hoch. „Oh ja, Madame, das auch." Ein dezenter Schimmer schwarzer Glitzerfäden verlieh dem Kleid einen seidigen Glanz, als Suzanne es in den Schrankkoffer manövrierte. „Der schwarze Spitzenschleier und das Diadem passen perfekt dazu."

„Ja, das Kleid passt ganz gut. Hast du auch meine schwarze Halskette und die Ohrringe schon eingepackt?"

„Ja, alles bereits erledigt."

Madeleine zeigte auf ein champagnerfarbenes Abendkleid und dann noch auf ein smaragdgrünes. „Und auf jeden Fall noch dieses." Madeleine ging zurück zu ihrem Kleiderschrank und nahm ein Kleid aus fließendem leuchtend blauen Chiffon heraus. „Solche Wickelgewänder mit der tiefen Rückenfalte sind der letzte Schrei in Versailles."

Sie hielt sich das Kleid vor und drehte sich vor dem Spiegel hin und her. Von den Schultern aus fiel das Kleid in üppigen Falten herab. Madeleine lächelte. „Weißt du, warum das in letzter Zeit als besonders schick gilt?"

Suzanne schüttelte den Kopf.

„Soviel ich gehört habe, hat Ludwigs derzeitige Mätresse, Athénais de Montespan, diesen Schnitt entworfen, um ihre Schwangerschaft zu kaschieren. Seine offizielle Mätresse, Louise de la Vallière, verhält sich wesentlich sittsamer. Doch Athénais stellt ihre Schande richtig zur Schau und macht sie salonfähig. Und die Damen bei Hofe folgen ihr dabei auch noch wie die Schafe zur Schlachtbank." Madeleine zögerte tief in Gedanken versunken. „Und nach dem Willen Gottes ist das sicher nicht."

„Ja, Madame."

„Manche bezeichnen Athénais als die *eigentliche* Königin von Frankreich." Madeleine hielt inne und strich über den Stoff des Ballkleides, das sie gerade über dem Arm trug. „Wir werden ja selbst sehen, wie viel Wahres an diesen Gerüchten ist."

Sie legte das Kleid wieder zu den anderen aufs Bett. „Das müsste reichen. Sorge bitte dafür, dass für jedes Kleid die nötigen Accessoires dabei sind – Schuhe, Unterwäsche, Kämme und Schmuck."

Elizabeth rief von ihrem Zimmer aus nach Suzanne. Madeleine nickte und schickte die Kammerzofe den Gang hinunter. „Geh jetzt und hilf Madame Elisabeth. Ich werde hier schon alleine fertig."

Suzanne huschte zur Tür hinaus und zu Elisabeths Zimmer. Madeleine zog den Beutel wieder aus seinem weichen Versteck hervor und legte ihn in das Seitenfach des Schrankkoffers zurück.

„Welchen kostbaren Schatz verbirgst du denn da in einem so winzigen Versteck?“, fragte François, der in diesem Augenblick das Zimmer betrat. Er schaute sich um. „Hast du meine Handschuhe gesehen?“

Madeleines Puls ging ein wenig schneller, als ihr Mann so unerwartet auftauchte. „Oh, du hast mich erschreckt. Ich dachte, du wärest noch draußen.“ Sie zeigte aufs Bett. „Da sind sie – auf deinem Nachtschrank.“

François nahm seine Handschuhe und sah Madeleine fragend an. „Also?“

„Ach das. Also eigentlich gar nichts. Nur ein Schmuckstück.“

„Hm.“ François deutete auf das Fenster. „Ich nehme an, du hast das Krachen bei den Stallungen gehört.“

„Ja, und ich habe auch gesehen, wie mutig du den Dragonern entgegengetreten bist.“ Madeleine umarmte François. „Ich bin so stolz auf dich.“

François erwiderte Madeleines Umarmung mit einem flüchtigen Klaps auf ihren Rücken.

„Lässt sich die Kutsche bis morgen früh reparieren?“ Madeleine schaute zum Fenster hinaus auf das umgekippte Gefährt.

„Armond und Henri sind schon an der Arbeit. Wenn auf dem Speicher jedoch keine passenden Reservebänder sind, müssen sie erst neue schmieden. Es würde dann mindestens einen Tag dauern, bis sie geschmiedet und richtig ausgekühlt wären.“

„Ich will aber auf jeden Fall morgen fahren, und zwar mit zwei Kutschen. Wenn wir mit zwei Kutschen in Versailles vorfahren, unterstreicht das meine Stellung und verleiht auch meiner Bitte um eine Audienz bei Ludwig mehr Nachdruck.“

„Wir tun, was wir können, Liebes. Falls wir es aber nicht schaffen sollten, die kleine Kutsche rechtzeitig wieder hinzubekommen, was wünschst du dann? Willst du dann die große nehmen?“

„Nur wenn es gar nicht anders geht.“ Sie hielt inne und dachte nach. „Aber wenn ich beide Kutschen nehmen kann, dann möchte ich ein Gespann mit weißen Pferden und eines nur mit schwarzen.“

„Madeleine, hörst du mir eigentlich zu? Ich weiß nicht, ob wir die zweite Kutsche bis morgen überhaupt reparieren können. Wenn wir nur eine Kutsche fertig bekommen, welches Gespann möchtest du dann?“

„Das weiße. Sie sind extravagant und fallen sofort ins Auge.“

„Ja, darauf hätte ich auch selbst kommen können.“ Zorn schlich sich in François' Stimme. „Henri wird seine Liebe Mühe haben, mit dem Gespann zu fahren.“

François verließ kopfschüttelnd das Schlafgemach. Auf dem Gang traf er auf Elisabeth.

„François, ich dachte du wärest unten bei den Ställen.“

„Ich hatte meine Handschuhe vergessen.“

Elisabeths stille Anmut und Eleganz, die bei Hofe einmal so bewundert worden war, wirkten auf François irgendwie tröstlich. „Ich werde sie nach Versailles begleiten“, sagte Elisabeth. „Ich bin mit ihrer Entscheidung, dorthin zu fahren, zwar nicht einverstanden, aber sie ist fest entschlossen.“

„Ich bin ebenfalls nicht einverstanden, aber vielen Dank, Elisabeth, dass du bereit bist, sie zu begleiten. Vielleicht können Henri und du sie ja ein bisschen bremsen.“

Elisabeth lächelte und legte eine Hand auf François' Arm. „Du erwartest also, dass mir jetzt etwas gelingen soll, was ich dreißig Jahre lang nicht geschafft habe?“

„Hmm, dann träume ich wahrscheinlich, oder?“ François steckte sich seine Handschuhe in den Gürtel und polterte die Hintertreppe hinunter.

*

Als sie vor der Tür zum Zimmer ihrer Tochter stehen blieb, murmelte Elisabeth: „Ich folge ihr in die Höhle des Löwen, mein lieber Schwiegersohn.“ Sie seufzte und schüttelte den Kopf. „Ach, meine mutige Tochter. Es waren Daniels Mut und sein Glaube, die ihn aus der Löwengrube retteten, aber genau das war es auch, was ihn überhaupt erst dorthin brachte.“

Sie richtete den Blick nach oben gen Himmel und faltete die Hände zum Gebet. „Ich flehe dich an, barmherziger Gott, dass du, so wie du das Maul des Löwen verschlossen und Daniel dadurch im Feindeslager beschützt hast, auch uns davor beschützt, verschlungen zu werden, wenn wir Feindesland betreten.“

Kapitel 8

Ein karges Abendessen, bestehend aus Zwieback, Käse und Walnüssen lag auf der Holzkiste neben der flackernden Kerze. Jean, Philippe und Charles kauerten dicht gedrängt um den provisorischen Tisch herum und zogen ihre Jacken und zusätzlich Decken fest um sich, damit ihnen einigermaßen warm blieb.

Jean senkte den Kopf zum Dankgebet.

Charles bibberte: „I ... i ... ich bin für das hier aber nicht besonders dankbar. Wieso können wir denn nicht einfach wieder nach Hause gehen? Wetten, dass die Dragoner schon längst wieder weg sind, Onkel Jean! Komm schon."

Philippe schwieg.

Jean sagte in festem, aber auch liebevollem Ton: „Wir haben ein Versteck, in dem wir sicher sind, und wir haben genug zu essen und zu trinken. Wir dürfen nicht undankbar sein."

Charles ließ den Kopf hängen. „Aber ..."

Philippe stimmte auf Art des großen Bruders in das Mutmachen ein. „Vielleicht bleiben die Dragoner ja auch gar nicht mehr so lange und wir sind wieder zu Hause, ehe wir uns versehen."

Jean stand auf, rieb sich den Nacken und sagte: „Folgendes werden wir tun: Nachher, wenn es dunkel ist, gehe ich noch einmal zum Herrenhaus zurück und sehe nach, was dort gebrannt hat."

Philippe und Charles sahen beide ihren Onkel an, sprachen aber nicht aus, was sie dachten.

„Ich glaube, dass es mir gelingt, unbemerkt in die Scheune zu schleichen. Von da aus kann ich dann eurem Vater ein Zeichen geben. Er kennt meinen Pfiff und wird sofort in die Scheune kommen, wenn er ihn hört. Als Kinder haben wir diesen Pfiff immer als Erkennungszeichen benutzt, wenn wir nachts Dachse jagen wollten. So konnten wir ganz bequem aus dem Haus schleichen, ohne dass unsere Eltern etwas merkten."

„Aber was ist, wenn die Dragoner dich entdecken? Und wie erfahren wir hier, was passiert ist? Und was machen wir, wenn dir unterwegs etwas zustößt?"

„Bleibt einfach hier, egal was geschieht. Wenn mir etwas zustößt, dann wird irgendwann jemand kommen und euch holen. Wir müssen einfach wissen, was heute dort drüben beim Haus passiert ist. Und Gott bewahre, die Dragoner haben meiner Familie etwas angetan ..."

Der ängstliche Blick in den Gesichtern der Jungen hielt Jean davon ab, seine Befürchtungen auszusprechen. „Jedenfalls müssen wir entscheiden, wie wir weiter vorgehen – ob wir fliehen oder uns versteckt halten sollen, bis die Dragoner wieder abziehen."

Philippe spielte mit seinem Essen, indem er ein Stück Käse auf einen Zwieback legte, es dann wieder wegnahm und dann den Zwieback auf den Käse legte – hin und her und hin und her.

„Wir würden also Mama und Papa und Vangie und Großmutter einfach zurücklassen? Auch wenn wir gar nicht wissen, was passiert ist?" Ohne aufzublicken fuhr er fort: „Da mache ich nicht mit. Ohne sie gehe ich auf keinen Fall weg." Philippes Blick war eine Herausforderung an Jean, ihm die Stirn zu bieten.

Jean beugte sich über die Holzkiste, sodass durch das Kerzenlicht ein unheimlicher Schatten auf sein Gesicht fiel. „Ich verstehe dich ja, und ich weiß, wie du dich bei dem Gedanken fühlst.“ Er beugte sich noch weiter vor und legte seine eine Hand auf Philippes Arm. „Mir widerstrebt diese Möglichkeit auch ganz und gar. Aber solche lebenswichtigen Entscheidungen dürfen wir nicht auf der Grundlage unserer Gefühle treffen. Wichtig ist, dass wir alles in unserer Macht Stehende tun, damit ihr beiden nicht verschleppt und dann in ein katholisches Kloster gebracht werdet, um dort erzogen zu werden. Wer weiß, was Gott noch mit euch vor hat. Wir müssen in erster Linie Gott dienen und erst dann unserer Familie.“

Jean hielt inne und entspannte sich. „Aber vielleicht machen wir uns ja auch ganz umsonst Gedanken. Vielleicht ist zu Hause schon alles wieder in bester Ordnung und die Dragoner sind längst abgezogen.“

Philippe spielte immer noch mit seinem Essen herum. „Wenn die Dragoner schon wieder weg wären, dann wäre Papa doch schon längst hier, um uns abzuholen“, sagte er leise.

„Ja, aber vielleicht hat er bis jetzt auch nur noch keine Zeit gehabt herzukommen“, hielt Jean dagegen. „Ich werde auf jeden Fall heute Abend aufbrechen, wenn es ganz dunkel ist und ich sicher bin, dass ich unbemerkt in die Scheune gelangen kann. Lasst uns bis dahin versuchen, noch ein wenig zu schlafen.“ Jean stand auf, wischte sich die Zwiebackkrümel von seiner Jacke und sagte: „Philippe, ich bin stolz auf dich.“ Dann wandte er sich Charles zu. „Auf euch beide.“

Charles liefen Tränen übers Gesicht, und er machte sich nicht einmal die Mühe, sie abzuwischen. Er senkte den Kopf und beugte sich vor, sodass seine Ellenbogen auf der Kiste ruhten, das Gesicht in den Händen verborgen. „Mir sind die Katholiken und die Dragoner und die Soldaten egal. Ich will einfach nur wieder nach Hause.“ Dann beugte er sich so weit vor, dass sein Gesicht auf seinen Armen lag, und schniefte leise vor sich hin.

Jean tätschelte ihm den Kopf. „Bald. Bald sind wir wieder zu Hause, und das alles hier wird euch wie ein böser Traum vorkommen."

Die Jungen machten sich fertig für die Nacht und Jean stocherte noch einmal die Glut im Feuer an. Er saß gegen die schroffe Höhlenwand gelehnt da und wartete auf den richtigen Augenblick zum Aufbruch in Richtung Herrenhaus. Er wartete, die Knie mit den Armen umschlungen, das Feuer beobachtend, wie hypnotisiert vom grellen Tanz der Flammen.

Überall in Frankreich saßen Tausende von Hugenotten in allen möglichen Arten von Gefängnissen und warteten auf Befreiung. Ihre Gefängnisse waren schmutzige Verliese, ungeheizte Zellen oder spartanische Klöster, oder aber das Exil im Ausland. Wie würde wohl das Schicksal der Familie Clavell aussehen? Haft? Flucht? Tod?

Die behagliche Wärme der Glut legte sich um ihn und er döste ein. Die Holzscheite knackten und knisterten, als das Feuer zu glimmender Holzkohle herunterbrannte.

Ein paar Stunden später wachte Jean aus seinem unruhigen Nickerchen auf. Er legte noch ein paar Holzscheite nach und sah dann die Ausrüstung durch. Dabei fand er rasch, wonach er suchte – ein kurzes, aber todbringendes Messer, das er gut am Körper verstecken, aber auch schnell ziehen konnte.

Er schaute noch einmal nach den Jungen, die aber beide ruhig schliefen. *Lieber Jesus, bitte beschütze die Jungen und mich heute Nacht* – ein kurzes und direktes Gebet, bevor er durch den Tunnel und dann zum Höhleneingang hinaushuschte.

Die Nacht war kühl und zum Glück stockdunkel. Jean ließ sich die Uferböschung zum Fluss hinunterrutschen und ging dann flussabwärts, bis er eine seichte Stelle gefunden hatte, an der er den Fluss überqueren konnte. Das eisige Wasser schwappte ihm um die Knöchel. Er fröstelte und er zog seinen Hut tiefer über die Ohren. Seine Augen gewöhnten sich langsam an die Dunkelheit. Es war kein Stern am Himmel zu sehen und auch der Mond war von Wolken verdeckt.

Nachdem er den Fluss überquert hatte, ging er in Richtung des Steinwalls, an dem sie auch am Vortag auf dem Weg zu ihrem Versteck entlanggeritten waren. Das schien schon eine Ewigkeit her zu sein. Er kauerte sich hinter den Wall, der gegenüber ihrer Pferdeweide lag, und tastete sich an den glatten grauen Steinen entlang. Der niedrige Wall folgte der Kontur des Geländes, das in Richtung des Herrensitzes ganz langsam anstieg. Er kannte hier jede Biegung und jeden Stein. Er folgte der etwa einen Meter hohen Einfriedung und benutzte sie als Deckung, bis er sich mit den Stallungen und der Scheune auf einer Höhe befand.

Dort stand eine uralte Eiche, deren tief hängende und ausladenden Zweige über die Mauer ragten. François und Jean hatten den Clavell-Kindern im vergangenen Sommer geholfen, im Geäst ein Baumhaus zu bauen. Zwischen den Latten der klapprigen Konstruktion konnte Jean jetzt ein paar Sterne hindurchfunkeln sehen. Die knorrigen Verdickungen am Stamm der Eiche als Handgriffe und Tritthilfen benutzend, schwang sich Jean über den Steinwall und versteckte sich dann im Schatten des Baumes. Er spähte zwischen dem dichten Laub hindurch zum Haus hinüber.

In der Scheune war noch Licht. *Wieso ist dort um diese Zeit noch jemand?* Vielleicht hatten einige der Dragoner die Anweisung bekommen, auf dem Heuboden zu übernachten.

Er spürte einen Regentropfen und schaute zum Fluss zurück. Blitze zuckten am Horizont und in der Ferne war Donnergrollen zu hören. Jetzt konnte er die Umrisse des Herrenhauses erkennen. Soweit er es sehen konnte, schien dort alles in Ordnung zu sein. Der Regen wurde stärker und das Gewitter kam näher. Der Wind nahm zu und verfing sich zwischen den Giebeln des Herrensitzes zu einem unheimlichen Heulen.

So tief geduckt wie möglich, schlich sich Jean zur Scheune, während das Donnern immer näher kam, dann lief er weiter an eines der Scheunenfenster und spähte hinein. Was für ein Glück! François, Henri und Armond waren offenbar dabei, Metallstücke zu bearbeiten. Eine der kleineren Kutschen stand aufgebockt mitten in der Scheune.

Jean schaute von außen in die einzelnen Boxen im Stall und blickte sich noch einmal zum Pferdegatter um. Ein Pferd wieherte leise. Sonst konnte er niemanden entdecken. Eng an die Scheunenwand gepresst, schob er sich Stückchen für Stückchen zur Vorderseite des Gebäudes vor, bis er um die Ecke auf den großen Scheunenhof schauen konnte. An die Tür gelehnt lag ein Dragoner und schlief, seine Muskete quer über dem Schoß, und versperrte ihm dadurch den Weg in die Scheune.

Ganz in der Nähe schlug krachend ein Blitz ein und der nachfolgende Donner hallte über die Hügel, erschütterte die Dachsparren der Scheune und weckte den Dragoner mit einem Ruck, sodass er aufsprang, nach seinem Gewehr griff und hektisch damit herumfuchtelte. Mit einem Satz sprang Jean wieder hinter die Scheune zurück.

Was für ein Idiot, bei einem Gewitter die Waffe gegen die Naturgewalten zu richten.

Der Dachüberstand der Scheune bot dem Soldaten kaum Schutz vor dem Platzregen, der jetzt niederging und durch den Wind noch verstärkt wurde. Deshalb begab sich der Mann durch die offene Scheunentür ins Trockene.

Jean ging wieder zu dem Fenster zurück und lugte hinein, um zu sehen, was der Dragoner jetzt tun würde. Er begab sich mitsamt seiner Muskete in Richtung Dachboden. François nickte und zeigte auf die Leiter, die an der Wand lehnte. Der Dragoner sah sich noch einmal im Innern der Scheune um, blieb stehen, schaute Henri und Armond noch kurz bei der Arbeit zu, stieg dann die Leiter hinauf und verschwand auf dem Heuboden.

Jean stieß einen Seufzer der Erleichterung aus. Er beschloss, lieber noch ein Weilchen zu warten, bis er sicher sein konnte, dass der Dragoner wieder eingeschlafen war. Dann würde er sich noch einmal vorwagen.

Der Wind nahm ab und aus dem Wolkenbruch wurde ein sanfter, aber stetiger Frühlingsregen. Die zuckenden Blitze zogen immer weiter ab in Richtung der Hügel und der Obstwiesen. Nur in weiter Ferne war noch leises Donnergrollen zu hören.

Jean lugte noch einmal um die Scheunenecke, als plötzlich die Tür aufging und Licht aus dem Scheuneninneren die Dunkelheit durchbrach. François ließ die Tür angelehnt und rannte zum Haus hinüber, die Jacke als Schutz vor dem Regen über den Kopf gezogen.

In diesem Augenblick stieß Jean den Erkennungspfiff aus. François blieb stehen und drehte sich um. Jean trat ganz kurz ins Licht vor der Scheune, sodass François ihn erkennen konnte, und tauchte dann wieder in den Schutz der Dunkelheit ein.

Sofort kam François zu Jean herübergerannt. Die Brüder umarmten sich und klopften sich gegenseitig auf den Rücken.

„Was machst du denn hier? Geht es den Jungen gut?"

„Ja, mit den Jungen ist alles in Ordnung. Wie sieht es hier bei euch aus? Wir haben Rauch gesehen. Ich musste einfach wissen, was hier los ist."

François zog Jean am Arm wieder hinter die Scheune. Lass uns erst einmal aus dem Regen in die Scheune gehen.

„Aber der Dragoner."

„Der schläft. Als ich nach draußen gegangen bin, hat er schon so laut geschnarcht, dass sich das Scheunendach gehoben hat."

Als die beiden Männer wieder zur Scheunentür hineingeschlichen kamen, blickten Henri und Armond gleichzeitig auf. François legte einen Zeigefinger auf seine Lippen woraufhin beide Männer nickten. François bedeutete Henri, weiter mit dem Hammer das Metallstück zu bearbeiten.

Beim Kling-Klang des Schmiedehammers auf dem Amboss kauerten sich François und Jean in eine der Pferdeboxen in der Nähe der Tür, und François berichtete sowohl von der Bücherverbrennung als auch von Madeleines Plänen, am nächsten Morgen nach Versailles aufzubrechen.

„Ach so, deshalb die Kutsche."

„Also, ich glaube ehrlich gesagt nicht, dass sie bis morgen früh fertig wird. Irgendwie gelingt es uns nicht, ein passendes neues Metallband zu schmieden. Wenn wir es heute Nacht nicht schaffen, muss Madeleine morgen mit der großen Kutsche fahren."

„Du bist also mit ihrem Vorhaben einverstanden?"

François presste seine Lippen zu einem schmalen Strich zusammen. „Nein, bin ich nicht. Aber sie ist nicht aufzuhalten, wenn sie sich einmal etwas in den Kopf gesetzt hat. Das weißt du doch selbst."

Jean nickte.

François fuhr fort: „Wir hoffen, dass Kommandeur Bovée seinen Verdacht fallen lässt, die Jungen könnten sich hier irgendwo in der Nähe aufhalten, und dass er seine Einheit wieder abzieht, sobald Madeleine nach Versailles aufgebrochen ist. Ich möchte, dass du mit den Jungen in der Höhle bleibst, bis einer von uns euch dort wieder abholt."

„In Ordnung. Unsere Vorräte reichen noch für ein paar Tage. Wenn es sein muss, können wir auch Fische oder Kaninchen fangen."

„Und jetzt mach dich lieber wieder auf den Weg zu den Jungen. Sie bekommen sonst Angst, wenn du allzu lange weg bist."

„Wir warten dann auf weitere Anweisungen." Jean umarmte seinen Bruder noch einmal und sagte: „Du kannst wirklich stolz sein auf deine Söhne. Sie sind tapfere junge Männer."

„Ich bin auch stolz auf sie – und auf dich ebenfalls, kleiner Bruder.“ François hatte Tränen in den Augen. „Du bist verantwortlich für ein kostbares Gut, Jean. Pass gut auf sie auf, dass ihnen nichts zustößt.“

Jean ging in Richtung Tür.

„Stehen bleiben oder ich schieße!“ Der Dragoner stand oben am Rand des Heubodens und hatte seine Muskete direkt auf Jean gerichtet, der auch sofort stehen blieb.

Sein Blick schoss zwischen dem Soldaten und François hin und her.

Bevor jemand etwas sagen konnte, sprang Armond die Leiter hinauf und holte gegen den Dragoner aus, woraufhin der Soldat herumwirbelte und auf Armond schoss, ihn jedoch verfehlte, sodass die Kugel an seinem Ohr vorbeizischte. Armond bekam den Dragoner an den Knien zu fassen und brachte ihn im Heu zu Fall.

Die beiden rangen miteinander, wälzten sich keuchend dort oben im Heu, bis sie ganz am Rande des Heubodens angelangt waren. François kletterte die Leiter hinauf, um Armond zu Hilfe zu kommen, aber der muskulöse Stallbursche hatte bereits die Oberhand gewonnen und versetzte dem Soldaten einen Stoß, sodass dieser über den Rand des Heubodens hinunterfiel und zu Füßen von Jean und Henri landete.

Der Dragoner stöhnte und versuchte aufzustehen, war jedoch zu benommen.

Alle Blicke waren jetzt auf Jean gerichtet, der mit gezogenem Messer über den Soldaten gebeugt stand. Er sah zuerst seinen Bruder an, dann Armond, der sich noch oben auf dem Heuboden befand und hinunterschaute, und dann auf Henri neben sich, der den Schmiedehammer in der Hand hielt.

„Töte ihn, Jean. Wir haben keine Wahl“, brach Henris Stimme der Erfahrung das Schweigen. „Wenn wir es nicht tun, wird er uns töten oder Alarm schlagen.“

Jean sah den Mann zu seinen Füßen an. „Er ist noch so jung – jünger noch als ich, kaum ein Mann.“

Die Augenlider des Dragoners flatterten, als er langsam wieder zu sich kam und mühsam versuchte, wieder auf die Beine zu kommen. Er sah das Messer in Jeans Händen und fing unkontrolliert an zu zittern.

„Bitte, lasst mich laufen! Ich werde einfach verschwinden, und es wird nie jemand erfahren, was mit mir geschehen ist." Und an Jean gerichtet: „Ich werde niemandem sagen, dass Ihr hier gewesen seid." Er legte seine zitternden Hände vor sein Gesicht und wand sich zu Jeans Füßen.

Da ergriff Henri wieder das Wort. „Wenn Ihr es nicht tun könnt, mein Junge, dann tue ich es."

In Jean tobte ein innerer Kampf. Er versuchte abzuwägen, ob er dieses Urteil über das Leben des jungen Dragoners mit seinem Gewissen in Einklang bringen konnte, und es war eine Entscheidung, die er auf der Stelle treffen musste.

Schließlich trat er hinter den jungen Mann, griff nach unten, packte ihn mit einer Hand bei den Haaren und zog ihn so weit hoch, dass er kniete. Dann hielt er ihm das Messer an die Kehle.

„Mach deinen Frieden mit Gott, schnell", flüsterte er heiser. Dann sah er gen Himmel, sagte: „Vergib mir, Vater", und zog dem Soldaten das Messer einmal quer über die Kehle.

Das Fleisch klaffte auseinander und Blut spritzte ins Heu und auf Jeans Stiefel. Der Soldat zuckte noch einmal kurz, gab einen gurgelnden Laut von sich und tat dann seinen letzten Atemzug. Sein Todesseufzer erfüllte die ganze Scheune.

Jean fiel auf die Knie in das Blut, das immer noch aus der Wunde ins Heu sickerte. „Vergib mir, Gott."

Henri ging neben dem toten Dragoner in die Knie, nahm Jean in die Arme und wiegte ihn hin und her. „Das hat er schon, mein Junge." Jean lehnte zitternd am Brustkorb des Älteren. „Mit dem Bösen muss man fertig werden – manchmal auf grausame Weise."

Armond und François standen reglos da und starrten die unwirklich anmutende Szene an.

Henri fuhr fort: „König David war ein grausamer Feldherr, aber gleichzeitig auch ein Mann nach dem Herzen Gottes. Quält Euch nicht, Jean. Wir haben getan, was wir tun mussten. Ihr habt großen Mut bewiesen."

Henri half Jean auf, und die vier Männer standen um den Leichnam des jungen Dragoners herum.

Es war Armond, der sie antrieb zu handeln. „Wir müssen die Leiche wegschaffen, und zwar schnell."

Henri deutete auf den hinteren Teil der Scheune. „Holt ein paar von den großen Pferdedecken aus der Sattelkammer."

Armond war sofort in die entsprechende Richtung unterwegs.

„François, geht Ihr auf den Dachboden hinauf und holt die Muskete. Glaubt Ihr, dass jemand den Schuss gehört hat?"

Über die Schulter nach unten, antwortete François: „Wir können nur hoffen, dass sie nichts gehört haben, falls doch, haben sie es vielleicht für Donner gehalten." Und tatsächlich, in der Ferne war immer noch ein leises Donnergrollen zu hören.

Armond kam mit zwei Decken zurück, von denen er eine auf den Boden neben dem Soldaten ausbreitete, Jean und Henri rollten die Leiche darauf und deckten dann mit der zweiten Decke den Leichnam zu.

Jean verrichtete die grausame Aufgabe, ohne eine Träne zu vergießen. Sie wickelten den Leichnam in die Decken und banden dann ein Seil darum, damit die Decken nicht auseinanderrutschen konnten. „So, das müsste eigentlich reichen. Und was jetzt, Henri?"

„Du und François bringt ihn jetzt zur Obstwiese und begrabt ihn dort. Achtet darauf, das Grab möglichst gut zu tarnen. Jean und ich beseitigen hier das Blut, und dann muss Jean rasch wieder zurück zur Höhle."

„Ich schaffe das auch allein", unterbrach Armond sie. „Er ist nicht besonders groß und schwer. Ich kann ihn über der Schulter tragen. Allein bin ich schneller bei der Obstwiese und wieder zurück, als wenn noch jemand mitkommt. Außerdem wird Kommandeur Bovée bestimmt misstrauisch, falls François morgen früh nicht da sein sollte. Mich wird dagegen niemand vermissen."

Henri und François nickten zustimmend.

Armond fuhr fort: „Jean kann wieder zur Höhle zurückgehen. Du und Monsieur können das hier sauber machen."

„Gut. Vergiss nicht, eine Schaufel mitzunehmen." François hatte immer noch die Muskete des Soldaten in der Hand. „Die legst du am besten mit in sein Grab", sagte er, hielt dann aber einen Moment inne und fuhr fort: „Aber wenn ich recht überlege, gib sie lieber Jean. Vielleicht kann sie uns irgendwann noch einmal nützen."

Armond wuchtete sich den Leichnam des jungen Soldaten auf die Schultern und machte sich auf den Weg zur Obstwiese am Fluss, während Henri das blutdurchtränkte Heu in das Schmiedefeuer warf.

Jean und François umarmten einander noch einmal fest und innig – eine Abschiedsumarmung, die keiner Worte bedurfte. Dann riss sich Jean von seinem Bruder los, schulterte die Muskete und rannte zum Steinwall, um möglichst schnell wieder in Deckung zu sein. Er sprang über den Wall hinüber und ging dann weiter in Richtung Fluss.

❊

Jean rannte so schnell er konnte und schwitzte trotz der nächtlichen Kühle und des Regens. Er stolperte und taumelte, aber er nahm all seine Willenskraft zusammen und rannte weiter, bis er den Fluss erreichte.

Stumme Schreie barsten beim Laufen aus seiner Kehle hervor. *Mörder! Mörder!*

Er spürte das klebrige Blut an seinen Händen, das langsam trocknete, und der Gestank des Blutes an seiner Jacke stieg ihm in die Nase.

Als er beim Fluss ankam, stürzte er sich kopfüber hinein. Er rieb und scheuerte, um die Beweise für sein Verbrechen zu entfernen, aber weil es stockdunkel war, konnte er nicht erkennen, ob seine Bemühungen Erfolg hatten. Immer wieder wusch er sich die Hände, rieb sie aneinander und an seiner Kleidung ab und taumelte dann am anderen Ufer wieder aus dem Fluss heraus und dann die steile Uferböschung hinauf.

Weil er vor Kälte, Erschöpfung und Angst so heftig zitterte, wurde der eigentlich gar nicht so schwierige Aufstieg zu einer gefährlichen Kletterpartie. Er fühlte sich schwach, zwang sich aber mit reiner Willenskraft weiter vorwärts. Schließlich sah er den Felsvorsprung und das Gebüsch vor dem Höhleneingang. Weil er wieder mit Schwierigkeiten beim Einstieg rechnete, nahm er gleich beim ersten Versuch richtig Schwung und plumpste auf der anderen Seite zu Boden.

Wieder in Sicherheit, lag er keuchend am Boden und erinnerte sich plötzlich an etwas. *Herr, ich habe dich um Schutz gebeten, bevor ich die Höhle verlassen habe. Und du hast ihn mir gewährt. Du hast uns alle beschützt. Danke.*

Dann barg er sein Gesicht in den Händen und weinte – weinte um sich selbst, um seine Familie und um das Leben des jungen Mannes, den er getötet hatte. *Oh Jesus, ich ertrage das nicht. Ich habe einem Menschen das Leben genommen! Wie soll ich denn mit diesem Wissen weiterleben? Bedecke meine Sünde und meine Blutschuld. Fast bin ich froh, dass Dina nicht mehr da ist, weil sie nicht zu sehen braucht, was aus mir geworden ist. Ich bin ein elender Mensch.*

Noch während er betete, schlief Jean ein. Wie lange er dort im Höhleneingang gelegen hatte, wusste er nicht. Als er die Augen wieder aufschlug, fiel das Licht der ersten Morgendämmerung durch den Spalt am Eingang. Stöhnend stand er auf. Seine Muskeln waren völlig verspannt und steif geworden, während er in seinen nassen Kleidern dort auf dem harten Boden gelegen hatte.

Er hob die Muskete des toten Soldaten auf und ging in den Hauptraum des Höhlenverstecks. Vom Feuer war immer noch ein wenig Glut übrig. Er schaute in die Ecke, wo die Jungen lagen und den tiefen Schlaf der Ahnungslosen schliefen. Jean stocherte in der Glut, fügte etwas Anzündholz hinzu und kauerte sich dann vor dem Feuer nieder, genau an derselben Stelle, wo er vor seinem Marsch zum Herrenhaus gedöst hatte.

Während er zusah, wie das Feuer langsam wieder aufflackerte, grübelte er noch einmal über die Ereignisse der vergangenen Nacht nach. Das Feuer hier vor ihm war fast erloschen gewesen, flammte jetzt jedoch mit Leichtigkeit wieder auf. Der junge Dragoner aber würde nie mehr wieder lebendig werden oder gar zurückkommen. In dem einen Moment war da noch ein Mensch gewesen und im nächsten war er nicht mehr da. Wie der Rauch, der aus dem Feuer aufstieg. Wohin war er gegangen? War er einfach verschwunden wie ein Dunstschleier? Und hat ein Mensch wirklich das Leben eines anderen in seinen Händen aus Fleisch und Blut?

Jean hätte auch die Entscheidung treffen können, den Soldaten am Leben zu lassen, aber das hatte er nicht getan. Er hatte ihm das Leben genommen. Ob er eine Familie gehabt hatte? Ob er einen Schatz oder eine Frau und Kinder gehabt hatte, die um ihn trauern würden? Sein Leben war ein für alle Mal vorbei, ausgelöscht.

Jean starrte in die Flammen. *Mein Leben wird nie mehr so sein, wie es einmal war. Diese Nacht wird sich ein für alle Mal in meine Seele einbrennen.*

Philippe gähnte, reckte sich und setzte sich dann auf. „Onkel Jean, bist du zu Hause gewesen und hast nachgeschaut, was los war? Ist dort alles in Ordnung?“

Jean kreuzte die Arme auf der Brust, um die verräterischen Blutflecke auf seiner Jacke zu verdecken.

Kapitel 9

Tautropfen funkelten wie Diamanten, glitzerten auf den exakt gestutzten Sträuchern in den gepflegten Gartenanlagen der Familie Clavell. Durch das Gewitter der letzten Nacht sauber gewaschen, harrten die Beete jetzt der bunten Narzissen und Tulpen und des betörenden Duftes von Hyazinthen und Flieder. Die oberflächlich vorhandene Schönheit barg jedoch ein unheilvolles Geheimnis – das Blut eines Menschen klebte unter einer dünnen Schicht Heu verborgen auf dem Scheunenfußboden.

Nach ein paar schlaflosen Stunden waren François und Henri am frühen Morgen wieder in die Scheune zurückgekehrt. Die Vorbereitung der Kutschen für Madeleines Reise erforderte noch einiges an Arbeit, aber die beiden Männer wollten auch sichergehen, dass keine grausigen Beweise ihrer Tat der letzten Nacht zurückgeblieben waren. Die feuchtkühle Morgenluft verstärkte den beißenden Gestank des Schweißes und des Dungs im Stall, vermischt mit dem muffigen Geruch der Ledersättel und des Pferdegeschirrs.

Jetzt – eher Kameraden als Herr und Diener – standen die beiden in der Scheune und starrten auf die Stelle, wo den jungen Dragoner sein Schicksal ereilt hatte.

Keiner von ihnen sagte etwas.

François schob mit dem Fuß das Heu ein wenig beiseite, um nachzuschauen, ob dort auf dem Boden noch Blut zu erkennen war. Der rote Fleck war kaum noch zu sehen, also schob er das Heu wieder zurück an die Stelle.

„Henri, hast du gepackt und bist bereit?"

„Ja, Monsieur."

„Dann lass uns die Kutsche hinausbringen. Hol bitte auch Armond." François senkte seine Stimme. „Ich möchte genau wissen, wo er ... wo die ... ich möchte genau wissen, wohin er gestern gegangen ist."

Henri ging zur Tür hinüber, um Armond zu holen, blieb dann aber an der Box stehen, die der Stelle am nächsten war, wo sich vor nur wenigen Stunden das tödliche Aufeinandertreffen ereignet hatte. Er zeigte auf das Tor in dem Boxengatter. „Monsieur!"

François schaute auf die Stelle, wohin Henris Finger zeigte. Auf dem rauen Holz des Gatters waren Blutspuren zu erkennen, die stumm herausschrien, was sich in der vergangenen Nacht dort ereignet hatte. „Mach schon! Such Armond! Ich kümmere mich um die Sache hier."

François eilte zum Wassertrog vor der Scheune, während Henri losging, um Armond zu suchen. „Beeil dich!"

Auf dem Weg nach draußen hatte François noch rasch nach einer Striegelbürste gegriffen, die er jetzt in das Wasser tauchte und mit der er wieder in die Scheune zurückging, um die Blutspuren wegzubürsten. Er schrubbte heftig auf den dunkelbraunen Flecken herum, aber vergeblich. Das Blut war tief in das poröse Holz eingedrungen und dort inzwischen bereits getrocknet. Fast panisch suchte er nach einer Lösung, um die verräterischen Flecken vor den anderen Soldaten zu verbergen.

Er hatte jetzt keine Zeit, das Holz überzustreichen oder abzuschleifen. Da fiel sein Blick auf das Zaumzeug, die Sättel, Decken und Pferdegeschirre im hinteren Teil der

Scheune. Er rannte dorthin und dann wieder zurück zu der Box, wo er rasch einen Sattel über die verfärbte Stelle legte.

„Ich soll den Wachposten von letzter Nacht ablösen“, sagte der bullige Dragoner, der die Türöffnung fast vollständig ausfüllte. Er sah sich im dämmrigen Scheuneninneren um. „Wo ist er denn?“

„Wer? Der Wachposten von letzter Nacht?“ Das Pferd in der Box schnaubte leise und streckte seinen Kopf über das Gatter. François streichelte den Kopf des Pferdes. „Ich habe ihn heute Morgen noch nicht gesehen“, antwortete er und hoffte, dass der Soldat die Schweißperlen auf seiner Stirn nicht bemerkte.

Der Dragoner fluchte leise vor sich hin. „Wahrscheinlich schlägt er sich schon den Bauch mit Frühstück voll.“ Als der Soldat die offensichtlichen Reisevorbereitungen bemerkte, lachte er schallend los. „Ihr bereitet die Kutsche vor, damit Eure Frau nach Versailles reisen kann, was?“

François hielt mitten in seiner Bewegung inne und starrte den Dragoner nur wütend an. Dieser scharrte verlegen mit dem Fuß auf dem Boden, drehte sich dann um und ging auf seinen Posten am Scheuneneingang.

Henri und Armond kamen mit ihrem Gepäck und gingen an dem Wachposten vorbei in die Scheune.

„Wie ich sehe, seid ihr zur Abfahrt bereit“, sprach François die beiden an.

Armonds blutunterlaufene Augen schossen hin und her auf der Suche nach verräterischen Hinweisen auf den Kampf in der vergangenen Nacht. „Äh, ja, Monsieur. Ich habe nicht besonders gut geschlafen, aber es wird schon gehen.“

François bedeutete Armond durch eine Geste, mit ihm nach hinten in die Sattelkammer zu kommen. „Lass uns beide die große Kutsche hier in die Mitte der Scheune bringen und sie ein wenig herrichten. Henri, gib du deinen Dienern die Anweisung, die Pferde einzuspannen. Wir gehen derweil ins Haus und frühstücken.“

Armond stellte seine kleine Reisetasche auf die Seite und folgte François zu der großen Kutsche. Prächtige Goldschnörkel verzierten das Äußere des Gefährts. Ein verschnörkeltes „V“ auf den Türen über dem Familienwappen der Familie Vaudois tat kund, dass eine hochrangige Person in der Kutsche saß.

François zog Armond beiseite. „Wo?“

Der junge Mann senkte den Kopf ein wenig und flüsterte: „Auf der hinteren Seite der Obstwiese unter dem größten Apfelbaum am Zaun. Der Boden war dort durch den Regen schön weich und matschig. Ich habe das Grab sehr tief ausgehoben und es hinterher gut mit Zweigen abgedeckt.

„Gut gemacht. Und wo ist die Schaufel?“

„Im Schubkarren hinten in der Scheune zusammen mit ein paar anderen Gartengeräten. Ich habe den Matsch abgewischt und sie in dem Regenwasser eingeweicht, das noch im Schubkarren stand.“

„Sehr gut.“ François packte den jungen Mann an der Schulter und gab ihm einen bestätigenden Klaps. „Und jetzt lass uns die Kutschen bereit machen.“

François rief noch zwei weitere Männer hinzu, um die Kutsche nach draußen ins Freie zu schieben und das Gespann, bestehend aus vier weißen Hengsten, anzuschirren. Henri und seine Männer waren eifrig damit beschäftigt, die Pferde zu striegeln, ihre Mähnen zu kämmen und sie mit dem prächtigen Paradezaumzeug und anderem Hof-Schnickschnack zu schmücken, wie beispielsweise Troddeln, die von den Ohren herunterhingen, und verzierten Goldriemen, die auf dem Rücken der Pferde entlang und um den Schweif herum liefen. François ging zu der ersten kleinen Kutsche hinüber, die sie am Nachmittag zuvor bereits ins Freie gezogen hatten und auf der jetzt Regentropfen glitzerten. Sie schien in gutem Zustand zu sein. Er schaute sich das Innere an und sah dann noch einmal zu der großen Kutsche hinüber. Und in diesem Augenblick gewann François' Stolz die Oberhand. *Madeleine muss auf jeden Fall mit zwei Kutschen nach Versailles reisen. Schließlich ist sie eine Frau von Stand.* Er rieb sich das Kinn und sagte: „Ich weiß, was wir tun können."

Dann ging er auf Henri zu, der Mühe hatte, die unruhigen weißen Hengste einzuspannen. „Ich habe entschieden, die andere kleine Kutsche auch mitzuschicken. Mach das schwarze Gespann auch noch fertig."

Henri blickte aus seiner knienden Position auf, in der er den Huf von einem der Hengste kontrolliert hatte. Er nickte und sagte lächelnd: „Gern Monsieur. Ich verstehe." Die Krähenfüße rund um seine lustigen blauen Augen wurden dadurch noch tiefer. „Und ich bin ganz und gar Eurer Meinung. Madame müssen standesgemäß mit zwei Kutschen in Versailles vorfahren. Dann werden alle wissen, dass eine wahrhaft vornehme Dame anreist. Ich kümmere mich sofort darum."

Henri stand auf und tätschelte die Hinterhand des Pferdes. Er sah blinzelnd nach oben, offenbar in Gedanken darüber versunken, was noch alles zur Vorbereitung der zweiten Kutsche und des zweiten Gespanns erforderlich war und noch erledigt werden musste. „Wahrscheinlich werden wir dann aber erst am späten Vormittag fertig."

„Tut einfach, was ihr könnt. Ich geh ins Haus und sage es Madeleine. Kommst du zum Frühstück herein?"

„Ich bleibe lieber hier und sorge dafür, dass alles zügig weitergeht."

„Dann schicke ich Thérèse gleich mit deinem Frühstück heraus."

François rannte den Weg zum Herrenhaus hinauf. Seine Bemühungen, möglichst locker zu wirken, kosteten ihn sehr viel Kraft. Jede überraschende Bewegung, jedes fremde Geräusch löste Herzrasen aus und der Schweiß trat ihm auf die Stirn. *Herr Jesus, ich brauche deinen Frieden – den Frieden, der höher ist als all unsere Vernunft, und den du denen versprochen hast, die dir nachfolgen. Lege auch angesichts all der Gefahr diesen Frieden auf uns.*

Er stieß die Hintertür auf und nahm immer zwei Stufen auf einmal, um nach Madeleine zu schauen. Hinter einer der Schlafzimmertüren hörte er Frauenstimmen.

François betrat den Raum, ohne anzuklopfen, und traf alle drei Frauen dort an, Elisabeth, Suzanne und Madeleine, die über die Reise nach Versailles plauderten. Vangie spielte auf dem Fußboden neben Madeleines Toilettentisch mit einer Puppe.

Erschrocken über sein unerwartetes Eintreten blickten die Damen auf und hörten auf zu plaudern.

„Entschuldigt, meine Damen. Könnte ich wohl kurz mit meiner Frau unter vier Augen sprechen?“ Er lächelte, ging zu Madeleine, umarmte sie und gab ihr einen Kuss auf die Wange. Er gab sich alle Mühe, möglichst munter und aufgeräumt zu wirken. „Schließlich verlässt sie mich für einen ganzen Monat. Ich weiß gar nicht, wie ich ohne sie zurechtkommen soll.“ Er setzte sich aufs Bett.

Elisabeth nahm ein paar Schmuckstücke vom Toilettentisch. „Aber natürlich, mein Lieber. Wir wollten ohnehin gerade frühstücken gehen“, sagte sie und wollte Vangie vom Fußboden hochnehmen.

„Nein, lass Vangie bitte hier.“ Madeleine zog das kleine Mädchen auf ihren Schoß. „Ich möchte noch jeden gemeinsamen Augenblick bis zur Abfahrt mit ihr nutzen und genießen.“ Madeleine kitzelte die Kleine am Hals, woraufhin Vangie laut quietschte und sich den Armen ihrer Mutter entwand.

„Lass sie doch ein Weilchen mit Großmutter gehen, Madeleine. Ich muss etwas mit dir besprechen.“

„Aber ...“

„Es ist wichtig.“

„Wenn du vorhast, dich wieder mit mir zu streiten über ...“

Elisabeth hatte Vangie bereits bei der Hand genommen und war auf dem Weg zu Tür, als sie sagte: „Ihr kommt dann auch beide gleich, um mit uns zu frühstücken, oder?“

François hielt den beiden die Tür auf. „Ja, natürlich. Wir sind gleich bei euch.“ Er schloss die Tür wieder und sah seine Frau an, die mit in die Hüften gestemmten Fäusten dastand.

„Es gibt nichts mehr zu diskutieren über meine Reise nach Versailles. Ich fahre auf jeden Fall.“

„Jetzt hör endlich einmal auf zu reden.“ François schaute finster drein und schüttelte den Kopf. „Ich muss dir etwas erzählen, was gestern Nacht passiert ist, auch wenn ich wünschte, ich müsste dich nicht damit belasten.“ Er schüttelte den Kopf. „So ein Wissen ist ein grausamer Zuchtmeister, aber es ist einfach wichtig, dass du eingeweiht bist.“

„Die Jungen. Ist den Jungen etwas zugestoßen?“

„Nein, es geht nicht um die Jungen, es ist etwas anderes – es hat mit Jean zu tun.“ Und dann erzählte François die grauenhafte Geschichte.

„Oh mein Gott!“ Alle Farbe wich aus Madeleines Gesicht. „Und Jean? Wie geht es Jean?“

„Er ist nach ... er ist sofort wieder zurückgegangen und war am Boden zerstört. Er muss erst einmal selbst damit fertig werden.“ François ließ den Kopf hängen. „Möge Gott ihm gnädig sein.“

Madeleine stand auf. „Was geschehen ist, ist geschehen. Wir müssen weitermachen.“ Sie spielte mit ihrer Haarbürste herum, die auf dem Toilettentisch lag. „Wir haben noch nicht darüber gesprochen, was wir tun sollen, falls Ludwig mich nicht empfängt oder mich nicht anhören will.“

Die Selbstsicherheit und mutigen Zuversichtsbekundungen schmolzen dahin und Madeleines Blick flehte François an, ihr Antworten zu geben.

François' Antwort kam dann leise, aber dennoch entschlossen. „Sollte das geschehen, dann komm so schnell wie möglich wieder hierher zurück. Ich werde bis dahin einen Fluchtplan für uns alle vorbereiten. Wenn es nicht anders geht, flüchten wir alle zusammen nach Genf." Er zuckte mit den Schultern. „Wie es von da aus dann mit uns weitergehen könnte, weiß ich jetzt noch nicht. Aber lass uns erst einmal zuversichtlich sein. Vielleicht ist ja die ganze Sache hier ein einziger großer Irrtum, wie du behauptest. Und vielleicht zieht Ludwig die Dragoner ja auch aufgrund eurer alten Freundschaft wieder ab." François sah seine Frau durchdringend an.

„Darüber machst du dir doch keine Sorgen, François, nicht wahr? Ich muss sicher sein, dass du mir vertraust."

François umschloss Madeleines Gesicht mit beiden Händen. „Du bist die Liebe meines Lebens und die Mutter meiner Kinder. Ich vertraue dir mit allem, was ich bin und habe." Er bedeckte ihr Gesicht mit Küssen und umarmte sie dann zärtlich. „Ich liebe dich unendlich."

Madeleine küsste die rauen Handflächen ihres Mannes. „Ich liebe dich auch, mehr als alles andere, mit Ausnahme unseres himmlischen Vaters." Sie nahm seine Hand und führte ihn auf den Gang und dann die Treppe hinunter. „So, mein lieber Mann, und jetzt lass uns frühstücken gehen und weiterhin die Rolle der großzügigen Gastgeber spielen, so als wäre nichts passiert."

*

„Und was haben Madame hier drin – Steine?" Die Diener amüsierten sich und lachten glucksend miteinander über das Gewicht von Elisabeths Schrankkoffer, als sie das unhandliche Gepäckstück die Treppe hinunterhievten.

Elisabeth ging unmittelbar hinter ihnen. „Ach, ihr kennt uns Frauen doch. Wir müssen alles mitnehmen, was wir besitzen, damit wir auch sicher sein können, dass wir alles dabeihaben, was wir brauchen, um die Männer zu betören."

Die Diener lachten freundlich und trugen den Koffer nach draußen, wo sie ihn hinten auf der großen Kutsche verstauten und dann so fest wie möglich verzurrten. Madeleines Schrankkoffer wurde anschließend auf dem von Elisabeth verstaut, der Rest des Gepäcks kam dann hinten auf die kleinere Kutsche.

Henri, der seine feinste Kutscheruniform angezogen hatte, stand in Habachthaltung neben dem ungebärdigen Gespann aus weißen Pferden und wartete darauf, dass Elisabeth und Madeleine in die Kutsche einstiegen. Armond hielt das ruhigere schwarze Gespann in Schach. Die jeweils zwei Lakaien für jede Kutsche hatten hinter den Kutschern der jeweiligen Kutsche Aufstellung genommen. Einer würde während der Fahrt neben dem Kutscher vorn auf dem Kutschbock sitzen, der andere stehend hinten auf der Kutsche mitfahren.

Die Damen traten aus dem Haus, gefolgt von ihren Zofen, Suzanne und noch einer weiteren Zofe, die in letzter Minute aus allen vorhandenen Mägden des Hauses ausgesucht worden war. Es war Judith, die schon seit Jahren neben Thérèse im Hause arbeitete und aufgrund ihrer langen Erfahrung als Begleitung der beiden Frauen ausgewählt worden war. Außerdem hatte Judith eine Verwandte am Königshof, die dort als Magd arbeitete. Madeleine glaubte, dass diese Verbindung ihnen möglicherweise würde von Nutzen sein können.

Die anderen Bediensteten, François und Claudine mit Vangie auf dem Arm hatten sich vor dem Haus auf der kreisförmigen Auffahrt versammelt, um die Prozession zu verabschieden.

François griff nach Madeleines Händen, als sie zur Kutsche gehen wollte, und umschloss sie fest mit seinen starken Armen. „Sei vorsichtig, mein Liebling. Sei klug wie die Schlangen und sanftmütig wie die Tauben. Und kehre rasch wieder zu mir zurück."

„Oh mein Liebster." Madeleine trat einen Schritt zurück und berührte die Narbe auf seiner Stirn. „Mein starker, tapferer Liebster. Bete, dass Gott uns den Weg ebnet."

Plötzlich kamen Soldaten, angeführt von Kommandeur Bovée, den Weg zur Scheune angaloppiert.

Madeleine blieb, einen Fuß bereits auf dem Trittbrett der Kutsche, stehen, und begrüßte den Offizier. „Guten Morgen, Kommandeur Bovée. Das sieht ja ganz so aus, als wolltet Ihr ebenfalls auf Reisen gehen."

„Ja, in der Tat, Madame." Kommandeur Bovée stieg ab, zog schwungvoll seinen Hut und verbeugte sich. „König Ludwig würde es mir niemals verzeihen, wenn ich eine seiner Lieblingsdamen den ganzen Weg nach Versailles allein ohne Eskorte reisen lassen würde."

Madeleine lächelte. „Wie freundlich von Euch, um meine Sicherheit so besorgt zu sein. Ich weiß Euren Begleitschutz sehr zu schätzen."

Der Kommandeur setzte seinen Hut wieder auf und stieg erneut auf sein Pferd. „Uns fehlt heute Morgen offenbar einer unserer Soldaten. Ich werde zwei meiner Leute losschicken, um die Gegend nach ihm abzusuchen. Ihr wisst sicher nichts darüber, Madame, oder?"

„Woher sollte ich denn wissen, dass einer Eurer Soldaten fehlt, Kommandeur? Und wieso sollte ich darüber besorgt sein?"

Kommandeur Bovée murmelte knurrend etwas vor sich hin und lächelte dann Madeleine an. „Natürlich seid Ihr das nicht. Es hat für Euch ja keine Folgen, Madame Clavell?"

Sein drohender Tonfall ließ Madeleine erschauern. „Nein, absolut keine, Kommandeur Bovée."

Sie ließ sich auf einer der beiden harten Sitzbänke im Innern der Kutsche nieder und Elisabeth folgte ihr. Madeleine lächelte.

„Was geht in deinem hübschen Köpfchen vor, meine Tochter?", fragte Elisabeth.

„Kommandeur Bovée spielt mir direkt in die Hände. Ich bin sicher, er glaubt, dass ich diese Reise nach Versailles inszeniere, damit die Jungen in ein sichereres Versteck gebracht werden können, und dabei lenke ich ihn in Wirklichkeit von ihnen weg. Besser könnte es für uns gar nicht gehen." Madeleine klappte ihren Fächer vor ihrem Gesicht auf und kicherte wie ein kleines Mädchen. „Und gleichzeitig versorgt er uns auch noch mit dem militärischen Geleitschutz des Königs."

Elisabeth stimmte ein, warf lachend ihren Kopf zurück, sodass die Kutsche von lautem Gelächter erfüllt war.

Henri und Armond stiegen jeweils auf ihren Kutschbock und gaben das Signal zur Abfahrt. Die Pferde gingen los und die Kutschen setzten sich in Bewegung. Madeleines Lachen verstummte, als sie aus dem Fenster ihren Mann und ihr Kind sah, die auf den Eingangsstufen des Herrensitzes standen und den Kutschen hinterherwinkten, als sie in die Allee einbogen.

Madeleine drehte sich noch einmal um und schaute zum Rückfenster hinaus. Neben den Beinen des Lakaien, der hinten auf der Kutsche stand, konnte sie sehen, wie Vangie auf und ab hüpfte und ihr nachwinkte. Ihr kamen die Tränen, und schließlich verlor sie ihre Familie aus dem Blick, als die Kutschen sich in der schattigen Allee immer weiter vom Haus entfernten.

Schon bald verdeckten die Zweige der Bäume die Sicht vollständig und sie zwang sich, sich wieder umzudrehen und nach vorn zu schauen.

„Diese Sitzbänke sind genauso unbequem wie eh und je." Elisabeth rutschte hin und her und versuchte, eine möglichst bequeme Position zu finden.

„Ja, und wir haben eine lange riskante Reise vor uns." Madeleine schaute zum Fenster hinaus auf Kommandeur Bovée und seine Soldaten, die neben der Kutsche hertrabten. „Eine sehr lange Reise."

Kapitel 10

„Haltet die Kutsche an!“, befahl Madeleine und schaute hinter den schweren Vorhängen hervor, die sie schon früher zurückgezogen hatte, um die frische Frühlingsluft hereinzulassen. Die Nachmittagssonne hatte das Innere der Kutsche sehr erwärmt und Elisabeth fächerte sich emsig frische Luft zu.

Henri brachte die Entourage zum Stehen.

Kommandeur Bovée, der auf der einwöchigen Reise nie weit hinter den Kutschen zurückgeblieben war, zügelte sein Pferd neben Madeleine und fragte: „Gibt es ein Problem, Madame? Es sind nur noch ein paar Stunden bis Versailles. Die Pferde brauchen nicht mehr getränkt zu werden, und daher würde ich vorschlagen, dass wir weiterfahren.“

„Das würdet Ihr, weil Ihr ein Mann seid, Kommandeur. Meine Mutter und ich möchten uns aber vor unserer Ankunft in Versailles gerne ein wenig frisch machen und uns angemessen kleiden.“ Madeleine klappte ihren Fächer zusammen und fuhr sich mit den Fingern durch ihre Locken, wie um sie zu richten. Ein kokettes Lächeln spielte um ihre Lippen, während sie fortfuhr: „Befehlt Euren Männern, am Straßenrand ihre Pferde zu zügeln.“ Madeleine bedeutete mit ihrer linken Hand den Dragonern, sich auf die linke Seite des Weges zu begeben, und mit der Rechten auf einen Fluss zu ihrer rechten Seite. „Ich nehme meine Zofen mit dort hinüber, um zu baden und mich anzukleiden. Wenn Ihr so freundlich sein würdet, Eure Männer anzuweisen, sich fernzuhalten. Es wird nicht lange dauern."

Kommandeur Bovée, der durch die insgesamt doch recht ereignislose Reise in eine Art Gleichmut verfallen war, spitzte bei dieser jüngsten Entwicklung nun doch die Ohren und begann, das Gelände etwas genauer zu überprüfen.

„Also ich weiß nicht, ob das eine gute Idee ... also ..." Der Kommandeur ließ sein Pferd sich einmal im Kreis um die eigene Achse drehen.

„Also wirklich, Kommandeur. Was glaubt Ihr denn, was wir tun? Versteckte Waffen zücken und Eure Soldaten angreifen?" Madeleine klappte ihren Fächer wieder auf, hielt ihn sich vors Gesicht und kicherte.

„Natürlich nicht. Aber man kann nicht vorsichtig genug sein. Es könnten sich schließlich Straßenräuber im Gebüsch versteckt haben. Vielleicht ist es ja auch eine Versuchung, der man nicht widerstehen kann, Damen beim Bad zu beobachten." Kommandeur Bovée drehte sich um und rief zwei seiner Leute nach hinten zu: „Du Bois! Costeaux! Geht hinüber und kontrolliert das Flussufer. Die Damen möchten ... äh ... sich frisch machen."

Zwei Dragoner kamen anzüglich grinsend an seine Seite geritten. „Ja, Sir! Mit dem größten Vergnügen."

„Ich habe nicht gesagt, dass ihr Wache halten, sondern dass ihr nur das Gelände erkunden sollt. Und dann kommt ihr sofort zurück."

Lachend wendeten sie ihre Pferde und ritten zum Flussufer hinunter.

„Barbaren! Ich entschuldige mich, meine Damen."

Madeleine verbarg ihr Gesicht noch immer hinter dem Fächer. Sie hatte den Verdacht, dass Kommandeur Bovée immer noch meinte, sie hätte vor, sich mit ihren Söhnen zu treffen und ihnen zur Flucht zu verhelfen. Sollten sie doch ruhig alles gründlich absuchen. *Euer Diensteifer hat euch meilenweit von eurem Ziel entfernt, Kommandeur Bovée,* dachte sie bei sich.

An ihre Mutter gewandt, sagte sie: „Henri und Armond müssen unser Schrankkoffer ans Flussufer bringen, Mutter. Wir benötigen ein paar Sachen daraus."

Bei ihren Übernachtungen während der Reise hatten die Sachen aus ihren kleineren Reisekoffern genügt und die großen Schrankkoffer waren auf den Kutschen angeschnallt geblieben.

Schon bald kamen die Soldaten zurück. „Sieht alles sicher aus."

„Also, meine Damen?" Kommandeur Bovée stieg vom Pferd und vollführte eine elegante Verbeugung mit dem Hut in der Hand.

„Vielen Dank, Monsieur. Es wird nicht lange dauern. Henri, lass bitte die Kutschen so nah wie möglich ans Wasser fahren. Wir brauchen die großen Schrankkoffer."

„Ja, Madame. Armond, fahr hinter mir her ans Ufer."

Die beiden Kutschen rollten die Uferböschung hinunter und bildeten so auch gleich einen Sichtschutz für die Damen.

Henri und Armond stiegen vom Kutschbock und luden zusammen mit den Lakaien am Fuße einer großen Eiche mit tief hängenden Zweigen die Koffer der Frauen ab. Suzanne und Judith kamen hinzu.

„Henri, du und deine Männer können ein Stück weiter das Ufer hinuntergehen und euch dort ebenfalls frisch machen. In etwa einer halben Stunde könnt ihr zurückkommen. Zieht auch frische Uniformen an."

„Jawohl, Madame."

Henri, Armond und die Lakaien sammelten ihre persönlichen Sachen zusammen und stapften flussabwärts.

Elisabeth hielt erst Ausschau nach Eindringlingen und hängte dann als Schutz vor aufdringlichen Blicken ihre Kleider über die Äste der großen Bäume am Ufer. Suzanne hielt eine Decke als provisorischen Sichtschutz hoch, hinter der Madeleine sich der Oberkleider entledigte und dann schnell ins Wasser stieg. Ihr blieb die Luft weg, als sie in das eisige Wasser ging, und sie zitterte vor Kälte, sodass sie sich sehr mit der Toilette beeilte.

„Reich mir bitte das Handtuch, Suzanne." Madeleine rieb sich die Arme, stieg aus dem Wasser und hüllte sich dann in ein großes Handtuch, das am Ufer schon für sie bereitgehalten wurde. „Puuh!", lachend schüttelte sie den Kopf. „Hilf mir rasch beim Ankleiden. Mich friert."

„Du wirst dir noch den Tod holen", mahnte Elisabeth mit mütterlicher Fürsorge ihre Tochter. Dann half sie Suzanne, Madeleines Mieder so eng wie möglich zu schnüren. Suzanne hatte bereits Madeleines Schuhe auf dem Boden bereitgestellt, sodass sie nur noch hineinzuschlüpfen brauchte, und dann streifte sie ihr als Letztes noch das Kleid über den Kopf.

„Würdest du mir bitte das Rosenwasser aus dem Handkoffer holen?"

Suzanne öffnete den Koffer, nahm das Duftwasser heraus und reichte es Madeleine.

Elisabeth winkte Judith zu. „Ich möchte, dass du mir das Haar aufsteckst. Die Haarnadeln sind in meinem Schrankkoffer."

Judith murmelte irgendetwas vor sich hin.

„Ich weiß, dass dir das nicht gefällt, aber diese Lockenfrisuren sind die neueste Mode."

„Die Locken sind aber so schwer zu machen, vor allem sie so festzustecken, dass sie auch gut sitzen."

„Sosehr du diese Hochsteckfrisuren auch verabscheust, du machst das großartig, Judith. Danke."

Judith erledigte den Auftrag rasch, trat dann einen Schritt zurück, um zu kontrollieren, ob die Locken auf beiden Seiten von Elisabeths Scheitel gleichmäßig saßen.

Madeleines mahagonifarbene Locken waren jetzt zu einem modischen Hurluberlu frisiert, bei dem um das Gesicht herum fröhliche Locken angeordnet werden und die restlichen Haare im Nacken zu einem Knoten festgesteckt. Sie fuhr sich seitlich am Kopf mit den Fingern durch ihr Haar, um die Frisur noch ein wenig aufzulockern.

„Irgendwie hängt mein Haar ganz schlaff herunter, Suzanne", sagte sie enttäuscht.

„Dann muss es nass geworden sein. Wir haben aber kein Eiweiß dabei, um es wieder zu festigen."

„Hmm – na dann muss das eben warten, bis wir in Versailles sind", gab sich Madeleine fürs Erste zufrieden, zupfte aber weiter an ihrer Frisur herum, um den Locken ein wenig mehr Fülle zu geben.

Dann schickte sie sich an, wieder in die Kutsche zu steigen, erschrak aber auf dem Weg dorthin, als sie sah, dass Kommandeur Bovée an einem großen Baumstumpf lehnte. „Also wirklich, Offizier Bovée, habt Ihr mir etwa nachspioniert?"

„Ich behalte die Leute, für die ich verantwortlich bin, eben gern im Auge."

„Ich verstehe", sagte Madeleine herausfordernd. „Und wie gefällt das den Menschen, für die Ihr verantwortlich seid?"

„Außerordentlich gut." Der Kommandeur stand auf, rückte seinen Hut zurecht und bot ihr seinen Arm. „Darf ich?"

Madeleine, die ihr Gesicht hinter einem Fächer verbarg, nahm seinen Arm und stieg wieder in die Kutsche. Elisabeth und die beiden Kammerzofen kamen die Uferböschung hinaufgetrottet und beobachteten den Wortwechsel zwischen Kommandeur Bovée und Madeleine. Suzanne und Judith sahen einander vielsagend an, sagten aber nichts.

Die Bediensteten der Clavells waren ebenfalls bereits zu den Kutschen zurückgekehrt und warteten in frischen

Uniformen auf ihren Posten, bereit für ihre Ankunft in Versailles.

„Judith, begleite du Madame Elisabeth in der kleinen Kutsche", gab Madeleine ihre Befehle. „Suzanne, du kommst mit mir."

Ein Lakai war Elisabeth beim Einsteigen in die Kutsche behilflich, und die Zofen warteten, bis ihre Herrinnen Platz genommen hatten. Als Suzanne ihre Röcke zusammenraffte und ein wenig hob, um einzusteigen, sah Madeleine, wie Armond vortrat und ihr hilfreich den Arm bot. Seine Augen strahlten vor Freude und Erregung; und er lächelte überaus charmant.

Interessant. Entwickelt sich hier etwa eine zarte Romanze?

Suzanne stellte ihre kleine Reisetasche zu ihren Füßen auf dem Boden der Kutsche ab und nahm ebenfalls Platz. Ihre erröteten Wangen verrieten ihre Gefühle.

Madeleine neckte sie. „Ist dir nicht gut? Du hast ganz rote Wangen."

Suzanne senkte den Kopf und sagte: „Nein, nein, Madame. Es geht mir gut."

„Hüa!" Henri knallte mit der Peitsche, und die Kutschen rumpelten wieder los in Richtung Norden nach Versailles.

Madeleine lachte leise vor sich hin, als Kommandeur Bovée sich in den Sattel hievte und auf die Straße galoppierte, um zu ihnen aufzuschließen. Die Kutsche gewann an Fahrt und der Staub, der dabei aufgewirbelt wurde, hüllte Bovée völlig ein. Madeleine sah zum Fenster hinaus. „In etwa einer Stunde müssten wir in Versailles sein."

Suzanne, die ihr gegenübersaß, klatschte vor Freude in die Hände. „Ach danke, Madame, dass Ihr mich mitgenommen habt. Ich kann es gar nicht erwarten, Versailles mit eigenen Augen zu sehen."

Madeleine ermahnte ihre Kammerzofe noch einmal: „Denk daran, was ich gesagt habe. Du musst stets auf der Hut sein. Bei Hofe ist nicht alles so, wie es auf den ersten Blick scheint." Madeleine lehnte den Kopf an die Rückwand der Kutsche und schloss die Augen.

Ach Versailles, was hältst du für uns bereit? Und Ludwig, wie werde ich dich antreffen?

❊

Die Kutschen bogen in die von Bäumen gesäumte Promenade ein, die zu dem prächtigen Schloss von Versailles führte. Henri ließ die Pferde in einem prunkvollen Trab gehen, und die Gesellschaft in den Kutschen erregte einige Aufmerksamkeit. Die Lakaien standen stramm hinten auf ihren Plätzen und die Frauen saßen aufrechter in den Kutschen, die sich zwischen der ausufernden Masse von Pferden, Soldaten, Kutschen und ganz normalen Bürgern ihren Weg bahnte. Straßen aus allen Richtungen liefen hier sternförmig in einen Halteplatz für Kutschen und Pferde vor den massiven Toren zu dem Schlosskomplex zusammen.

Suzanne lugte zum Fenster hinaus, wobei ihre Hände immer wieder vor ihr Gesicht und dann wieder in den Schoß flatterten.

„Jetzt setz dich hin, Suzanne, und hör endlich mit dem Gezappel auf!", schimpfte Madeleine.

„Sehr wohl, Madame, aber ich bin so aufgeregt."

„Na, dann versuch wenigstens, das ein bisschen zu verbergen und dich wie eine Dame zu benehmen. Dein Herz darf schlagen wie eine Trommel, aber man darf dir deine Aufregung nicht am Gesicht ablesen können."

Suzanne setzte sich wieder zurück, aber ihre Blicke schossen hin und her zu all dem bunten Treiben um sie herum. Kommandeur Bovée preschte vor ihnen her und lotste ihre Kutschen zu dem großen Vorplatz. Die Dragoner flankierten die Kutschen auf beiden Seiten. Die Wachen an den Toren salutierten Kommandeur Bovée, als er abstieg und ihnen Anweisungen gab.

Er kam auf die Kutschen zu, öffnete die Tür für Madeleine und bot ihr seinen Arm. „Hier werde ich Euch jetzt verlassen. Ich habe nach Sänften schicken lassen, in denen Ihr zum Schloss getragen werdet, und wenn Ihr erlaubt, habe ich auch Unterkünfte für Euch bereitstellen lassen."

„Sehr freundlich von Euch. Ich stehe in Eurer Schuld."

„Es war mir ein Vergnügen, Madame. Ich muss gestehen ..." Der Kommandeur verlagerte das Gewicht von einem Bein aufs andere und drehte seinen Hut in den Händen, sodass seine gewöhnlich großspurige Art einen Moment lang verschwunden war.

„Ist noch etwas, Kommandeur?" Madeleine lächelte. „Wie mir scheint, entdecke ich gerade einen kleinen Sprung in Eurer harten Schale."

„Nun, ich hätte nicht erwartet, dass die Reise so ... sagen wir, ereignislos verlaufen würde."

„Was habt Ihr denn erwartet?" Madeleine klappte ihren Fächer mit einem lauten Klicken zusammen.

„Nichts, gar nichts." Er verbeugte sich noch einmal, als die Lakaien mit den Sänften angerannt kamen. „Bis wir uns wiedersehen, Madame?"

„Ja, natürlich. Werdet Ihr eine Weile in Versailles bleiben?"

„Nein, leider nicht – nur für die Nacht, damit die Pferde sich ausruhen können. Und lange genug, um meinen Sohn zu sehen, falls er überhaupt gerade hier ist."

„Euer Sohn? Ach Kommandeur Bovée, ich hatte ja keine Ahnung, dass Ihr verheiratet seid."

„Das bin ich auch nicht." Er schenkte ihr ein für ihn so typisches strahlendes Lächeln. „Ich hole mir meine neuen Befehle und dann kehre ich zu Eurem Herrenhaus zurück, um meine Soldaten dort zu sammeln. Vielleicht bleibt unser Hauptquartier auf Eurem Herrensitz, vielleicht ziehen wir aber auch wieder ab. Ich bin allerdings sicher, dass sich unsere Wege noch einmal kreuzen werden."

„Hmm, das bin ich auch." Madeleine reichte dem Kommandeur ihre Hand. Wenn es jedoch nach ihr ginge, würden sich ihr Weg und der von Kommandeur Bovée nie wieder kreuzen.

„Übrigens, Ihr habt Glück. Heute Abend findet im Schloss ein Maskenball statt. Wenn Ihr Euch beeilt, könnt Ihr vielleicht noch daran teilnehmen." Kommandeur Bovée nahm Madeleines Hand und gab ihr einen Handkuss. Noch einmal machte er eine überschwängliche Verbeugung, stieg wieder auf sein Pferd und ritt, gefolgt von seinen Dragonern, in Richtung der Stallungen davon.

Henri, Armond und die Lakaien luden das Gepäck in eine Droschke um und gingen mit dem restlichen Gepäck hinter den Trägern her, von denen die Damen in Sänften zügig zu ihrer Unterkunft gebracht wurden.

„Oooh, Madame!" Suzannes kindliche Begeisterung schäumte förmlich über, als sie die aufwendig eingerichtete Wohnung betraten, die ihnen zugewiesen wurde. Mit den Fingern strich sie über den vergoldeten Stuck an den Wänden. Ein marmorner Kamin mit einem Feuerbock aus Messing und einer Büste von König Ludwig auf dem Sims flankierte die Wand auf der linken Seite. Ein gewaltiger vergoldeter Spiegel reichte bis unter die gewölbte Decke und ließ den Raum riesig wirken.

„Suzanne." Madeleines energische Stimme sorgte dafür, dass das Mädchen wieder zu sich kam und sich auf seine Aufgaben konzentrierte. „Bring meinen Handkoffer in das vordere Schlafzimmer, bitte. Judith, Madame Elisabeths Sachen kommen in das zweite Schlafzimmer."

Die Lakaien stellten die Schrankkoffer in die entsprechenden Zimmer und verließen die Unterkunft der Damen dann wieder. Anschließend übernahmen Henri und Armond die Position von Lakaien an der Eingangstür des Appartements.

„Können wir Euch noch irgendwie behilflich sein, Madame?", fragte Henri mit einer leichten Verbeugung.

„Nein, vielen Dank. Nimm unsere Lakaien und sucht euch einen Schlafplatz in den Ställen. Versorgt die Pferde, und dann kommen du und Armond bitte wieder zurück. Ich möchte, dass ihr beide meine Mutter und mich heute Abend zu dem Maskenball begleitet."

„Wie Ihr wünscht." Henri verbeugte sich noch einmal und verließ rückwärts das Zimmer. „Wir sind gleich wieder zurück."

Henri notierte sich gewissenhaft den Weg durch das Labyrinth von Gängen und Treppen, als sie das Schloss verließen, um ihre Unterkunft aufzusuchen. Die Männer plauderten auf dem Weg zu den Stallungen angeregt über ihre imposante Umgebung.

Die Pracht der Gärten, von denen das Schloss umgeben war, übertraf alles, was Henri jemals gesehen hatte. Er bestaunte den Gesamtentwurf der Anlage: Tausende von in Form gestutzten Eiben säumten die Wege. Überall verstreut gab es elegante Statuen, Wasserspiele und Wasserbecken. Weil Henri ein praktisch denkender Mensch war, beschäftigte ihn vor allem die Frage, wie all das auf dem riesigen Gelände wohl instand gehalten und versorgt wurde. Woher kam das Wasser für all die Wasserspiele? Wie viele Arbeitskräfte brauchte man, um die vielen Sträucher so akkurat zu stutzen? Wie viele unterschiedliche Blumensorten wuchsen hier? Es mussten wohl Tausende sein.

Gelbe Narzissen und frühe Tulpen in Rot, Orange und Purpurrot verkündeten die Tatsache, dass der Frühling und damit wärmeres Wetter vor der Tür stand. Hunderte unterschiedlicher Baumarten säumten die Wege und Seen wie Soldaten in Habachthaltung. Die unterschiedlichen Düfte von Blumen, Bäumen und Sträuchern vermischten sich und hingen schwer in der Luft.

Reisende und ausländische Diplomaten, die ganz leicht an ihrer fremd anmutenden Kleidung zu erkennen waren, flanierten auf dem großen Schlossvorplatz. Höflinge standen plaudernd umher oder rempelten sich gegenseitig an, wenn sie von einem Termin zum nächsten hasteten.

Auf dem Weg zu den Stallungen, auf dem sie unzähligen Adeligen, Soldaten und Bediensteten begegneten, die alle ihren Pflichten nachgingen, gab Henri seinen Männern Anweisungen. „Wir bringen die Kutschen und die Pferde jetzt in die Pferdestation. Armond, du nimmst dein Gespann, fütterst und tränkst die Pferde und stellst sie dann unter."

„In diesen Ställen müssen doch Tausende von Pferden stehen", Armond war seine Bewunderung für die Pracht von Versailles anzusehen. „Wir können doch auch einfach bei den Pferden übernachten. Die Ställe hier sind schöner und bequemer als die meisten Unterkünfte, die wir bisher in den Herbergen unterwegs erlebt haben."

Die übrigen Männer bestätigten diese Einschätzung durch halblautes Gemurmel.

Henri lächelte und fuhr fort: „Ich kümmere mich um mein Gespann. Wir treffen uns dann am Eingang wieder, umgezogen und bereit, die Damen heute Abend zu dem Maskenball zu begleiten."

❊

Madeleine zog sich die Handschuhe aus und legte sie auf eine mit vergoldeten Schnörkeln und Intarsien verzierte Kommode am Eingang. Sie fragte ihre Zofe: „Judith, du möchtest doch sicher deine Cousine suchen und dann mit ihr in den Gesindeunterkünften bleiben, nicht wahr?"

„Ja, Madame, wenn es Euch recht ist."

„Mama, wie wünschst du es?"

Madeleines Mutter hatte auf einem Sessel Platz genommen, um dort wieder zu Atem zu kommen. Schweißperlen standen ihr von dem langen, anstrengenden Weg in ihre Unterkunft auf dem ganzen Gesicht, und sie fächelte sich hektisch frische Luft zu. „Hast du vor, heute Abend an dem Maskenball teilzunehmen?“, fragte sie ihre Tochter.

„Auf jeden Fall.“

„Würdest du dann bitte hierbleiben und mir beim Ankleiden helfen, Judith? Wenn wir dann zum Ball aufgebrochen sind, hast du frei und kannst deine Cousine suchen und bei ihr bleiben.“

„Ja, Madame.“ Judith knickste und ging in Elisabeths Zimmer, um mit den Vorbereitungen für die große Abendtoilette zu beginnen.

„Suzanne, ich möchte, dass du hier bei mir bleibst“, sagte Madeleine.

Suzanne nickte.

„Fang bitte an, meine Sachen auszupacken, und lege das rote Kleid für den Ball zurecht.“

Madeleine ging zum Fenster und betrachtete das emsige Gewimmel unter ihr. An mehreren Stellen des Schlossgebäudes standen immer noch Baugerüste. „Ich frage mich, wann Ludwig mit seiner Schöpfung hier wohl zufrieden sein wird. Ob er sie wohl jemals vollendet?“

Ihre Mutter trat zu ihr ans Fenster und schüttelte den Kopf. „Ich weiß nicht, Liebes. Aber ist es nicht prachtvoll?“

Der Blick aus dem Eckzimmer umfasste die Orangerie und die gepflegten Gärten mit den unzähligen Fontänen. Die vielen unterschiedlichen Grüntöne der Sträucher, Rasenflächen, Teiche und ersten Knospen an den Bäumen sorgten in der untergehenden Sonne für einen Ausblick wie durch ein Kaleidoskop.

Erinnerungen an frühere Zeiten überkamen Madeleine. „Ich habe gerade die seltsamsten Gedanken. Diese Welt ist mir inzwischen so fremd geworden, aber auf eine ganz sonderbare Weise habe ich auch das Gefühl, wieder nach Hause gekommen zu sein.“

Ein besorgter Ausdruck huschte über das Gesicht der Mutter. „Ich glaube, das ist ganz normal, denn schließlich hast du fast deine gesamte Jugend hier verbracht. Aber ich warne dich, hüte dein Herz. Versailles ist Isebel. Sie will dich verführen. Lass dich nicht blenden von den Verlockungen der feinen Gesellschaft und des Hofes. Das hier ist eine unwirkliche Welt, Madeleine, die bevölkert ist von Figuren, die auf einer Bühne eine Rolle spielen. Doch das Ende des Stückes ist dann ziemlich realistisch."

„Das weiß ich doch, Mama. Ich werde schon aufpassen. Ich bin einfach nur überrascht über das, was ich empfinde." Sie wandte sich vom Fenster ab und ging zu ihrem Schlafzimmer. „Beeil dich jetzt. Wir müssen uns fertig machen."

Dann drehte sie sich aber noch einmal um und sagte: „Ich frage mich, wieso wir eine so vorzügliche Unterkunft bekommen haben. Viele der Wohnungen hier sind nicht annähernd so gut ausgestattet und haben nicht einmal ein Fenster. Glaubst du, dass Ludwig uns erwartet hat?"

„Das habe ich mich auch schon gefragt."

Madeleine winkte ab. „Nun, ob er uns erwartet hat oder nicht, wir können die komfortable Unterkunft doch einfach genießen, oder?"

„Natürlich! So, jetzt muss ich mich aber fertig machen." Ihre Mutter deutete zu ihrem Zimmer hin und fragte ihre Zofe: „Judith, ist schon Wasser in der Waschschüssel?"

Madeleine ging zur Eingangstür der Wohnung und öffnete sie. Sie warf einen Blick in den Gang hinaus, wo Bedienstete umherhuschten und auf den Gängen und im Treppenhaus Kerzen anzündeten, deren sanftes Licht sich in den goldenen Treppengeländern widerspiegelte und das Treppenhaus in eine Kaskade sich bewegender Lichter verwandelte, inmitten derer die Hausdiener ihren Pflichten nachgingen. Der von Licht gesäumte Weg war wunderschön, aber Madeleine erschauderte.

„Madame?“ Eine Kammerzofe mit einem großen Messingleuchter in der Hand blieb vor ihr stehen. „Kann ich Euch helfen?“

„Nein danke. Ich wollte nur ... aber wenn ich recht überlege, doch. Könntest du das Feuer bei uns anzünden ... und auch für etwas warmes Wasser wären wir dankbar.“

„Aber natürlich. Sofort.“ Die diensteifrige Magd ging wieder in Richtung Treppenhaus.

„In welchem Saal findet denn heute der Maskenball statt?“

„Möchten Madame eine Eskorte zum Ballsaal?“

„Das wäre ganz wunderbar. Ja, die hätte ich sehr gern.“ Madeleine ging wieder in die Unterkunft zurück, drehte sich dann aber noch einmal um und sagte: „Ach, und noch etwas.“

„Madame?“

„Äh, könntest du ... wäre es wohl möglich, dass du mir einige Eiweiß aus der Küche holst?“

Kapitel 11

Plötzlich überkam Madeleine der fast unwiderstehliche Drang davonzulaufen. Ihr Herz klopfte wild und sie bekam kaum Luft, als sich das kleine Gefolge seinen Weg durch das Labyrinth der Gänge und Zimmer zum Ballsaal suchte. Prachtvolle Kunstwerke und kostbare Wandteppiche zierten die Wände der Gänge. Überall hingen riesige Porträts, die Pierre Mignard gemalt hatte, und Schlachtszenen von Joseph Parrocel. Der flackernde Kerzenschein von goldenen Leuchtern, die an den Wänden der Gänge hingen, verlieh den Gemälden eine Art unheimlich lebendiges Eigenleben. Und überall hingen Porträts von König Ludwig. So schien es, als sähen tausend schweigende Augen dem kleinen Zug zu.

Madeleine hielt ihre Maske an ihre Seite gepresst. Sie zwang sich, tief durchzuatmen und weiterzugehen. Der Freundschaftsring aus dem Lederbeutel steckte an ihrem Finger, und sie drehte immer wieder nervös mit dem Daumen daran. Noch einmal fasste sie nach dem glitzernden schwarzen Kamm in ihrem Haar und richtete ein letztes Mal den schwarzen Spitzenschleier. Ihre Mutter ging schweigend und hoch erhobenen Hauptes neben ihr her, geschult durch Jahre tadellos absolvierter Hofetikette.

Die Klänge eines Menuetts drangen an ihr Ohr, als sie sich mit Henri und Armond als Nachhut dem Ballsaal näherten. Bei ihrer Ankunft am Saaleingang verbeugten sich die Diener des Schlosses, von denen sie eskortiert worden waren, und entfernten sich dann.

Madeleine nickte und bedeutete Henri und Armond durch ein Zeichen, sich zu den anderen Lakaien zu stellen, die an einer Wand des Ballsaals entlang Aufstellung genommen hatten. Ohne ein Wort zu sagen, hielten sich die beiden Frauen gleichzeitig ihre Masken vors Gesicht und traten in den Pulk der Tänzer und Zuschauer.

Mit dem Fächer in der einen Hand fächelte sich Madeleine frische Luft ins Gesicht, mit der anderen Hand hielt sie den Stiel ihrer Maske. Die Erhabenheit der Szenerie überwältigte sie, und einen Moment lang blieb sie wie angewurzelt stehen. Daraufhin ergriff ihre Mutter sie am Ellbogen und schob sie unauffällig an eine Seite des Saals, damit sie nicht den nachfolgenden Ballgästen den Zugang zum Saal versperrten.

Tänzer drehten perfekte Pirouetten und wiegten sich im Rhythmus oder schritten auf ihre Tanzpartner zu, um dann sogleich wieder rückwärts in ihre Ausgangsposition zurückzukehren. Schwere Kronleuchter aus Kristall, in denen Unmengen von Kerzen erstrahlten, sorgten dafür, dass der Ballsaal hell erleuchtet war. Die Eleganz des Gesamtbildes wurde nur noch von der prächtigen Kleidung übertroffen, die in einer Vielzahl an Farben erstrahlte und sich miteinander zu einer einzigen wogenden Farbpalette verbanden.

Die Tänzer poussierten hinter ihren Masken völlig hemmungslos mit ihren Tanzpartnern, und manche Tanzschritte wurden so ausgeführt, dass sie wie eine wollüstige, sinnliche Einladung waren, an dem ewigen Spiel bei Hofe teilzunehmen, dem Spiel des *ja, nein, vielleicht – vielleicht auch nicht.* Und dann wirbelten die Verführer wieder davon, um sich jemand anderem zu nähern und das Spiel von vorne zu beginnen.

Die königliche Ehrenloge mit dem blauen, liliengeschmückten Vorhang war leer. Der Tross des Königshauses war also allem Anschein nach noch nicht eingetroffen. Madeleine beobachtete die Paare auf der Tanzfläche und hielt Ausschau nach den vertrauten Tanzschritten des Königs, konnte sie aber nirgends entdecken.

Plötzlich, während Madeleine noch nach ihm suchte, teilte sich vor ihr die Menge, und der König betrat mit der Königin am Arm den Ballsaal. Seine getreuen Untertanen verbeugten sich tief, während die Musik erst ins Stocken geriet und dann ganz verstummte. Madeleines Knie zitterten.

Sich seiner Ehrenloge nähernd, drehte sich der König um und gab durch eine Geste zu verstehen: „Weitermachen."

Madeleine lugte über ihren Fächer hinweg und sah die sanft gewölbte Linie seines Lächelns, das ihr einmal so vertraut gewesen war. Er war älter geworden, aber derselbe schneidige, gut aussehende Herrscher geblieben, den sie in Erinnerung hatte. Seine voluminöse dunkle Perücke fiel ihm bis auf die Schultern der prächtigen rot-goldenen Brokatjacke mit goldenen Epauletten, einem naturfarbenen Spitzenkragen und Manschetten aus derselben Spitze. Er warf einen Blick in den Saal, ließ sich dabei sehr langsam auf dem Thron nieder und nickte der Menge zu. Die goldenen Kniehosen, roten Strumpfhosen und goldenen Schuhe mit den modischen roten Sohlen und Absätzen glänzten im Kerzenlicht, als er auf dem Ehrenplatz des Königs Platz nahm.

Die Königin hingegen schien sich in dieser überladenen höfischen Pracht gar nicht wohlzufühlen. Ihr Abendkleid war anthrazitfarben mit scharlachroten Verzierungen. Inmitten all des Prunks wirkte sie düster und sehr schlicht. Nichts an ihr war strahlend oder reizvoll. Ludwig behandelte sie zwar mit distanziertem Respekt, ignorierte sie aber ansonsten völlig.

Die Musiker fingen erneut an zu spielen und die Tänzer erhoben sich aus ihren Verbeugungen und Knicksen zur Begrüßung des Königs, um weiterzutanzen, als wären sie nie unterbrochen worden.

Madeleine bedeutete ihrer Mutter mit einer Geste: „Komm mit mir. Behalte deine Maske auf und halte dein Gesicht verdeckt."

Dann nahm sie sie bei der Hand, und die beiden schlängelten sich zwischen all den Ballgästen an der Wand entlang weiter vor. Sie deutete auf eine Mauernische hinter einer Säule und sagte: „Warte hier."

Madeleine bahnte sich ihren Weg zu den Tänzern, die vor der königlichen Loge tanzten, und brachte sich im Rhythmus der Musik hinter einer großen Frau in Position. Und dann, genau in dem Augenblick, als die Frau sich drehte, um wieder mit ihrem Tanzpartner zusammenzutreffen, sah Madeleine zum Thron hinüber, ließ ihre Maske ein ganz klein wenig sinken und lächelte dem König schelmisch zu. Anschließend tanzte sie schnell wieder davon und verschwand in der Menge.

Ludwig stand abrupt auf und stolperte dabei fast über seinen goldverzierten Gehstock. Er suchte die Menge ab, setzte sich wieder, blieb aber auf dem äußersten Rand seines Sessels sitzen. Die Königin sah ihren Gemahl an, und ihr war anzumerken, dass sie sehr wohl bemerkt hatte, dass ihn etwas aus der Fassung gebracht hatte. Er beugte sich zu ihr hin und flüsterte ihr etwas ins Ohr. Die Königin suchte daraufhin ebenfalls den Saal ab, schüttelte aber dann den Kopf.

Madeleine tanzte zu der Mauernische zurück, wo ihre Mutter auf sie wartete, dann sagte sie: „Lass uns auf die andere Seite gehen."

„Du führst den König an der Nase herum? Das ist ein Spiel mit dem Feuer, mein Kind. Warum lässt du ihm nicht einfach mitteilen, dass du hier bist und dich mit ihm treffen möchtest?"

„Ludwig liebt die Jagd, und ich möchte ihn ein wenig herausfordern. Komm mit. Ich weiß schon, was ich tue.“

Die beiden bahnten sich ihren Weg zurück in den hinteren Teil des Saals und dann auf der anderen Seite wieder ganz nach vorn zur Tanzfläche. Madeleine bedeutete Henri und Armond mit einer Geste, ihnen ebenfalls zu folgen. Sie schauten der Tanzerei noch eine Weile zu und war ganz entzückt von der Inszenierung des Ganzen.

Nach einer Weile kam ein Höfling auf Madeleine zu und sagte hinter seiner schwarzen Maske: „Eine so entzückende Dame und allem Anschein nach ohne Begleitung?“ Der junge Mann schaute sich um. „Gewährt Ihr mir das Vergnügen eines Kontertanzes?“

Madeleine legte den Kopf ein wenig schräg, hielt sich den Fächer vor den Mund und lächelte ihn kokett an. „Woraus schließt Ihr, dass ich so eine reizende Dame bin? Vielleicht verbirgt sich hinter der Verkleidung das Gesicht eines Hundes.“ Sie lachte in sich hinein. „Oder vielleicht fehlen mir Zähne oder ich habe eine Warze auf der Nase.“

Die Zweideutigkeiten der höfischen Konversation, die sie schon so lange hinter sich gelassen hatte, kamen ihr immer noch mühelos über die Lippen.

Der Höfling errötete bei der Tändelei. „Ach, Madame, oder wenn das heute vielleicht meine Glücksnacht sein sollte Mademoiselle, eine so liebliche Stimme kann unmöglich die eines Hundes sein.“

Madeleine erkannte in dem kantigen Gesicht durchdringende graue Augen, die sie hinter der Maske ansahen. *Er hat jedenfalls kein Hundegesicht,* dachte sie.

In diesem Augenblick reichte er ihr seine Hand und verbeugte sich.

Madeleine ließ ihren Fächer ein wenig sinken und warf ihm ein strahlendes Lächeln zu. Sie legte ihre weiche weiße Hand in seine sonnengebräunte, trat auf die Tanzfläche und flüsterte ihm, während sie an ihm vorbei zu den anderen Tänzern ging, zu: „Es ist *Madame.*“

„Oh nein! Was für ein Pech! Ich finde die holdeste Blume des Balls, und dann wurde sie bereits gepflückt.“ Er schaute über seine Schulter zu Henri, Armond und ihrer Mutter hinüber. „Ist denn der glückliche Eroberer Eures Herzens anwesend?“

„Nein, heute Abend nicht. Ich bin nur in Begleitung meiner Mutter.“ Madeleine glitt zur Tanzfläche und nahm im Kreis der Tänzer ihre Position ein.

Die Musiker stimmten die Melodie an, Madeleines Tanzpartner nahm ihr gegenüber Aufstellung und nutzte den Vorteil des Tanzes, um ihr viel zu nah zu kommen, als dass sie sich dabei noch wohlfühlte.

Während sie sich im Tanz direkt vor dem königlichen Thron bewegten, wartete Madeleine auf ihre Chance, zu der ihr dann ihr ahnungsloser Tanzpartner gegen Ende des Tanzes auch verhalf. Als er sie vor der letzten Drehung an seine Seite zog, flüsterte er ihr ins Ohr: „Wollt Ihr mir nicht wenigstens einen Blick auf Euer Gesicht gewähren? Es wäre eine unerträgliche Qual, solltet Ihr beschließen, es die ganze Nacht vor mir zu verbergen.“

Madeleine klappte einfach ihren Fächer zusammen und brachte sich so in Position, dass sie dem König genau gegenüberstand, als der Tanz fast zu Ende war. Bei der allerletzten Verbeugung ließ sie ganz langsam ihre Maske sinken, sah ihren Tanzpartner an und trat dann zur Seite, um zum König hinüberzusehen. Ihr Partner, der kundtat, wie entzückt er von ihrer Schönheit sei, begleitete sie daraufhin zu ihrer Mutter zurück, aber erst nachdem Madeleine gesehen hatte, dass der König lautlos ihren Namen ausgesprochen hatte.

Walzerklänge ertönten jetzt und König Ludwig erhob sich, reichte seiner Gemahlin den Arm und schritt zur Tanzfläche. Der gemäßigte Dreivierteltakt verlangsamte das Tempo der

Menge, und der König vollführte gekonnt ein paar wenige Tanzschritte mit seiner Frau. Dann knickste seine Gemahlin vor ihm und verließ ohne viel Aufhebens das Fest.

Ein weiteres Mal hörte das Tanzen auf, und es wurde still im Ballsaal. Noch bevor die Königin den Ausgang erreicht hatte, begann Ludwig, den Saal abzusuchen, und bahnte sich den Weg zu Madeleine, als er sie entdeckt hatte. Doch kaum hatte sich die Königin zurückgezogen, betrat eine außergewöhnlich schöne Frau den Saal, die bereits durch ihre bloße Anwesenheit alle Aufmerksamkeit auf sich zog.

Auch den König zog sie sofort in ihren Bann. Er trat auf sie zu und winkte den Musikern weiterzuspielen. Die Frau knickste, reichte ihm ihre Hand, und sie begannen zu tanzen. Die gesamte Haltung des Königs drückte grenzenlose Liebe aus, die von der Dame auch erwidert wurde, und er sah sie ununterbrochen wie gebannt an.

Madeleine fragte ihre Mutter: „Ist das Madame de Montespan? Athénais?“

Ihre Mutter nickte. „Ja, das ist sie.“

Die Schönheit der derzeitigen Mätresse des Königs verblüffte auch Madeleine. Die blonden Locken der Frau waren mit frischen Frühlingsblüten hochgesteckt. Jadesteine zierten den Saum ihres elfenbeinfarbenen, tief dekolletierten Ballkleides, und um die Schultern hatte sie locker einen blauen, hermelingesäumten Samtumhang gelegt. Ihr blasser Teint wurde durch einen sinnlichen Rosenknospenmund noch betont, der immer wieder lachte, während das Paar tanzte.

Madeleine schaute dem Liebespaar zu, während es die schwierigsten Tanzschritte vollführte. „Ich hatte ja keine Ahnung.“

„Was hast du denn erwartet, Liebes? Dass Ludwigs Mätresse so unscheinbar und unansehnlich ist wie seine Gemahlin? Sie ist eine ganz außergewöhnliche Frau. Und sie ist wahrlich nicht zu unterschätzen.“

Madeleine behielt ihre Maske vor dem Gesicht und schaute dem Paar zu, wie es auf der Tanzfläche die Führung übernahm. Ludwigs tänzerisches Können war der Anmut und dem Können Athénais' ebenbürtig. Madeleine war sich sicher, dass es in ganz Frankreich kein so atemberaubendes Paar gab.

Den gesamten restlichen Abend warf der König nicht einmal mehr einen Blick in Madeleines Richtung. Der junge Höfling, dessen Name, wie Madeleine erfuhr, Pierre war, forderte sie noch mehrmals zum Tanz auf, und sie tanzte auch jedes Mal mit ihm, weil sie dadurch Gelegenheit bekam, auf der Tanzfläche vielleicht doch noch dem König zu begegnen, aber der Saal erwies sich als viel zu voll, und allem Anschein nach wich ihr der König auch absichtlich aus.

Wer hier also wen an der Nase herumführte, blieb die Frage. Madeleine konnte nicht erkennen, ob der König sie mied, sie neckte oder einfach kein Interesse an ihr hatte und deshalb keine Anstalten machte, ihr direkt zu begegnen.

Der Maskenball endete erst im Morgengrauen. König Ludwig und Madame de Montespan blieben lange und amüsierten sich, aber in dem Augenblick, als sie gegangen waren, verließen auch die anderen Gäste den Ballsaal und begaben sich auf den verschlungenen Pfaden der Säle und Gänge des Schlosses zurück zu ihren Unterkünften.

Irgendwann tauchte auch Monsieur Pierre wieder auf und bot sich an, Madeleine und ihr Gefolge zu ihrer Unterkunft zurückzugeleiten, aber Madeleine schlug sein Angebot aus, woraufhin er sich mit niedergeschlagener Miene zurückzog.

Sie waren gerade dabei, den Ballsaal zu verlassen, als ein Diener des Hofes auf Madeleine zukam, ihr einen Umschlag überreichte, sich verbeugte und abwartend neben ihr stehen blieb.

„Brauchst du sofort eine Antwort?"

„Ja, Madame."

Madeleine drehte das Schriftstück um und erbrach das königliche Siegel.

Kommt morgen Abend um elf zum Großen Trianon. Ihr werdet um zehn Uhr von einem Höfling abgeholt, der Euch begleitet.

Stets der Eure
Ludwig

Madeleine hielt den Brief in der Hand und tippte mit dem Griff ihrer Maske darauf. „Sag dem König, dass es mir eine Ehre ist."

Der Höfling verbeugte sich und verschwand dann wieder.

„Was steht denn darin, Liebes?", wollte Madeleines Mutter wissen, als sie sich auf den Weg zurück zu ihrer Unterkunft machten.

Henri und Armond gingen in respektvollem Abstand hinter ihnen.

„Ludwig hat mich um ein Treffen morgen Abend beim Großen Trianon gebeten." Madeleine lächelte. „Und ich habe selbstverständlich zugesagt."

Ihre Mutter lächelte ebenfalls. „Aber natürlich wirst du gehen, Liebes."

Madeleine gab Henri ein Zeichen voranzugehen. „Geh bitte voraus, Henri. Ich bin nicht sicher, ob ich den Weg zurück in unsere Unterkunft finde."

„Gern, Madame." Henri geleitete sie zügig durch die vielen Gänge zurück. Die einzigen Geräusche waren dabei das Rascheln der Abendkleider und das Klappern der Absätze der Damen auf den schwarz-weißen Bodenfliesen.

Armond blieb hinter ihnen.

Als sie so durch die dämmrigen Flure gingen, fragte Madeleine sich, wie willkommen sie bei Hof wohl wären, wenn allgemein bekannt wäre, dass sie keine Katholiken, sondern Hugenotten waren. Ob sie dann wohl damit rechnen müssten, dass die Waffen der Schweizer Garde auf sie gerichtet würden, und man sie zwingen würde zu konvertieren? Wie lange würde die ehemalige Stellung ihres verstorbenen Vaters bei Hofe wohl noch ihre Sicherheit gewährleisten? Als wie tolerant würde sich Ludwig erweisen, wenn sie sich jetzt, als erwachsene Frau, seinen Avancen widersetzte?

Sie war kein junges Mädchen mehr, das mit einem jungen König um die Gunst bei Hofe flirtete. Jetzt kämpfte sie um das Leben ihrer Familie und um ihr Zuhause. Wie weit würde sie gehen, um ihre Familie zu retten? Und selbst wenn Ludwig ihr sein Wort geben sollte, die Clavells unter seinen Schutz zu stellen, wie lange würde dieses Wort wohl gelten? Bis zur nächsten Welle des Hasses gegen die Hugenotten, der wie ein Buschfeuer im ganzen Land wütete und alles zerstörte, was ihm in die Quere kam, einschließlich der Familien Vaudois und Clavell und deren Herrensitz?

Der Ernst der Situation schlug wie eine große Welle über ihr zusammen. Als sie sich ihrer Unterkunft näherten, rannte sie zur Tür hinein, stürzte in ihr Zimmer und erbrach sich in die Waschschüssel, die auf dem Waschtisch stand.

Suzanne, die in Madeleines Zimmer auf einer Liege am Fenster geschlafen hatte, wachte von dem Würgen ihrer Herrin auf.

„Madame, seid Ihr krank? Was ist denn los?“ Sie griff nach einem Handtuch, das auf dem Waschtisch lag, und reichte es Madeleine.

Elisabeth kam kurz darauf ebenfalls ins Zimmer. „Ist alles in Ordnung, Liebes?“

Madeleine, deren Gesicht aschfahl geworden war, setzte sich aufs Bett. Ihre Hände zitterten, als sie sich den Mund und das Gesicht mit dem Handtuch abwischte. „Mir geht es gut, Mama. Ich bin nur einfach davon ausgegangen, dass

Ludwig entzückt sein würde, mich zu sehen. Wir sind mitten in einem nationalen Umbruch, und das Schicksal unserer Familie liegt auf der empfindlichen Waagschale meiner Jugendliebe zu dem Herrscher Frankreichs."

Ihre Mutter setzte sich neben ihr auf das Bett und nahm ihre Hand.

„Einmal den Kopf an der falschen Stelle geneigt oder kokett schräg gelegt – ein falsches Wort könnte uns alle ins Gefängnis bringen oder sogar den Tod bedeuten", sagte Madeleine. Sie hielt sich das Handtuch vors Gesicht, und dann begannen ihre Tränen zu fließen. „Ich weiß nicht, ob ich das schaffe. Ich habe Angst." Sie sah ihre Mutter an, immer noch mit Tränen in den Augen. „Ich bin sicher, dass Ludwig mich erkannt hat, aber er schien völlig ungerührt. Wie jemand, den ich nie gekannt habe."

„So, jetzt hör mir bitte einmal zu. Wir sind nun mal hier." Elisabeth nahm Madeleine bei den Schultern. „Und du bist eine Vaudois. Du bist stark. Du schaffst das." Ihre Mutter hielt Madeleine fest im Arm, bis die Tränen der Tochter versiegten.

Nach einer Weile stand Madeleine auf. „Dann lasst uns jetzt ein wenig schlafen. Es wird schon bald hell. Mama, hilfst du mir bitte, dieses Mieder loszuwerden? Es ist viel zu eng. Ich habe das Gefühl, ich ersticke."

Den Rest der Nacht wälzte sich Madeleine in dem gewaltigen Bett hin und her. In den Gefilden zwischen Schlafen und Wachen liefen immer wieder die Ereignisse des vergangenen Abends vor ihrem inneren Auge ab. Als die Morgendämmerung in einem milchigen Dunst über den Gärten des Schlosses lag, driftete sie schließlich in einen unruhigen Schlummer, in dem die Gesichter ihrer Lieben in ihren Träumen ein und aus gingen.

*

François stand am Schlafzimmerfenster und schaute zu, wie die Sonne über der Flussniederung aufging. Er flüsterte vor sich hin: „Jean und meine tapferen Jungen, geht es euch gut? Und meine geliebte Madeleine, verläuft deine Mission erfolgreich? Hast du die Gunst des Herrschers oder eher nicht?"

Er ging vor dem Fenster auf und ab und begann zu beten: „Ich will mich nicht quälen mit alldem, was bereits geschehen sein kann oder vielleicht noch geschehen wird. Lieber Gott, ich stehe hier als hilfloser Mann, als hilfloser Vater und Ehemann – als einer, der nicht in der Lage war, seine Familie vor dem Feind zu beschützen. Vor dem Feind, der uns vernichten will, weil wir unterschiedliche Überzeugungen davon haben, wie Menschen von dir erlöst werden. Bitte schenke uns deinen göttlichen Schutz. Beschütze Madeleine vor den Intrigen des Königs. Schenke ihr Klugheit und Durchblick und die richtigen Worte. Wir sind ganz und gar auf deine Barmherzigkeit und Stärke angewiesen. Du bist mächtig und kannst erretten."

François ging zu seinem leeren Bett und legte sich hin, die Hände hinter dem Kopf verschränkt. Zusammenhanglose Gedanken kamen und gingen, und einen Augenblick lang döste er ein, wachte dann aber ruckartig wieder auf und kleidete sich für den Tag an. Für einen weiteren Tag, an dem die Dragoner jede Bewegung der Familie Clavell mit Argusaugen verfolgten. Das musste aufhören, und zwar bald.

*

Jean wachte auf und sah, dass die Dunkelheit um ihn her ein ganz klein wenig abgenommen hatte. Er sah zu Philippe und Charles hinüber, die tief und fest schliefen, und schlich auf Zehenspitzen an ihnen vorbei in den Gang, der zum Höhleneingang führte. Er spähte durch den Spalt an dem Stein vor dem Höhleneingang vorbei und sah, wie Nebel aus dem Fluss aufstieg.

Wie lange noch, Herr, wie lange müssen wir uns noch versteckt halten in dieser elenden Höhle? Zeig uns, was wir tun sollen. Gib uns Kraft für diesen Tag. Hilf uns. Jean sank auf die Knie und Tränen liefen ihm über die braun gebrannten Wangen. *Oh Gott, wo bist du? Warum schweigst du, wo wir doch so dringend Antworten brauchen? Warum verbirgst du dich vor uns? Der Himmel ist kalt und taub. Jesus! Hilf uns!*

Er schlug mit der Faust gegen die steinerne Höhlenwand, bis seine Fingerknöchel zerschrammt und blutig waren. *Hilf uns!* Das Schreien des mutlosen jungen Mannes hallte in den gähnenden Höhlengängen wider und prallte, seinen Glauben durch Schweigen verhöhnend, von dem grauen Granit ab.

Kapitel 12

Suzanne drückte die hohen goldverzierten Fensterläden auf, und die Nachmittagssonne strömte in das Zimmer und auf die schwere gewebte Bettdecke.

Madeleine regte sich und bedeckte ihre Augen mit dem Handrücken. „Wie spät ist es?", fragte sie. „Habe ich den ganzen Vormittag geschlafen?"

„Ja, Madame. Es ist schon fast zwei Uhr." Suzanne wieselte um Madeleine herum und schüttelte ihre Kissen auf. „Aber Madame haben den Schlaf auch wirklich nötig gehabt."

Ein Morgenmantel lag am Fußende des Bettes bereit und der Geruch vom Morgenbrei, der in einer Schüssel auf einem Tablett ganz in der Nähe stand, trieb Madeleine aus der Wärme des Bettes. Sie legte sich den Morgenmantel um die Schultern, nahm sich ein Stück Brot von dem Tablett und ging ans Fenster. Auf dem Hof und in den Gärten des Schlosses herrschte emsige Geschäftigkeit.

Madeleine schaute zum Hauptkanal hinunter. Leuchtende Lichtpunkte tanzten auf dem Wasser. Die Gondeln, von denen sie eine an diesem Abend zum König bringen würde, trieben träge auf dem Wasser dahin. „Ist meine Mutter schon wach?"

„Ja, sie ist schon eine ganze Weile auf."

„Und was ist mit Judith? Ist sie bereits aus den Gesindeunterkünften zurück?“

„Ja, Madame.“ Suzanne hielt in ihrer Beschäftigung mit dem Frühstückstablett inne. „Möchtet Ihr, dass ich sie rufe?“

„Ja, bitte, rufe sie beide her. Und lass das Tablett bitte auf dem Toilettentisch stehen.“

Suzanne murmelte etwas darüber, dass das Essen doch kalt würde, ging aber gehorsam in den Salon ihrer Unterkunft, um die beiden älteren Frauen zu holen.

Elisabeth, die ebenfalls noch im Morgenmantel war, kam hereingeeilt, brachte ihre übliche gute Laune mit und umarmte Madeleine. „Guten Morgen, Liebes, oder sollte ich lieber Nachmittag sagen? War das nicht ein schöner Abend gestern? Und dieser gut aussehende junge Mann, der dich immer wieder zum Tanzen aufgefordert hat, wie war doch gleich sein Name? Ist es nicht ein herrlicher Tag? Geht es dir wieder besser?“

Die Fragen ihrer Mutter amüsierten Madeleine. Sie wurde unweigerlich an ihren Sohn Charles erinnert, der seiner Großmutter so ähnlich war – mit seinen unablässigen Fragen, ohne je die Antwort abzuwarten. „Ja, ich habe schon die Gondeln auf dem Kanal bewundert.“

Judith, die ihrer Herrin das Kleid herausgesucht hatte, folgte Elisabeth ins Zimmer. Sie stand mit versteinerter Miene an der Wand neben der Tür.

Madeleine bohrte nach, um Neuigkeiten zu erfahren. „Und, hast du gestern Abend deine Cousine gefunden, Judith?“

„Ja, das habe ich, Madame.“

„Und geht es ihr gut? Hat sie sich über deinen Besuch gefreut?“

„Ja, Madame.“

Judiths spärliche Antworten ärgerten Madeleine ebenso wie die grimmige Miene der Zofe. „Wie heißt sie denn?“

„Wie bitte, Madame?“

„Ihr Name, Judith. Deine Cousine hat doch wahrscheinlich einen Namen, oder?“

„Sie heißt Francina.“

„Und wie alt ist sie?“

„Madame?“

„Ihr Alter. Wie alt ist sie?“ Langsam verlor Madeleine die Geduld.

„Also, ich glaube, sie ist ungefähr zehn Jahre jünger als ich – um die vierzig, schätze ich. Vielleicht auch jünger.“

„Protestantin?“

„*Nein,* Madame, sie ist katholisch.“

„Ich verstehe. Ich würde gern mit ihr sprechen. Könntest du sie vielleicht holen?“

„Jetzt sofort?“

„Ja, jetzt sofort. Ich möchte noch vor dem Abend mit ihr sprechen.“

„Sehr wohl, Madame. Sie arbeitet in der Küche, aber ich glaube, dass ich sie finden kann.“

„Gut. So langsam kommen wir ja weiter. Du kannst jetzt gehen, Judith. Bitte suche Francina und bring sie so rasch wie möglich her.“

Judith machte sich sofort auf den Weg, nachdem sie die Röcke gerafft und rasch und steif geknickst hatte.

Elisabeth wartete, bis die Tür ihres Gästeappartements zum Gang ganz geschlossen war. „Was hatte denn das zu bedeuten?“

Madeleine saß auf dem Stuhl vor dem Toilettentisch und fing an, mit ihrem Frühstück herumzuspielen. „Ich brauche jemanden, der mir etwas über das Protokoll beim königlichen Abendessen im Großen Trianon sagen kann, jemanden, der sich darüber hinaus vielleicht auch noch auf irgendeine Weise mit unserer Familie verbunden fühlt. Ich hatte allerdings gehofft, dass sie Protestantin ist. Ich muss mich jetzt einfach auf meinen Instinkt verlassen.“ Sie kostete einen Löffel des Breis. „Das ist gut. Was ist es?“

„Erbsen“, antwortete ihre Mutter und lachte.

„Ach ja! Ludwigs große Vorliebe für Erbsen. Hast du schon gefrühstückt?“

„Aber selbstverständlich. Ich bin schon seit Stunden auf.“ Elisabeth ging zu Madeleines Kleidern hinüber, die Suzanne am Abend zuvor aufgehängt hatte, bevor sie sie einzeln durchgegangen war. „Welches klebrige Netz will meine kleine Spinne denn heute Abend weben? Und in welchem verführerischen Kleid?“

„Aber Mama!“

Elisabeths Umschwung von der besorgten Mutter zur Verbündeten in einem Komplott schockierte Madeleine.

Die dunkel umrandeten Augen ihrer Mutter wurden eiskalt. „Hör mir mal genau zu, Madeleine. Ich habe jahrelang an diesem Hof manövriert, manipuliert und intrigiert, damit wir am Leben bleiben und an den politischen Entscheidungen der Regierungsgremien beteiligt werden. Für Hugenotten ist das gar nicht so einfach. Aber wir haben es geschafft und wir haben dadurch Ludwigs Vertrauen und letztlich auch seinen Schutz behalten. Manchmal mussten wir uns an Allianzen beteiligen und an Komplotten, von denen wir gar nicht überzeugt waren, mit denen wir eigentlich auch nicht einverstanden waren oder mit denen wir nichts zu tun haben wollten. Aber um der Sicherheit unserer Familie willen haben wir trotzdem dabei mitgemacht.“

Madeleine starrte ihre Mutter an. „Ihr?“

Elisabeth wandte sich von ihrer Tochter ab und setzte sich aufs Bett. „Gott wird uns durch das Labyrinth der Intrige leiten. Du musst auf seine Stimme hören. Er wird dir sagen, was du tun und wohin du gehen sollst.“

*

Es vergingen fast zwei Stunden, bis Judith mit ihrer Cousine zurückkam. Im Gegensatz zu ihrer mürrischen Cousine hatte die mollige Frau eine angenehm freundliche Ausstrahlung.

„Francina?" Madeleine erhob sich von ihrer Sitzbank.

„Ja, Madame." Sie knickste höflich und lächelte dabei.

„Hat Judith dir gesagt, warum ich dich gerne sprechen möchte?"

„Nein, Madame."

„Ich brauche Einzelheiten über das Protokoll beim Königsdiner im Großen Trianon. Kannst du mir da helfen?"

„Ich glaube schon. Ich serviere dort häufig die Speisen. Also, es ist sogar so ..." Francina hielt inne und schaute sich im Raum um, als wolle sie die Erlaubnis einholen fortzufahren.

Madeleine nickte.

„... dass ich dem König heute Abend im Großen Trianon das Essen auftragen soll."

„Das ist ja wunderbar! Dann bist du genau die Person, die ich brauche. Was für ein Glück!"

Madeleines Mutter, die am Kamin saß und ein Buch las, schalt sie: „Das ist kein Glück, Madeleine, sondern Führung Gottes."

„Ja, natürlich." Madeleine ging auf und ab, während sie Francina weiter befragte. „Wer kommt denn zu einem solchen Abendessen?"

„Die Familie des Königs, seine Mätresse, Höflinge und besondere geladene Gäste." Die Domestikin senkte den Kopf. „Und ..."

„Und ...?"

„Manchmal arrangiert der König ein solches Essen auch, wenn er ein geheimes Rendezvous mit einer schönen Frau geplant hat."

„Ich verstehe." Madeleine merkte, wie sie rot wurde. „Und wie gelingt ihm das, wenn seine Frau und seine Mätresse dabei sind?"

„Sie sind diskret."

„Ich kann mir nicht vorstellen, dass Madame de Montespan diskret ist – und lange genug wegschaut –, damit sich Ludwig mit einer anderen Frau treffen kann."

„Wenn unser König einen ‚besonderen Gast' einlädt, ist Madame Montespan meistens nicht anwesend."

„Und Maria Theresia zieht sich früh zurück?"

„Ja, Madame."

„Was erwartet mich dort, wenn ich eintreffe?"

„Werden Madame eine Eskorte haben?"

„Ja, das werde ich."

Elisabeth blickte rasch von ihrem Buch auf. „Wirklich? Habe ich da irgendetwas verpasst?"

Madeleine ging weiter auf und ab und tippte immer wieder ihre Finger gegeneinander, während sie alles plante. Armond würde in der entsprechenden passenden Kleidung als Höfling durchgehen. Seine Lakaienuniform durfte er dann natürlich auf gar keinen Fall tragen. Ja, das könnte gehen. Er war jung und gut aussehend, und Ludwig würde sich fragen, wer das wohl sein mochte. Sie hielt inne und fuhr dann, als redete sie mit sich selbst, fort: „Aber was ist, wenn Ludwig ihn gestern Abend mit uns zusammen auf dem Maskenball gesehen hat? Ach nein, das glaube ich nicht. Armond und Henri haben bei den anderen Dienern an der einen Saalwand gestanden. Er hat ihn bestimmt nicht bemerkt." Ihre halb geflüsterten Überlegungen wurden noch während sie sie aussprach zu einem Plan.

„Suzanne, du kommst mit uns", führte sie laut ihre Überlegungen fort.

Es gelang Suzanne zwar, vor den anderen Bediensteten Haltung zu bewahren, aber ihr Strahlen verriet, wie sehr sie sich freute.

„Francina, könntest du wohl bis heute Abend für meinen jungen Lakaien vornehme Männerkleidung auftreiben? Er ist ziemlich stämmig und muskulös. Hat Judith dir eigentlich den Grund gesagt, weshalb wir überhaupt hier am Hof sind?"

Francina nickte heftig. „Ja, Madame. Darf ich ganz offen sprechen?"

Als Madeleine nickte, fuhr Francina fort: „Auch wenn ich katholisch bin, finde ich es nicht richtig, dass die Hugenotten verfolgt werden." Die Magd bekreuzigte sich. „Gott vergebe mir, dass ich meinem König widerspreche, aber ich habe auch das Leid von vielen Verwandten miterlebt, die nicht katholisch sind. Einige sind umgebracht worden und manche befinden sich im Gefängnis." Sie ließ den Kopf hängen. „Vergebt mir bitte, dass ich so offen spreche. Ich habe durch die Hand von Dragonern meinen Mann und mein einziges Kind verloren."

„Das tut mir sehr leid. Bitte sprich doch weiter."

„Er war erst fünf Jahre alt und so ein hübscher Junge. Er war eines dieser Kinder, das jeder gern hat und das ein Zimmer jedes Mal hell erstrahlen lässt, wenn es hereinkommt."

Madeleine wurde das Herz schwer, als sie daran denken musste, in welcher Gefahr sich ihre Kinder befanden, während sie hier mit dieser Frau sprach.

Francina fuhr fort: „Die Dragoner haben damals ein Familientreffen etwas außerhalb von Paris überfallen. In unserer Familie gibt es zwar Menschen mit unterschiedlichem Glauben, aber weil sie alle in Liebe miteinander verbunden sind, waren sie aus allen Teilen Frankreichs zusammengekommen, um sich zu treffen. Ich konnte nicht dabei sein, weil ich am Hof in Paris bleiben und arbeiten musste, aber ich habe meinen Mann und unseren Sohn ermuntert, hinzufahren und an dem Fest teilzunehmen. Meine Eltern wollten ebenfalls dort sein. Sie hatten unseren Sohn schon seit mehreren Jahren nicht mehr gesehen. Die Dragoner trieben damals die Versammlung auseinander, weil sie dachten, es wäre eine Versammlung von Hugenotten. Sie verlangten eine Massenkonversion zum katholischen Glauben. Manche konvertierten auf der Stelle, aber als mein Mann versuchte, ihnen ruhig zu erklären, dass er doch bereits Katholik sei, wurden die

Dragoner wütend, weil sie überzeugt waren, dass er log, und sie töteten meinen Mann und unseren Sohn."

In dem Zimmer herrschte jetzt große Betroffenheit und Trauer. Niemand sagte etwas.

Mit noch leiserer Stimme fuhr Francina dann fort: „Als ich davon erfuhr, war ich untröstlich. Damals waren es meine hugenottischen Verwandten, die mir ihre Liebe und ihre Anteilnahme zeigten und mir weiterhalfen. Sie verstanden, wie furchtbar es ist, wegen seines Glaubens verfolgt zu werden." Francina wischte sich mit einem Schürzenzipfel eine Träne fort, die ihr entwischt war und jetzt die rechte Wange hinunterlief.

Judith trat zu ihrer Cousine, um sie zu trösten, und Francina tätschelte ihr die Hand. „Judith war eine von denen, die mir damals in meinem Kummer beigestanden haben."

„Daran erinnere ich mich", rief Elisabeth aus. „Ich erinnere mich, dass ich dir damals erlaubt habe, nach Paris zu fahren, Judith, um deiner Cousine nach der Familientragödie beizustehen." Elisabeth wandte sich an Francina. „Diese Cousine warst also du."

Francina sah an Elisabeth vorbei, als schaute sie sich ein Theaterstück an, das auf einer fernen Bühne gespielt wurde. Ihre Unterlippe bebte, als sie versuchte, ihrer aufsteigenden Gefühle wieder Herr zu werden.

Madeleine sah die trauernde Frau an und ihr wurde klar, dass Francinas Schicksal auch zu ihrem werden konnte. Behutsam fragte sie die Dienstmagd: „Warum hast du nach dem, was deiner Familie angetan wurde, trotzdem weiter am Hof gearbeitet? Und warum bist du katholisch geblieben?"

Francina holte tief Luft. „Wohin hätte ich denn sonst gehen sollen und womit meinen Lebensunterhalt verdienen? Wenn ich zum Protestantismus übergetreten wäre, dann hätte ich keine Arbeit mehr gehabt und wäre außerdem auch selbst noch der Verfolgung ausgesetzt gewesen. Was hätte ich denn ohne Mann sonst tun sollen?" Francinas Miene hellte sich wieder ein wenig auf, als sie sagte: „Und außerdem, wer weiß, welchen Sinn das alles hat."

Madeleine bewunderte Francina für diese Sichtweise und sagte deshalb: „Es wäre mir eine Ehre, Euch zu helfen, wo immer ich kann." Francina knickste, erhob sich dann wieder und sah sicher und entschlossen aus.

*

Armond stand in Habachthaltung am Eingang, noch recht unbeholfen in der Rolle, die ihm in dieser Scharade zugeteilt worden war. Suzanne huschte hin und her, machte einen Aufstand wegen Madeleines Frisur, ihrer Schuhe und ihres Schmuckes, obwohl alles perfekt saß und passte. Madeleine und ihre Mutter warteten im Salon ihrer Unterkunft auf die versprochene Eskorte.

Pünktlich um zehn Uhr war dann auch endlich das leise Kratzen an der Tür zu hören, wie es der höfischen Etikette entsprach. Madeleine kicherte leise in sich hinein, als Elisabeth Judith anwies, die Tür zu öffnen.

„Pierre." Madeleine stand so abrupt auf, dass ihr Fächer klappernd zu Boden fiel. Sie gewann aber rasch wieder ihre Fassung zurück und sagte: „Ich hatte einen Diener erwartet." Sie ging auf ihren neuen Verehrer vom Vorabend zu und bot ihm ihre Hand, während Suzanne den Fächer aufhob.

Jetzt war Madeleine klar, dass Ludwig sie am Vorabend offenbar doch im Auge gehabt haben musste. Ihr Verehrer aus Jugendtagen war ein geschickter Spieler. „Welch entzückende Überraschung", sagte sie zu ihm.

„Ganz meinerseits." Pierre nahm Madeleines Hand, verbeugte sich und gab ihr einen Handkuss. Sich aus der Verbeugung wieder aufrichtend, schaute er Madeleine eindringlich in die Augen, wobei er die ganze Zeit schelmisch grinste.

Dieses Lächeln – wieso kommt es mir nur so bekannt vor? Dieser Gedanke flatterte Madeleine durch den Kopf, weigerte sich aber wie ein wankelmütiger Schmetterling sich niederzulassen.

„Madame“, begrüßte er dann auch Elisabeth mit tadellosen Manieren, um sich danach, in Richtung Ausgang deutend, wieder Madeleine zuzuwenden. „Seid Ihr bereit für einen der privilegiertesten Anlässe in Versailles, ein Abendessen mit dem König im Großen Trianon?“

„Ja, wir sind bereit.“ Madeleine gab ihrer Mutter einen Kuss auf die Wange und flüsterte ihr dabei noch ins Ohr: „Bete, bitte.“ Der kunstvoll frisierten und gekleideten Gesellschaft befahl sie fröhlich: „Auf geht's.“

Während sie diese Worte aussprach, ging ihr jedoch eine düstere Vision von Lämmern, die zur Schlachtbank geführt werden, durch den Kopf.

*

Pierre erwies sich als exzellenter Begleiter. Er führte Madeleine durch das komplizierte Schlosslabyrinth zum Hauptkanal, wo bereits eine elegante Gondel für sie bereitstand. Armond ging zusammen mit Suzanne hinter ihnen und schlüpfte nur zu gern wieder zurück in die ihm vertraute Rolle des Lakaien, statt den Begleiter seiner Herrin mimen zu müssen.

Nachdem sie in das Boot gestiegen waren – Suzanne und Armond nahmen diskret ihre Plätze im hinteren Teil der Gondel ein –, wandte sich Madeleine an Pierre: „Was verschafft mir die Ehre, Euch als Begleiter zu haben?“

„Ach, purer Zufall!“

„Das ist schwer zu glauben.“

„Zum richtigen Zeitpunkt am richtigen Ort zu sein, um eine Bitte an den König zu richten?“

„Das kommt mir schon wahrscheinlicher vor.“

Katholisch oder protestantisch?, hätte sie am liebsten gefragt, wagte es aber nicht. Statt nur beim König die Kokette spielen zu müssen, musste sie jetzt auch noch diesem Höfling gegenüber ihre Fassade aufrechterhalten.

Pierre führte mit ihr höfliche Konversation, gespickt allerdings mit den üblichen höfischen Anspielungen, während die Gondel den kurzen Weg zum Großen Trianon zurücklegte.

„Wenn ich es recht verstanden habe, seid Ihr eine Jugendfreundin des Königs?“

„Wie ich sehe, breitet sich neuer Klatsch immer noch in Windeseile im ganzen Schloss aus.“

„Der Mensch ist doch immer darauf aus, auch jedes kleinste bisschen Skandal mitzubekommen.“

„Skandal?“

„Hmm-hmmm.“

„Und?“

„Ihr merkt, ich muss mich mit meinen Bemerkungen vorsehen.“

Madeleine nickte. „Fahrt fort.“

„Es geht das Gerücht um, dass König Ludwig in seinem Herzen immer noch einen Platz hütet und frei hält für ein geheimnisvolles junges Mädchen, das vor Jahren angesichts der Hugenottenverfolgung von seinem Königshof geflohen sein soll“, fuhr Pierre fort und sein Gesicht wurde dabei ernst. „Und dass er im Laufe der Jahre ihre Familie geschickt geschützt haben soll vor der Politik des Hofes und dem wachsenden Hass gegen diejenigen, die sich weigern zu konvertieren.“

„Wer seid Ihr wirklich?“ Madeleine wandte sich ihm direkt zu und forschte in dem Gesicht ihres Begleiters. „Ihr tragt zwar nicht die Maske von gestern Abend vor Eurem Gesicht, aber ich stelle fest, dass Ihr heute Abend noch viel vermummter seid und Euer wahres Gesicht noch viel weniger zeigt.“

Pierre lachte und strich sich über den Bart. „Ich bin im Auftrag des Königs Euer Begleiter für den heutigen Abend. Seht, wir sind schon da.“

Die Gondel legte an einem Steg an und der Gondoliere half der kleinen Gesellschaft beim Aussteigen. Madeleine ordnete ihre Röcke, nahm den Arm, den Pierre ihr bot, und ging an seiner Seite zum Bankettsaal.

Die Atmosphäre dort war, verglichen mit dem Vorabend, zwar nicht so ausgelassen, aber dennoch glanzvoll. Wunderschön gekleidete Männer und Frauen standen in Grüppchen beisammen und unterhielten sich leise, während sie auf das Eintreffen des Königs warteten. Schon allein der Umstand, dabei sein zu dürfen, wenn der König speiste, wurde gemeinhin als außerordentliches Privileg angesehen. Das wusste auch Madeleine nur zu gut. Sie sah sich unauffällig in dem Raum um, um festzustellen, ob jemand Bekanntes unter den Anwesenden war. Sie wünschte nun, ihre Mutter wäre dabei gewesen, um ihr Stichworte ins Ohr zu flüstern.

Manche der anwesenden Frauen hatten auf prachtvollen Brokatsesseln Platz genommen, die so aufgestellt waren, dass sie einen lockeren Gang zur Banketttafel bildeten. Die Diener waren emsig dabei, auf den Tisch des Königs, dessen Appetit legendär war, den ersten Gang aufzutragen. Wie es aussah, würde es ein langer Abend werden.

„Pierre", sagte Madeleine leise. „Wo sollen wir Platz nehmen? Meine Kenntnisse der höfischen Etikette sind ein wenig eingerostet." Kaum hatte sie dies gesagt, schalt Madeleine sich selbst. Sie wusste, dass sie vorsichtiger sein musste.

„Kommt mit. Ich habe genaue Anweisungen." Sie ließen Suzanne und Armond bei den anderen Bediensteten zurück und Pierre führte Madeleine zu einem Ehrenplatz in der Reihe der anderen anwesenden Damen. Er ließ sie Platz nehmen und trat dann hinter ihren Sessel. Die anderen Frauen, die ebenfalls auf die Ankunft des Königs warteten, schauten hinter ihren Fächern zu Madeleine hin – manche flüsterten dabei mit ihren Partnern, andere beobachteten sie nur interessiert.

Kurz darauf trat der König ein, und als er an den Frauen vorbeiging, die sich bei seinem Eintreffen erhoben hatten und sich jetzt vor ihrem König verneigten, sprach er hier und da einen Gruß aus. Weder seine Gemahlin noch Madame de Montespan waren anwesend. Zwar war das Protokoll nicht so streng wie am Vorabend, aber Madeleine wartete trotzdem verbeugt, als sich der König näherte. Ihre Knie begannen so sehr zu zittern, dass sie Angst hatte, das Gleichgewicht zu verlieren, und dann sah sie durch ihre gesenkten Augenlider seine Füße. Es waren für einen Mann zierliche Füße, die in kunstvoll gefertigten Goldschuhen steckten. Sein goldener Gehstock klackerte bei jedem Schritt auf dem Boden, als er näher kam. Das Rascheln der Röcke, gemurmelte Begrüßungsworte und die lauten Gespräche im Raum hatten in dem Augenblick aufgehört, als der König ihn betreten hatte.

Direkt vor Madeleine hörte das Klackern des Gehstockes auf. „Madeleine! Meine liebe, süße Madeleine. Ihr seid es also wirklich, nicht wahr?"

Sie blickte auf und in die Augen ihres alten Freundes und Verehrers. Madeleine knickste noch tiefer. „Ja, Eure Majestät."

„Wie schön, Euch zu sehen! Als ich Euch gestern Abend bei dem Maskenball entdeckte, wollte ich erst meinen Augen kaum trauen." Er reichte ihr seine Hand, um ihr behutsam aus ihrer knicksenden Haltung aufzuhelfen. Sie gab ihm die Hand, an der deutlich sichtbar der Freundschaftsring steckte. Er strich einmal kurz mit dem Daumen darüber.

„Ihr seid wie immer atemberaubend schön", sagte er und blieb stehen, um sie völlig schamlos von Kopf bis zum Rocksaum zu mustern. „Es wäre mir eine Ehre, Euch beim Essen auf dem Platz an meiner Seite zu haben."

Ein erstauntes Raunen durchzog den Raum. Dann legte sich eine peinliche Stille über die Menge, als sie sich teilte, um den König mit Madeleine an seiner Seite durchzulassen.

Ludwig überblickte die Menge und sah dann zu Pierre hinüber. „Danke, Pierre. Bitte kommt doch auch mit uns."

Ein üppiges Mahl stand vor ihnen. Pierre platzierte Madeleine neben dem König und setzte sich selbst dann ihr gegenüber. In Madeleins Kopf schwirrten tausend Gedanken, was diese Begrüßung durch den König alles zu bedeuten haben konnte. Sie hatte eigentlich damit gerechnet, dass er sie zwar öffentlich begrüßen, aber dann erst später privat und diskret nach ihr schicken lassen würde. Dass er sie allerdings so dreist vor der gesamten Gesellschaft empfangen und sie einladen würde, an seiner Seite zu speisen, das überraschte sie dann doch! Jeder musste sich jetzt fragen, wer sie war, warum sie so plötzlich bei Hofe aufgetaucht war und aus welchem Grund der König sie auf diese Weise empfing und anerkannte. Ein solches öffentliches Aufsehen würde ihr eigentliches Anliegen nur noch komplizierter machen.

Ludwig plauderte ungezwungen mit ihr über Jugenderinnerungen und löschte dabei all die Jahre aus, die seitdem vergangen waren. „Erzählt mir von Eurer Familie, Madeleine. Wie geht es Eurer Mutter?"

„Es geht ihr gut, Eure Majestät. Sie ist elegant wie eh und je. Sie hat mich hier an den Hof begleitet."

„Ach ... war sie gestern Abend auch auf dem Maskenball?"

„Ja, aber sie war nicht auf der Tanzfläche, sondern ist bei unseren Bediensteten geblieben."

„Ich nehme an, sie beherrscht die komplizierten Tanzschritte immer noch genauso gut wie damals, als sie und Euer Vater noch bei Hofe waren." Der König machte eine Pause. „Ich stehe tief in der Schuld Eures Vaters für den Dienst, den er während seiner Zeit am Hof unserem Land erwiesen hat. Ich vermisse ihn sehr." Er stocherte in seinem Essen herum. „Ich wusste stets, dass ich mich auf ihn verlassen und ihm vertrauen konnte."

Madeleine nickte. „Auch mir fehlt er sehr, Eure Majestät."

Ludwig legte unter dem Tisch seine Hand auf ihre. „Aber Madeleine, solche Förmlichkeit ist hier nicht nötig. Bitte nennt mich bei meinem Namen."

Madeleine errötete und räusperte sich. „Ja, ja natürlich Eure ... äh Ludwig." Sie lächelte erst, dann lachte sie und die Anspannung des Moments verflog.

Ludwig ließ seine Hand auf ihrer liegen und lachte ebenfalls. „Das klingt schon besser." Er zog ihre Hand zu sich heran und sie spürte, wie er den Freundschaftsring an ihrem Finger drehte. „Ist das ...?"

„Ihr erinnert Euch also noch?" Ihr Blick suchte in seinem nach Bestätigung.

„Erinnern? Wie sollte ich jemals vergessen? *Toi seule pour toujours.*"

Er lehnte sich nah zu ihr herüber und hielt sie mit seinem Blick gefangen. Madeleine bemerkte die Falten, welche die Zeit in sein Gesicht hineingezeichnet hatte, und die verrieten, dass auch er älter geworden war, was jedoch keineswegs seine Anmut und Wohlgestalt schmälerte. Ohne nachzudenken, berührte Madeleine ihr eigenes Gesicht und merkte dabei, dass die Zeit auch auf ihrer Haut Spuren hinterlassen hatte.

„Welchem Umstand verdanke ich das Vergnügen, Euer hübsches Gesicht wiederzusehen?", fragte Ludwig sie, doch dann wurde ihr Gespräch plötzlich unterbrochen, als eine riesige Terrine mit Gemüse vor ihnen auf den Tisch gestellt wurde. Madeleine schaute sich um und sah gerade noch, wie Francina wieder davonhuschte. Madeleine empfand plötzlich große Sicherheit in dem Wissen, dass die Küchenmagd in der Nähe war.

Ludwig drückte kurz ihre Hand, ließ sie wieder los und wandte sich dann mit ganzer Aufmerksamkeit dem Essen zu.

Gang um Gang wurden die Lieblingsspeisen des Königs aufgetragen, und das Essen, das erst am Abend begonnen hatte, zog sich immer länger hin, bis in die frühen Morgenstunden.

Madeleine tauschte Neckereien mit ihrem Jugendfreund aus: „Wie ich sehe, ist der Appetit des Königs herzhaft wie immer."

Ludwig reagierte nicht auf diese Bemerkung, schob sich aber vom Tisch zurück, hielt eine Erdbeere zwischen Daumen und dem mit Edelsteinen geschmückten Zeigefinger, drehte die Erdbeere hin und her, während er sie betrachtete, und sagte dann: „Ist das nicht eine der schönsten Früchte, die man sich vorstellen kann? Diese Farbe ist einfach umwerfend und die Rundungen so verführerisch." Sehnsüchtig schaute er Madeleine an, während er ein ganz kleines Stückchen von der Frucht abbiss.

„Aber bevor man nicht probiert hat, weiß man ja nie, ob die Leckerei dem eigenen Gaumen mundet – ob sie süß und köstlich ist – oder sauer und hart. An dieser perfekten Form und Farbe ist nicht zu erkennen, was sie für denjenigen bereithält, der schon Speichelfäden ziehend an das denkt, was sein könnte." Er steckte die rubinrote Frucht vollständig in den Mund und wischte sich die Finger mit der Leinenserviette ab. „Diese hier war zufällig unglaublich süß."

Madeleine konterte die Herausforderung, indem sie zum König sagte: „Das ist wohl wahr. Man weiß es nie. Genauso wenig wie man weiß, welche Dürrezeiten und Stürme die Frucht bis zur Ernte überdauert hat – wie viel Regen auf sie gefallen ist, wie sorgfältig das Unkraut der Korruption ausgejätet wurde und welches Maß an liebevoller Fürsorge der Bauer ihr hat angedeihen lassen." Ihr kokettes Lächeln war eine einzige Herausforderung für den Monarchen. „Denn all das bestimmt, wie süß am Ende der Ertrag ist."

Noch einmal beugte sich Ludwig ganz nah zu ihr hin und flüsterte so, dass nur sie es hören konnte: „Genau, und jeder weiß doch, dass dort, wo am heftigsten beschnitten wurde, die süßesten Früchte entstehen und reifen."

Dann erhob sich der König, was für alle Gäste das Zeichen war, dass damit das Mahl beendet war. Alle, die mit ihm gespeist hatten, erhoben sich ebenfalls, verbeugten sich und knicksten in einer einzigen gleitenden Bewegung.

Noch einmal nahm Ludwig Madeleines Hand, während er sagte: „Kommt, Madeleine, ich möchte Euch etwas zeigen."

„Und was ist mit meinen Bediensteten?" Madeleine deutete auf Suzanne und Armond, die sich noch immer im Hintergrund hielten.

„Sie können meinem Gesinde beim Aufräumen helfen und dann am Kanal auf Euch warten." Ludwig war schon auf dem Weg ins Innere des mit zarten blauen und weißen Fliesen ausgekleideten Trianons. „Monsieur Bovée begleitet uns ebenfalls."

Madeleine blieb kurz die Luft weg, als ihr Kopf in Pierres Richtung schoss. „Bovée?"

Pierre strahlte Madeleine an. Die Ähnlichkeit mit seinem Vater zeichnete sich in seinem Gesicht ab wie ein von einem Künstler skizziertes Porträt. „Stets zu Euren Diensten, Madame."

Madeleines Herz raste. *Ich sitze in der Falle! Ich habe mich in dem Netz verfangen, das ich selbst gewoben habe. Mein Gott, hilf mir! Und deine Ohren werden hinter dir das Wort hören: „Dies ist der Weg, den geht!"*

Madeleine murmelte ein stilles *Danke, lieber Vater.* Dann drehte sie sich um und ließ sich vom König von der Banketttafel wegführen, Pierre folgte direkt hinter ihnen.

Kapitel 13

Ludwig führte Madeleine zu einem kleinen Pavillon, dessen Wände mit den gleichen zarten, blau-weiß gemusterten Kacheln bedeckt waren wie das größere Gebäude, in dem sie gespeist hatten. Pierre ging nur ein kleines Stückchen hinter ihnen. Die umherhuschenden Kammerdiener des Königs gingen diskret ihren Aufgaben nach.

Ludwig tänzelte stolz in der Anlage herum und blieb dann in deren Mitte stehen, den Kopf weit in den Nacken gelegt. „Wie gefällt Euch mein kleiner Rückzugsort?"

„Es ist wunderschön. Euer Geschmack ist wie immer erlesen." Aus dem Augenwinkel bemerkte Madeleine, wie Pierre in der Dunkelheit verschwand.

Ludwig deutete auf einen großen gepolsterten Diwan mit vielen Kissen. „Kommt, setzt Euch zu mir und lasst uns in Erinnerungen an die angenehmeren Zeiten schwelgen, als wir noch jung waren und von allen am Hof beneidet wurden. Ihr seid für mich wie eine frische Brise."

Madeleine saß ganz am äußersten Ende des gepolsterten Diwans.

Ludwig legte seinen Gehstock am anderen Ende ab und nahm selbst in der Mitte Platz. Er klopfte mit der Hand auf das Polster neben sich. „Nein, neben mich, meine Freundin."

Er küsste ihre Hand, und als er den Kopf wieder hob, sah Madeleine in seinen Augen Tränen schimmern. Mitleid für den alten Freund ergriff sie überraschend und machte ihr das Herz eng. Ludwig behielt ihre Hand in seiner, als er so neben ihr saß. Sie legte ihre andere Hand darüber und tätschelte unbeholfen seinen Handrücken.

Ludwig schüttelte den Kopf. „Ach, meine Liebe. Wie soll ein König bloß wissen, wer seine wahren Freunde sind? Ich bin jeden Tag von Höflingen, Botschaftern und Diplomaten umgeben, die mich mit jeder Kleinigkeit versorgen und sich um alles kümmern, die mir schmeicheln und mir alles recht machen, um sich meines Wohlwollens zu versichern, und die dabei ihre politischen Intrigen verfolgen, um ihre eigene Stellung zu verbessern."

„Und schließt das auch Eure Gemahlin und Eure Mätressen ein?"

Er zog seine Hand weg, legte seinen Arm auf die Rückenlehne des Diwans und begann, hinten an dem Spitzenkragen ihres Kleides zu fingern. „Immer noch dieselbe alte Madeleine – immer gleich zur Sache – ja, ja." Er lachte leise. „Ja, jede Frau in meinem Königreich, die ich vielleicht begehre, außer der einen, die ich wirklich wollte. Sie ist mir entflohen und ich habe gehört, dass sie einen protestantischen Lehnsherren geheiratet hat."

Madeleine wählte ihre Worte jetzt mit Bedacht. „Verbotene Früchte scheinen oberflächlich betrachtet oft am süßesten."

Darauf antwortete Ludwig nicht sofort, sondern er schaute ihr weiterhin unverwandt in die Augen, als wollte er ihre Motive durchschauen, und dann streichelte er zärtlich ihre Schulter. „Warum taucht Ihr so plötzlich an meinem Hof auf, Madeleine?"

Von einer Stätte her, die längst vergessen schien, rührten starke Empfindungen an Madeleines Herz. Sie wagte es nicht, den König zu beleidigen, indem sie ihm ihre Hand entzog, aber sie wusste auch, dass sie dieses Katz-und-Maus-

Spiel nicht fortsetzen durfte, denn sie fürchtete, dass ihre Gefühle sie auf einen Weg leiten könnten, den sie auf keinen Fall einschlagen wollte.

Sie hatte keine andere Wahl, als ganz direkt zu antworten: „Ich schaue Euch in die Augen und ich sehe den Jungen, den ich geliebt habe – den Jungen, den ich schon geliebt habe, bevor er das schüchterne, naive kleine Mädchen am Hofe überhaupt bemerkt hatte. Diesen Jungen, der mit mir durch die Wälder hier in Versailles geritten ist, als das große Schloss noch nicht mehr war, als ein Traum in seinem Herzen, und an dessen Lachen ich mich noch erinnere, wenn uns der Wind durchs Haar strich. Diese Zeiten, wenn wir uns frühmorgens trafen, gehören zu den glücklichsten meines Lebens. Noch heute erinnere ich mich an den Duft des taunassen Grases."

Ludwig lächelte, als Madeleine über ihre sorglose Jugendzeit sprach.

Madeleine fuhr fort: „Ich erinnere mich an den Jungen, der mich die Sprache des Hofes gelehrt hat – wie man sich gekonnt und dezent den Avancen der schneidigen Höflinge entzieht. An den Jungen, der mich vor übereifrigen Bewunderern rettete, wenn ich ein bisschen zu leidenschaftlich geneckt und geflirtet hatte."

Ludwig lachte laut auf und klopfte sich auf die Schenkel, als Madeleine an diesen peinlichen Vorfall erinnerte.

„Ludwig, der eleganteste Tänzer von allen, der mich die Schritte gelehrt hat." Madeleine hielt inne. „Der Junge, von dem ich den ersten Kuss bekam und der meine Zuneigung gewann, als er flüsterte: ‚*Toi seule pour toujours.*'" Madeleine schaute auf ihre Hand. „Und der mir dann dieses Zeichen seiner ewigen Zuneigung schenkte." Sie bremste sich gerade noch, das Wort *Liebe* zu benutzen.

„Bei allem, was mir lieb und teuer ist, schwöre ich, dass es mir wirklich ernst damit war, Madeleine. Ich habe Euch wirklich geliebt. Aber ich saß in der Falle der Stellung, in die ich nun einmal hineingeboren worden bin. Ich konnte nicht selbst wählen, mit wem ich verbunden werden wollte."

Ludwig nahm seine Hand von Madeleines Schulter und rückte näher an sie heran. „Als ich Euch gestern Abend auf dem Maskenball sah, waren auf einmal all meine Gefühle für Euch wieder da. Mir wurde klar, dass ich Euch bis zum heutigen Tag liebe, dass ich Euch immer noch liebe. Ich habe diese Sehnsucht nur stets verdrängt. Der Teil meines Herzens, der Euch gehört, schmachtet in einer Gefängniszelle – und wartet nur darauf, dass Ihr die Tür aufschließt."

Er zog Madeleine an sich, schloss sie in seine Arme und flüsterte ihr ins Ohr: „Nur Ihr allein habt den Schlüssel. Ich werde alles tun, was nötig ist, um Euch ganz für mich zu gewinnen. Euch so wie jetzt wieder in den Armen zu halten, ist richtig. Genau so sollte es sein."

Madeleine löste sich aus der Umarmung. Atemlos setzte sie sich ein wenig zurück und sah ihn an. Sein Geständnis, dass er sie immer noch liebte, rührte sie. Sie drehte den Freundschaftsring an ihrem Finger. *Oh Gott,* betete sie, *sei du meine Stärke in meiner Schwachheit.*

Und deine Ohren werden hinter dir das Wort hören: Dies ist der Weg, den geht!

Sie nahm all ihren Mut zusammen und sagte: „Ich bin gekommen, um Euch um einen Gefallen für meine Familie zu bitten, Ludwig."

„Und was für ein Gefallen soll das sein?" Ludwigs Stimme wurde härter. „Ihr seid kein Kind mehr. Welcher Gefallen könnte Euch an meine Seite treiben, mit einem solchen Risiko, dafür Eure persönlichen Überzeugungen aufs Spiel zu setzen?" Er beugte sich vor, legte seine verschränkten Arme auf seine Knie und sah Madeleine direkt in die Augen. „Und was hättet Ihr mir, dem König, der daran gewöhnt ist, dass man ihm auch den kleinsten Wunsch von den Augen abliest und sofort erfüllt, zu bieten, wenn nicht, zu mir zurückzukommen? Welchen Preis wäret Ihr zu zahlen bereit, Madeleine, für die Sicherheit und Unversehrtheit Eurer Familie? Was ist sie Euch wert?“

Madeleine sah, wie sein Blick mit Leidenschaft für sie entbrannt war. Angst überfiel sie, aber sie fuhr unerschrocken fort. „Nein, Ludwig, mein Leben gehört nicht mir. Ich bin einem anderen angetraut, genau wie Ihr damals. Die Tage unserer Jugend sind bittersüß und sie sind nur noch als Erinnerung vorhanden. Es kann nie mehr etwas zwischen uns sein.“

„Doch, das könnte es, wenn Ihr zustimmen und konvertieren würdet. Ich würde Euch alles geben, was Ihr Euch wünscht. Ihr wisst, dass ich Euch nicht zu meiner Frau machen kann – das verhindert die Politik des Reiches –, aber sagt nur ein Wort und ich mache Euch auf der Stelle zu meiner offiziellen Mätresse.“

Er nahm ihre Hand und küsste sie noch einmal. „Unsere Kinder werden Prinzen und Prinzessinnen sein. Euer Blut und mein königliches Blut.“ Er griff nach dem Freundschaftsring und drehte ihn an ihrem Finger. „Unsere Kinder. Wenn nur ...“

Er packte sie und zog sie an sich. Sein vertrauter Duft und seine Berührung erregten sie auch nach all den Jahren noch. Sie fühlte sich in seinen Armen überraschend wohl. Er küsste sie zart. Erinnerungsfetzen an Verabredungen in ihrer frühen gemeinsamen Zeit in Versailles kamen ihr in den Sinn – gestohlene Augenblicke, unbeholfene Abenteuer beim Erkunden des Körpers des anderen, gegenseitige Versprechen, die niemals gehalten werden konnten.

Plötzlich zog sie sich von ihm zurück und hielt ihn auf Armeslänge von sich fern. „Ach Ludwig, wir können nicht von einem *Wenn-doch-nur* leben. Was in der Vergangenheit geschehen ist, ist eben geschehen, aber wir mussten beide unser Leben fortsetzen. Ihr musstet als König von Frankreich Eure Bestimmung erfüllen und ich habe mich für das Leben als Frau eines Lehnsherren auf dem Lande entschieden. Die Windungen und Schleifen im Fluss unseres Lebens sind von einer höheren Macht als der unseren vorherbestimmt worden. Jetzt bin ich hier, um Euch, mein Freund, zu bitten, Eure Macht als König von Frankreich einzusetzen und meiner Familie zu helfen."

Ludwigs Miene verfinsterte sich. „Einfach so?" Er schnippte mit den Fingern. „Ludwig, hilf meiner Familie, weil wir einmal ineinander verliebt waren?" Er verhöhnte sie und ihre Bitte, indem er ihre Stimme nachahmte. „Und das erwartet Ihr ohne jegliche Gegenleistung?"

„Aufgrund all dessen, was mein Vater Euch war, aufgrund unserer Liebe zueinander, als wir noch jung waren, aufgrund ..."

„Weshalb sollte ich, Madeleine?" Ludwig schaute sie finster an und seine Stimme wurde lauter. „Warum seid Ihr damals so plötzlich von meiner Seite geflohen? Warum habt Ihr meine Boten abgewiesen und zurückgeschickt?" Er packte sie bei den Schultern. „Warum habt Ihr geheiratet, ohne mir ein Wort davon zu sagen? Wie konntet Ihr Euch für das schäbige Leben einer Landhugenottin entscheiden, statt für das einer verwöhnten und angebeteten Gefährtin des Königs?"

Madeleine vergrub ihr Gesicht an seiner Brust und fing an zu weinen. „Ach Ludwig, versteht Ihr denn nicht? Ich musste gehen. Ich konnte nicht bleiben. Ihr solltet damals in Kürze Maria Theresia heiraten und ich liebte Euch zu sehr, um mich mit der Position Eurer Mätresse zufriedenzugeben."

Ludwigs Tonfall wurde wieder sanfter. „Weint doch nicht." Behutsam drehte er ihr Gesicht erneut zu sich hin. „Ich konnte es noch nie ertragen, wenn Ihr weint."

Madeleine lächelte kläglich und tupfte ihre Nase mit einem Taschentuch. „Und wie lange hätte es wohl gedauert, bis Ihr von mir verlangt hättet zu konvertieren? Wie lange wäre ich als Protestantin wohl am Hof geduldet gewesen?"

„Ihr wäret durch das Edikt von Nantes geschützt gewesen, so wie alle Hugenotten."

Madeleine straffte ihre Schultern und sah ihren König furchtlos an. Es vergingen ein paar Sekunden, bevor sie es wagte weiterzusprechen. Sie wusste, dass sie sich auf dünnem Eis bewegte, aber sie atmete einmal tief ein und sagte dann mutig: „Wenn wir immer noch durch das Edikt von Nantes geschützt sind, warum gestattet Ihr dann den Dragonern, das Land zu verwüsten und von uns zu verlangen, dass wir konvertieren? Und wenn wir es nicht tun, unsere Häuser niederzubrennen, die Frauen zu vergewaltigen, zu plündern und zu morden?" Trotz Madeleines Entschlossenheit und ihrer Furchtlosigkeit brach an dieser Stelle ihre Stimme und sie stieß ein Schluchzen aus. „Und unsere Kinder zu verschleppen, um sie in Klöstern einsperren zu lassen?"

Ludwig sah sie scharf an. „*Unsere* Kinder?"

„*Meine* Kinder."

Er stand auf und unterstrich mit einer vehementen Geste, was er nun sagte: „Nein, diese Kinder werden nicht eingesperrt. Sie bekommen nur die wahre Erziehung und Ausbildung, etwas, das ihr Hugenotten ihnen niemals geben könntet."

„Besonders, da Ihr unsere Universitäten und Schulen geschlossen habt."

„Wie könnt Ihr es wagen, so mit Eurem König zu sprechen!" Seine Stimme hatte jetzt einen drohenden Tonfall angenommen. „Wie könnt Ihr es wagen, meine Autorität anzuzweifeln!" Die Erhabenheit des Sonnenkönigs legte sich um Ludwig wie ein Umhang. Er ging vor Madeleine auf und ab und ignorierte ihre Tränen. „Pierre!"

Sofort tauchte der Höfling wieder aus dem Schatten auf.

„Ihr dürft Madame Clavell zu ihrer Unterkunft zurückbegleiten. Sie wird Versailles morgen früh wieder verlassen."

„Sehr wohl, Eure Majestät", sagte Pierre und verbeugte sich vor dem Herrscher.

„Ludwig, bitte. Habt doch Erbarmen mit meiner Familie!" Madeleine fiel auf die Knie. Tränen liefen ihr übers Gesicht. „Um all dessen willen, was wir einander einmal bedeutet haben."

Ludwig sah sie an, als hätte er sie nie gekannt. „Ihr habt eure Wahl getroffen, Madame." Dann drehte er ihr den Rücken zu und ging davon.

„Ihr könnt gehen."

„Ludwig! Ludwig!" Madeleine erhob sich wieder und sah ihm nach, aber Pierre bekam sie mit eisernem Griff am einen Arm zu fassen.

„Wenn Euch Euer Leben lieb ist, Madame, dann müssen wir gehen. Sofort!", ermahnte er sie.

Madeleine drehte sich um, um Pierre fragend anzusehen. „Was? Was soll das bedeuten?"

„Es bedeutet, dass Ludwig der König ist und dass seine Verpflichtung seinem Land und der Kirche gegenüber wichtiger ist als alle persönlichen Empfindungen." Er stupste Madeleine mit Nachdruck in Richtung des Ausgangs der Säulenhalle. „Kommt, wir müssen uns beeilen. Ich möchte, dass Ihr möglichst rasch zu Eurem Quartier zurückkommt. Ihr müsst alles vorbereiten, um morgen früh sofort abreisen zu können. Zögert eure Abreise nicht hinaus, Madame Clavell."

*

Der König schritt durch den offenen Säulengang in den Bereich zurück, wo gegessen worden war. Es war dort inzwischen fast menschenleer, denn der größte Teil der Gäste war bereits gegangen. Sein Gehstock schlug mit einem unheilvollen Geräusch bei jedem zweiten Schritt auf dem Marmorboden auf. Die allgegenwärtigen Höflinge huschten hinter Ludwig her, versuchten unaufdringlich zu sein, mussten sich aber gleichzeitig beeilen, um mit ihm Schritt halten zu können.

Als das Gefolge an dem langen Bankettisch vorbeikam, hörte Francina, die gerade dabei war, Essensplatten von den teuren Tischtüchern abzuräumen, wie der König sagte: „Ich werde diese aufmüpfigen Hugenotten lehren, sich mir nicht zu widersetzen. Vom Sitz der Clavells wird nichts mehr übrig sein, wenn sie zurückkehrt."

Francina senkte den Kopf und tat so, als hätte sie die Bemerkung des Königs nicht gehört. Sie balancierte mehrere große Platten auf ihrem Arm und trug sie in die Küche, während der König sich entfernte.

Eine junge Spülküchenmagd stand am Tisch in der Küche und kratzte Essensreste von den Tellern, als Francina kam und ihre Last neben dem Mädchen abstellte. „Hier, übernimm die auch noch. Entschuldige, aber ich habe etwas Dringendes zu erledigen."

Die Magd zwinkerte Francina zu. „Kann ich sonst noch was für dich tun?"

„Nein. Wenn jemand fragt, wo ich bin, dann sag einfach, dass mir nicht wohl war." Francina schlüpfte aus der Küche und sprang auf einen der Karren für Bedienstete, die zum Schloss zurückfuhren.

*

Madeleine huschte leise in ihre Unterkunft zurück, nachdem Pierre sie bis vor die Tür begleitet hatte. Eine fast abgebrannte Kerze flackerte in einem Messingleuchter auf dem Tisch neben dem beinahe erloschenen Kamin und warf Schatten auf den Kopf ihrer Mutter, die eingenickt war.

Als Madeleine näher trat, knarrte der Holzfußboden, sodass ihre Mutter erwachte. Sie sagte: „Ach, da bin ich wohl doch eingenickt." Ihre Mutter stand auf und umarmte Madeleine lange und fest. „Madeleine, du zitterst ja. Komm, setz dich. Wie hast du Ludwig angetroffen? Hat er dich empfangen? Hattest du Gelegenheit, dein Anliegen vorzubringen? Was hat er gesagt?“

Fragen, nichts als Fragen. „Bitte, Mutter, lass mir einen kleinen Moment Zeit.“ Körperlich und seelisch völlig erschöpft von dem Wirbel der vergangenen Woche, setzte sich Madeleine aufs Sofa, bedeckte ihr Gesicht mit den Händen und fing an zu schluchzen.

Ihre Mutter saß neben ihr und wiegte sie in den Armen, als wäre Madeleine ein kleines Mädchen. „Ach, mein Liebling, alles wird gut. Mach dir keine Sorgen.“ Sie strich ihrer Tochter das Haar aus der Stirn und sagte: „Erzähl mir, was passiert ist.“

Im Schein des wieder entfachten Feuers erzählte Madeleine in Kürze, was am Abend geschehen war. „Ludwig hat mich in aller Öffentlichkeit empfangen.“

Ihre Mutter schnappte nach Luft. „Er hat dich gebeten, beim Essen neben ihm zu sitzen? Was ist mit Maria Theresia und ...“

„Sie waren gar nicht dabei. Das Geflüster der Höflinge hallte wie lautes Rufen, als er mich zu meinem Platz geführt hat. Pierre war die ganze Zeit in der Nähe. Wie sie ja schon gesagt hatte, war Francina unter den Bediensteten, die das Essen auftrugen. Es war seltsam, aber ich habe mich durch ihre Anwesenheit viel sicherer gefühlt.“ Madeleine begann, ihren Schmuck abzulegen. „Ich wünschte, du wärest auch dabei gewesen.“

„Warum?“

„Es lief gar nicht gut. Er behauptet, dass er immer noch in mich verliebt ist, aber dass jeder Gefallen eben einen Preis hat.“

„Und wie sieht dieser Preis in deinem Fall aus?“

„Meine Familie zu verlassen und als seine Mätresse in Versailles zu leben. Nur dann ist er bereit, unser Anwesen und meine Kinder zu verschonen.“

„Was hast du denn erwartet?“ Elisabeths Blick suchte den ihrer Tochter. „Hätte er denn in Anbetracht eurer gemeinsamen Geschichte weniger fordern können?“

Eine Träne hing an Madeleines Lid, löste sich, lief ihre Wange hinunter und tropfte direkt neben dem Freundschaftsring auf ihre Hand. „Ich war unverzeihlich naiv.“ Ganz langsam zog sich Madeleine den Ring ab und legte ihn auf den Tisch. „François hatte recht. Der König ist ein anderer Mensch als der, den ich in meiner Jugend gekannt habe. Jetzt habe ich die ganze Familie enttäuscht.“

Sie seufzte und wischte sich die Augen. „Ich habe schlimme Befürchtungen, was Ludwig jetzt vielleicht tun könnte. Er hat mir Angst gemacht.“ Madeleine schüttelte den Kopf und fing wieder an zu weinen. „Ich kann einfach nicht glauben, dass er mich abgewiesen hat.“ Sie stand auf und ging zu ihrem Zimmer. „Wir müssen gleich morgen früh abreisen. Aber jetzt bin ich einfach nur erschöpft.“

„Ja, Liebes. Versuche, ein bisschen zur Ruhe zu kommen.“

Madeleine hatte gerade die Schwelle zu ihrem Schlafzimmer erreicht, als ein Kratzen an der Tür die beiden Frauen aufschrecken ließ.

„Ich bin's, Francina. Bitte lasst mich ein.“

Elisabeth erreichte als Erste die Tür und ließ die panische Dienerin herein. Francinas Haar kam unter ihrer Haube hervor und hing ihr schweißnass in Strähnen ins Gesicht und sie rang die Hände in ihrer beschmutzten Schürze. Ihr Atem ging stoßweise. „Ihr müsst sofort abreisen, Madame. Der König ist außer sich. Ich fürchte, er will Euch und Eurer Familie etwas antun.“

Madeleine wurde blass und ihr Herz krampfte sich zusammen. „Ich weiß, wozu Ludwig imstande ist, wenn seine Autorität infrage gestellt wird. Wir müssen zu Hause sein, bevor sein Jähzorn zum Zug kommen kann. Möge Gott uns helfen.“ Sie ging zu dem Freundschaftsring hin, der auf dem Tisch lag, ließ ihn dann aber doch liegen. Die Tür zu diesem Teil ihres Lebens war jetzt endgültig zugeschlagen worden.

⁂

Madeleine und ihr kleines Gefolge schlichen die gewaltigen Eingangstreppen des Schlosses von Versailles hinunter, hinaus in die Kälte der dunklen Nacht. Sie huschten über den offenen Vorplatz direkt in die bereits wartenden Kutschen, die knarrten, als sie zu den Toren hinrollten.

Sie hörten, wie Henri der Wache wortreich mitteilte, wer sie waren. „Hallo da! Madame Clavell mit Gefolge – persönliche Gäste von König Ludwig. Haben sich gerade einfallen lassen, der Hitze des Tages zu entkommen und bei Nacht zu reisen."

Elisabeth und Madeleine hielten den Atem an, als sie auf die Antwort des Wachpostens lauschten.

Der Posten trat mit nach oben gerichteter Muskete heran und warf einen flüchtigen Blick auf die Kutschen. „Persönliche Gäste also, ja? Habt Ihr eine weite Reise vor Euch?"

„Südlich von Grenoble."

„Ziemlich weit. Da würde ich auch früh losfahren, wenn ich es so weit hätte. Also gut – weiterfahren." Dann winkte er sie durch. „*Adieu* und gute Reise."

„Vielen Dank Monsieur." Henri ließ die Peitsche knallen und die Pferde liefen los.

„Beeil dich, Henri. Wir müssen vor den Dragonern wieder zu Hause sein."

Madeleine betete, während die Nacht sie einhüllte: *Oh Gott, wir laufen um unser Leben – und um das Leben meiner Kinder. Mach unsere Pferde schnell. Zeig uns den richtigen Weg. Bewahre uns vor Schaden.*

Madeleine schaute hinter den Vorhängen der Kutsche hervor auf die Sterne über ihr. Der Himmel war erleuchtet vom Licht des Dreiviertelmondes. Jedes Gelenk in Madeleines Körper schmerzte vor Müdigkeit. Sie konnte sich nicht erinnern, jemals so müde gewesen zu sein. Sie schlang ihre Arme um sich und massierte sich die Schultern. Sie sehnte sich danach, von François' Armen umschlungen zu werden, sich von ihm den schmerzenden Nacken und Rücken massieren zu lassen. Stattdessen wurde sie bei jeder Erhebung auf dem Weg in der Kutsche durchgeschüttelt. Nachtgänger – so lautete eine Bedeutung des Begriffs Hugenotte. *Werden wir für immer als Nachtgänger um unser Leben rennen müssen?* Die galoppierenden Hufe der Pferde lullten Madeleine in einen unsteten Schlaf.

❊

„Kommandeur Bovée, Eure Majestät." Die Ankunft des Kommandeurs wurde verkündet und er verbeugte sich vor dem König, als er am darauffolgenden Morgen in dessen Quartier eskortiert wurde.

Der Monarch saß an seinem Schreibtisch und streichelte einen seiner Hunde. Ein glücklicher Höfling war bereits ernannt worden, für den Rest des Morgenprotokolls die Kerze zu halten. Andere standen im Raum umher und warteten darauf, an die Reihe zu kommen, nachdem sie die Erlaubnis zu einer vertraulichen Unterredung mit dem König bekommen hatten.

König Ludwig winkte den Kommandeur herbei. „Vergebt mir, dass ich Euch bereits so bald nach Eurer Rückkehr nach Versailles wieder einsetzen muss. Ich weiß ja, dass Ihr erst gerade von eurer Mission im Süden des Landes zurück seid."

„Ich bin jederzeit bereit, meinem König zu dienen."

Der König streichelte weiter den Hund. „Schönes Tier, nicht wahr? Geboren, um zu jagen. Dressiert, furchtlos und gnadenlos das Opfer zu stellen. Wenn sie kein Wild finden, um ihren naturgegebenen Trieb zu befriedigen, dann jagen sie mit demselben Eifer Kaninchen." Ludwig hörte auf, den Hund zu streicheln. Das Tier stupste den König am Knie. „Er wartet ganz einfach auf meinen Befehl und jagt dann dem nach, was ich bestimme."

„Ganz recht, Eure Majestät."

Der König stand auf und schickte den Hund fort. „Reitet heute Abend zum Sitz der Clavells zurück, brennt dort alles nieder und nehmt die Bewohner gefangen." Sein Gesicht wurde finster vor Zorn. „Ich möchte, dass François Clavell in die Bastille gebracht wird und die Kinder ..." Der König zögerte. „Ich möchte, dass der älteste Junge zu mir gebracht wird. Das kleine Mädchen bringt in ein Kloster."

„Sire, soweit ich weiß, gibt es zwei Jungen, die wir aber bisher nicht finden konnten. Sie waren nicht auf dem Herrensitz, als wir dort eintrafen. Angeblich sind sie zu Besuch bei Verwandten in Spanien."

„Und die Tochter?"

„Sie war dort – drei Jahre alt."

Trotz seines Zorns auf Madeleine war Ludwig ein wenig angerührt. So jung und schon der Mutter entrissen. Aber auf lange Sicht würde es nur ihrem Besten dienen.

„Ja, bringt sie in ein Kloster. Die Nonnen werden sich gut um sie kümmern. Aber ich will den ältesten Jungen. Wenn ihr die Jungen findet, bringt den älteren zu mir."

„Und wenn sie immer noch nicht zurück sind?"

„Dann sucht noch einmal die ganze Gegend ab, aber vor allem zerstört das Anwesen und werft Monsieur Clavell in die Bastille."

Ludwig nahm erneut Platz und befahl mit einem Fingerschnippen den Hund wieder zu sich. „Ja, ich möchte diesen François Clavell kennenlernen. Diesen Landedelmann, der nie an den Hof kommt, um dem König seine Ehrerbietung zu erweisen. Dann werden wir uns eben in Paris treffen. Wir werden ja sehen, wie es ihm gefällt, seinem König von der Bastille aus zu dienen."

Kapitel 14

François war gerade mit dem Ankleiden fertig und erschrak, als er hörte, wie in der Eingangshalle die schwere hölzerne Haustür gegen die Steinmauer krachte, begleitet von lautem Rufen und Gepolter und den Schritten schwerer Stiefel. Er rannte auf den Flur vor seinem Schlafzimmer im ersten Obergeschoss, blieb oben an der Treppe stehen und sah, wie unter ihm die Dragoner mit gezogenen Schwertern in die große Eingangshalle stürmten. François machte kehrt, rannte zurück ins Schlafzimmer, zerrte seine Muskete aus der Ecke und ging dann wieder zur Treppe zurück.

Vangie und Claudine tauchten an der Tür zu ihrem Zimmer auf. „Was ist denn los?"

„Geh sofort wieder zurück! Nimm Vangie und lauf. Dragoner!"

Claudine griff sich das Kind, nahm es auf den Arm und rannte zur Hintertreppe, die auf die Rückseite des Anwesens führte.

François lief mit gezogener Muskete hinunter bis zur Mitte der Vordertreppe. „Stehen bleiben! Auf der Stelle! Was erlaubt Ihr Euch, auf diese Weise in mein Haus einzudringen?"

In disem Augenblick kam Kommandeur Bovée forschen Schrittes und mit gezogenem Schwert zur Haustür herein. „Die Zeit des Verhandelns ist vorbei, Monsieur Clavell. Wir kommen direkt vom König mit dem persönlichen Befehl seiner Majestät, Euren Besitz für den König zu beschlagnahmen und sämtliche Bewohner in Gewahrsam zu nehmen."

François ging festen Schrittes Stufe für Stufe weiter die Treppe hinunter. Unten angekommen, blieb er stehen, die Waffe immer noch auf Kommandeur Bovée gerichtet. „Wenn Ihr Euren Auftrag wirklich erfüllen wollt, müsst Ihr mich erst töten."

Die Soldaten, die als Vorhut des Kommandeurs gekommen waren, randalierten immer noch im Haus, stießen Möbel um und richteten ein einziges Chaos an. François hörte die Ausrufe des Erstaunens und die Schreckensschreie der Bediensteten.

„Glaubt mir, ich würde es mit dem allergrößten Vergnügen selbst erledigen, aber leider hat König Ludwig den Befehl erteilt, Euch ..." Der Kommandeur hielt inne, weil er durch Vangie abgelenkt wurde, die oben an der Treppe auftauchte, im Nachthemd und am ganzen Körper zitternd.

„Papa!", rief sie und kam auf ihn zu die Treppe heruntergerannt.

„Vangie, geh sofort zurück!"

Aber das Kind stapfte unbeirrt weiter die Treppe hinunter zu seinem Vater und sprang ihm in die Arme, sodass François das Gleichgewicht verlor und dabei seine Muskete fallen ließ. Claudine spähte schreckensbleich oben über die Brüstung. François, der die Gouvernante aus dem Augenwinkel sah, drehte sich mit einem Ruck zu ihr um und signalisierte ihr zu fliehen. Dabei trat er rückwärts durch den Torbogen, der zum Speisesaal führte, immer noch Vangie auf dem Arm haltend, und versuchte dabei, die Muskete wieder aufzuheben und in die richtige Position zu bringen. Währenddessen rief er aus: „Bleibt zurück. Ich werde nicht zögern zu schießen!"

„Ihr wollt doch sicher nicht, dass Eurer lieblichen Tochter etwas zustößt, oder?" Kommandeur Bovées tiefe Stimme drang zu François vor und wand sich um seinen Kopf wie das Böse selbst. „Ergebt Euch! Ihr macht es uns allen dadurch leichter. Ihr seid zu einer Privataudienz beim König vorgeladen."

„Zurück, habe ich gesagt!" François richtete seine Muskete direkt auf den Kommandeur, der einmal zu viel in das Leben der Clavells eingedrungen war. In seinem Kopf hallten immer noch die Worte wider, die Madeleine zu ihm gesagt hatte: *Das ist jetzt nicht der Zeitpunkt, um Schwäche zu zeigen.*

François bebte vor Zorn. Wie konnten es diese barbarischen Schweine wagen, sich wieder Zutritt zu ihrem Haus zu verschaffen und diesmal sogar das Leben seiner Familie zu bedrohen? Er setzte Vangie auf dem Boden ab und manövrierte sie hinter sich, sodass er selbst zwischen ihr und dem bedrohlichen Kommandeur stand.

François kam es so vor, als würde sich alle Aktivität um ihn herum auf die Geschwindigkeit der grauen, schleimigen Nacktschnecken in ihrem Garten verlangsamen. Das Getöse der Soldaten klang wie unter Wasser, verzerrt und unverständlich. Wenn sich die Dragoner an ihren Kommandeur wandten, kam ihm das so vor, als hingen sie an Fäden, die von einem Verrückten gelenkt wurden, unentschlossen, in welche Richtung sie jetzt gehen sollten. Das leuchtende Rot und Blau der Dragoneruniformen vermischte sich zu einem verzerrten Farbspiel. Während die Soldaten auf eine Reaktion ihres Kommandeurs warteten, war die Anspannung in dem Raum regelrecht mit den Händen zu greifen.

François spürte eine Bewegung hinter sich, und plötzlich war alles um ihn her wieder klar und völlig scharf zu erkennen und zu hören. Er wirbelte herum und sah in das Gesicht eines Dragoners, der mit einem wütenden Knurren nach ihm ausholte. In dem Augenblick, als der Kolben der Muskete François seitlich am Kopf traf, packte der Soldat Vangie und nahm sie auf den Arm. Wirbelnde schwarze und gelbe Flecken explodierten in seinem Kopf und er stürzte zu Boden. Alles, woran er sich später noch erinnerte, war das Klappern seiner Muskete auf dem Boden und das unheilvolle Gelächter von Kommandeur Bovée, der über ihm schwebte – und die Schreie seiner Tochter, die den Nebel in seinem Kopf durchdrangen.

Doch ihr tapferer Vater war unfähig, sich zu rühren.

❄

François spürte, wie ihn jemand unter den Achseln packte und über den Boden schleifte, erst durch die Diele zur Eingangstür und dann hinaus ins Freie. Er versuchte sich hinzustellen, aber seine Beine versagten den Dienst. Die Soldaten ließen ihn einfach neben dem Gebüsch am Weg zum Eingang fallen und fesselten ihm dann die Hände. Jemand goss ihm kaltes Wasser aus dem Brunnen über den Kopf und er kam langsam wieder zu sich.

Eine chaotische Szene bot sich seinem Blick, als er ganz langsam und mit großer Mühe wieder zu sich kam. Er sah wild und willkürlich auf seine Bedienstete feuernde Dragoner. Er erblickte Diener, Mägde und anderes Personal in panischer Angst in den Wald flüchten. Er sah schreiende Menschen, die von den Soldaten brutal angepackt wurden. Und er musste mit ansehen, wie die gepflegten Gärten vom Vieh zertrampelt wurden, das von den Dragonern freigelassen worden war und jetzt ebenfalls in Panik floh. Der Missklang des erschrockenen Geblöks, Geschreis und Gegrunzes der Tiere, gepaart mit den Schreckens-Schmerzensschreien der Bewohner des Hauses war für François geradezu unerträglich.

Als Nächstes trieben die Dragoner die Pferde zusammen und banden sie an ihren eigenen Pferden fest. François ging davon aus, dass so das Clavell-Gestüt mit seinen sorgfältig gezogenen Pferden für die königlichen Ställe konfisziert war.

Kommandeur Bovée saß auf seinem prachtvollen weißen Hengst und hielt Vangie, die er mit beiden Armen festhielt, vor sich auf dem Sattel. Der Anblick seiner Tochter in der Obhut des bestialischen Kommandeurs bewirkte bei François einen so rasenden Zorn, wie er ihn noch nie zuvor erlebt hatte – nicht einmal damals als junger Mann, als seine Familie mit den Dragonern gekämpft hatte und er hatte mit ansehen müssen, wie seine Mutter und seine Schwestern niedergemetzelt worden waren. Das hier war ein unschuldiges, verletzliches Kind. Und er konnte ihr nicht helfen, sondern musste tatenlos zusehen, was mit ihr geschah. François stöhnte, stemmte sich hoch, sodass er wieder auf den Füßen stand, und zerrte an seinen Fesseln. Das heisere Brüllen, das aus seiner Kehle kam, klang wie das eines Tieres. „Bovée!"

Der Offizier wendete sein Pferd, ritt in tänzelndem Schritt zu François hin und baute sich dann vor dem besiegten Vater auf. „Ach, der Held und Beschützer der Familie kommt wieder zu sich. Nicht gerade ein Ritter in strahlender Rüstung, nicht wahr?"

François machte an seinen Fesseln zerrend ein paar Schritte auf seinen Peiniger zu.

„Ha, ein wenig Kampfgeist scheint ja immer noch übrig geblieben zu sein", höhnte Bovée.

Der Hengst scharrte und stieg vor François in die Höhe. Vangie blieb seltsam ruhig, aber ihr Blick war flehend auf François gerichtet, mit der unausgesprochenen Bitte, sie zu retten. Ein leises Wimmern entwich ihr.

„Ganz ruhig, meine Kleine. Es wird dir nichts geschehen." Kommandeur Bovée streichelte Vangie übers Haar. „Wir werden uns gut um Eure Tochter kümmern, Monsieur Clavell. Ja, sie wird dort, wo wir sie hinbringen, sogar eine sehr viel bessere Betreuung erhalten, als ihr unter Eurer Anleitung zuteilwürde."

François wusste, was das bedeutete – ein Kloster.

„Was ihr Wohlergehen betrifft, könnt Ihr also wirklich völlig unbesorgt sein."

Vangie streckte ihre Arme nach ihrem Vater aus und begann zu weinen. „Papa, ich habe Angst." Ihre Unterlippe zitterte unkontrolliert und sie rang nach Atem, während ihr Tränen die Wangen hinunterliefen.

„Sag deinem Papa Lebwohl. Wir müssen jetzt aufbrechen." Der Kommandeur erlaubte Vangie, sich hinunterzubeugen, um ihren Vater noch einmal zu umarmen.

„Vangie, dein Papa liebt dich mehr, als du dir vorstellen kannst. Hab keine Angst und gib nicht auf. Es kommt ganz bestimmt jemand, um dich zurückzuholen."

Der Kommandeur zog das Kind wieder zu sich in den Sattel zurück und grinste François höhnisch an, während er sagte: „Das bezweifle ich allerdings." Dann wendete er sein Pferd und befahl seinen Soldaten: „Brennt das Anwesen nieder! Sorgt dafür, dass es für die Hugenotten nie wieder von Nutzen sein kann." Dann schnalzte er mit der Zunge und sein Pferd setzte sich in Bewegung. „Auf Wiedersehen, auch wenn ich bezweifle, dass wir uns wiedersehen werden." Dann gab er dem Pferd die Sporen und galoppierte davon.

François musste hilflos mit ansehen, wie seine Tochter aus seinem Leben gerissen wurde und in den Fängen eines grausamen Kommandeurs zappelte, um sich zu befreien. Die Soldaten hatten inzwischen begonnen, brennende Pechfackeln ins Haus zu werfen. Ein bärbeißiger alter Soldat zerrte François zu den Soldaten hin, die sich zu einzelnen Zügen sammelten, und bedeutete ihm, auf eines der Pferde aus seinem eigenen Stall zu steigen. Der Soldat fesselte den abgesetzten Lehnsherren am Sattel und befahl ihm dann fluchend und nach Schnaps stinkend, ihm nur ja keine Schwierigkeiten zu machen.

Die Soldaten bildeten Reihen und ritten dann kurz nachdem Kommandeur Bovée mit Vangie aufgebrochen war ebenfalls vom Herrensitz fort. François drehte sich noch einmal um und musste mit ansehen, wie sein Haus in Flammen aufging. Dann schaute er wieder nach vorne und drehte sich nicht noch einmal um. Er hatte jetzt nur noch einen Gedanken – nämlich zu entkommen, und er schrie zu dem Gott, dem er nachfolgte: *Oh Gott! Zeige uns einen Weg. Beschütze Vangie vor den Plänen des Feindes.*

Im Sattel zusammengesackt, aber noch nicht besiegt, fiel François Clavell in den Trabrhythmus des Pferdes und wartete ab.

❊

Das Feuer tobte im Haus, aber die Fackeln, die in die Scheune und die Ställe geworfen worden waren, fielen einfach zu Boden und richteten kaum Schaden an. Thérèse kam vom hinteren Teil des Hauses zur Scheune hinübergetaumelt. Ihr Gesicht war so geschunden und geschwollen, dass sie kaum zu erkennen war. Als sie endlich den Schutz der Scheune erreicht hatte, sank sie sterbend ins Heu.

Claudine war mit den verbliebenen Bediensteten in den Wald geflüchtet und hielt sich zitternd im Unterholz versteckt. Ungläubig sah sie zu, wie von dem einzigen Zuhause, das sie jemals gekannt hatte, nichts übrig blieb als Schutt und Asche. Nur noch ein paar letzte Flammen züngelten um die Mauern, die seit Generationen verfolgten Hugenotten Schutz geboten hatten.

Kapitel 15

Henri ließ die Kutschen anhalten, sprang mit dem Elan und der Geschmeidigkeit eines jungen Mannes vom Kutschbock und trat an die Seite der Kutsche, auf der Madeleine saß.

„Warum halten wir an?“

„Die Pferde, Madame. Wir bringen sie um, wenn wir in dieser Geschwindigkeit weiterfahren.“

Madeleine schüttelte heftig den Kopf und sagte: „Aber wir müssen weiter“, dabei klammerte sie sich an die Fensterbank der Kutsche.

Henri tätschelte ihre Hand, öffnete die Tür der Kutsche und stellte seinen Fuß auf das Trittbrett. „Ich habe einen Plan.“

„Sprich.“

„Ich glaube, das weiße Gespann könnte schneller sein, wenn es die kleinere Kutsche zöge und wir damit vorausfahren würden, nachdem sie sich ein wenig ausgeruht haben. Die weißen Pferde sind jünger und stärker als die schwarzen. Ihr könntet Armond mitnehmen und ich käme dann mit Eurer Mutter und den restlichen Bediensteten hinterher.“

Zögerlich stimmte Madeleine zu. „Also gut.“ Sie zupfte nervös an ihren herunterhängenden Locken herum. „Wie lange müssen die Pferde denn ausruhen?“

„Ein paar Stunden. Wir können inzwischen das gesamte Gepäck in die andere Kutsche umladen, damit Ihr mit so wenig Gewicht wie möglich reist", sagte Henri und lächelte Madeleine an.

„Mach schnell." Madeleine wusste, dass sie keine Ruhe haben würde, bevor sie nicht wieder zu Hause im Kreise ihrer Familie war.

*

Schaum aus den Mäulern der galoppierenden Pferde spritzte gegen die Seiten der Kutsche. Die Pferde des Gespanns spürten, dass sie sich dem heimatlichen Stall näherten, genauso wie auch Madeleine spürte, dass sie nicht mehr weit vom Herrensitz entfernt waren. Ihr Herz raste so schnell wie der Rhythmus der Pferdehufe und war bereit, das auch noch den Rest der Strecke durchzuhalten.

„Rauch! Ich sehe Rauch!" Armond bog schlingernd in die Zufahrt zum Haus ein, auf der ein wild gestikulierender und panisch rufender François nur wenige Wochen zuvor auf das Anwesen geritten gekommen war und alle gewarnt hatte, dass Dragoner im Anmarsch wären.

Das Hengstgespann, das voller Ungeduld dem Heimatstall zustrebte, preschte mit neuer Energie voran, sodass Madeleine im Innern der Kutsche gegen die Rückwand geschleudert wurde. Sie rappelte sich aber gleich wieder auf und zog den Vorhang vom Kutschenfenster zurück, um zwischen den beiden Baumreihen der langen Allee hindurchzuschauen.

„Brrr ... Brrr!" Die Muskeln in Armonds Armen waren bis zum Zerreißen gespannt, als er die Zügel zog, um das Gespann zum Halten zu bringen.

Die noch kohlenden und qualmenden Überreste des Herrensitzes waren jetzt zu sehen, und Madeleine stieg taumelnd aus der Kutsche aus. Sie musste sich am Messinggriff der

Kutschentür festhalten, um nicht das Gleichgewicht zu verlieren und zu stürzen.

Armond saß einfach nur wie betäubt da und hatte weiterhin Mühe, die Pferde im Zaum zu halten. Einen ungläubigen Moment lang, der wie eine Ewigkeit schien, durchdrang nur das Scharren und Schnauben der Pferde die morgendliche Stille.

Dann hörte Madeleine einen Schrei, ohne ihn als ihren eigenen wiederzuerkennen – einen Schrei, der ihr während all der Jahre ständiger Bedrohung durch Gefängnishaft, Verfolgung und Tod verweigert und in die hintersten Winkel ihres Bewusstseins zurückgedrängt worden war. Einen Schrei, der jetzt endlich aus ihr herausbrach. Einen Schrei, der über den verbrannten Trümmern ihres Zuhauses widerhallte – dessen Dach und hölzerne Türen nicht mehr da waren, dessen Steinmauern aber noch dastanden wie makabre Finger aus schwarzem Ruß, die himmelwärts zeigten.

Madeleine rannte zu der schwelenden Eingangstür, während Armond sich einfach nur fassungslos umsah, ohne seiner Herrin helfen zu können. Völlig außer sich und ohne einen Gedanken an ihre eigene Sicherheit zu verschwenden, kletterte Madeleine in die Trümmer.

„François! Vangie! Seid ihr hier? François!"

Der beißende Geruch des Rauches setzte ihr zu. Sie fing an, die verkohlten Reste dessen beiseitezuziehen, was einst ihre eleganten Möbel gewesen waren. Dabei war sie sich gar nicht bewusst, wie gefährlich es war, sich in der auch jetzt noch starken Hitze aufzuhalten.

Armond rannte hinter ihr her und zog sie wieder nach draußen zurück. „Madame, es nützt doch nichts, wenn Ihr auch noch zu Schaden kommt. Kommt zurück. Ich suche nach ihnen."

Dann stürzte er selbst in das Innere der rauchenden Ruine zurück. Überall waren große verkohlte Trümmer aufgetürmt. Die einst so schönen Möbel waren einfach in die Mitte der

Zimmer geschoben und dann angezündet worden. Die schweren Dachbalken waren heruntergestürzt und hatten alles zertrümmert, was ihnen während des Falls in die Quere gekommen war.

Schon bald tauchte Armond wieder aus dem Innern des Hauses auf und schüttelte den Kopf. Sie schauten den Weg zur Scheune hinunter, die so gut wie unversehrt dastand.

„François!"

Keine Antwort. Armond rannte zur Scheune.

Madeleine blieb stehen, lauschte und bemerkte, dass keine Tiere, keine Arbeiter und auch keine Pferde zu sehen waren. Es war zu ruhig. Sie mussten die Pferde mitgenommen und die Stallburschen und anderen Bediensteten fortgejagt haben.

Armond kam mit einem Leichnam auf den Armen wieder aus der Scheune heraus. Tränen liefen ihm übers Gesicht.

Madeleine taumelte zu ihm hin. „Wer ist es? Oh nein – Thérèse! Oh mein Gott!"

Armond legte die alte Frau behutsam auf den Boden. „Sie ist ... sie haben sie vergewaltigt und dann erschossen. Sie muss noch versucht haben davonzulaufen."

Madeleine kniete sich neben dem Leichnam ihrer treuen Dienerin nieder und strich ihr das lange graue Haar aus dem Gesicht.

„Ich glaube nicht, dass ich sie jemals in all den vielen Jahren ohne Haube gesehen habe. Und ich habe gar nicht gewusst, was für schönes Haar sie hatte." Madeleine wiegte die alte Frau in den Armen. „Ach Thérèse, Thérèse. Es tut mir leid. Es tut mir so leid."

Nach einer Weile sagte Armond: „Madame?"

Madeleine ignorierte ihn, vollkommen in ihrer Trauer versunken.

Er räusperte sich. „Die Dragoner können noch nicht allzu lange weg sein. Sie ... sie kommen vielleicht noch einmal zurück, um nachzuschauen, ob wir wieder da sind."

Madeleine blickte mit rußgeschwärzten und tränenverschmierten Wangen zu dem jungen Mann auf. „Wir müssen dafür sorgen, dass Thérèse ein anständiges Begräbnis bekommt, nicht wahr?“

Ihre Gedanken sprangen von einer Sorge zur nächsten. Thérèse immer noch in den Armen haltend, als könnte sie mit reiner Willenskraft den toten Körper wieder zum Leben erwecken, erhob sich Madeleine auf die Knie, als sie jetzt sprach: „Was ist mit François und Vangie? Vielleicht konnten sie entkommen. Ja, das ist es. Sie sind entkommen. Und die Jungen, mein Gott, die Jungen. Wir müssen zur Höhle und nachschauen, ob die Jungen noch da sind.“

Madeleine band Thérèse die Schürze ab und rollte sie zu einem provisorischen Kissen zusammen, auf das sie Thérèses Kopf bettete. Dann stand sie langsam auf und zwang sich selbst zu eiskalter Ruhe, wischte sich die Augen trocken und fing dann an, Armond Anweisungen zu geben.

„Spann die Pferde aus und lass die Kutsche erst einmal stehen. Wenn wir Thérèse begraben haben, nimmst du eines der Pferde und reitest zurück zu Henri und meiner Mutter.“ Sie hielt inne. „Bring es ihnen bitte behutsam bei.“

Armond hatte Tränen in den Augen und nickte mit hängendem Kopf.

Madeleine fuhr fort: „Ich nehme die anderen beiden Pferde und gehe zur Höhle, um nach den Jungen zu sehen. Ich hoffe, dass François, Vangie und Claudine auch da sind. Wir warten dann dort auf dich.“

Madeleine seufzte und schloss die Augen. „Wir werden nach Genf fliehen müssen. Solltest du bis heute Nacht nicht wieder zurück sein, dann müssen wir ohne dich aufbrechen.“ Sie öffnete die Augen wieder und sah Armond direkt an, sodass er ihr weiterhin aufmerksam zuhörte. „Hast du das verstanden? Wenn etwas passiert und du nicht bis zum Einbruch der Dunkelheit wieder bei der Höhle bist, dann ziehen wir weiter nach Genf. Wir treffen dich dann dort.“

„Ich verstehe." Armond trat von einem Fuß auf den anderen. „Madame?"

„Ja, was ist denn noch?"

„Ich will ja Thérèse gegenüber nicht respektlos sein, aber wir haben jetzt keine Zeit, ein Grab für sie auszuheben."

„Was schlägst du also vor?"

„Etwas, das schneller geht, aber Tiere fernhält."

Madeleines Ton wurde jetzt schärfer. „Also was?"

Armond schaute sich um, so als erwarte er, dass sich irgendwo im Gebüsch eine Antwort auftäte. Sein Blick fiel auf die Steineinfriedung und im selben Augenblick rief Madeleine aus: „Steine. Trage ihren Leichnam dort hinüber zum Wall, und dann bedeckst du ihn mit Steinen. Ich spanne in der Zwischenzeit die Pferde aus."

Madeleine beugte sich vor und berührte zärtlich Thérèses Gesicht. „Vergib uns, du Liebe. All die Jahre hast du uns treu gedient, und jetzt kann ich nicht einmal für ein anständiges Begräbnis für dich sorgen. Vielleicht später, wenn die Gefahr vorüber ist."

Aber Madeleine wusste, dass die Gefahr nie vorüber sein würde – nicht, solange die Katholiken in Frankreich die Kontrolle hatten und sie, die Protestanten, als Bedrohung betrachteten. Die Gefahr war ihr ständiger Begleiter geworden, so wie ein schlafender Hund, der abends vor einem knisternden Feuer liegt, täuschend liebenswürdig, bis man über ihn hinwegtritt. Dann werden die Zähne gefletscht und das scheinbar gutartige Fellknäuel erhebt sich und schlägt mit blutrünstiger Rachsucht zurück.

*

Die Muskete im Arm und durch den Spalt am Höhleneingang Wache haltend, musste Jean hilflos mit ansehen, wie schon wieder Rauch vom Herrenhaus aufstieg. Dragoner hatten schon im Morgengrauen den Wald durchkämmt und ihn dadurch gehindert, sich aus der Höhle hinauszuwagen. Jetzt war es wieder still im Wald, so als wäre jede lebendige Kreatur geflohen, um dem drohenden Unheil zu entgehen.

Konnte er es wagen, sich noch einmal zum Herrenhaus zu schleichen? Jean hörte, wie die Jungen sich regten. Er wollte gerade durch den Gang zurück in die Höhle gehen, um nach den beiden tapferen jungen Männern zu schauen, und hatte sich bereits umgedreht, als er am Fels vor dem Eingang ein seltsames Kratzen hörte. Jean erstarrte mitten im Gehen.

Sie haben uns gefunden, ging es ihm durch den Kopf. Vorsichtig ging er wieder zurück an die Stelle, von der aus er hinausschauen konnte, und hörte, wie eine leise Stimme rief: „Jean. Philippe. Ist da jemand! Ich bin es, Claudine. Seid ihr noch da?"

„Claudine! Ja, wir sind hier. Bleib stehen, ich helfe dir herein."

Jean drückte das Gestrüpp beiseite und zog die junge Frau ins Versteck herein.

Sie brach vor ihm zusammen, umschlang seine Knie und schluchzte hysterisch. „Alles ist weg. Sie haben alles zerstört. Ich bin die Einzige, die Ein ... zi ... ge."

Jean zog Claudine an den Schultern hoch, bis sie stand, und schüttelte sie dann. „Was soll das heißen? Wieso die Einzige? Wo sind François und Vangie?" Seine Stimme erhob sich zu einem verzweifelten Rufen. „Wo sind sie?"

Immer wieder von lautem Schluchzen geschüttelt sagte sie: „S-s-s – Sie haben sie mitgenommen. Sie sind w-w-weg. Oh mein Gott, sie haben sie mitgenommen." Sie schlug sich die Schürze vors Gesicht und wimmerte hinein. „A-a-alles ist weg – das Haus, die Pferde. Sie haben die Feldarbeiter und die Stallburschen weggejagt."

„Und was ist mit Thérèse?"

„Ich weiß es nicht. Wir haben uns mit Vangie oben versteckt, während François unten in der Halle versucht hat, die Dragoner aufzuhalten, aber sie haben uns gefunden. M-m-mich haben sie nicht bemerkt, aber sie haben Vangie bekommen. Sie ist die Treppe hinuntergerannt zu ihrem Papa, aber sie haben ihn niedergeschlagen und Vangie mitgenommen. Ich bin dann die Hintertreppe hinunter und in den Wald gerannt. Das Letzte, was ich gesehen habe, war, dass Kommandeur Bovée Vangie vorn bei sich auf dem Pferd sitzen hatte und Euer Bruder gefesselt am Brunnen lag. Diese Ungeheuer haben sich mit allem aus dem Haus bedient, was nicht niet- und nagelfest war."

Claudine wischte sich noch einmal das Gesicht mit der Schürze und holte tief Luft. „Ich nehme an, sie haben mich in dem Durcheinander einfach nicht bemerkt. Was mit dem Rest der Leute passiert ist, weiß ich nicht. Manche sind vielleicht noch im Wald. Die Dragoner haben auch alle Pferde aus dem Stall mitgenommen. Ich habe mich am Flussufer unter einem Felsvorsprung versteckt, bis die Dragoner fort waren, und dann bin ich hergekommen."

„Kommandeur Bovée? Derselbe Mann, der auch zuvor schon hier war?"

Claudine nickte.

„Wie viele Dragoner waren es?"

„Ich weiß nicht so genau, vielleicht sechs."

Jean schlug sich mit der Faust aufs Bein. „Bist du sicher, dass dir niemand gefolgt ist?"

Sie schniefte und sah Jean an. „Ich ... ich glaube nicht. Ich habe ziemlich lange gewartet und niemanden gesehen."

„Und was ist mit Madeleine? Ist sie schon aus Versailles zurück?"

„Nein, Monsieur." Wieder kamen ihr die Tränen.

War Madeleines Plan fehlgeschlagen? War sie zu spät gekommen, um diesen Albtraum noch zu verhindern? Jean legte Claudine den Arm um die Schultern. „Komm mit. Die Jungen sind sicher froh, dich zu sehen."

Philippe stand mit der Muskete vor Charles, der im Morgenfeuer stocherte. Der Eintopf, den sie aus Wurzeln und einem von Jean erlegten Kaninchen zubereitet hatten, verbreitete einen köstlichen Duft im Innern der Höhle.

Die beiden Jungen kraxelten auf Claudine zu und umarmten sie, wobei die Muskete gegen den Steinboden klapperte. Claudine nahm ihre beiden Schützlinge in die Arme und fing wieder an zu schluchzen.

Philippe, der Ältere, fragte voller Sorge: „Was ist denn geschehen?" Er sah Jean an. „Onkel Jean, was ist geschehen?"

Jean gab Claudine durch ein kurzes Kopfnicken zu Verstehen, dass sie sich beruhigen und ans Feuer setzen solle. Er selbst wandte sich den beiden Brüdern zu. In ihm tobte ein Kampf. Wie viel sollte er ihnen sagen? Wie viel konnten sie in ihrem Alter schon verkraften? Er sah die beiden jungen Männer voller Liebe und Bewunderung an. Sie waren so mutig und er konnte keinen Sinn darin erkennen, ihnen die Wahrheit zu verschweigen. Sie würden es über kurz oder lang ohnehin erfahren. Und außerdem mussten sie sich jetzt Gedanken darüber machen, wie es mit ihnen weitergehen sollte.

„Jungs, ihr müsst jetzt ganz vernünftig und erwachsen sein und sehr tapfer."

Die Brüder nickten mit ernsten Gesichtern.

„Die Dragoner sind gestern Nacht noch einmal zurückgekommen und haben das Haus zerstört. Sie haben die Pferde mitgenommen und die Stallknechte weggejagt. Claudine ist mit ihnen zusammen in den Wald geflüchtet."

Charles rutschte näher an Philippe heran und der ältere Bruder legte ihm unbeholfen den Arm um die Schultern.

Philippe sprach ihrer aller Ängste aus. „Was ist mit Papa und Vangie? Und was mit Thérèse?"

„Das wissen wir nicht. Vielleicht sind sie auch entkommen." Jean hielt einen Moment lang inne.

„Und Mama und Großmutter ...?"

Claudine hatte ihre Stimme inzwischen wieder in der Gewalt und unterbrach ihn: „Sie sind noch nicht wieder aus Versailles zurück." Sie lächelte schwach. „Ich bin sicher, dass es ihnen gut geht."

„Onkel Jean, ich möchte gern beten." Der kleine Charles übernahm ganz untypisch die Leitung. Eine Träne lief ihm die Wange hinunter und Philippes Kinn fing an zu beben.

„Ja natürlich, auf jeden Fall, Charles. Fang an."

Sie neigten die Köpfe und mit zarter Stimme betete Charles: „Lieber Jesus, bitte beschütze Mama und Papa vor den Dragonern. Und Großmutter und Henri und Thérèse auch. Und beschütze uns auch und hilf uns, dass wir genug zu essen haben, bis wir wieder aus der Höhle herauskönnen." Der Junge wischte sich die Nase mit dem Ärmel ab. „Amen."

Claudine wiederholte: „Ja, so sei es."

Jean stieß einen tiefen Seufzer aus. „Ja, so sei es, Vater. Erhöre dieses Gebet eines unschuldigen Kindes."

*

Madeleine sah Armond nach, wie er vom Herrenhaus aus davon galoppierte. Die Pferde hatten zwar Futter und Wasser aber keine Zeit zum Ausruhen bekommen. Madeleine raffte die Röcke ihres Reisekleides, schwang sich gekonnt auf eines der verbliebenen Pferde und griff mit der anderen Hand nach den Zügeln der beiden anderen. Die Sättel waren alle entweder gestohlen worden oder verbrannt. Sie würde also ohne Sattel reiten müssen. Der kräftige Wallach tänzelte seitwärts, irritiert und unruhig wegen des immer noch nicht ganz erloschenen Feuers.

Madeleine ritt los – zunächst an der Steineinfriedung entlang den Hügel hinunter. Am Rande nahm sie die vielen Wildblumen wahr, die begonnen hatten, die Landschaft mit leuchtendem Pink, Gelb, Blau, Violett und Gold zu besprenkeln. Auf der Suche nach einer niedrigen Stelle in der

Steinmauer, lenkte sie ihr Pferd so, dass es darübersprang und die mitgeführten Pferde mitzog. Dann ritt sie weiter den Hügel hinunter zum Fluss. Es erforderte ihre ganze Kraft, die Pferde alle gleichzeitig zu halten.

Madeleine sah sich immer wieder nervös um. Sie war beim Überqueren der Weide nur allzu gut zu sehen, deshalb trieb sie die Pferde an, und schon bald waren die Felsüberhänge an der Uferböschung des Flusses zu sehen. Sie drängte die Pferde weiter zu den Bäumen, die ihr Sichtschutz boten.

Der feuchte Geruch des nassen Grases und ein schwacher Hauch von Pinienduft schlugen Madeleine entgegen, als sie den Wald erreichte. Sie spähte zum Fluss hinunter und war erleichtert festzustellen, dass er wieder den üblichen niedrigen Wasserstand hatte. Sie ritt hindurch und kam auf der anderen Seite bei einem Felsüberhang wieder heraus. Dort ließ sie die Zügel der beiden mitgeführten Pferde los, rief sie immer wieder, ihr zu folgen, und sah zu, wie sich die Pferde hinter ihr auf dem schmalen Felsvorsprung selbst ihren Weg suchten.

Als sie bereits ein ganzes Stück die Böschung hochgeklettert waren, stolperte eines der Pferde und rutschte halb die Uferböschung wieder hinunter, wobei sich jede Menge Felsbrocken lösten und unter ihnen krachend ins Wasser fielen. Madeleine hielt ihr Pferd an und konnte bei dem Manöver des anderen Pferdes nur zuschauen und es beruhigen. „Komm schon, mein Junge. Komm, du schaffst es."

Das Pferd kam neben den Wurzeln eines Baumes zum Stehen und hatte wieder Halt. Madeleine pfiff nach ihm und es schloss wieder zu ihr und dem anderen mitgeführten Pferd auf. Doch immer noch waren alle Pferde nervös und wühlten Steine und Erde des gefährlichen Überwegs auf.

„Brrr, brrr. Ganz ruhig." Madeleines Pferd ließ sich von der Nervosität der anderen beiden Pferde anstecken, aber sie wagte es nicht, auf dem schmalen Felsüberhang abzusteigen, um die Pferde zu beruhigen. Stattdessen setzte sie dazu ihre

Stimme ein, wie Henri es ihr beigebracht hatte, und sagte leise: „Guter Junge, guter Junge. Wir sind fast da. Guter Junge."

Sie tätschelte ihrem Hengst den Hals und er beruhigte sich daraufhin genau wie die mitgeführten Pferde.

Sie gingen weiter auf dem schmalen Grat entlang, bis der Weg breiter wurde und der Höhleneingang in Sicht kam, vor dem Madeleine frische Fußspuren entdeckte. Sie hielt die Pferde an und sah sich um. Vielleicht hatten sich im Wald Dragoner versteckt und beobachteten sie jetzt. Sie durfte auf keinen Fall das Versteck verraten.

Deshalb sagte sie laut zu sich selbst: „Da wollen wir mal von dort oben ein wenig Ausschau halten."

Daraufhin mühten sich die Pferde die kahle Böschung hinauf, die Körper fast senkrecht zum Boden, wobei Madeleine sich an den Zügeln festkrallte, um genügend Halt zu haben.

Oben angekommen, wurde es wieder ebener und Madeleine stieg ab. Sie hielt die Pferde ruhig und lauschte. Wieder nichts als Stille. Nein, keine Vögel zwitscherten fröhliche Frühlingsgrüße, keine Brise raschelte durch die Bäume, nicht einmal das Plätschern des Flusses durchbrach die Stille.

Tod lag in der Luft. Sie konnte es spüren. In Madeleines Ohren klingelte die Morgenstille und ihre Hände zitterten, ob aus Furcht oder einem anderen Grund, wusste sie nicht so genau. Sie führte die Pferde zu einer Baumgruppe und band sie im Schutz des Unterholzes an.

Nachdem sie sich noch einmal hastig umgeschaut hatte und wiederum nichts als Bäume, Wildblumen und die Gipfel der schneebedeckten Berge in der Ferne gesehen hatte, rutschte Madeleine den Hang zu dem versteckten Höhleneingang hinunter. Sie versuchte, das dichte Gestrüpp vor dem Stein am Höhleneingang auseinanderzubiegen, um sich in die Höhle zwängen zu können, aber das Gebüsch war zu dicht. Sosehr sie sich auch abmühte, sie schaffte es einfach nicht, die Äste weit genug auseinanderzuziehen, um hindurchschlüpfen zu können.

Entmutigt, müde und verängstigt lehnte sich Madeleine an die Böschung und fing an zu weinen. Sie betete: „Ach, lieber Gott, hilf mir doch. Wir haben in den vergangenen Monaten so viel durchgemacht, und dann steht da so ein blöder Strauch mitten auf dem Weg, auf dem ich meine Söhne finden will. Es reicht jetzt wirklich!"

Völlig außer sich vor Zorn und Trauer und Sorge um ihre Kinder, wie es nur Eltern kennen, wenn sie ratlos sind und nicht mehr weiterwissen, begann Madeleine, mit bloßen Händen an dem Gebüsch zu zerren. „Jean! Philippe! Charles! Hört ihr mich? Seid ihr da? Seid ihr am Leben?"

Ihr verzweifeltes Gezerre an dem Gebüsch bewirkte zwar eine kleine Lücke, die sich aber sofort wieder schloss, noch bevor sie sich hindurchschlängeln konnte.

Madeleine trat einen Schritt zurück, starrte das widerspenstige Gewächs an und stach mit einem blutenden Finger in die Luft. „Du wirst mich nicht besiegen!" Dann wandte sie den Blick zum Himmel. „Gott, ich bin verzweifelt. Du hast gesagt, dass wir wie kleine Kinder zu dir kommen müssen. Und genau so fühle ich mich jetzt. Ich bin hilflos wie ein Neugeborenes. Du weißt, wo meine Söhne sind. Wenn sie sich immer noch in dieser Höhle aufhalten, dann hilf mir hineinzugelangen!"

Sie schüttelte die Faust in Richtung des ohrenbetäubenden Schweigens des Allmächtigen.

„Madeleine?"

Madeleine schnappte nach Luft, als sie durch das Labyrinth aus Zweigen und Geäst in die dunklen Augen ihres Schwagers blickte.

Kapitel 16

„Jean, Gott sei Dank, du bist am Leben. Sind die Jungen in Sicherheit? Sind meine Kinder unverletzt?" Madeleines Stimme wurde ganz hoch, als ihre Ängste, die jahrelang unausgesprochen und vergraben worden waren, eine Art Eigenleben bekamen und jetzt aus ihr hervorbrachen.

„Warte einen Moment." Jean wand sich durch den Spalt um den Eingangsfelsen herum und umarmte Madeleine so fest, dass sie beinah erstickt wäre. „Uns geht es allen gut und ich bin so erleichtert, dass auch du jetzt unversehrt hier vor mir stehst."

Madeleine machte eine kurze Pause. „Die Jungen sind also in Sicherheit?"

Ein Lächeln breitete sich auf seinem gut aussehenden Gesicht aus, das dem von François so ähnlich war. „Ja, wir sind in Sicherheit. Es war nicht leicht, aber es geht uns gut." Er sah sich um und überblickte den Wald. „Keine Dragoner in der Nähe?"

Madeleine wischte sich mit dem Handrücken die Augen. „Nein, sie sind anscheinend abgezogen. Aber das Haus ..."

„Ich weiß. Wir haben den Rauch gesehen. Und Claudine hat uns erzählt, was passiert ist. Sie ist vor Kurzem gekommen."

„Claudine ist hier bei euch in der Höhle? Was ist mit François und Vangie?“

Jean schüttelte den Kopf. „Wir wissen nichts von ihnen. Claudine und Thérèse haben versucht, Vangie zu verstecken, während François die Dragoner aufgehalten hat, aber Vangie ist zu ihm hingerannt. Claudine konnte über die Hintertreppe entkommen und ist zusammen mit den anderen Bediensteten in den Wald gelaufen. Das Letzte, was sie gesehen hat, war, dass Kommandeur Bovée Vangie vor sich auf dem Pferd sitzen hatte und François gefesselt am Brunnen saß. Was mit Thérèse geschehen ist, weiß sie nicht.“

Madeleine ließ den Kopf hängen und schüttelte ihn ungläubig. „Sie haben Vangie und François mitgenommen? Oh Jesus.“ Noch einmal warf sie sich in Jeans Arme und er hielt sie fest, während sie weinte.

Nach einiger Zeit zwang sich Madeleine zur Ruhe und stieß einen unendlich tiefen Seufzer aus.

„Was ist in Versailles vorgefallen?“, fragte Jean.

Madeleine starrte vor sich hin, während sie sich erinnerte. „Ludwig ist wütend auf mich geworden, nachdem ich ihn angefleht hatte, uns zu verschonen. Wir sind noch in derselben Nacht wieder abgereist. Seine Launen und sein Jähzorn sind ja bekannt. Mein Gott, oh mein Gott, wir sind am Ende.“

Jean hielt Madeleine weiter fest, während sie mit ihrem Bericht fortfuhr: „Das Haus ist nur noch eine Ruine.“ Sie wischte sich mit dem Ärmel die Nase. „Thérèse ist tot. Wir haben ihren Leichnam in der Scheune gefunden und sie am Steinwall begraben. Armond ist zu Henri zurückgeritten, um ihn gleich hierher umzuleiten.“ Madeleine musste einen weiteren Schluchzer unterdrücken.

„Wenn ich nicht so starrsinnig gewesen wäre und darauf bestanden hätte, Ludwig persönlich um Milde zu bitten, wäre das alles nicht passiert. Hätten wir die Einquartierung der Soldaten einfach ertragen, hätten sie uns vielleicht irgendwann auch wieder in Ruhe gelassen. François hat versucht, es mir auszureden, aber ich wollte ja nicht auf ihn hören." Ihr Ausbruch war immer wieder von Schluchzern unterbrochen. „Oh Gott! Ich bin eine solche Närrin!"

Jean unterbrach sie. „Du brauchst dich jetzt nicht auch noch selbst zu quälen. Du hast getan, was du für das Richtige gehalten hast. Wichtig ist, dass wir jetzt entscheiden, wie wir weiter vorgehen wollen."

Madeleine verstummte. Schließlich löste sie sich von Jean und holte einmal tief Luft. „J-ja, natürlich. Du hast recht. Im Augenblick können wir nichts für Vangie und François tun. François würde bestimmt wollen, dass ich die Jungen in Sicherheit bringe. Deshalb werden wir nach Genf aufbrechen, sobald es dunkel ist." Madeleine zeigte zu den Bäumen und sagte: „Ich habe in einem Wäldchen auf dem Plateau drei Pferde angebunden."

„Das ist gut." Jean drückte mit aller Kraft das Gebüsch auseinander und sprach weiter, während er Madeleine durch den Höhleneingang hindurchhalf. „Komm, ich bringe dich zu den Jungen." Dann zwängte er auch sich selbst durch den Eingangsspalt. „Was meinst du, wohin sie Vangie und François bringen?"

„François nach Paris – zu König Ludwig." Madeleine stand auf und klopfte sich Schmutz und Staub von ihrem Rock. „Um unsere Familie zu verhöhnen und vorzuführen, was mit Leuten geschieht, die seine Autorität über die Protestanten im Land infrage stellen." Selbst im dämmrigen Licht des Höhleninneren konnte Jean erkennen, wie sie grimmig die Kiefer aufeinanderpresste.

„Und Vangie?"

Ein bitteres Lachen brach aus ihr hervor. „Ganz sicher in ein Kloster, damit sie nach Ludwigs Vorstellung ‚richtig erzogen' wird."

„Er hat dich also gar nicht angehört?"

„Doch, aber er wollte eine Gegenleistung, deren Preis viel zu hoch war."

Jean führte Madeleine den Gang zur Haupthöhle entlang, aber sie blieb stehen und drehte sich noch einmal zu ihm um. „Jean, François hat mir erzählt, was in der Nacht, bevor ich nach Versailles abgereist bin, in der Scheune vorgefallen ist." Madeleine trauerte mit ihrem Schwager mit. „Wie geht es dir mit ... mit dem, was du tun musstest?"

„Es quält mich." Jeans knappe Antwort sprach Bände.

„Wissen die Jungen davon?"

„Nein, und ich finde auch nicht, dass sie es erfahren müssen."

Madeleine nickte und sie gingen weiter um eine Ecke, von wo aus sie dann das Feuer und die kleine darum versammelte Schar erblicken konnten.

„Mama!" Die Jungen sprangen beide auf sie zu und drängten sie durch ihre überschwängliche Begrüßung wieder zu Jean zurück.

Sie kniete sich hin, nahm die beiden in die Arme und wiegte sie hin und her. „Ach, meine Söhne, was seid ihr für tapfere Jungen. Ich bin so stolz auf euch und ich habe euch so vermisst." Sie strich ihnen übers Haar und liebkoste ihre schmutzigen Gesichter.

Als sie Charles seine dichten roten Locken aus dem Gesicht strich, lachte sie. „Du brauchst dringend einen Haarschnitt, mein Kleiner." Sie nahm die Hände der Jungen in ihre und bemerkte Philippes geschiente Finger. „Was ist denn damit geschehen?"

„Ach, das ist nichts, worüber man sich Sorgen machen muss. Ich habe mich nur in dem Gestrüpp am Eingang verheddert." Er bewegte die verletzten Finger. „Siehst du, ist schon fast wieder in Ordnung."

„Ach, du armer Kerl." Madeleine küsste den Verband.

„Wirklich, ist schon fast alles wieder gut."

Madeleine breitete ihre Arme zu Claudine hin aus, die dabeistand und das Wiedersehen der Familie mit ansah. „Claudine, ich bin so froh, dass du in Sicherheit bist."

Die Bedienstete nahm zwar diese Geste der Zuneigung ihrer Herrin an, entzog sich dann aber wieder, weil ihre Erziehung und lange Gewohnheit sie dazu zwangen, erst den obligatorischen Knicks zu machen. „Danke, Madame."

Madeleine lächelte und tätschelte Claudines Schulter. „Wir sind doch jetzt eigentlich eine große Familie, oder?"

„Ja, Madame." Claudine brachte Madeleine eine Schale voll Kanincheneintopf, und dann setzten sich alle auf den felsigen Boden und aßen.

Madeleine dachte an das Festmahl mit dem König im Großen Trianon – was für ein Unterschied zu diesem einfachen Gericht. Sie schaute ihre Lieben um sich her an, und ihr wurde klar, wie viel lieber ihr das hier war. Aber hatte sie wirklich die richtige Entscheidung getroffen? Ihr Mann und ihre Tochter waren irgendwo der Gnade der brutalen Dragoner ausgeliefert. Hätte sie lieber auf die Forderungen Ludwigs eingehen sollen? Hätte sie dadurch vielleicht alle hier retten können?

Sie hatte jetzt jedoch keine Zeit zurückzublicken. Sie musste weitermachen, nach vorne schauen.

Madeleine sah sich im Kreise ihrer furchtlosen Gesellschaft um. „Ich muss euch sagen, was geschehen ist und was wir jetzt tun."

❊

Armond erblickte die Kutsche, ein paar Stunden nachdem er vom Herrensitz wieder aufgebrochen war. Als er Henris aufrechte Haltung auf dem Kutschbock sah und beobachtete, wie der alte Mann die Pferde antrieb, hatte er einen Kloß im Hals. Wie sollte er ihm bloß sagen, dass seine Frau, mit der er über dreißig Jahre verheiratet gewesen war, nicht mehr lebte? Er ritt neben die Kutsche und Henri brachte die Pferde abrupt zum Stehen. *Herr, bitte gib mir die richtigen Worte.*

Elizabeth und Suzanne steckten ihre Köpfe zum Kutschenfenster hinaus.

„Brrr!“ Henri zog die Bremse der Kutsche, blieb aber auf dem Kutschbock sitzen. „Armond! Was bringst du für Nachrichten? Hast du auf dem Herrensitz alles in Ordnung vorgefunden?“

Armond stieg vom Pferd und schüttelte den Kopf. Er wusste nicht, wie er anfangen sollte. „Nein. Nein. Gar nichts ist in Ordnung.“

Elisabeth öffnete die Tür der Kutsche und Armond sprang hinzu, um ihr behilflich zu sein.

„Was ist los? Madeleine? Ist sie ...?“

Suzanne stieg ebenfalls aus der Kutsche aus. Die Lakaien blieben auf ihrem Posten.

„Der Madame geht es gut. A-aber ...“

Jetzt sprang Henri von seinem Kutschbock herunter. „Also, jetzt spuck's schon aus. Was hast du vorgefunden? Wo ist Madame Clavell?“

Die Lakaien stiegen ebenfalls von der Kutsche ab und hielten die Zügel des Gespanns, wobei sie Armond unverwandt anschauten, um endlich die Neuigkeiten zu erfahren.

„Sie ist zur Höhle gegangen, um die Jungen zu holen. Der Herrensitz ist zerstört, völlig niedergebrannt. Es stehen nur noch die Außenmauern.“

Elisabeth ließ vor Schreck ihren Fächer fallen. „Was ist mit der Familie? François? Vangie? Den Bediensteten?“

Armond zögerte, weil er nicht weiterreden mochte. „Sie sind alle fort. Außer der Scheune ist alles zerstört.“

Henri sah Armond an, und in seinem Blick spiegelte sich wider, was er bereits erahnte. „Und Thérèse? Was ist mit Thérèse?“

„Es tut mir leid, Henri. Es tut mir so furchtbar leid.“ Der junge Mann fingerte an den Zügeln seines Pferdes herum.

Ein geflüstertes „Oh nein!“ entfuhr Elisabeth.

Henri starrte Armond nur an, ohne etwas zu sagen. Auch Judith stieg jetzt aus der Kutsche aus. Schweigend stand die kleine Schar da.

Henri wandte sich ab und ging von der Straße weg auf ein Feld in der Nähe. Er nahm seinen Hut ab, hielt ihn in den Händen und kniete auf der Erde nieder. Er gab keinen Ton von sich, aber seine Schultern bebten, als er sich vor seinem Schöpfer zu Boden warf.

Die Schar der Beobachter trat von einem Fuß auf den anderen. Alle trauerten gemeinsam mit Henri.

Es verging ein Weilchen, dann erhob sich der alte Stallmeister, setzte seinen Hut wieder auf und kam langsam zur Kutsche zurück.

Elisabeth tätschelte ihm die Hand. „Henri, es tut mir so unsagbar leid für dich."

„Ihr braucht nichts zu sagen, Madame." Tränen schimmerten in dem zerfurchten Gesicht des alten Mannes, dessen Alter sich jetzt auf ihn niedersenkte wie ein schwerer Umhang. „Wenn wir wirklich glauben, was wir in all den Jahren immer bekannt haben, dann ruht meine Thérèse jetzt in den Armen Jesu. Wir trauern nicht so, wie es die Heiden tun." Ein schwaches Lächeln umspielte seinen Mund unter dem buschigen Bart. „Ich werde sie wiedersehen."

Elisabeth umarmte ihren ergebenen Diener kurz.

Henri schloss die Tür der Kutsche und wandte sich dann an Armond. „Wo hast du sie begraben?"

„Wir haben getan, was wir konnten. Wir hatten große Angst, dass die Dragoner sich noch in der Nähe aufhielten. Wir haben ihren Körper neben dem Steinwall mit Steinen bedeckt."

Um Fassung ringend, nickte Henri. „Verstehe. Ich hätte es nicht anders gemacht." Schon wieder auf den Kutschbock steigend, fragte er noch: „Hast du unterwegs irgendwo Dragoner gesehen?"

„Nein, nirgends. Aber ich mache mir Sorgen, dass sie trotzdem irgendwo lauern könnten. Sie müssen gekommen sein, angezündet, getötet und vernichtet haben und dann so unheimlich wie Dämonen wieder verschwunden sein."

Armond schwang sich auf sein Pferd. „Sobald wir beim Anwesen sind, müssen wir uns auf den Weg zur Höhle machen. Madame hat vor, bei Einbruch der Nacht nach Genf zu fliehen.“

❊

Am späten Nachmittag bog die zweite Kutsche in die Allee, die zum Herrensitz führte, ein. Aus seinen Ruinen stieg immer noch Rauch auf. Henri hielt die Pferde an und lenkte die Kutsche dann langsam zur Scheune, die überraschend unbeschädigt war. Er kletterte von seinem Kutschbock herunter und winkte Armond.

„Geh zur Höhle und sage Madame, dass wir wohlbehalten angekommen sind. Wir erwarten euch dann später alle zusammen hier bei der Kutsche. In ein paar Stunden müsste es eigentlich schon dunkel sein.“

Die Frauen stiegen aus der Kutsche aus und starrten ungläubig auf das, was einmal ihr Zuhause gewesen war. Die Lakaien standen reglos da und schauten mit offenem Mund das Bild der Zerstörung an.

„An die Arbeit, Männer! Wir haben keine Zeit zu verlieren.“ Henri war bereits wieder in seiner vertrauten Rolle. „Die Pferde müssen getränkt und gefüttert werden. Spannt sie ein Weilchen aus.“

Armond stieg erneut auf sein Pferd und ritt zum Fluss zurück. Henri zog seine Handschuhe aus und ging in Richtung der Steineinfriedung. Elisabeth folgte ihm in gebührendem Abstand. Suzanne und Judith blieben beide an der Kutsche stehen.

Düstere Schatten legten sich bereits über das Haus, als Henri und Elisabeth endlich wieder zurückkamen. Sofort gab Henri den Lakaien Anweisungen zur Vorbereitung ihrer Weiterfahrt: „Spannt die Pferde wieder an. Lasst uns alles bereit machen und warten. Wir haben ein Erbe zu bewahren.“

*

Armond mit Claudine hinter sich auf dem Pferd, die sich an seiner Taille festklammerte, führte die erschöpfte Gesellschaft an, gefolgt von Philippe, dann kam Madeleine zusammen mit Charles, und Jean bildete den Schluss des Zuges. Jean hielt die Muskete des ermordeten Dragoners im Arm; Armond hatte vor sich auf dem Sattel die Muskete aus der Höhle und Philippe hatte den Bogen und einen Köcher voller Pfeile geschultert. Madeleine trug einen Ranzen mit Gepäck auf dem Rücken, der wegen seines Gewichtes immer weiter nach unten sackte. Als provisorische Sättel hatten sie den Pferden die Decken aus der Höhle übergeworfen.

Als sie oben auf dem Hügel ankamen, waren von dort aus die Umrisse des Hauses noch zu erkennen, wie eine Verhöhnung ihres einstigen Lebens. Niemand sagte etwas – nicht einmal Charles. Der beißende Rauchgeruch lag immer noch in der Abendluft und in der zunehmenden Dunkelheit waren noch viele kleine Flammen zu erkennen, die den letzten Rest des clavellschen Besitzes fraßen.

Die Pferde wieherten leise, als sie sich den Kutschen näherten, wo Henri, Elisabeth und die anderen warteten. Henri trat vor, um Madeleine und Charles vom Pferd zu helfen.

Madeleine nahm beide Hände des alten Mannes in ihre und schüttelte den Kopf. „Es tut mir so leid."

Henri tätschelte ihre Hände. „Ist ja gut, mein Kind. Ihr dürft Euch um mich keine Gedanken machen."

„Aber ich kann nicht anders."

„Ich werde Thérèse schmerzlich vermissen, aber wir haben alle eine Bestimmung von unserem Schöpfer. Ihre Zeit war gekommen."

Charles und Philippe sahen ihre Mutter an und den Diener, der schon so lange Teil der Familie war und ihnen immer wie ein Großvater gewesen war. Sie warteten schweigend, bis Henri sich von Madeleine löste.

„Wir müssen aufbrechen", sagte er. „Ich kenne einen Führer, der uns über die Berge nach Genf bringt."

„Das ist gut." Madeleine warf einen Blick auf ihr bescheidenes Gefolge. „Ich möchte noch beten, bevor wir aufbrechen."

Bestätigendes Gemurmel kam aus dem Kreis und sie senkten alle ihre Köpfe. Die Jungen und Männer nahmen ihre Hüte ab.

Madeleine begann leise: „Himmlischer Vater, wir begeben uns heute Nacht auf eine gefährliche Reise und ich weiß nicht so genau, was wir tun sollen. Bitte gib uns deine guten Gedanken. Hilf uns, die richtigen Entscheidungen zu treffen. Beschütze unsere Familie. Du hast uns zugesagt, dass du uns leitest, dass du uns sagst, wann wir nach rechts und wann nach links gehen sollen."

Ihre Stimme wurde sicherer. „Ach Gott, ich brauche deine Führung jetzt dringender denn je. Zeige uns wirklich, wo wir abbiegen müssen, was wir tun sollen und wem wir vertrauen können. Und ich bitte dich, deine Engel zu schicken, um über Vangie und François zu wachen." Sie zögerte und holte tief Luft. „Wo immer sie auch gerade sind."

Madeleine hörte ein Schniefen in dem kleinen Kreis. Mit noch festerer Stimme fuhr sie fort: „Umgib sie mit deinen Engeln und lass den Feind dieses Bollwerk nicht durchdringen." Madeleine blickte auf ihre Familie und die Bediensteten und schaute dann hinauf in den Himmel. Sie hob ihre Hände. „Wen haben wir denn im Himmel als dich. Wir erklären, dass wir dir vertrauen und nach deiner Weisung suchen. Amen."

Geflüsterte Bestätigung war zu hören. „Amen."

„Amen."

„Ja."

Madeleine drehte sich um. „Armond, du hilfst Henri, die Pferde wieder vor die Kutsche zu spannen, aber nehmt dazu nur zwei. Jean wird auf einem anderen Pferd vorausreiten und den Weg erkunden. Und ich möchte, dass du das andere Pferd nimmst und die Nachhut bildest, Armond."

„Ja, Madame. Aber wer soll dann die zweite Kutsche lenken?"

„Kann das vielleicht einer der Lakaien?"

Henri antwortete: „Natürlich." Er winkte einen schlanken jungen Mann herbei. „Komm, Daniel."

Der junge Mann sprang von der Kutsche herunter und zog seinen Hut, unter dem ein blonder, struppiger Haarschopf steckte. „Ja, Monsieur?"

„Madame möchte, dass du die kleine Kutsche lenkst. Schaffst du das auch, wenn nur zwei Hengste eingespannt sind?"

„Aber natürlich."

„Gut. Monsieur Jean wird vorausreiten und das Gelände erkunden. Als Nächstes folgt die große Kutsche und danach kommt dann die kleine, die du lenken sollst. Armond bildet die Nachhut."

Die Männer machten sich sofort an ihre Aufgaben und waren nach wenigen Minuten bereits abfahrbereit. Madeleine würde zusammen mit Elisabeth und den Jungen in der ersten Kutsche fahren, Suzanne, Judith und Claudine in der zweiten.

Madeleine gab noch einmal letzte Anweisungen. „Sollten wir voneinander getrennt werden, dann versucht irgendwie nach Genf zu gelangen. Ich habe allen, die es vielleicht brauchen, Geld und ein Méreau* gegeben. Falls also etwas passieren sollte, geht zu einer protestantischen Kirche, zeigt dort den zuständigen Leitern euer Méreau und sie werden euch Unterschlupf gewähren. So Gott will, werden wir uns sicher wiederfinden."

* Méreau sind Marken aus Blei, Zinn oder einem anderen unedlen Metall, die zur Teilnahme am Abendmahl der reformierten Gemeinde in Frankreich berechtigten.

Dann bestieg die Clavell-Sippe die Kutschen. Jean gab seinem Pferd die Sporen und war schon bald außer Sichtweite. In der ersten Kutsche hatten sich Madeleine und ihre Söhne zusammengekuschelt. Eingelullt vom gleichmäßigen Schaukeln während der Fahrt, waren die beiden Jungen schon bald eingeschlafen. Madeleine und Elisabeth redeten leise miteinander und weinten immer wieder. Sie weinten über die furchtbaren Ereignisse des vergangenen Monats und das Unbekannte, das vor ihnen lag; über den Verlust geliebter Menschen – einen durch den Tod und die anderen durch ein unbekanntes Schicksal.

*

Jean ritt in einem bedächtigen Trab vor den Kutschen her und strengte sich an, jedes Geräusch im Wald wahrzunehmen. Der schaukelnde Trab des Pferdes begann ihm auf die Nerven zu gehen und er ließ es Schritt gehen. Obwohl es noch früh am Abend war, herrschte bereits völlige Dunkelheit. Plötzlich scheute sein Pferd. Jean blieb stehen und lauschte. Stille. Aber irgendetwas stimmte da nicht.

Er ritt an den Straßenrand ins Gebüsch und von dort aus weiter vom Weg fort. Wieder scheute sein Pferd und wollte steigen.

„Brr – ganz ruhig." Jean sprach leise und blieb noch einmal stehen. Und dann hörte er es. Raues Gelächter – dann Weinen und Flehen. Er stieg vom Pferd und folgte den Geräuschen.

Nur ein kleines Stück hinter einer kleinen Anhöhe in einer Senke entdeckte er einen Lichtschein. Er duckte sich hinter der Erderhöhung und sein Herz begann heftig zu schlagen bei der Szene, die sich im Licht des Lagerfeuers vor ihm auftat.

Kapitel 17

Als die Kutsche plötzlich stehen blieb, wurde Madeleine ruckartig wach. Sie hörte Jeans Stimme, als er sein Pferd neben der Kutsche zügelte.

„Ein Stück vor uns befindet sich eine Handvoll Dragoner." Er steckte seinen Kopf zum Fenster der Kutsche hinein. „Philippe."

Philippe richtete sich auf und rieb sich die Augen.

„Nimm deinen Bogen und die Pfeile und komm mit mir."

Madeleine legte protestierend ihre Hand auf die Schulter ihres Sohnes, aber Jean bremste sie.

„Es ist jetzt keine Zeit, es zu erklären." Seine Stimme hatte einen scharfen Ton. „Ich brauche Armond und Philippe jetzt sofort. Sie müssen mitkommen. Die Dragoner haben eine Familie gefangen genommen und wollen sie gleich erhängen. Ihr wartet hier, bis wir wieder zurück sind."

Philippe entzog sich seiner Mutter, griff nach seinem Bogen und dem Köcher, stieg aus der Kutsche aus und hinter Jean aufs Pferd, bevor Madeleine ihn aufhalten konnte. Auch Armond kam angeritten und gemeinsam galoppierten sie davon.

Madeleine sah ihre Mutter an und verbarg ihr Gesicht in den Händen.

„Oh Gott, oh mein Gott, hört das denn nie auf?"

*

Jean hob eine Hand, um Armond zu signalisieren, dass er stehen bleiben und sie leise sein sollten, als sie sich der Schlucht näherten. Die Flammen des Lagerfeuers der Dragoner warfen unheimliche Schatten auf einen Galgenstrick, der vom dicken Ast einer alten Eiche baumelte. Auf der anderen Seite des Lagerfeuers, gegenüber von den Soldaten, saßen aneinandergekauert ein junger Mann, eine junge Frau und ein etwa acht oder neun Jahre alter Junge. Drei Dragoner hockten um das Feuer herum, ein vierter stand Wache und schaute vom Feuer aus immer wieder in alle Richtungen.

Jean flüsterte Befehle. „Armond, du gehst auf die gegenüberliegende Seite der Senke. Lausche, und wenn ich das Signal gebe – einen Eulenruf –, dann schießt du auf den Wachposten."

Armond nickte.

„Sobald du geschossen hast, lädst du nach, und ich schieße auf den einen auf der linken Seite, der gerade im Feuer stochert." Jean tippte Philippe auf die Schulter. „Gleichzeitig schießt du mit dem Bogen auf den anderen, der danebensitzt, Philippe. Armond, bis dahin musst du nachgeladen haben und wieder schussbereit sein, um auf den Letzten zu schießen, der noch übrig ist." Jean sah auf seine winzige Armee. „Habt ihr das alles verstanden?"

„Ja, Onkel."

„Braver Junge. Und du Armond?"

„Ja, Monsieur."

Jean griff noch einmal nach dem Messer, das in seinem Gürtel steckte, und legte seine Muskete an. „Los", flüsterte er.

Armond bahnte sich tief geduckt seinen Weg durch das Gestrüpp zur anderen Seite der Senke.

„Philippe, mach deinen Pfeil bereit. Und ziele gut, mein Junge."

„Ich habe Angst. Meine Hände zittern."

„Meine auch." Jean streckte seine zitternde Hand vor, damit Philippe es mit eigenen Augen sehen konnte.

„Eines musst du wissen, du tapferer junger Mann: Wahrer Mut ist nicht die Abwesenheit von Furcht. Wahrer Mut ist es, das Richtige zu tun, obwohl man Angst hat." Er gab dem Jungen einen aufmunternden Klaps auf die Schulter. „Bete zu Gott, dass dein Ziel sich nicht bewegt."

Philippe beugte ein Knie, zog vorsichtig einen Pfeil aus dem Köcher und zielte.

Jean beobachtete den Wachposten. Armond musste inzwischen auf seinem Posten angekommen sein und ebenfalls zielen. Der unvorsichtige Dragoner lehnte irgendwann seine Waffe an einen Baumstamm und Jean gab das verabredete Signal.

Der Wald explodierte förmlich von dem Knall aus Armonds Muskete, durch deren Schuss der Soldat gegen den Baum geschleudert wurde.

„Jetzt!"

Bevor die Soldaten aufspringen und etwas unternehmen konnten, feuerten Jean und Philippe gleichzeitig mit ihren Waffen – Jean traf sein Ziel in den Bauch, Philippes Pfeil drang in den Hals des Dragoners, auf den er gezielt hatte. Die Dragoner waren völlig verwirrt darüber, dass die Angriffe aus unterschiedlichen Richtungen kamen und wirbelten planlos und in Panik durcheinander.

Armond feuerte den zweiten Schuss ab, der jedoch sein Ziel verfehlte. Der letzte Dragoner kroch auf allen vieren ins Gebüsch, um dort Deckung zu suchen, aber Armond holte nach ihm aus und schwang seine Muskete wie eine Keule. Er hatte den Mann schon erreicht, bevor dieser auch nur den

Lichtkreis des Lagerfeuers verlassen konnte und spaltete ihm mit dem Gewehrkolben den Schädel.

Jean und Philippe kamen in die Mitte der Senke gerannt und kümmerten sich um die völlig verängstigte Familie.

„Es ist alles in Ordnung, Ihr seid jetzt in Sicherheit." Jean schaute sicherheitshalber vom Lagerfeuer aus noch einmal in die Runde. „Gehörten noch mehr Dragoner zu dieser Gruppe?"

„Nein, Monsieur." Alle drei Familienmitglieder schüttelten den Kopf, als der Vater sagte: „Ihr habt sie alle erwischt."

Jean holte tief Luft und stellte seine Muskete neben sich.

„Protestanten oder Katholiken?"

„Hugenotten."

„So wie wir." Jean begann, den dreien die Fesseln zu zerschneiden. „Woher kommt ihr?"

Der Vater nahm seinen Sohn auf den Arm und zog mit dem anderen seine Frau fest an sich. „Aus Grenoble, Monsieur, und Ihr?"

„Wir gehören zur Familie Clavell." Jean löste die Henkerschlinge von dem Ast und begann das Seil aufzurollen. „Die Dragoner haben unseren Lehnssitz niedergebrannt und wir sind jetzt unterwegs nach Genf."

„Oh, ja. Monsieur Clavell ist unser Lehnsherr. Ein guter Mann." Der junge Vater setzte seinen Sohn wieder ab. „Ich bin David L'Atrec. Das hier ist meine Frau Angelina und das unser Sohn Eugene." Mit einer Kopfbewegung auf die getöteten Soldaten deutend, erklärte er. „Sie müssen zu den Soldaten gehört haben, die bei Euch auf dem Herrensitz waren. Wir haben gehört, wie sie darüber geredet und gelacht haben." Er schaute auf seine Hände hinunter.

Jean hörte auf, das Seil aufzurollen. „Was habt ihr sonst noch gehört? Haben sie gesagt, wohin Monsieur Clavell gebracht wird?"

„Ja, Monsieur, nach Paris."

„Und das Kind? Habt Ihr irgendetwas davon mitbekommen, wohin sie das Kind bringen wollten?“

„Nein. Nur dass der Kommandeur es mitgenommen hat.“

„Mit Sicherheit Kommandeur Bovée.“ Jean murmelte den verhassten Namen vor sich hin.

Er schaute noch einmal auf die toten Dragoner. Jetzt hatte er erneut getötet, hatte Menschen das Leben genommen, und dieses Mal war es ihm schon viel leichter gefallen. War das immer so? Wurde die grausamste Gewalt leichter, je öfter man sie beging, so lange, bis die Empfindsamkeit eines Menschen derart abgestumpft war, dass eine solche Tat ihm nichts mehr ausmachte?

Er sprach jetzt die kleine Schar von Menschen an, die sich um ihn gesammelt hatte. „Ich denke, wir sollten diesen elenden Exemplaren der Menschheit trotzdem irgendeine Art von Begräbnis zugestehen.“

In dem Augenblick, als er das sagte, stöhnte der Soldat, den Jean mit der Muskete niedergeschlagen hatte, auf.

Armond hob die Waffe, um noch einmal zuzuschlagen. „Was ist denn das? Wir haben einen am Leben gelassen?“

„Nein, warte!“ Jean kniete neben dem Soldaten nieder und zog ihn an seiner Jacke hoch. Das Blut aus seiner Kopfwunde lief ihm wie ein rotes Band den Hals hinunter auf seine blau-rote Uniformjacke. „Vielleicht möchtest du uns noch sagen, wohin Kommandeur Bovée das kleine Mädchen bringt.“ Er schüttelte den Soldaten an den Ärmelaufschlägen. „Also?“

Der Soldat sammelte Speichel in seinem Mund und spuckte Jean mitten ins Gesicht.

Jean stand bebend vor Zorn auf und schleppte den jungen Mann mit sich. Die weiße, schaumige Spucke rann ihm die eine Wange hinunter. Ein Stück entfernt ließ Jean den Soldaten einfach zu Boden fallen und wischte sich dann mit dem Handrücken das Gesicht ab. Der Dragoner lag auf dem Boden, hielt sich den Kopf und stöhnte.

Jean stieg über den verwundeten Mann hinweg, der inzwischen wieder fast das Bewusstsein verloren hatte und dessen Kopfwunde stark blutete. „Lasst uns seine Kameraden begraben. Diesen hier lassen wir liegen, soll er doch verbluten – und über sein Schicksal nachdenken."

Die drei Männer und Philippe machten sich daran, unter Laub und Humusboden ein flaches Grab auszuheben.

„Ich habe eine Schaufel auf meinem Fuhrwerk", sagte David, führte seine Frau und seinen Sohn zu ihrem Gefährt, das am Rande des Lagerplatzes stand, und setzte sie auf die Kutschbank. Dann holte er unter ein paar Jutesäcken einige Werkzeuge hervor.

Die unschöne Arbeit dauerte nicht lange. Jean stand einfach dabei, als sie die letzte Schaufel voller Erde auf das hastig ausgehobene Grab häuften, und wischte sich die Stirn.

„Monsieur L'Atrec, Ihr und Eure Familie seid herzlich willkommen, mit uns zusammen die Rhône entlangzufahren, wenn das die Richtung ist, in die Ihr unterwegs seid."

David stützte sich auf seine Schaufel und schüttelte den Kopf. „Wir haben unseren jüngeren Sohn bei der Familie meiner Frau in Grenoble gelassen. Die Dragoner haben uns auf dem Rückweg von einem Besuch bei Verwandten auf dem Land erwischt und dann beschlossen, ihr Spiel mit uns zu treiben." Er warf einen letzten Stein auf den Grabhügel und nahm dann eine der Musketen der Dragoner an sich. „Wir könnten eine Waffe gut gebrauchen. Dürfen wir die hier mitnehmen?"

„Aber natürlich. Armond, hilf ihnen bitte mit ihrem Gespann." Dann sagte Jean zu Philippe: „Geh und hole unsere Pferde. Wir müssen zu deiner Mutter zurück."

David packte Jean und umarmte ihn fest. „Ihr habt uns das Leben gerettet. Wie können wir das jemals wiedergutmachen?"

„Nicht nötig. Ich bin sicher, Ihr hättet dasselbe auch für uns getan. Vielleicht treffen wir uns irgendwann wieder. Gott sei mit Euch.“

*

Ein reiterloses Pferd trabte neben der Kutsche her. Madeleine und Elisabeth lauschten aufmerksam, während Jean ihnen in der Kutsche gegenübersaß und die schaurige Geschichte von dem Hinterhalt erzählte. Philippe saß neben seinem Onkel, den Bogen inzwischen auf seinem Schoß, den Köcher vom Rücken nach vorn auf die Brust gezogen. Sein Blick spiegelte seine niedergeschlagene Stimmung wider.

Charles saß in kindlicher Aufregung auf der Kante der Sitzbank in der Kutsche neben seiner Großmutter. „Hast du einen Dragoner geschnappt, Philippe? Hast du einen getötet?“

„Pssst, Charles.“ Madeleine berührte das Knie ihres Ältesten, der ihr gegenübersaß. „Mein tapferer Philippe.“

Er sah seine Mutter an, die Augen voll ungeweinter Tränen.

„Du hast getan, was getan werden musste, damit nicht das Blut unschuldiger Menschen vergossen wird, mein Junge.“ Sie zog ihn auf ihre Seite herüber, sprach ihm leise ins Ohr und wiegte ihn sanft hin und her. „Es tut mir leid, dass es dein Auge war, das zielen musste, dass es dein Arm war, der die Sehne spannen musste – aber ich bin stolz auf dich, mein Sohn, so stolz auf deinen Mut.“

Abgesehen vom Rattern der Kutschenräder auf der holprigen Straße und dem Klappern der Pferdehufe war es ein paar Minuten still im Innern der Kutsche. Philippe verbarg seinen Kopf in Madeleines Umarmung und weinte leise.

Charles sah fragend zu seinem Bruder hinüber. Er spürte, dass sich bei Philippe etwas verändert hatte. „Philippe?“

„Wir können später reden. Ich bin müde und möchte schlafen." Der frischgebackene Held wechselte wieder auf die andere Seite der Kutsche neben seinen Onkel und benutzte seinen Köcher als Kopfkissen.

Madeleine tätschelte Jeans Knie. „Warum versucht ihr nicht beide, ein bisschen zu ruhen. Dann könnt ihr Henri und Armond in ein paar Stunden ablösen." Sie schaute, wie Onkel und Neffe, die jetzt für immer miteinander verbunden waren in ihrer Hingabe, die Familie gegen Feinde von außen zu schützen, sich in unbequemer Position zur Ruhe begaben.

„Schlaft, ihr Lieben, schlaft und begrabt die scheußlichen Ereignisse, die ihr in den vergangenen Tagen ertragen musstet. Ihr braucht neue Kraft." Madeleine war sich bewusst, dass die nächste Krise schon hinter der nächsten Wegbiegung lauern würde.

Kapitel 18

Das schwarze Wasser wirbelte um die beiden kleinen Boote herum, die den noch verbliebenen Rest der Familie Clavell über den Genfer See brachten. Madeleine sah zu, wie ihr geliebtes Heimatland immer weiter entschwand, und fragte sich, ob sie wohl jemals wieder dorthin zurückkehren würde. Ihre beiden Söhne hatte sie fest an sich gedrückt, ihre Mutter war bei ihr und Jean stand beschützend hinter ihr. Henri und die Bediensteten hatten sich im zweiten Boot zusammengekauert. Außer dem Plätschern des Wassers war nichts zu hören.

Vermutungen und Fragen setzten Madeleines übermüdetem Geist zu. Wenn einem plötzlich die Heimat geraubt wird, die Berge, Bäume und Flüsse, wo man sein Zuhause hat, wo man sein Leben eingerichtet und eine Familie gegründet hat, wohin geht man dann? Wenn der Webteppich des Lebens, den man gemeinsam im Laufe der Zeit mit Fäden aus Lachen und Tränen gewebt hat, zerrissen ist, welchen Flicken benutzt man dann, um diesen Riss wieder zu reparieren?

Sie hatte keine Antworten, nur Fragen. Stärker als jeder andere Beweggrund weiterzumachen, war ihr Mutterinstinkt, selbst jetzt, wo sie François und ihr Zuhause verloren hatte. Ihr brach das Herz bei dem Gedanken an Vangie.

Lieber Gott, bitte hab acht auf mein kleines Mädchen. Ich kann sie jetzt nicht beschützen, aber du kannst es.

Sie zog ihre Jungen enger an sich. Alles, was sie jetzt wusste, war, dass sie ihre Söhne beschützen musste.

Madeleine hatte ihr ganzes Leben lang Geschichten über die Märtyrer gehört, die ihr Leben für ihren Glauben hingegeben hatten, und jetzt war ihre eigene Familie in genau diese Rolle geraten. Es war eine Rolle, die sie sich weder ausgesucht noch gewünscht hatte. Doch welchen Unterschied machte das schon auf lange Sicht? Sie verlor ihren Mann, ihre Tochter und ihr Land.

Aber selbst jetzt, als Zweifel an ihr nagten, wusste sie, dass sie keine Wahl hatte. Der tiefe Glaube und das Vermächtnis ihrer Familie hielten sie wie ein Schraubstock fest und zwang sie weiterzumachen. Sie konnte beten, dass Ludwig Erbarmen mit François haben und dass es Vangie in dem Kloster gut gehen möge.

Sie schluckte ein aufsteigendes Schluchzen herunter. *Oh mein Gott, lass sie wissen, wie sehr ich sie liebe und dass mir das Herz aus dem Leib gerissen wurde.*

Jean berührte behutsam ihre Schulter. „Madeleine? Ist alles in Ordnung?"

Sie tätschelte seine Hand. „Ja. Nein … ach … Wie soll ich denn diese Frage beantworten, wenn ich innerlich vergehe?" Sie drehte sich zu ihm hin, damit sie ihn direkt ansehen konnte. Wie ähnlich er François doch war!

„Mein Mann und meine Tochter werden vermisst. Dank deines Mutes und deiner Tatkraft sind meine Söhne in Sicherheit. Um ehrlich zu sein, weiß ich nicht, ob es mir gut geht oder nicht. Ich weiß nicht, wieso meine Familie in diesen Aufruhr geraten ist." Madeleine hielt inne und wischte sich mit dem Saum ihres Umhangs die Tränen ab. „Aber ich weiß, dass Gott uns retten kann. Wir müssen ihm vertrauen."

Sie zitterte und zog den Umhang fester um sich und ihre Söhne.

François, ach François, bitte halte durch. Ich warte auf dich. Bitte finde uns.

Am Horizont erhoben sich die Schweizer Berge.

*

François schlug die Augen auf und schaute sich um, ohne den Kopf zu heben. Der Geruch seines ungewaschenen Körpers verursachte ihm Übelkeit. Das Blut um seine Handgelenke war getrocknet und hatte das raue Seil verkrustet, mit dem er gefesselt war. Die Schmerzen waren unerträglich, aber er musste unbedingt verhindern, dass sich das Seil in seine bereits entzündete Haut eingrub.

Ihm wurde klar, dass er in einem Zellentrakt angekettet war, der um ein offenes Areal herum angeordnet war. Ratten huschten hin und her und tranken das dreckige Wasser aus den Zwischenräumen zwischen den Steinen.

Ein drahtiger alter Mann in der Zelle neben ihm spähte, bei jedem Atemzug keuchend, zwischen den Gitterstäben hindurch. „Aha, aufgewacht, was?"

François linste zu dem alten Mann hin. „Wo bin ich?"

„Na, Junge, du bist im Privatgefängnis des Königs. *La Prise des Bastille.*"

Den Mann packte ein solcher Hustenanfall, dass er keine Luft mehr bekam und nach Atem rang.

François versuchte, auf dem Steinboden ein wenig seine Stellung zu verändern, und bemerkte erst da, dass auch seine Füße in Fesseln steckten. Er legte den Kopf auf die Knie und dachte an Madeleine und Vangie und seine Söhne. *Lauf Madeleine, lauf! Nimm unsere Söhne und lauf!*

Jedes Mal, wenn er die Augen schloss, sah er Vangie, wie ihr der Wind durchs Haar strich, als der Kommandeur mit ihr davonritt. François konnte nicht einmal mehr ein Gebet sprechen. *Oh Gott, oh Gott, oh Gott!*, war alles, was sein wirrer Geist noch zustande brachte. Seine Augen blieben zwar trocken, aber sein Herz war völlig zerrissen.

Ein dumpfes Grollen tief aus dem Innern des Gefängnisses schwoll immer mehr an, bis es in der Nähe der Treppen des Traktes ankam, wo François eingesperrt war.

Er blickte zu dem alten Mann auf und lehnte sich gegen die Gitterstäbe. „Was ist das? Was ist da los?"

Der Mann deutete mit dem Kopf in Richtung der Tür zum höchsten Punkt der Treppe. „Die Wachen kommen jetzt gleich mit unserem Essen. Die Gefangenen wissen anscheinend, wann es so weit ist, und fangen dann an, Lärm zu machen."

François wusste, dass sein neuer Gefährte trotz seines abgerissenen Aussehens eigentlich ein kultivierter Mann war. Nur Angehörige der Oberschicht wurden in der Bastille eingesperrt. „Wieso seid Ihr hier?"

„Hochverrat. Ich besitze eine Schiffsflotte und die Handelspolitik des Königs hat meinen Geschäften geschadet. Als ich dazu laut meine Meinung geäußert habe, hat der König zurückgeschlagen, indem er meine Schiffe für die Kriegsflotte beschlagnahmt hat." Das strähnige graue Haar des Mannes fiel ihm ins Gesicht. Mit rasselndem Atem fügte er noch flüsternd hinzu. „Und außerdem bin ich Hugenotte."

„Genau wie ich."

„Es ist besser für Euch, wenn die Wachen das nicht erfahren. Was für ein Verbrechen habt Ihr denn begangen, mein Junge?"

François lachte bitter auf. „Abgesehen davon, dass ich Hugenotte bin? Der König und ich lieben dieselbe Frau – mit der ich allerdings zufällig verheiratet bin."

Der alte Mann fing an zu lachen, was wiederum damit endete, dass er nach Luft rang. „Ach wirklich? Nein, mach nie mit den Frauen des Königs herum." Er sah François lange unverwandt an. „Ihr habt also dem König eine seiner Schönheiten weggeschnappt, was? Dann muss ich Euren Namen erfahren."

François schüttelte den Kopf. „Mein Name ist François Clavell und die Geschichte ist lang und verzwickt."

„François Clavell, François Clavell stahl dem König die Mademoiselle." Der alte Mann lachte noch lauter, während er das Stehgreifgedicht zum Besten gab. Plötzlich legte er seinen verkrümmten Finger auf die Lippen. „Pssst. Die Wachen kommen."

Die Gefängniswärter kamen mit großen Essentabletts und Fässern mit Getränken die Treppe herunter. François hatte von den überraschend humanen Haftbedingungen im Gefängnis des Königs bereits gehört. Er wusste, dass es ein Gefängnis für die Oberschicht war – normalerweise für Leute, die auf irgendeine Weise den König beleidigt hatten. Was auf ihn eindeutig zutraf.

Als sie bei François ankamen, fingen die Wachen an, ihn zu reizen. „Ha! Das ist also der neue Gefangene. Und, wie gefällt dir die Unterkunft?"

François gab keine Antwort.

„Ach so? Er ist also ein ganz Stiller." Der oberste Wärter schloss François die Fußfesseln auf. „Auch gut. Der König will dich sehen."

François stammelte: „D-d-d-der König? König Ludwig?"

„Ach, haben wir unsere Sprache wiedergefunden?" Der Wächter zerrte François auf die Füße und stieß ihn zur Treppe hinüber. „Ja, König Ludwig. Welchen König hast du denn sonst erwartet? Du musst ja ein wichtiger Mann sein. So schnell kriegt hier sonst keiner eine Audienz beim König", sagte der Wärter und nahm François die Ketten ab.

Der alte Mann rief hinter ihm her: „Möge Gott Erbarmen mit Euch haben, François Clavell."

Die Wachen führten ihn die Treppe hinauf und dann einen langen Gang entlang in einen kleinen Raum. Eine der

Wachen, ein stämmiger Mann mit einem schwarzen Schnurrbart, schob ihn zu einem Waschtisch hin, auf dem ein Krug Wasser, eine Waschschüssel und Seife standen. Daneben hing ein Handtuch. „Wasch deinen dreckigen Körper. Der König duldet den Gestank von ungewaschenem Fleisch nicht."

François stöhnte auf, als ihm einer der Wärter die Handfesseln zerschnitt und ihm die Seile von den Handgelenken abzog. Derselbe Wärter öffnete dann einen Schrank an der hinteren Wand des Raumes und nahm saubere Kleider heraus. „Hier, zieh das an, wenn du fertig bist."

Dann stellte er eine Dose mit Salbe auf den Waschtisch und sagte in etwas freundlicherem Ton: „Das hier beruhigt ein wenig die Abschürfungen von den Fesseln."

François sah in die unnachgiebigen Augen des Wachmannes. „Danke."

Als er sich gesäubert hatte, so gut das mit nur einem einzigen Krug Wasser möglich war, wurde er einen Gang entlang in einen spärlich, aber elegant eingerichteten Raum gebracht. Er wurde auf eine Bank geschoben, die an einer der Längswände stand. Zwei weitere Wachen standen jeweils an beiden Seiten der Tür und am anderen Ende des Raumes, in dessen Mitte ein großer, reich verzierter Sessel stand.

François hatte völlig das Zeitgefühl verloren, aber anhand des Winkels, in dem die Sonnenstrahlen durch das kleine Fenster ganz oben an die Wand des Zimmers fielen, nahm er an, dass es etwa Mittag sein musste. Er hatte keine Ahnung, wie lange er dort wartete. Er beobachtete, wie das Sonnenlicht langsam weiter die Steinmauer entlangwanderte, bis es nicht mehr direkt in den Raum schien.

Endlich treffen unsere Schicksale aufeinander, Ludwig, nicht nur mein König, sondern auch Madeleines erste große Liebe – der Mann, der einmal das Herz meiner Frau besessen hat. Was willst du von mir? War sie mit ihrer Bitte an dich erfolgreich? Hast du sie überhaupt empfangen? Ist eure Liebe wieder neu entflammt?

François betrieb in Gedanken Schattenboxen mit seinem Widersacher, während er wartete, kam aber am Ende zu keiner Lösung.

Schließlich wurde die Tür aufgerissen und der sagenumwobene Sonnenkönig von Frankreich kam in den Raum geschritten. François kämpfte sich auf die Füße.

Höhnisch grinsend stand Ludwig vor ihm. „So, das also ist der schneidige François?"

François machte eine leichte Verbeugung vor dem Herrscher, kam dabei jedoch ins Straucheln und fiel auf die Knie.

„Ah ja. Eine sehr angemessene Haltung. Bleib doch einfach so." Ludwig wandte sich an sein Gefolge aus Wachen und Dienern und schickte sie aus dem Raum. „Lasst uns allein."

„Aber Eure Majestät ..."

Ludwig drohte ihnen mit seinem Gehstock und rief: „Ich sagte, lasst uns allein! Sofort!"

Die Leibwächter des Königs zögerten noch.

„Ihr auch. Ich will niemanden dabeihaben."

Langsam leerte sich der Raum. François tat, was ihm befohlen worden war, und blieb auf den Knien. Es folgte eine lange Weile gedämpfter Stille, lediglich unterbrochen von dem Geräusch des königlichen Gehstocks auf dem Boden.

François hatte schon davon gehört, wie klein der König sei, aber er war trotzdem sehr verblüfft, als er ihn jetzt vor sich sah. Er stellte fest, dass er gut einen Kopf größer war als Ludwig.

„Das ist also der Mann, der mir meine Madeleine gestohlen hat." Ludwig zog sein parfümiertes Taschentuch heraus, hielt es sich vor die Nase und tippte François mit dem Gehstock gegen die Brust. Er umkreiste ihn und musterte ihn von dem glanzlosen, schmutzigen Haar bis zu den abgetragenen

Schuhen. „Dieser feine Landedelmann, der sich nicht ein einziges Mal die Mühe gemacht hat, dem König bei Hofe die Ehre zu erweisen. Kein besonders schöner Anblick sind wir jetzt, nicht wahr?“

Eine Welle von Scham erfasste François.

Ludwig blieb in der Mitte des Raumes stehen. „Und ein Hugenotte. Was ist das eigentlich an Euch, dass Ihr bereit seid, unterzugehen und Eure gesamte Familie mitzureißen, nur um protestantisch zu bleiben?“ Er ging auf François zu. Wir glauben doch alle an denselben Gott, nicht wahr?“

„Ja, Eure Majestät, aber ...“

„Was, aber ...? Wenn wir an denselben Gott glauben, wie kann es dann noch auf solche nebensächlichen Dinge ankommen? Begreift ihr Hugenotten denn nicht, dass ihr durch eure Starrköpfigkeit dieses Land spaltet? Wenn wir einhundert Prozent Katholiken wären, dann wäre unsere Nation stark, ja unschlagbar.“

„Entschuldigt, Eure Majestät, aber wir betrachten die Erlösung allein durch den Glauben nicht als nebensächlich.“

„Aaach!“ Ludwig schlug mit seinem Stock auf die Sessellehne. „Haltet doch meinetwegen an Eurer kostbaren Lehre des *Sola Fide* fest, wenn es denn unbedingt sein muss, aber konvertiert wenigstens. Was würde das denn schon schaden?“ Ludwigs Stimme war jetzt nicht mehr so laut und es war sogar ein wenig Mitgefühl darin erkennbar. Und dann beugte sich der König vor, sodass er François' Gesicht ganz nah war und François Ludwigs Atem spürte.

„Wenn Ihr jetzt konvertiert, dann werde ich Euch verschonen und die Dragoner von Eurer Familie abziehen.“

Plötzlich wurde François klar, dass der König weder Madeleine noch irgendeinem Menschen, den sie liebte, Schaden zufügen wollte. Ihm lag ehrlich und wahrhaftig etwas an ihr. Aber er war gefangen in seinen eigenen Anordnungen und Entscheidungen. In seinem körperlich geschwächten

Zustand kämpfte François mit seinem Gewissen. „W-was muss ich tun?"

„Einfach nur sagen: ‚Ich konvertiere.'"

„Und dann gebt Ihr den Dragonern den Befehl, meine Familie in Ruhe zu lassen?"

„Auf Befehl des Königs."

François spürte, wie er schwankte. Sicher würde Gott verstehen, wenn er an diesem Punkt einen Kompromiss einging. Es stand hier nicht nur sein eigenes Leben auf dem Spiel, sondern das der ganzen Familie. Was konnte es den Hugenotten schon schaden, wenn ein Mann konvertierte und dadurch seine Familie rettete? Gott war doch barmherzig und würde ihm vergeben.

„I-ich ...."

Der König sah ihn unverwandt an und wartete. François fühlte sich, als beugte sich der ganze Himmel ebenfalls vor und wartete gemeinsam mit Ludwig auf seine Antwort. In diesem Augenblick ergoss sich eine Quelle der Kraft in François' gemarterten Körper und seinen mutlosen Geist. Woher diese Kraft kam, wusste er nicht.

Ihm kam ein tröstender Vers aus der Bibel in den Sinn: *Wenn du durch Wasser gehst, will ich bei dir sein, dass dich die Ströme nicht ersäufen sollen; und wenn du ins Feuer gehst, sollst du nicht brennen, und die Flamme soll dich nicht versengen.*

Ein überraschender Schub an neuem Mut schoss ihm den Rücken hoch und in seine Seele hinein, wie ein lebendiges Etwas. François rappelte sich mühsam auf, bis er auf den Füßen stand, und schüttelte dann den Kopf. „Mein König, ich kann nicht. Ich könnte die Worte zwar sagen, aber würde das etwas an meiner inneren Überzeugung ändern? Ganz und gar nicht! Ihr könnt meinen Körper töten, aber mein Geist wird unangetastet bleiben."

François sah, wie Ludwigs Gesicht zornesrot wurde, aber er fuhr fort: „Eure Majestät, Ihr sagt, dass Euch immer noch etwas an Madeleine liegt. Macht mit mir, was Ihr wollt, aber verschont sie und unsere Kinder. Um ihretwillen. Um der Liebe willen, die Euch einmal verbunden hat."

„Ja, die Liebe, die uns einst verband." Ludwig drehte sich um und ging zum anderen Ende des Raumes. Minuten vergingen. Schließlich sprach er, aber mit so leiser Stimme, dass François ihn kaum verstehen konnte. „Möchtet Ihr etwas über diese Liebe hören? Hat Madeleine Euch jemals von unserer Leidenschaft füreinander erzählt?"

Der König kam wieder zu François zurück, stand direkt vor ihm und lachte, als ob er in irgendwelchen köstlichen, frivolen Erinnerungen schwelgte. „Hat sie euch jemals erzählt, wie wir uns immer frühmorgens getroffen haben und zusammen ausgeritten sind; wie sie meine einzige wahre Gefährtin war – die einzige, der ich vertrauen konnte –, das Lachen und die schönen Zeiten, die wir gemeinsam hatten, wie ich sie Tanzen gelehrt habe und wie ich ihr erster Liebster war?"

Ludwig ging vor François auf und ab und verhöhnte ihn. „Also das ist vorbei, ist vor langer Zeit zu Ende gegangen. Ich habe ihr eine Chance gegeben, zu mir zurückzukommen. Das hätte Eure Familie retten können, aber sie hat sich geweigert. Und jetzt weigert Ihr Euch zu konvertieren. Welch bodenlose Dummheit."

Meine Madeleine ist mir treu geblieben! Sie hat den Antrag des Königs abgewiesen. Ein kaum wahrnehmbares Lächeln umspielte François Lippen.

Der König drehte sich rasch um und ging zur Tür. „Es gibt nichts mehr zu sagen. Wachen!"

Die Wachen stürzten in den Raum. „Eure Majestät?"

„Nehmt diesen Mann und richtet ihn hin."

François atmete scharf ein. Die Wachen packten ihn bei den Schultern und führten ihn weg.

„Nein, wartet." Ludwig kam noch einmal zu François zurück. Er sah seinem Gefangenen in die Augen, als versuche er darin ein Zeichen von Schwäche zu entdecken. „Wenn ich es mir recht überlege, bringt ihn lieber zu einem Hafen. Ich überstelle ihn der Zwangsarbeit auf den Galeeren. Auf diese Weise wird er reichlich Zeit haben, über sein Leben und seine Familie nachzudenken." Ludwig lächelte grimmig. „Übrigens, wie alt ist eigentlich Euer ältester Sohn? Ungefähr zwölf?"

„Ja, so ist es."

„Hmmm. Schon recht bald nach der Hochzeit geboren, nicht wahr?"

„Ja, Eure Majestät."

„Wie bereits gesagt. Viel Zeit zum Nachdenken auf den Galeeren."

*

Ludwig war spät dran. Er hatte versucht, sich gleich nach der Messe davonzustehlen, aber die Audienz mit einem Regierungsmitglied hatte ihn aufgehalten. Er galoppierte zu dem kleinen Pavillon, der überwuchert war mit Glyzinien, stieg vom Pferd und band es an einer Eiche fest. Der Apfelschimmel knabberte an dem Gras neben der Einfriedung.

Ludwig konnte die Spitze von Madeleines Rocksaum unter der Gitterwand hervorlugen sehen. Als sie ihn kommen hörte, sprang sie auf, und die Sonne betonte den rötlichen Ton in ihrem mahagonifarbenen Haar, als sie auf ihn zugerannt kam, um ihn zu begrüßen. Sie mochte zwar noch ein junges Mädchen sein, aber sie erregte ihn wie eine reife Frau.

„Entschuldige bitte, dass ich zu spät bin. Ich bin einfach nicht weggekommen. Wenn ich nach Versailles komme, ist immer so vieles zu erledigen. Wartest du schon lange?"

„Ach, das macht nichts. Jetzt bist du ja hier. Komm, lass uns losreiten!" Sie wandte ihm ihr Gesicht zu und er küsste sie. Er versuchte sie festzuhalten, aber sie entzog sich ihm. „Nein, jetzt nicht, lass uns reiten."

„Was ist los, Madeleine? Hast du geweint?“ Er nahm ihr Gesicht in seine Hände.

„Es ist gar nichts. Ich möchte nur einfach mit dir zusammen ausreiten und vergessen, dass du der König bist. Ich möchte, dass wir einfach nur zwei Menschen sind, die verliebt sind. Alles andere vergessen.“

Sie zog ihn zu den Pferden hin.

Sie gaben ihren Pferden die Sporen und galoppierten ins Land hinein, weg von den beginnenden Bauarbeiten am Schloss von Versailles. Madeleine löste ihr Haar, warf den Kopf zurück und lachte über die seltene Freiheit, die sie genossen.

Ludwig rief ihr etwas zu und galoppierte voraus. „Folge mir!“ Er führte sie zu einem Hain mit gemischtem Baumbestand aus Eichen und Pinien, in dessen Mitte sich eine Wiese befand. Sie ließen ihre Pferde grasen und setzten sich, mit dem Rücken an einen Baum gelehnt, hin.

„Schau, ich habe etwas für dich.“ Ludwig griff in seine Jacke und zog einen Beutel hervor, den er Madeleine überreichte. Dann setzte er sich so, dass er sie ansehen konnte, und sagte: „Öffne ihn.“

Madeleine hatte ein wenig Mühe mit den Bändern, aber dann holte sie einen kleinen Freundschaftsring aus dem Beutel. „Den kann ich unmöglich annehmen, Ludwig. Das hat etwas mit einem verbindlichen Versprechen zu tun und du ... du kannst nicht ...“

Ludwig stand auf und nahm eine Haltung ein, die seine Stellung als König unterstrich – hoch erhobenes Haupt, Schultern zurück, den rechten Fuß leicht vorgestellt. „Ich bin der König. Ich kann haben, was immer ich will, und ich will dich.“ Seine Stimme wurde leiser und weicher. „Ich liebe dich wirklich. Bitte trag ihn.“ Er nahm den Ring wieder an sich. „Sieh mal, was in der Innenseite eingraviert ist.“

Madeleine nahm den Ring zurück und las: „Toi seule pour toujours ... Ludwig.“ Sie sah diesen Mann an, ihre erste Liebe, den König von Frankreich, und fing an zu weinen. „Meinst du das wirklich ernst, Ludwig? Werde ich für immer die Einzige für dich sein?"

Darauf antwortete er nicht, sondern streifte ihr einfach den Ring über den Finger und küsste sie.

Madeleine und ihre Familie hatten am Tag nach diesem Ereignis den Hof verlassen. Ludwig hatte Nachrichten geschickt, aber sie hatte nie darauf geantwortet. Er hatte Boten geschickt, aber Madeleine war immer außer Landes gewesen, wenn diese eingetroffen waren. Wenn ihr Vater in regelmäßigen Abständen bei Hofe gewesen war, um dort seinen Verpflichtungen nachzukommen, dann hatte er es stets vermieden, Fragen des Königs nach seiner Tochter zu beantworten.

Und dann hatten die Staatsangelegenheiten Frankreichs seine arrangierte Ehe mit Maria Theresia von Spanien und seine königlichen Verpflichtungen Ludwig ganz und gar vereinnahmt. Er hatte von Madeleines Heirat mit einem Bürgerlichen gehört, der die Pflichten eines Lehnsherrn von Madeleines Vater nach dessen Tod übernahm. Die Jahre waren nur so dahingeflogen. Immer wieder war sie in seinen Gedanken aufgetaucht, aber sie war ihm entwischt.

❈

Die große in Schwarz und Weiß gewandete Dame streckte ihre Arme nach dem schreienden Kind aus.

„Ich will zu meiner Mama – ich will zu meinem Papa!" Vangies Schreien durchdrang die Nacht, als Kommandeur Bovée sie übergab. Das kleine Kind zappelte in seinen Armen und schlug ihm mit den kleinen Fäusten gegen die Brust.

„Das hier ist ein sehr temperamentvolles Exemplar, aber passt gut auf sie auf. Der König hat besonderes Interesse an ihr."

Die Schwester nickte und nahm ihm das verängstigte Kind vom Arm.

Vangie schrie und strampelte, als die Nonne sie in einen winzigen Raum trug und sich dort mit ihr zusammen auf ein kleines Bett setzte. Auf dem Tisch neben dem Bett standen Brot und Käse, aber Vangie wollte nichts davon.

Die Nonne sang ein ruhiges Schlaflied, sprach leise mit dem kleinen Mädchen, strich ihr immer wieder übers Haar und wiegte sie hin und her. Sie betete über dem Kind: „Vater im Himmel, heilige Mutter Gottes, bitte beruhige dieses panische Kind und tröste seine Eltern, wo immer sie auch sein mögen. Lass sie wissen, dass ihr Kind in Sicherheit ist."

Irgendwann ließ Vangies Schreien nach und sie schlief in den Armen der Nonne ein.

„Armes Kind, sie hat keine Ahnung, was mit ihr geschieht." Schwester Marie legte die Kleine in das Bett, zog die raue Decke über sie und gab ihr einen Kuss auf die Wange, bevor sie die flackernde Kerze auf dem Nachttisch ausblies.

⁂

Der Kapitän des Bootes signalisierte Jean, dass sie sich dem Ufer näherten. Sie waren jetzt in der Schweiz und damit außer Gefahr.

Madeleine weckte die Jungen. „Wir sind in Sicherheit, Jungs. Wacht auf und seht eine ganz neue Welt. Kein Verstecken mehr. Wir sind jetzt keine Nachtgänger* mehr. Wir sind frei."

---

* Nachtgänger ist eine der Bedeutungen des Begriffs Hugenotte. Der Name soll aufgrund der Sage von König Hugo Capet aus Tours entstanden sein, der als Geist nachts durch die Stadt wanderte. Weil die französischen Protestanten nachts zu ihren heimlichen Gottesdiensten gingen, entstand dieser Name.

Sie trat auf den Anleger hinaus, wo sich der Wind in ihrem Cape verfing und in dessen Falten peitschte. Sie atmete einmal tief ein, die Luft der Freiheit. Es fühlte sich gut an. Trotz der Trauer über François, Vangie und ihr Zuhause fühlte sie sich gut.

„Mama, wir sind frei. Komm." Sie ging auf Elisabeth zu und legte ihrer Mutter den Arm um die Schultern. „Wir haben es geschafft. Wir sind in Sicherheit."

Sie standen Schulter an Schulter mit Jean und den Jungen, Henri und die anderen Bediensteten loyal an ihrer Seite und alle weinten sie Tränen der Erleichterung, des Kummers und sogar der Freude über das, was jetzt vor ihnen lag.

Kapitel 19

Elisabeth begann, einen bekannten Psalm zu singen – ein Privileg, das in den vergangenen Jahren den Hugenotten nicht erlaubt gewesen war. „Ich will den Herrn loben allezeit; sein Lob soll immerdar in meinem Munde sein."

Madeleine, Jean und Henri stimmten sofort ein und sangen aus voller Kehle und von ganzem Herzen zum Herrn. Henris kräftige Bassstimme erhob sich über die Stimmen der anderen, während ihm Tränen übers Gesicht liefen.

Charles, der eher schüchtern war und dem es peinlich war, dass seine Familie in aller Öffentlichkeit sang, schlängelte sich an Henri heran und schob seine Hand in die raue Hand des alten Mannes.

Bei dieser menschlichen Manifestation des Protestantismus war es kein Wunder, dass Passanten begannen, stehen zu bleiben und mitzusingen: „Der Engel des Herrn lagert sich um die her, die ihn fürchten, und hilft ihnen heraus."

Die Schlussakkorde des Psalms verklangen über der Anlegestelle.

Daraufhin nahm Jean seine Mütze ab und sprach ein einfaches Gebet: „Wir danken dir, oh Gott, für unsere sichere Reise. Beschütze die Menschen, die wir zurücklassen mussten. Wir vertrauen darauf, dass du uns auch hier an diesem neuen Ort leitest. Amen." Er zögerte, blickte die kleine Schar furchtloser Seelen an und zuckte dann mit den Schultern. „Und was machen wir jetzt?"

Henri meldete sich mit einem seiner üblichen praktischen Ratschläge zu Wort. „Also, als Erstes müssen wir uns um Kutschen kümmern und dann unser Gepäck aus den Booten ausladen."

Madeleine holte einen Beutel mit Münzen aus einem Ranzen, den sie mit vom Boot genommen hatte, und überreichte ihn Henri. „Ja, Henri, würdest du dich darum bitte kümmern? Wir warten dann dort an der Ecke am Marktplatz auf dich."

Madeleine sammelte ihre Familie um sich und führte sie die Straße hinauf, während Henri zusammen mit Armond in der Menge verschwand.

Philippe zupfte Elisabeth am Ärmel. „Großmutter, woher wissen wir denn, dass wir in Genf in Sicherheit sind? Warum sind wir gerade hierher geflohen?"

Elisabeth gab den Jungen auf dem Weg zum Marktplatz, der auf einer Kopfsteinpflasterstraße entlangführte, eine kleine Geschichtsstunde. „Mach dir keine Sorgen, Philippe. Genf ist die Stadt, in die Johannes Calvin damals seine Anhänger mitgenommen hat, um einen Ort zu schaffen, an dem sie ihren Alltag und ihren Glauben so leben konnten, wie es im Evangelium steht. Danach wurde Genf dann auch ein Zufluchtsort für verfolgte französische Protestanten. Die Stadtverwaltung und viele Familien haben sich seit dieser Zeit schon um unzählige Menschen wie uns gekümmert, die auf der Flucht vor Verfolgung waren, und ihnen Schutz und oft auch Geld gegeben. Hier können Protestanten Gott nachfolgen und ihn anbeten, ohne Verfolgung befürchten zu müssen."

Philippe und Charles schauten sich staunend um.

„So wie wir, nicht wahr?", fragte Charles.

Philippe ließ die Unterweisung über sich ergehen, ohne eine Regung zu zeigen, aber Charles schien echtes Interesse zu haben.

„Ja, ganz genau so wie wir." Elisabeth schwieg ein Weilchen. „Madeleine, auf dem Weg hierher habe ich mich an einen Pastor und seine Familie erinnert, die einmal Schutz bei uns gesucht haben, als dein Vater noch lebte. Sie hatten damals etwas ganz Ähnliches erlebt wie wir jetzt und sie waren seinerzeit nach Genf unterwegs." Sie seufzte. „Damals hatte ich ja keine Ahnung, dass es uns auch einmal so ergehen würde. Ich dachte – wir alle dachten –, wir wären durch das Edikt von Nantes geschützt. Und darüber hinaus natürlich zusätzlich noch durch unsere persönliche Verbindung zu Ludwig."

Sie umarmte Madeleine einmal ganz kurz. „Nicht nur durch deinen Kontakt, Liebes, sondern durch den deines Vaters in seiner Stellung bei Hofe." Sie winkte ab. „Aber das ist jetzt alles Vergangenheit. Vielleicht sollten wir aber trotzdem versuchen, den guten alten Pastor ausfindig zu machen. Vielleicht könnte er uns weiterhelfen."

„Ich erinnere mich an ihn und seine Familie." Madeleines Blick wurde heller, als sie sich an den Vorfall erinnerte. „Sie hatten drei kleine Mädchen und die Älteste von ihnen hat bei mir im Zimmer geschlafen. Ich erinnere mich noch daran, weil sie alle so blond waren und so wunderschöne blaue Augen hatten."

„Ja, genau die waren es. Wenn mir doch bloß ihr Name wieder einfallen würde."

Elisabeth biss sich auf die Lippe. „Kannst du dich an die Namen der Töchter erinnern?"

„Ich glaube, die älteste hieß Rahel. An die anderen erinnere ich mich nicht ... aber ihr Nachname war ... hießen sie nicht Du Puy?"

„Ja, ich glaube, du hast recht. Und der Vater hieß Gérard – Gérard Du Puy. Sobald Henri mit den Kutschen hier ist, machen wir uns auf die Suche nach ihm." Madeleine sah sich auf der belebten Straße um. Auf dem Marktplatz, den sie inzwischen erreicht hatten, herrschte emsiges Treiben. Die Clavell-Gesellschaft stand den Menschen, die da kamen und gingen, offenbar im Weg, und wohin sie auch auswichen, es gab anscheinend keinen Platz, wo sie sich ein wenig setzen und ausruhen konnten, ohne andere dadurch zu behindern.

„Wir können hier nicht stehen bleiben, bis Henri und Armond eine Kutsche gefunden haben. Das kann noch eine ganze Weile dauern", sagte Madeleine, die in diesem Augenblick die imposanten Türme einer Kirche entdeckte. „Das muss die Kathedrale St. Peter sein." Sie wandte sich an Jean. „Geh mit Daniel zusammen zum Boot zurück und warte dort auf Henri. Wenn ihr das Gepäck ausgeladen habt, bezahlt den Bootseigner und die Führer mit dem Geld, das Henri von mir bekommen hat, und dann kommt zu dieser Kirche." Sie zeigte auf die Türme. „Wir warten dort auf euch. Vielleicht kennt ja jemand in der Kathedrale Pastor Du Puy und seine Familie."

Philippe straffte die Schultern, streckte seine Brust heraus und erklärte: „Mama, ich kann doch Onkel Jean helfen. Ich gehe mit ihm."

„Nein, auf keinen Fall!" Madeleine brachte es immer noch nicht fertig, ihre Jungen aus den Augen zu lassen. Doch dann fasste Madeleine sich wieder und sagte: „Ist dir denn gar nicht klar, dass ich hier einen Mann brauche, der uns durch die Menschenmenge begleitet? Ich kann dich leider hier nicht entbehren."

Philippe schaute sich die Gesellschaft an, die, abgesehen von Charles, nur aus Frauen bestand – Madeleine, Elisabeth, Suzanne, Claudine und Judith –, und erklärte sich dann, wenn auch eher zögerlich, einverstanden.

„Also gut, wahrscheinlich hast du recht."

Jean kam Madeleine zu Hilfe. „Natürlich hat sie recht, mein Junge. Du kümmerst dich um deine Mutter und die anderen Frauen, und dann stoßen wir wieder zu euch, sobald wir Kutschen gefunden haben."

Madeleine, die anderen Frauen und die Jungen gingen also in Richtung der Kathedrale.

Als sie unterwegs einen steilen Weg hinaufgehen mussten, rief Elisabeth Madeleine völlig außer Atem zu: „I-ich muss kurz anhalten und erst einmal verschnaufen."

Madeleine trat zu ihrer Mutter. „Ist alles in Ordnung? Geht es dir gut?"

„Ja, ich muss mich nur ein bisschen ausruhen und wieder zu Atem kommen." Elisabeths Atem ging stoßweise und Schweiß stand ihr auf der Stirn, als sie sich gegen die Wand eines Gebäudes lehnte und sich hektisch frische Luft zufächelte. „Es wird schon wieder."

Als ihr Atem wieder ruhiger ging, setzten sie ihren Weg fort, aber Madeleine behielt ihre Mutter im Auge.

Die Kirche war gar nicht so nah, wie es ihnen vorgekommen war, und außerdem ging der Weg stetig bergauf. Die erschöpfte Gesellschaft kam schließlich an den Steinstufen der Kirche an und betrat sie durch die gewaltige, prächtig verzierte Doppeltür. Feuchtkühle Dunkelheit begrüßte sie, als sie die Vorhalle betraten.

„Überleg doch mal", flüsterte Elisabeth, „hier hat Calvin persönlich gepredigt."

Andächtiges Schweigen breitete sich in der Clavell-Gesellschaft aus, als sie stehen blieb, um das gewaltige Gebäude, das sich hoch über ihren Köpfe erhob, zu bestaunen. Ein schmächtiger, ziemlich finster dreinblickender junger Mann kam aus dem Schatten des Gebäudes auf sie zu. „Kann ich Euch behilflich sein?"

Madeleine machte einen angedeuteten Knicks. „Ja, Monsieur. Wir sind gerade angekommen aus ..." Sie zögerte, weil sie nicht wusste, ob sie ihr Anliegen wirklich aussprechen sollte. „Seid Ihr der Pastor hier? Seid Ihr hier verantwortlich?"

„Hier ist Gott verantwortlich, Madame."

Philippe und Charles kicherten. Elisabeth zog die Jungen näher an sich heran. „Schsch!“

„Aber ja. Ja, natürlich.“ Madeleine setzte ihren ganzen Charme ein. „Wir wären nicht mehr am Leben, wenn unser himmlischer Vater nicht selbst verantwortlich wäre und das Sagen hätte.“

Die Miene des jungen Mannes entspannte sich. „Ihr seid Flüchtlinge aus Frankreich, wie ich Eurem Akzent entnehme?“

„Ja, richtig. Wir haben ein paar alte Freunde, die unseres Wissens hier in Genf oder in der Umgebung als Pastoren eine protestantische Gemeinde betreuen. Gérard heißt der Pastor. Kennt Ihr ihn zufällig?

„Einen Augenblick, bitte.“ Der junge Mann verschwand im Schatten eines Säulenganges.

Madeleine sah ihre Mutter an und zog fragend die Augenbrauen hoch.

Kurz darauf kam aus der Dunkelheit ein recht übergewichtiger Mann mit beginnender Glatze, einem offenen, fröhlichen Gesicht und geradezu explodierender Energie hervor.

„Willkommen in Genf und in der Kathedrale St. Peter.“ Seine Stimme hallte in der Kathedrale wider, als er seine Arme zu einer herzlichen Willkommensgeste ausbreitete. „Wie können wir Euch helfen? Mein Gehilfe sagt, Ihr sucht nach den Du Puys? Ein feiner Mann. Feiner Pastor. Wundervolle Familie. Woher kennt Ihr sie? Erwartet er Euch?“

Madeleine wartete darauf, dass er endlich eine Pause machte, um sich in die doch etwas einseitige Unterhaltung einschalten zu können, merkte aber, dass das schlicht unmöglich war.

Der Pastor fuhr fort: „Ach, vergebt mir bitte meine schlechten Manieren, ich bin Pastor Estienne Le Sueur, und das hier ist mein Gehilfe Jacob Veron.“ Dann bat Pastor Le Sueur sie, ihm zu folgen. „Kommt, kommt. Wenn Ihr gerade erst angekommen seid, seid Ihr doch sicher müde. Kommt mit in meine Wohnung, dass ich Euch eine kleine Erfrischung anbieten kann."

Madeleine zögerte. „Ich – also der Rest unserer Gesellschaft ist noch unterwegs, um uns Kutschen zu besorgen. Sie haben den Auftrag herzukommen, sobald sie das erledigt haben. Vielleicht sollten wir doch lieber draußen auf sie warten."

„Ach, verzeiht meine Unaufmerksamkeit, mein Kind. Ihr seid hier vollkommen sicher."

Der Pastor trat an Madeleines Seite, nahm ihre Hand und drückte sie zwischen seinen beiden pummeligen Händen. Er tätschelte den beiden Jungen den Kopf und beugte sich dann zu Elisabeth vor. „Ihr habt in den vergangenen Tagen sicher viel durchgemacht. Bitte kommt doch. Möchtet Ihr ein wenig ausruhen? Wir haben auch Unterkünfte für Gäste."

Ganz plötzlich wich Madeleines Euphorie darüber, ihre Söhne gerettet zu haben und aus Frankreich entflohen zu sein, wie der Wind aus einem gut aufgeblähten Segel. Ihr kamen die Tränen, als sie sagte: „I-ich weiß nicht. Ich möchte Eure Gastfreundschaft nicht allzu sehr strapazieren." Aber dann schmolz ihre feste Entschlossenheit angesichts der Möglichkeit eines sicheren Hafens. Sie atmete tief aus und nickte: „Ach, Pastor Le Sueur, ja, das wäre wunderbar. Vielen, vielen Dank."

„Dann folgt mir bitte. Wir besorgen Euch jetzt erst einmal etwas zu essen und einen Platz zum Schlafen."

„Die anderen, mein Schwager und die Bediensteten – werden sicher auch bald hier sein."

„Wenn sie eintreffen, versorgen wir auch sie mit einer Unterkunft und Essen. Ruht Euch aus, so lange Ihr mögt. Danach werden wir Euch dann helfen, zu den Du Puys zu kommen."

Der gütige Pastor gab seinem Gehilfen Anweisungen und führte sie dann einen langen Korridor entlang und eine schmale Stiege hinauf zu den Gästezimmern – Madeleine, ihre Söhne und Suzanne bekamen zusammen ein Zimmer zugewiesen und Elisabeth, Judith und Claudine das daran angrenzende. Obwohl nur spärlich möbliert, waren die Räume gemütlich, mit einem Kamin, Betten, Tischen und Sesseln, sowie Pritschen für zusätzliche Gäste.

Bevor Madeleine auch nur die Handschuhe ausziehen und den Hut abnehmen konnte, betraten Diener mit Tabletts voller Brot, Käse und einer Terrine voller dampfendem Eintopf die Zimmer. Bevor die aufmerksamen Bediensteten wieder gingen, zündeten sie außerdem noch ein Feuer im Kamin an, das schon bald behaglich knisterte.

Nachdem sie die sättigende Mahlzeit eingenommen hatte, legte sich Madeleine auf ihr Bett und wies die Jungen an, die Pritschen aufzustellen. Suzanne stellte das leere Tablett hinaus auf den Gang und setzte sich dann schüchtern auf die Kante des anderen Bettes.

Madeleine gähnte. „Nur zu, Suzanne. Leg dich hin und ruh dich aus.“

Schon wenige Augenblicke später schliefen sie alle tief und fest.

❊

Als Madeleine wieder wach wurde, senkte sich bereits die Abenddämmerung über die Stadt. Sie schaute aus dem Fenster auf die wunderschöne Stadt und die Uferlinie des blauen Genfer Sees. Dort hinter dem See und den Bergen lag ihre Heimat. Eine Woge von Trauer überrollte sie, als ihre Gedanken zu François und Vangie schweiften. Ob sie jemals ihre Tochter wieder in die Arme schließen und ihr süßes Gesichtchen küssen würde?

Madeleine schaute zu den schlafenden Jungen hinüber. Sie musste jetzt an die Kinder denken, die bei ihr waren, und das tun, was für sie am besten war. Sie ging zur Tür und zog sie auf. Die Tür knarrte so laut, dass die beiden Jungen sich regten, aber sie wachten nicht auf. Suzanne setzte sich in ihrem Bett auf.

„Tut mir leid, Suzanne. Schlaf einfach weiter."

„Nein, Madame, ich fühle mich jetzt ganz ausgeruht. Brauchen Madame etwas?"

„Unsere kleinen Koffer stehen draußen auf dem Gang. Henri muss also Kutschen aufgetrieben haben und einige unserer Sachen hat er sogar schon hereingebracht. Komm und hilf mir bitte damit."

Die beiden Frauen brachten die Reisetruhen ins Zimmer und nahmen saubere Kleidung heraus. Suzanne nahm den Wasserkrug, den sie auf dem Waschtisch gefunden hatte, und machte sich auf die Suche nach Wasser zum Waschen.

Als sie wiederkam, half sie ihrer Herrin bei der Toilette. Madeleine saß auf einem einfachen Stuhl, wünschte, sie hätte einen Toilettentisch, um den Sitz ihrer Frisur kontrollieren zu können, und wusste nicht genau, was sie als Nächstes tun sollte. Sie war jetzt seit so langer Zeit immer misstrauisch und auf der Hut gewesen, dass es ihr schwerfiel zu entspannen. Noch einmal schaute sie auf den Gang hinaus. Die Bediensteten waren nirgends zu sehen.

„Ich gehe und suche Jean und die anderen", verkündete sie. „Und dann spreche ich mit Pastor Le Sueur. Bleib du bitte hier und passe auf die Kinder auf."

Suzanne knickste. „Ja, Madame."

Madeleine ging den spärlich beleuchteten Gang hinunter, wobei sie an mehreren Zimmern vorbeikam, doch hinter den geschlossenen Türen war kein Laut zu hören. Sie ging die schmale Stiege hinunter und fand schließlich das Büro und die Wohnung des Pastors. Leise klopfte Madeleine an die Tür.

Der beleibte Geistliche saß an seinem Schreibtisch und las. „Tretet ein. Ich habe mich gerade schon gefragt, ob Ihr wohl die Nacht gleich mit durchschlaft oder zum Abendessen wach werdet." Er erhob sich von seinem Stuhl. „Setzt Euch doch, Madame, bitte schön." Sein Schreibtisch war überhäuft mit

Büchern und Bibeln. „Martha, komm doch bitte einmal her. Unsere Gäste sind aufgewacht und ich möchte dir gern Madame Clavell vorstellen."

Eine große, vollbusige Frau mit einem fröhlichen Lächeln, das sie willkommen hieß, noch bevor sie ein Wort gesprochen hatte, kam ins Zimmer. „Madame Clavell." Sie deutete einen Knicks an, ließ aber dann die formellen Höflichkeitsbekundungen sein und schloss Madeleine einfach in die Arme.

„Ihr seid uns herzlich willkommen, so lange Ihr bleiben möchtet. Estienne hat mir von Eurer Notlage erzählt. Seid Ihr denn überhaupt zur Ruhe gekommen? Das Essen ist bald fertig. Braucht Ihr noch etwas? Bitte fühlt Euch ganz wie zu Hause."

Bei Madame Le Sueurs Redefluss stellte sich Madeleine die Frage, wie der Pastor selbst oder seine Frau überhaupt jemals zu Wort kommen konnte, wenn der jeweils andere erst einmal zu reden begonnen hatte. „Nein, wir brauchen nichts. Eure Gastfreundschaft ist überwältigend und wir sind euch von ganzem Herzen dankbar dafür."

Dann sprach sie wieder den Pastor an, während Martha durch eine Tür hinter dem Schreibtisch wieder verschwand. Madeleine nahm an, dass die Wohnung des Pastors und seiner Frau sich hinter dem Büro befand. „Offenbar sind meine Begleiter auch eingetroffen. Ich habe unsere Reisetruhen auf dem Gang vor unserem Zimmer vorgefunden."

„Ja, Madame, das Zimmer Eures Schwager ist auf derselben Etage wie das Eure. Henri hat die Kutschen und die Diener mit zum Stall genommen und sie und sich selbst dort einquartiert." Er lächelte. „Ein ziemlich fürsorglicher Herr, der alte Mann."

„Ja, das ist er. Seine Frau und er sind schon in unserer Familie, seit ich ein kleines Mädchen war." Madeleine schaute hinunter auf ihre Hände, die sie in den Schoß gelegt hatte. „Seine Frau Thérèse ist getötet worden von ..." – Madeleine wusste nicht so genau, wie sie die Erlebnisse der vergangenen Wochen bezeichnen sollte – „sie ist bei der Verfolgung umgekommen, die wir durch die Dragoner des Königs erlitten haben."

„Ach meine Liebe. Das tut mir wirklich leid."

„Und mein Mann und meine Tochter sind entführt worden." Madeleine sah den Pastor an und hatte plötzlich einen Kloß im Hals. Sie musste schwer schlucken. „Meine beiden Söhne haben sich über einen Monat lang in einem Versteck aufgehalten, wir mussten sie jetzt aus Frankreich herausbringen." Sie fing leise an zu weinen. „Ich weiß nicht, was mit meinem Mann und meiner Tochter geschehen wird, aber ich musste doch wenigstens meine Söhne in Sicherheit bringen." Sie forschte im Blick des Pastors und fand darin Mitgefühl und Verständnis. „Habe ich das Richtige getan, als ich Frankreich verließ? Hätte ich vielleicht doch lieber bleiben und meinen Mann und meine Tochter suchen sollen?"

„Mein Kind, Ihr habt getan, was Ihr in dem Augenblick für das Beste gehalten habt." Er kniete sich vor Madeleine hin und hielt ihre Hand. „Wisst Ihr, wohin man Euren Mann und Eure Tochter gebracht hat?"

„François ist nach Paris gebracht worden und Vangie in ein Kloster, mehr wissen wir nicht." Madeleines Herz fing an zu rasen, als wollte es ihr aus der Brust springen. „Pardon, aber ich möchte über all das im Augenblick nicht gern sprechen. Ich bin so durcheinander, dass ich gar keinen klaren Gedanken fassen kann. Wenn Ihr mir nur einfach sagen könntet, wo wir die Du Puys finden, dann machen wir uns schon morgen früh wieder auf den Weg."

Pastor Le Sueur hatte Mühe, wieder auf die Füße zu kommen. „Ach, diese alten Knie sind auch nicht mehr das, was sie einmal waren. Liegt wahrscheinlich daran, dass ich so viel Zeit auf ihnen verbringe." Er lachte leise. „Aber natürlich, meine Liebe. Das verstehe ich doch völlig. Ihr braucht mir nicht mehr mitzuteilen als das, wozu Ihr Euch in der Lage fühlt. Aber geht damit zu Eurem himmlischen Vater und haltet ihm Euer gebrochenes Herz hin. Er allein versteht wirklich alles."

Madeleine erhob sich. „Vielen Dank, Pastor."

„Und was die Du Puys angeht, ich habe kurz nach Eurer Ankunft hier einen Boten losgeschickt. Das Letzte, was ich von den Du Puys gehört habe, war, dass sie eine kleine Gemeinde etwa eine Stunde nördlich von hier betreuen, aber ich bin nicht ganz sicher, ob sie dort immer noch sind. Ich wollte Euch nicht dorthin weiterschicken, ohne ganz sicher zu sein, dass sie immer noch dort leben."

„Vielen Dank. Ihr seid sehr freundlich. Ich weiß gar nicht, wie ich Euch danken soll." Madeleine knickste und kniete dann vor dem Mann Gottes nieder. Eine Träne entwischte ihr und lief ihr die Wange hinunter. Sie nahm seine Hand und drückte sie an ihre Wange. „Ich weiß gar nicht, wie ich Euch jemals danken soll."

„Ach nein, steht auf, mein Kind. Das ist doch nicht nötig. Wir sind doch beide gleichberechtigt hier. Wir sind doch alle Kinder Gottes." Er rieb seine Hände aneinander und lachte leise in sich hinein. „Geht und macht Euch fürs Abendessen fertig. Martha hat ein wahres Festmahl zubereitet."

Und wirklich, der pikante Duft von Zwiebeln, Knoblauch und gebratenem Fleisch war bis in das Arbeitszimmer des Pastors vorgedrungen. Madeleine stand auf, lächelte und wischte sich mit ihrem Taschentuch die Tränen ab. „Ja, irgendetwas duftet hier ganz wundervoll. Wir haben seit Tagen keine anständige Mahlzeit mehr bekommen. Vielen Dank."

Madeleine ging zur Tür und Pastor Le Sueur begleitete sie noch in den Gang hinaus. „Wenn alles bereit ist, schicke ich einen Diener."

Als sie in dem dämmrigen Gang wieder allein war, gingen ihre Gedanken erneut zu François und Vangie. *Was sie wohl heute Abend zu essen bekommen? Ob sie wohl überhaupt etwas bekommen? Ob ihnen warm genug ist? Ob Vangie wohl sehr verängstigt ist? Ob François wohl überhaupt noch am Leben ist?* Sie schob das Undenkbare von sich.

Madeleine erreichte die Etage, auf der sie alle untergebracht waren, und sah dort Jean vor der ersten Tür stehen. Einmal mehr wurde sie von ihren Gefühlen überwältigt. Sie stiegen an und kamen hoch wie ein Fluss nach einem Platzregen und sie barg sich in der Sicherheit von Jeans Armen.

Kapitel 20

Tage verschmolzen zu Wochen, Wochen zu Monaten. Und dennoch trödelte die Zeit dahin wie ein ungezogenes Kind, das seine Eltern auf jedem einzelnen Schritt des Weges auf die Probe stellt. Die drückende Sommerhitze spiegelte Madeleines Stimmung wider.

Die Du Puys begegneten der Familie Clavell mit einer geradezu verschwenderischen Gastfreundschaft, die alle Erwartungen übertraf. Die Männer hatten irgendwann einen Alltagsrhythmus mit regelmäßigen Pflichten in Stall und Garten gefunden. Sie halfen Pastor Du Puy beim Versorgen des Viehs und der Feldfrüchte und Philippe verfeinerte sein reiterisches Können und half bei der Pflege der Pferde. Madeleines und Elisabeths Ballkleider lagen unbeachtet in den Reisetruhen. Die beiden Frauen hatten den Lebensstil der Damen des Landadels abgelegt und stattdessen den der einfachen Leute angenommen. Suzanne und Armond hatten Pastor Du Puy als Geistlichen für ihre Hochzeit in Anspruch genommen und lebten jetzt in einem kleinen Häuschen auf der Rückseite des Besitzes. In ein paar Monaten erwarteten sie ihr erstes Kind. Das Leben schien fast normal.

Madeleine saß an dem kleinen Schreibtisch in ihrem Schlafzimmer und schrieb einen weiteren Brief an Francina, in dem sie sich erkundigte, ob sie am Hofe vielleicht irgendwelchen Klatsch über das Schicksal von François gehört hätte. Die Antwort der Dienstmagd bei Hofe auf eine frühere Anfrage Madeleines lag vor ihr auf dem Tisch.

Meine lieben Freunde,

ich vertraue darauf, dass Ihr alle wohlbehalten seid, wenn Euch dieser Brief erreicht. Der Sohn meiner guten Herrin war bereit, mir Eure Briefe vorzulesen, und schreibt auch diese Antwort für mich nieder. Hier ist alles gut, aber ich bedaure Euch mitteilen zu müssen, dass ich nichts Neues über Eure Familie weiß. Ich werde Euch ganz sicher Nachricht geben, sollte ich etwas erfahren. Grüßt bitte Judith von mir.

Beste Grüße an Euch und Eure Familie,

Francina

Madeleine zerknüllte ihren halb fertigen Brief und warf ihn an die Wand. Sie legte ihren Kopf auf die Tischplatte und ließ ihren Tränen freien Lauf.

Alle Nachforschungen über François oder Vangies Verbleib waren im Sande verlaufen. Ihre Fahrten nach Genf, wo sie sich bei Pastor Le Sueur erkundigt hatte, ihre Spaziergänge an den Anlegeplätzen am See, in der Hoffnung, dort vielleicht doch über irgendeine Information zu stolpern, so abwegig sie auch sein mochte, hatten nichts Neues ergeben.

Sie ging zum Fenster und öffnete es, um die Mittagshitze in ihrem Zimmer durch eine kleine Brise wenigstens etwas zu lindern. Sie wischte sich die Tränen ab, ließ den Brief von Francina einfach auf dem Schreibtisch liegen und ging nach unten.

In der Küche kniete Charles auf dem Boden und schmirgelte eine Holzflöte glatt, die Henri für ihn geschnitzt hatte. Sie setzte sich an den Tisch, zog ein Butterfass zu sich heran und fing dann an zu buttern, während ihre Gedanken hin und her schweiften. Sie wusste, dass sie nicht einfach so weitermachen konnte, indem sie im Garten half, hin und wieder einen Eintopf kochte und ab und zu einen Eimer Wasser hereinholte. Sie musste noch einmal versuchen, François und Vangie zu finden. Sie sah zu Judith hinüber, die über einen Kessel mit Eintopf gebeugt stand, welcher über einem niedrigen Feuer in dem großen Küchenkamin hing.

Die scharfe Ausdünstung von ein paar Zwiebeln, die Claudine gerade geschält hatte, brannte Madeleine in den Augen und lenkte ihre Gedanken wieder auf die Gegenwart und das, was jetzt und hier zu tun war. „Meine Güte, diese Zwiebeln sind aber wirklich scharf. Meine Augen tränen schon, obwohl ich hier nur am Tisch sitze."

Charles wischte sich ebenfalls mit dem Jackenärmel die Augen. „Meine auch."

Madeleine wuschelte ihm durchs Haar und lachte leise.

Madame Du Puy kam zur Tür herein und legte noch eine weitere Ladung Zwiebeln auf den Tisch, die sie gerade aus dem Garten geholt hatte. Kleine Erdbrocken fielen dabei zu Boden. „So, ich bringe euch also Zwiebeln für den Eintopf und ihr habt schon längst selbst welche geerntet. Was soll ich nur tun, wenn ihr wieder fort seid? Ihr verwöhnt mich."

Madeleine gelang ein Lächeln und sie stand von ihrem Stuhl auf. „Ihr habt es aber auch wirklich verdient, verwöhnt zu werden. Wie sollen wir denn jemals wiedergutmachen, was Ihr uns an Freundlichkeit entgegengebracht habt?" Sie nahm ein Handtuch und wischte sich damit die Hände ab. „Ganz zu schweigen von Eurem selbstlosen Dienst in Eurer Gemeinde." Sie öffnete den Deckel des Butterfasses. „Ich glaube, die ist jetzt fertig."

Madame Du Puy nahm Madeleine das Butterfass ab und ging protestierend zur Anrichte.

Madeleine sah zu, wie sie den cremigen Brotaufstrich in eine Form löffelte.

„Vangie liebte Butter. Besonders auf warmem Brot. Sie hat immer mehr gefordert, bis die Butter ihr von den Händen triefte."

Ihre Gedanken gingen zurück zu dem Tag, an dem die Dragoner den Herrensitz besetzt hatten ... Vangie, die Claudine um mehr Butter für ihr Brot gebeten hatte ... Kommandeur Bovée, der dabei zugesehen hatte. Schon damals hatte er daran gedacht, wohin er sie bringen würde.

Sosehr sie sich auch bemühte, es zu verhindern, kehrten Madeleines Gedanken doch immer wieder zu den furchtbaren Ereignissen vor etwa einem Jahr zurück. „Ich kann nicht einmal an meine Tochter denken, ohne dass die Bedrohung durch diesen verachtenswerten Kommandeur Bovée sich dazwischendrängt." Als sie sich in dem Raum umblickte, wurde ihre Stimme panisch. „Wir müssen nicht nur einfach um unser Leben und unsere bloße Existenz kämpfen, sondern ich muss sogar darum kämpfen, unverseuchte Gedanken über Vangie haben zu können. Das Böse schlingt sich um mein Bild von ihr und presst dann alles Leben heraus." Madeleine schloss ihre Erklärung mit einem erstickten Schluchzen ab.

Die drei älteren Frauen stellten ihr Geplauder ein und sahen sie an. Elisabeth stellte ihren Korb mit Gemüse auf dem Tisch ab und eilte zu ihrer Tochter, um sie in die Arme zu nehmen. „Liebes, du musst endlich aufhören, dich mit diesen Erinnerungen selbst zu quälen. Ich bin sicher, dass es Vangie gut geht."

Madeleine löste sich von ihrer Mutter und drehte sich um, wobei sie einen Krug mit Milch umstieß. „Wie kannst du nur so etwas sagen?" Sie hielt beide Enden eines Handtuchs und schlug damit in die Luft, während sie sprach. „Wie kannst du so etwas sagen? Niemand von uns weiß doch, wie es ihr wirklich geht. Vielleicht geht es ihr ja auch gar nicht gut. Vielleicht ist sie krank und hungrig und hat Angst. Vielleicht ist sie sogar ..."

Madeleine brachte es nicht fertig, ihre finsterste Angst auszusprechen. Die Milch, die vom Rand des dunklen Küchentisches auf den Boden tropfte, war eine kleine Weile das einzige Geräusch, das zu hören war.

Sie fing an, alles aufzuwischen. „Tut mir leid. Es tut mir wirklich leid." Sie sah zu ihrer Mutter hin und wieder kamen ihr die Tränen. „Ich kann einfach nicht mehr untätig hier herumsitzen. Ich muss noch einmal zurück und wenigstens versuchen, sie zu finden."

Elisabeth nickte und setzte sich an den Tisch. „Ein Mutterherz kommt nicht zur Ruhe, solange ihr Kind in Gefahr ist. Aber das ist viel zu gefährlich, Madeleine. Und was sollten denn wir hier tun, wenn dir etwas zustieße?" Elisabeth wischte abwesend mit ihrem Schürzenband in der verschütteten Milch herum. „Aber mir würde es an deiner Stelle genauso gehen, das muss ich zugeben." Elisabeth schüttelte den Kopf, stand auf und verließ die Küche, wobei sie sich die Augen tupfte. „Tu, was du tun musst."

*

An diesem Abend nahm die Familie ihr Abendessen schweigend ein, abgesehen von den Neckereien der kleineren Mädchen der Du Puys und Philippe und Charles. Rahel, die Älteste, die inzwischen schon achtzehn Jahre alt war, half der Mutter, das Essen aufzutragen. Rebecca und Rosie, zehn und dreizehn Jahre alt, hatten sich als gute Kameradinnen und Spielgefährten für Philippe und Charles erwiesen.

Da sprang Jean plötzlich vom Tisch auf und rief: „Pferde – vor dem Haus!"

Zusammen mit Pastor Du Puys, dessen buschiger blonder Bart im Schein der Laterne, die er trug, leuchtete, rannte er zur Haustür. Jean sprang zur Seite in den Schatten und ließ dem Hausherrn den Vortritt, die Tür zu öffnen.

„Guten Abend, willkommen in meinem Haus." Gérards Stimme dröhnte in die Nacht hinaus.

Als das Licht seiner Laterne die kleine Gasse mit dem Anbindepfosten für Pferde beleuchtete, stand dort nur ein Pferd, das auf dem Boden scharrte, und eine ihm vertraute Gestalt stieg von dem Pferd ab.

Gérard erkannte den Mann sofort. „Jacob, kommt doch bitte herein."

Der schmale Hilfspastor der Kathedrale St. Peter betrat das Haus und zog seine Handschuhe aus. Pastor Verons Augen leuchteten, als er Jean sah. „Monsieur Clavell. Gottlob seid Ihr noch da. Ich habe Nachrichten für Euch."

Die Clavells und die Du Puys versammelten sich rasch im größten Raum des Hauses, während Gérard Pastor Veron in die Mitte des Kreises führte. Der junge Mann erklärte schnell den Anlass seines nächtlichen Besuches.

„Gestern kam ein Reiter zur Kathedrale und hat sich nach Eurer Familie erkundigt. Es schien ihm sehr wichtig, Euch zu finden, denn er habe, wie er sagte, Neuigkeiten für Euch bezüglich Eurer Familie."

Jean trat vor. „Wer war er? Hat er Euch seinen Namen genannt?"

„Sein Name war Bovée."

Alle Mitglieder der Familie Clavell holten erschrocken Luft.

„Das ist ein Kommandeur der Dragoner – reitet er einen weißen Hengst?" Madeleine ballte die Fäuste. „Er hat nicht das Recht, in die Schweiz zu kommen und hier nach uns zu suchen."

„N-n-nein, der war es nicht. Es war ein sehr gut aussehender junger Mann. Er sagte, er sei ein Höfling am Hofe König Ludwigs und er habe Euch, Madame Clavell, letztes Jahr auf einem Ball kennengelernt."

„Pierre! Woher hat er gewusst, dass er in Genf nach uns suchen muss?"

Pastor Veron durchsuchte seine Taschen und zog einen zusammengefalteten Brief hervor. „Er hat uns ein Méreau gezeigt und gefragt, ob wir Euch kennen würden und ob wir bitte dafür sorgen könnten, dass Ihr diesen Brief bekämet.“ Pastor Veron zuckte die Achseln. „Mehr weiß ich auch nicht.“

„Aber er ist kein Protestant. Wie kommt er an ein Méreau?“ Madeleine nahm den Brief von dem Besucher entgegen. „Ihr habt ihm aber nicht gesagt, wo wir uns aufhalten, oder?“

Pastor Veron schüttelte mit Nachdruck den Kopf. „Aber natürlich nicht!“

Gérard trat mit seiner Laterne näher an Madeleine heran, damit sie den Brief lesen konnte. Die Familie scharte sich um sie.

„Wer ist Pierre, Mama?“, fragte Philippe mit schreckensweiten Augen. „Lies bitte vor.“

Bei dem trüben Licht hatte Madeleine Mühe, den Brief zu entziffern.

Madame Clavell,

ich bete, dass Ihr wohlbehalten seid, wenn Euch dieser Brief erreicht. Unsere letzte Begegnung hat mich zu dieser unerwarteten Reise nach Genf veranlasst und ich vertraue darauf, dass Ihr einwilligen werdet, mich zu treffen, um mehr zu erfahren. Ich werde im Les Armures-Hotel *absteigen. Ich werde dort warten, bis ich von Euch höre.*

Mit herzlichen Grüßen, Pierre Bovée

„Wieso sollte unsere letzte Begegnung ihn zu einer ‚unerwarteten Reise nach Genf veranlasst‘ haben? Das letzte Mal sind wir uns begegnet, als ich aus Versailles geflohen bin.“ Sie las die kurze Nachricht noch einmal durch. *Mehr erfahren?* Er musste etwas über François oder Vangie wissen.

Sie schaute in die bestürzten Gesichter ihrer Familie. „Aber warum sollte er den ganzen Weg hierher nach Genf kommen, um mir das mitzuteilen? Wieso kümmert ihn das alles überhaupt?"

Jean ergriff das Wort. „Vielleicht ist das eine Falle, Madeleine. Er ist einer von Ludwigs Bediensteten. Was, wenn Ludwig ihn hergeschickt hat, um dich zurückzuholen?"

„Vielleicht." Madeleine setzte sich auf einen Sessel und trommelte nervös mit den Fingern auf der Armlehne herum. „Aber er hatte ein Méreau. Wieso sollte er sich ein Méreau besorgt haben, wenn er uns schaden will?"

Jean ging vor ihr auf und ab. „Sei nicht töricht, Madeleine. Es ist bestimmt nicht schwer, so etwas einem toten Hugenotten abzunehmen. So naiv bist du doch nicht wirklich, oder?"

Henri trat vor und legte Madeleine seine Hand auf die Schulter. „Jean hat recht, Madame. Ihr dürft niemandem vom Hofe Ludwigs trauen und am allerwenigsten dem Sohn von Kommandeur Bovée."

„Aber Pierre hat uns damals auch geholfen, sicher aus dem Schloss in Versailles herauszukommen." Sie sah zu Elisabeth hinüber und flehte sie mit Blicken an. „Ich glaube nicht, dass er uns schaden will."

Jean blieb in seinem Auf-und-ab-Gehen stehen. „Du hast recht. Das könnte eine Falle sein, aber ich glaube, das Risiko müssen wir eingehen. Wenn auch nur der Hauch einer Chance besteht, dass der junge Monsieur Bovée wirklich Neuigkeiten für uns hat, die helfen könnten, François und Vangie zu finden, dann müssen wir uns darauf einlassen." Er nahm Madeleines Hand in die seine. „Ich glaube, ich habe einen Plan."

*

Als am Horizont die Sonne unterging, ritten drei Männer in flottem Tempo in Richtung Süden nach Genf. Pastor Veron ritt ein Stückchen voraus. Die kleine Gruppe hinter ihm zog in der kühlen Morgenluft fröstelnd die Umhänge fester um sich.

Auf dem Weg in die Stadt begegneten sie Bauern, die mit Karren voller Waren für den Markt neben der Straße hertrotteten. Sie wurden von einigen Reitern überholt, aber so manchen ließen sie auch hinter sich zurück. Die Straße wurde im Laufe des Morgens immer voller. Jean und Armond, die fröstelnd in ihren Sätteln kauerten, setzten sich ein wenig aufrechter und ließen ihre Umhänge etwas lockerer fallen, als die Sonne langsam wärmer wurde.

Als sie sich so der Stadt näherten, ließ Pastor Veron sein Pferd langsamer gehen und blieb dann stehen. „Ich muss von hier aus nach Osten weiterreiten", sagte er, zeigte in die entgegengesetzte Richtung und erklärte ihnen noch den restlichen Weg. „Nehmt die Hauptstraße zum Marktplatz unten am Genfer See. Das Hotel ist am rechten Ufer. Wenn ihr weitere Auskünfte zum Weg braucht, haltet einfach an und fragt jemanden, aber eigentlich könnt Ihr es gar nicht verfehlen."

Jean nickte. „Ich glaube, ich habe es schon gesehen."

Pastor Veron drehte sich noch um. „Wenn Ihr irgendwelche Schwierigkeiten bekommen solltet, dann wisst Ihr ja, dass Ihr wieder zur Kathedrale kommen könnt."

Jean und Armond bestätigten mit einem Nicken, dass sie alles verstanden hatten.

Der strenge junge Pastor fuhr fort: „Ich bete um viel Erfolg für Euch und um Durchblick. Die Dinge sind nicht immer so, wie sie von außen scheinen – und Menschen auch nicht."

Trotz der Tatsache, dass Jacobs düsteres Auftreten ihn verwirrte, stimmte Jean zu. „Vielen Dank, Pastor Veron. Wir stehen einmal mehr in Eurer Schuld."

Ein seltenes Lächeln breitete sich auf Jacobs Gesicht aus. Dann drehte er sich wieder um und ritt ohne ein weiteres Wort davon.

Armond schaute dem jungen Geistlichen nach. „Wahrscheinlich gibt es solche und solche, nicht wahr?"

„Wahrscheinlich." Jean gab seinem Pferd die Sporen. „Lass uns gleich erledigen, weshalb wir hergekommen sind. Ich möchte Monsieur Bovée so schnell wie möglich finden und dann zurück zu Madeleine, wie immer seine Nachricht für uns auch lauten mag."

„Und was ist, wenn das alles wirklich nur eine Falle ist?"

„Das ist natürlich auch möglich, aber wir werden vorsichtig sein." Jean zog sich seinen Hut tiefer in die Stirn, um die Augen gegen die grelle Sonne zu schützen, die inzwischen hoch am Himmel stand. „Ich glaube, du bleibst am besten ein Stück weiter unten an der Straße zurück. Monsieur Bovée würde dich doch sicher erkennen, oder?"

Armond lachte. „Oh ja! Er erinnert sich bestimmt an mich. Er hat mich davor bewahrt, die Rolle des Begleiters von Madame Clavell spielen zu müssen in der Nacht, in der Madame Clavell sich mit König Ludwig beim Großen Trianon getroffen hat. Eine Rolle, die ich wirklich nicht spielen wollte." Seine Miene wurde nüchtern. „Ja, er würde mich auf jeden Fall erkennen."

„Also gut. Das Risiko will ich nicht eingehen, bis wir wissen, auf was wir uns da einlassen. Ich werde als Erster in die Herberge gehen und zunächst einmal nachschauen, ob sich dort Dragoner oder Soldaten aufhalten, und dann versuche ich, Monsieur Bovée ausfindig zu machen. Danach werde ich dann nach dir schicken oder selbst kommen und dich holen."

Die beiden jungen Männer fanden das Hotel auf Anhieb. Jean ließ Armond bei einer Pferdestation in der Nähe zurück mit der Anweisung, auf alles zu achten, was ihm verdächtig vorkomme, und machte sich dann zu Fuß auf den Weg zu der Herberge. Die Kaufleute hatten schon damit begonnen, ihre Waren von den hölzernen Karren abzuladen, die überall polternd die Kopfsteinpflasterstraßen entlangrumpelten, und der Lärm wurde lauter, sodass einzelne Gespräche nicht mehr zu verstehen waren.

Bei einem Gemüsekarren nicht weit entfernt vom Hotel *Les Armures* blieb Jean stehen und tat so, als wolle er etwas kaufen. „Und, war die Ernte dieses Jahr bisher gut?" Dabei suchte er die Umgebung nach Anzeichen für die Anwesenheit französischer Dragoner ab.

„Ja, so weit ganz gut. Wir hatten genügend Regen. Wollt Ihr probieren?"

Jean merkte plötzlich, dass er wirklich Hunger hatte. „Wie wäre es mit Erdbeeren? Habt Ihr schon Erdbeeren?"

„Ich bin gerade dabei auszuladen." Der alte Mann, dessen Rücken von jahrelanger schwerer Feldarbeit ganz krumm und dessen Hände von der Sonne gebräunt waren, zeigte Jean stolz die begehrten roten, süßen Früchte.

„Ich nehme ein paar davon."

„Ja gern." Der Bauer füllte die Früchte in eine Tüte.

„Ihr seid Franzose, oder?"

Jean warf den Kopf zurück. „Ja genau." Er bezahlte den Mann und ging schnell weiter, damit der Mann ihm keine weiteren Fragen stellen konnte.

Jean war immer noch dabei, die Erdbeeren zu verzehren, als er die Herberge betrat. Es dauerte eine Weile, bis sich seine Augen an das dämmrige Licht gewöhnt hatten. Ein dunkler Holztresen erstreckte sich entlang der Wand vor ihm. Zu seiner Rechten nahmen mehrere runde Tische den gesamten restlichen Platz vor dem Schanktresen ein. Ein stämmiger bärtiger Mann saß in dem Essbereich an einem der Tische. Eine Frau mittleren Alters bediente den Mann gerade aus einem großen Kessel, den sie danach wieder im hinteren Teil des Raumes übers Feuer hängte. Das Aroma von Knoblauch, vermischt mit dem Geruch von altem, geölten Holz hing in der Luft.

Zwei vornehm aussehende Männer kamen die Treppe herunter, die direkt vor Jean nach oben führte. Er beobachtete die Männer von der Seite, aber sie beachteten ihn gar nicht und gingen auf direktem Weg ins Freie.

Dann kam die Frau auf ihn zu. „Kann ich Euch helfen?" Die wenigen Zähne, die sie noch hatte, waren schwarz und verfault und verliehen ihr ein hexenartiges Aussehen.

„Vielleicht. Ich hoffe es." Jean schaute sich noch einmal in dem Raum um. „Ich suche einen alten Freund und habe gehört, dass er hier abgestiegen sein soll – Monsieur Pierre Bovée?"

„Ah ja. Er erwartet Euch schon. Ich hole ihn."

Jean trat einen Schritt auf sie zu. „Einen Augenblick bitte noch. Ist Monsieur Bovée allein?"

„Ganz und gar allein. Nicht einmal abends will er ein wenig Gesellschaft." Sie lachte heiser und ging zur Treppe, um ihn hinzuführen.

„Wäre es möglich – könntet Ihr mir einfach sagen, in welchem Zimmer er wohnt? Ich möchte ihn gern überraschen."

Die Frau zögerte. „Er hat wahrscheinlich nichts dagegen." Sie zeigte die Treppe hinauf. „Geht oben an der Treppe nach links. Es ist das letzte Zimmer auf der rechten Seite am Ende des Ganges."

Jean ging vorsichtig die Treppe hinauf. Er zuckte zusammen, als die letzte Stufe unter seinem Fuß knarrte. Oben angekommen, schaute er in beide Richtungen, ging dann nach links und weiter den kurzen Gang entlang. Vor der letzten Tür auf der rechten Seite blieb er stehen. Er lauschte, ob hinter der Tür ein Geräusch zu hören war.

Es ist noch früh. Vielleicht schläft er noch. Jean zögerte. Oder vielleicht ist er auch schon ausgegangen, dachte er bei sich. Er senkte den Kopf ein wenig und lauschte noch einmal. Plötzlich flog die Tür auf und Jean sah in das Gesicht eines Mannes, der mit einem Messer in der linken Hand vor ihm stand.

Jean machte einen Satz zurück und stieß dabei eine Vase um, die auf einem Tisch hinter ihm an der Wand stand.

„Uh!" Jean ballte seine Fäuste. „Ich wollte gerade klopfen."

„Und ich habe mich gefragt, wer da wohl an meiner Tür lauscht."

Jean blieb auf der Hut. „Monsieur Bovée? Pierre Bovée?"

„Und wer fragt das?"

Jean zog den Brief aus seinem Lederbeutel, den Madeleine bekommen hatte, und hielt in Pierre vor die Nase. „Jean Clavell."

Die Barfrau von unten kam schwer atmend nach oben geeilt, den stämmigen Mann im Schlepptau. „Was ist denn hier los?" Schweißperlen standen ihr auf dem pummeligen Gesicht.

Pierre übernahm jetzt das Reden. „Ach, das tut uns leid, Madame. Ich habe nur meinen Freund hier erschreckt und dabei ist die Vase heruntergefallen." Er klopfte Jean in gespielter Kumpelhaftigkeit auf den Rücken, zog ihn in sein Zimmer und versteckte dabei das Messer hinter seinem Rücken. „Ich komme selbstverständlich für den Schaden auf."

„Na gut. Seid oben bitte jetzt leise. Es ist früh und die Leute schlafen noch."

„Es tut mir wirklich leid, Madame. Bitte vergebt uns."

Der Mann hatte sich bereits wieder umgedreht und war auf dem Weg die Treppe hinunter, während die Frau die Scherben der Vase zusammensammelte. „Meine Güte. Am frühen Morgen schon so zu raufen. Werden Männer denn nie erwachsen?"

Pierre schloss die Tür und drehte sich dann wieder zu Jean um. „Und wer soll das sein, Jean Clavell?"

Jean schaute sich in dem Zimmer um und konnte keinen Hinweis auf einen weiteren Bewohner entdecken.

Er packte den Brief in seiner Faust noch fester und schaute auf das Messer, das Pierre immer noch in der Hand hielt. „Ich bin der Bruder von François Clavell aus der Dauphiné, der Schwager von Madeleine Clavell."

Die beiden Männer standen sich gegenüber wie zwei Tiere, die einander taxierten. Kämpfen oder flüchten? Freund oder Feind?

Pierre ging zu einem Tisch, auf dem eine Waschschüssel und ein Wasserkrug standen. Er legte das Messer weg und hob die Hände, um Jean zu beschwichtigen. „Ich bin hier als Freund und Bewunderer von Madame Clavell."

„Wie soll ich Euch trauen? Seid Ihr nicht auch ein Höfling am Hofe von Ludwig und Sohn von Kommandeur Paul Bovée?" Jean sah die Kleidung des jungen Mannes an. Er war wie ein normaler Bürger gekleidet, nicht wie ein eleganter Höfling.

„Ja, das stimmt." Pierre drehte sich um, öffnete einen Lederbeutel, der neben dem abgelegten Messer auf dem Waschtisch lag, und nahm ein Méreau heraus. „Das müsste Euch doch eigentlich davon überzeugen, dass ich als Freund und nicht als Feind komme, oder?"

Jean nahm das Méreau und untersuchte es. „Woher habt Ihr das? Sie werden doch nur in protestantischen Gottesdiensten an Menschen verteilt, die am Abendmahl teilnehmen dürfen. Ihr seid doch kein Protestant, oder?"

„Wie auch immer ich es bekommen habe. Tatsache ist, dass ich Neuigkeiten für Madame Clavell habe. Ist sie hier?"

„Wenn Ihr Nachrichten für sie habt, könnt Ihr sie auch mir anvertrauen."

Wieder herrschte eine Pattsituation zwischen den beiden Männern.

Der strahlende, schneidige Höfling gab Jean das Gefühl, heruntergekommen und ungewaschen zu sein. Was für ein Interesse mochte er an Madeleine haben? Sie war schließlich eine verheiratete Frau. Vielleicht bringt er ja die Nachricht, dass François tot ist, und will sie jetzt für sich gewinnen.

Jean wiederholte noch einmal seinen Standpunkt. „Ihr könnt mir alles sagen, was ich Madeleine berichten soll."

Aber Pierre blieb ebenfalls bei seiner Haltung und sah Jean finster an. „Ich spreche nur mit Madame Clavell persönlich."

Kapitel 21

„Guck doch mal, Mama. Schau doch mal her zu mir." Charles galoppierte auf einem Schecken, den Armond am Anfang der Woche eingeritten hatte, auf dem Weg vor dem Haus entlang.

Madeleine schirmte ihre Augen vor dem grellen Sonnenlicht ab und blickte von den Blumen auf, die sie gerade pflückte. „Braver Junge. Gut so."

„Guck mal." Charles drehte sich noch einmal um und vergewisserte sich, dass seine Mutter wirklich hinschaute.

Madeleine kniete in dem Blumenbeet, umgeben von einem Blütenmeer. *Guck doch mal.* Sie fragte sich, wie oft sie diese Worte wohl schon von ihrem Sohn gehört hatte. Ach, wenn doch François nur sehen könnte, was für geschickte Reiter seine Söhne wurden. Traurigkeit huschte über ihr Gesicht. Wie wäre er stolz auf sie!

Madeleine umfasste eine Handvoll kleiner Blüten mit beiden Händen und schnupperte daran. Sich um die Blumen zu kümmern, gehörte zu ihren Lieblingsaufgaben. Sie liebte den erdigen Geruch und es begeisterte sie immer wieder zu beobachten, wie die Knospen immer dicker wurden und dann schließlich farbenprächtig aufbrachen. Sie berührte so gern die zarten Blütenblätter und erforschte den inneren Aufbau jeder Blüte.

Sie lernte die Lektionen des Lebens, wenn sie im Garten arbeitete: Wie sorgfältig man sein musste beim Unkrautjäten, weil sonst die Blütenpracht erstickt wurde. Sie zupfte eine hartnäckige stachelige Distel heraus, die sich um den Stängel einer Iris gewunden hatte und nicht weichen wollte, ohne die schöne Blume zu zerstören. Das Unkraut im Garten erinnerte sie an das Unkraut des Bösen. Beide waren so raffiniert. Sie tauchten als kleine zarte Blätter auf – ganz unschuldig und vermeintlich harmlos. Und dann schlangen sie ihre lebensvernichtenden Fangarme um die zarten Blumen.

Madeleine bearbeitete den Boden mit ihrer kleinen Kelle, um ihn locker zu halten, damit die Pflanzen genügend Feuchtigkeit bekamen. Sie befreite sie von allem Welken und Vertrockneten, damit sie genügend Sonne bekamen.

Pflege, Wasser und Licht – wenn eines dieser drei Dinge fehlte, dann verkümmerten die Pflanzen. Während sie so vor sich hin arbeitete, fragte sie sich, ob sie wohl in der Lage sein würde, für alles Nötige zu sorgen, was ihre Söhne brauchten, um sich gut zu entwickeln und aufzublühen, wenn François nicht wiederkäme. Wie sollte sie das Böse von ihnen fernhalten? Sie richtete sich auf und hielt, auf Knien sitzend, ihre schmutzigen Hände vor sich.

„Nicht gerade die Hände einer Dame von Stand", sagte sie zu sich selbst. Sie drehte die Hände um. „Aber darauf kommt es jetzt auch nicht mehr an, oder?"

Madeleine stemmte sich wieder hoch auf die Füße und schaute in die Spätnachmittagssonne. Jean und Armond konnten bereits in der Nacht wieder zurück sein, vorausgesetzt, sie hatten Pierre schnell gefunden und keine weiteren Probleme gehabt. Sie raffte die Blumen zusammen, die sie gepflückt hatte, und legte sie behutsam in einen Korb, um sie jetzt möglichst schnell ins Wasser zu stellen.

„Mama!" Charles kam wieder zurück – wieder im Galopp. „Onkel Jean und Armond kommen und sie haben noch einen anderen Mann dabei."

Madeleine ging zur Veranda, immer noch den Korb mit den Blumen in der Hand. Das muss Pierre sein. Ihr Herz begann zu rasen. „Komm bitte her, Charles."

Dieses Mal hinterfragte Charles die Anordnung seiner Mutter nicht. Er stieg vom Pferd, band es an und stellte sich an Madeleines Seite. Er lehnte sich an sie und wurde plötzlich ganz schüchtern. „Wer ist denn der Mann?"

Madeleine beugte sich vor und legte Charles den freien Arm um die Schultern.

„Er ist ein Freund, den ich in Versailles kennengelernt habe. Hab keine Angst. Vielleicht weiß er etwas Neues von Vangie und Papa." Sie wünschte, sie wäre tatsächlich so zuversichtlich gewesen, wie sie sich anhörte.

Die Gesichtszüge der Männer, die sich in einer Staubwolke näherten, waren immer deutlicher zu erkennen. Jean winkte. War das ein Zeichen, dass sie gute Nachrichten mitbrachten? Oder wollte er ihr damit nur signalisieren, dass von Pierre keine Gefahr ausging?

Jean sprang von seinem Pferd und kam auf die Veranda. Er umarmte Madeleine fest. „Madeleine, es war kein Problem, Monsieur Bovée zu finden."

Charles schaute mit großen Augen zu seiner Mutter auf und fing an zu zittern.

Jean nahm den Jungen auf den Arm. „Alles in Ordnung, mein Junge. Er kommt als Freund."

Madeleine, die den Korb mit Blumen immer noch fest an sich drückte, beobachtete, wie Pierre von seinem Rappen abstieg und auf sie zukam. Ohne seine Hofuniform war er ein ungewohnter Anblick. Seine eleganten Manieren dagegen waren unverändert.

Er zog schwungvoll den Hut vor ihr und verbeugte sich. „Madame Clavell, ich bin entzückt, Euch gefunden zu haben." Mit einem Blick auf den Blumenkorb in Madeleines Arm fuhr er fort: „Die Blumen, die Ihr da bei Euch tragt, sind ein angemessener Rahmen für Eure strahlende Schönheit."

Er betrat jetzt ebenfalls die Veranda und hielt ihr zur Begrüßung die Hand hin, aber Madeleine verbarg ihre schmutzigen Hände unter dem Blumenkorb und knickste.

„Wir sind nicht bei Hofe, Monsieur Bovée. Solche Schmeicheleien sind hier nicht nötig."

„Ich sage doch nur die Wahrheit."

Jean meldete sich zu Wort. „Da muss ich Monsieur Bovée aber recht geben, Madeleine." Er setzte Charles wieder ab. „Das hier ist Madame Clavells jüngerer Sohn, Charles."

Pierres Charme schloss auch das Kind ein. „Und was für ein gut aussehender junger Mann er ist."

Charles grinste und schaute zu seiner Mutter hoch.

Madeleine scheuchte ihren Sohn zum Pferd. „Bring dein Pferd in den Stall und sage Henri, dass er sofort ins Haus kommen soll." Während der Junge den Schecken losband und zum Stall führte, rief Madeleine ihm noch hinterher: „Reibe ihn aber erst ab, bevor du ihn in den Stall bringst, mein Junge."

„Ja, Mama." Der kleine Junge rannte mit dem trabenden Pferd zum Stall und rief dort nach Henri.

Elisabeth tauchte an der Haustür auf. „Oh!" Ihr war deutlich anzusehen, wie überrascht sie war. „Du liebe Güte, Monsieur Bovée, so trifft man sich wieder."

Pierre wandte sich Elisabeth zu und hauchte einen Handkuss auf die Hand, die sie ihm zur Begrüßung gereicht hatte.

Madeleine unterbrach die Förmlichkeit und kam ohne Umwege zur Sache. „Und welche Neuigkeiten habt Ihr für uns, Monsieur Bovée?"

„Könnten wir hineingehen, Madame?"

Elisabeth übernahm das Kommando. „Aber natürlich. Verzeiht bitte." Sie ging voran in ihre bescheidene Unterkunft.

„Verständlicherweise sind wir sehr gespannt zu erfahren, weshalb Ihr nach Genf gekommen seid."

Henri kam herein, Unter- und Oberkiefer zu einer harten Linie aufeinandergepresst, und schloss sich der Zusammenkunft an.

Der Korb mit Blumen stand vergessen auf einer grob zusammengezimmerten Bank im Eingang.

Madeleine sah Pierre an. „Bitte Monsieur, wenn Ihr etwas über unsere Familie wisst, dann spannt uns nicht länger auf die Folter."

Pierre drehte mit beiden Händen nervös seinen Hut. „Ich habe geheime Informationen über Eure Tochter." Auf seinem Gesicht breitete sich ein Lächeln aus. „Sie ist am Leben und es geht ihr gut."

Alle in der Runde atmeten erleichtert und hocherfreut auf.

Madeleine sah Pierre eindringlich an. „Wo? Wo ist sie? Ist es möglich, sie zu befreien?" Sie berührte den Ärmel des jungen Mannes. „Wie habt Ihr sie gefunden?"

Pierre fingerte weiter nervös an seinem Hut herum. „Während eines der unregelmäßigen Besuche meines Vaters hat er mir gegenüber mit seinen militärischen Fähigkeiten geprahlt und mir davon erzählt, wie er Euer Anwesen niedergebrannt und den Rest der Familie verschleppt hat. Er hatte keine Ahnung, dass ich Euch kenne. Ich erinnerte mich an die Qual in Eurer Stimme, als ich Euch in jener Nacht, als Ihr versucht hattet, König Ludwig umzustimmen, zu Eurer Unterkunft zurückbrachte." Er sah Madeleine an. „Ich habe immer wieder an Eure kleine Tochter gedacht und wie allein und verängstigt sie sein muss ohne ihre Mutter und den Rest der Familie."

Er schaute in die Gesichter der Clavells. „Als mein Vater dann reichlich Wein getrunken hatte, habe ich ihn im passenden Moment gefragt, in welches Kloster er sie gebracht hat." Pierre straffte die Schultern und stand aufrechter. „Ich habe das Kloster aufgesucht und dort mit der Schwester gesprochen, die sich um Eure Tochter kümmert. Sie hat sich bereit erklärt, uns zu helfen. Wenn Ihr möchtet, bringe ich Euch zu ihr.“

„Woher habt Ihr gewusst, dass Ihr in Genf nach uns suchen müsst?“, fragte Madeleine.

„Würdet Ihr mir glauben, wenn ich sage, dass ich einfach gut geschätzt habe? Vielleicht wusste ja aber auch eine Bedienstete des Königs, wo ihr wart.“

„Francina!“, rief Madeleine aus. „Aber wieso riskiert Ihr Eure Stellung am Hofe König Ludwigs, um herzukommen und uns das alles mitzuteilen?“

Pierre sah Madeleine sehr tief in die Augen. „Ich habe meine Gründe. Vielleicht werde ich sie Euch eines Tages offenbaren.“

Madeleine zögerte. „Und was ist mit meinem Mann? Wisst Ihr auch etwas darüber, was mit ihm geschehen ist?“

Pierre scharrte mit dem Fuß auf dem Boden. „Über Euren Mann weiß ich nichts.“

Henri äußerte seine Sorge. „Das ist doch alles viel zu gefährlich, Madame. Welche Gewähr haben wir denn, dass Monsieur Bovée die Wahrheit sagt?“

„Ich versichere Euch“, sagte Pierre, und es war unverkennbar, wie sehr er in Bedrängnis war. „Ich habe Euch nichts als die Wahrheit gesagt.“ Er trat zurück. „Ihr werdet mir wohl einfach vertrauen müssen.“

*

Dieses Mal ritten vier Reiter vom Hof der Du Puys fort. Die entschlossene kleine Gesellschaft ritt von Genf aus nach Westen und dann weiter südlich in Richtung Lyon. Jean und Pierre ritten voraus und Armond und mit einer kleineren Gestalt dahinter.

Irgendwann ließ Jean sich zurückfallen „Armond, reite du bitte vor und bleib neben Pierre.“

Armond gab seinem Pferd die Sporen und ritt vor. Jean sprach mit dem vierten Reiter. „Denk daran, deinen Schal umzubehalten und den Hut tief ins Gesicht zu ziehen. Und nicht sprechen!"

Madeleine grinste und lugte unter dem breitkrempigen Hut hervor. „Den Hut kann ich mir wohl tief ins Gesicht ziehen und auch den Schal vors Gesicht zu ziehen, ist kein Problem – aber nicht reden?" Sie lachte. „Ich bin nicht sicher, ob mir das gelingt."

„Also, wenn du willst, dass unsere Mission Erfolg hat, dann wirst du das schon müssen."

Ihr Tonfall wurde jetzt ernst. „Ja, dessen bin ich mir schon bewusst und ich werde vorsichtig sein."

Sie ritten nebeneinander weiter und redeten eine Weile nicht miteinander.

„Lass uns zu Pierre und Armond aufschließen. Ich möchte Pierre etwas fragen." Sie ritt los und Jean fragte sich, was sie wohl vorhatte.

Sie schloss zu den beiden Führenden auf und ritt dann neben Pierre weiter. „Ich denke über etwas nach."

„Und was ist das, Madame?"

„Ihr müsst aufhören, mich *Madame* zu nennen."

„Ja, da habt Ihr recht, aber mir ist egal, wie sehr wir Euch verkleidet haben, Ihr seid viel zu schön, um als Mann durchzugehen." Pierres Blick verriet seine wachsende Zuneigung für Madeleine.

„Euer höfisches Benehmen schadet mehr, als es nützt."

Pierre protestierte. „Aber Madame – oder auf welche Anrede wir uns auch immer geeinigt haben ..."

„Matty, als Kurzform für Matthieu, nur für den Fall, dass wir versehentlich *Madeleine* sagen. Ihr erinnert Euch?"

„Ach ja, ich erinnere mich." Pierre ließ die Zügel locker, während er seine Aufmerksamkeit Madeleine zuwandte. „Reitet Ihr jetzt neben mir, um darüber mit mir zu sprechen?"

Jean war jetzt ebenfalls aufgerückt, sodass sie zu viert nebeneinanderritten.

Madeleine fuhr fort. „Ich frage mich, wieso Euer Vater Vangie nicht in ein Kloster gebracht hat, das weiter von Grenoble entfernt ist. Lyon ist so nah an unserer Heimat und auch nah bei Genf."

„Darüber habe ich auch schon nachgedacht, Ma ... äh, Matty. Wahrscheinlich aus mehreren Gründen. Erstens aufgrund seiner unerträglichen Arroganz. Er glaubt vermutlich nicht, dass Ihr jemals den Mut haben würdet, den Versuch zu wagen, sie zu befreien. Oder auch nur herauszufinden, wohin er sie gebracht hat. Zweitens", Pierre lachte leise in sich hinein, „nehme ich an, dass er es recht schnell leid gewesen ist, mit einem schreienden und strampelnden dreijährigen Kind unterwegs zu sein und sie deshalb gerne möglichst schnell an jemand anderen abschieben wollte. Mein Vater ist nicht gerade geduldig mit Kindern."

Madeleine wurde ernst. „Ihr glaubt aber doch nicht, dass er grausam zu ihr gewesen ist, oder?"

„Mein Vater ist nicht grausam und gewalttätig, nur einfach sehr loyal, wenn es um seine Pflichten geht, und gehorsam, wenn er einen Befehl bekommt und einen Auftrag zu erfüllen hat." Pierre sah zu Madeleine hin. „Fandet Ihr ihn grausam, als er bei Euch auf Eurem Anwesen war?"

Madeleine schüttelte den Kopf. „Nein, grausam nicht, aber sehr kalt und gefühllos." Sie schauderte schon bei dem Gedanken an Vangie in der Obhut des Kommandeurs.

Pierre wechselte das Thema. „Bis morgen Abend müssten wir eigentlich beim Kloster sein. Wenn alles läuft wie geplant, könnt Ihr Eure Kleine schon bald wieder in die Arme schließen."

Madeleine lächelte bei dem Gedanken, ihre Tochter wieder bei sich zu haben. „So klein ist sie gar nicht mehr. Sie ist inzwischen schon vier Jahre alt. Plötzlich kam ihr ein unfassbarer Gedanke. „Was ist, wenn sie nicht mit uns mitkommen will? Was passiert, wenn sie sich gar nicht mehr an mich erinnert?“

Jean mischte sich in das Gespräch ein. „Quäl dich doch nicht. Natürlich erinnert sie sich an dich und ganz sicher wird sie mitkommen wollen.“

Armond sagte trotz seiner sonst so stillen Art ebenfalls: „Natürlich wird sie das.“

Pierre trieb sein Pferd an. „Wenn wir bis morgen in Lyon sein wollen, dann sollten wir uns jetzt ein bisschen beeilen.“

*

Der sanfte Abendregen rann die dicken Klostermauern hinunter und bildete kleine Rinnsale auf dem Steinweg vor dem schwarzen schmiedeeisernen Eingangstor. Eine kleine, aber schwere Holztür war neben dem Gittertor in die Wand eingelassen.

Pierre ging zu der Tür hin und zog an dem Klingelzug über der Tür. Er hatte sich umgezogen und trug jetzt seine Hofkleidung, wodurch er eine Sicherheit ausstrahlte, mit der Jean kaum mithalten konnte. Die blau-silberne Musketieruniform, die Pierre ihm gegeben und anzuziehen befohlen hatte, stank nach dem Schweiß dessen, der sie vor ihm getragen hatte und war dem muskulösen Jean zu eng. Regen tropfte von den Federhüten der beiden.

Ein rundes Gesicht, das von einem schwarz-weißen Habit eingerahmt war, spähte zwischen den Gitterstäben im Guckfenster der Tür hindurch.

Pierre übernahm das Kommando. „Wir sind hier im Auftrag von König Ludwig.“

Die Nonne öffnete ihnen die Tür. „Ja, Monsieur.“ Die Tür quietschte in den Angeln, als sie die beiden Männer einließ. „Wie können wir den königlichen Boten behilflich sein?“

Pierre zog einen Brief aus seiner schneidigen Jacke und zeigte in dem trüben Licht einmal schnell, was das königliche

Siegel zu sein schien. „Ich habe eine Nachricht für Schwester Marie-Aimée."

Die Nonne machte eine kleine Verbeugung. „Ich bringe Euch zu ihr. Bitte folgt mir hier entlang."

Die Nonne ging den Gang hinunter und durch einen Säulengang an einem Innenhof entlang. Dort war der Gesang der Nonnen zu hören, die gerade die Abendvesper abhielten. Eine Glocke oben auf der Kapelle begann zu läuten.

„Ich entschuldige mich vielmals. Wir unterbrechen Euch anscheinend bei Eurer Abendandacht."

Die Nonne drehte sich zu ihm um, nahm seine Bemerkung mit einem ernsten Nicken zur Kenntnis und ging weiter den Säulengang entlang, ohne etwas zu erwidern. Am Ende des Ganges bog sie rechts ab und blieb dann an einer Bank stehen, die in einer Mauernische stand. „Bitte wartet hier. Ich hole Schwester Marie-Aimée." In einem schwarzweißen Gewoge ging sie rasch weiter.

Minuten vergingen. Der Gesang und das Läuten verklangen. Ein tiefes, nicht zu identifizierendes Brummen erfüllte jetzt den Innenhof. Jean wurde klar, dass es die betenden Nonnen waren.

Pierre stand auf und fing an, vor Jean auf und ab zu gehen.

Beunruhigt erhob sich daraufhin auch Jean. „Wieso dauert das denn nur so lange?"

„Sie ist beim Abendgebet. Wahrscheinlich müssen wir warten, bis es beendet ist."

Genau in dem Augenblick, als Pierre das gesagt hatte, kam Schwester Marie-Aimée endlich. „Monsieur Bovée, ich habe mir schon gedacht, dass Ihr es seid." Sie setzte sich weder hin, noch forderte sie die beiden Männer auf, doch Platz zu nehmen.

„Vielen Dank, dass Ihr bereit seid, uns zu empfangen, Schwester."

„Ich vermute, dass Ihr wegen des Kindes gekommen seid, oder?"

„Ja. Wird es Probleme geben, sie aus dem Kloster herauszubekommen?“

„Wenn wir jetzt rasch handeln, wird es gehen. Kommt mit.“ Die Nonne stellte keine Fragen über die Anwesenheit des Musketiers.

Sie gingen ein Stück des Weges zurück, den sie gekommen waren, traten dann aber irgendwann durch eine Tür, die in die Küche führte, wo auf einem langen Tisch offenbar für das Abendessen Brot, Käse und Wein gedeckt waren. Eine einzelne Laienschwester, die einen weißen Schleier trug, stand am anderen Ende des Raumes und holte gerade einen duftenden, frischen Brotlaib aus dem großen Steinofen.

Pierre beäugte gierig das frische Brot. Sie gingen weiter in einen anderen Gang und betraten dann einen Raum, in dem an den Wänden aufgereiht mehrere Betten standen.

„Hier schlafen die kleineren Mädchen, zusammen mit ein paar Novizinnen als Betreuerinnen.“ Schwester Marie-Aimée zeigte auf das erste Bett. „Das ist Evangelines Bett. Ihre Sachen sind in der Truhe am Fußende. Packt bitte schon alles zusammen, während ich sie hole.“

Die beiden Männer stopften rasch Vangies Kleider in eine Tasche, die Schwester Marie-Aimée ihnen gegeben hatte, bevor sie zur Tür am anderen Ende Raumes hinauseilte. Jean zog sich den weichen Musketierhut tief ins Gesicht und trat hinter Pierre, nur für den Fall, dass Vangie ihn erkennen und laut seinen Namen ausrufen würde.

Die Tür ging auf und Schwester Marie-Aimée kam mit dem Kind auf dem Arm zurück, das seinen Kopf an die Schulter der Nonne gepresst hatte. „Ist ja alles in Ordnung, mein Kind. Der nette Mann hier macht einen kleinen Ausflug mit dir.“

Den Kopf immer noch im Habit der Nonne vergraben, protestierte Vangies gedämpfte Stimme: „Ich will aber keinen Ausflug.“

Pierre nahm das kleine Mädchen mit sanfter und lockender Stimme an sich. „Komm, Vangie. Alles wird gut. Wir geben gut auf dich acht."

Vangie wehrte sich aber weiter heftig und klammerte sich an Schwester Marie-Aimée.

„Vangie." Jean trat hinter Pierre hervor und legte seinen Finger auf den Mund, um ihr zu signalisieren, dass sie still sein sollte. Als sie ihren Onkel sah, befreite sich das Kind aus den Armen der Nonne und rannte zu ihm hin, sodass sie ihn fast umgestoßen hätte. Dann fing sie an zu wimmern.

Jean stieß einen tiefen Seufzer der Erleichterung aus. Er strich ihr über das lange seidige Haar und beruhigte sie. „Schsch, mein Kind, weine doch nicht. Wir passen ganz bestimmt gut auf dich auf. Mach dir keine Sorgen." Er wiegte sie in den Armen und drückte sie fest an sich.

„Nun, Monsieur Bovée, allem Anschein nach hat dieser Musketier ja schon das Vertrauen der Kleinen gewonnen." Schwester Marie-Aimée sah zu Jean hin, lächelte und strich Vangie über den Kopf. „Was für ein wunderbares kleines Mädchen sie ist. Es ist einfach nicht recht, dass diese Kinder ihren Eltern entrissen werden."

Pierre verbeugte sich. „Schwester, ich weiß, dass Eure Hilfe in dieser Angelegenheit für Euch ein hohes Risiko bedeutet." Er nahm ihre Hand. „Vielen Dank. Möge Gott Euch segnen."

„Ich muss bestrebt sein, immer und in allem, was ich tue, nur den Willen Gottes zu tun, mein Sohn – und das mit so viel Liebe wie möglich. Wir müssen uns jetzt beeilen. Geht durch den Hintereingang wieder hinaus. Wenn Euch jemand aufhält, zeigt ihm Euren Brief und geht dann einfach weiter."

Pierre nickte, schwang sich den Beutel mit den Kleidern des Kindes über die Schulter und bedeutete Jean zu gehen.

Schwester Marie trat zu Jean und Vangie und sprach das Kind an: „Vangie, mein Liebes, ich werde dich vermissen."

Sie umfasste das Gesicht des kleinen Mädchens mit den Händen und sagte dann noch: „Gott sei mit dir. Der Herr erhebe sein Angesicht über dich und er gebe dir seinen Frieden." Eine Träne lief der Nonne die Wange hinunter, als sie Vangie noch einen Kuss gab. „So, und jetzt schnell, bevor die Schwestern das Abendgebet beendet haben."

„Danke, Schwester." Jean zögerte.

„Geht jetzt!" Schwester Marie-Aimée scheuchte die kleine Gesellschaft zur Tür. Dann drehte sie sich um und ging in die entgegengesetzte Richtung davon.

Die Hintertür führte zu einem weiteren, etwas kleineren Innenhof, wo Jean Ausschau nach dem Tor hielt. „Dort ist es."

Sie hasteten dorthin, aber als sie davorstanden, stellten sie fest, dass es verriegelt war.

Entsetzt schaute Jean sich um. „Was jetzt?"

„Wir klettern hinüber." Pierre warf den Beutel mit Vangies Sachen über die Mauer und erklomm mit Leichtigkeit die Mauerkrone. „Gib mir das Kind."

Jean hob sich Vangie auf die Schultern und forderte sie dann auf: „Stell dich auf meine Schultern und greif nach Pierres Händen, damit er dich hinaufziehen kann."

Vangie zitterte am ganzen Körper. „Ich hab aber Angst." Sie klammerte sich an Jeans Jacke fest und wollte nicht loslassen und sich auf seine Schultern stellen.

Jean löste vorsichtig ihre Finger. „Vangie, du musst aber loslassen. Ich halte dich fest. Du fällst nicht."

„Nein! Nein!" Vangie kreischte so laut, dass ihr Geschrei sogar das Summen der betenden Schwestern übertönte.

Schließlich bekam Pierre ihre Handgelenke zu fassen und zog die kleine Gestalt hoch, als wöge sie nichts. „Braves Mädchen. Komm, Jean, schnell."

Jean stand schon bald neben den beiden oben auf der Mauer und sprang auf der anderen Seite wieder hinunter. „Gib sie mir – aber vorsichtig jetzt."

Pierre sprang auf den Boden, und dann rannten sie los zum Stadtrand, wo sie ihre Pferde in einem Wäldchen angebunden hatten – und wo Madeleine und Armond bereits angstvoll warteten.

Genau in dem Augenblick, als sie die ersten Bäume des kleinen Wäldchens sehen konnten, begann im Kloster die Glocke zu läuten.

Kapitel 22

Jean reichte Vangie weiter in die ausgestreckten Arme von Madeleine, um sich dann in ein und derselben Bewegung aufs Pferd zu schwingen, ebenso wie die anderen beiden Männer auch, und dann im Galopp loszureiten. Vangie klebte förmlich an Madeleine, als sie in die Nacht hinauspreschten. Madeleine hätte so gern angehalten und ihr Kind einfach nur angeschaut, aber das wagte sie nicht. Die Glocke im Kloster läutete weiter, aber sie wurden zum Glück nicht verfolgt, und schließlich hörte das Läuten irgendwann auf.

Später, in den dunkelsten Stunden der Nacht, ließ Pierre die ganze Gesellschaft anhalten und absteigen. Vangie war mittlerweile eingeschlafen. Jean stieg von seinem Pferd ab und nahm Madeleine das Kind ab, damit sie ebenfalls absteigen konnte.

Sie nahm ihre Tochter aber gleich wieder an sich und setzte sich auf den Stumpf eines umgestürzten Baumes. „Es ist so dunkel. Ich kann sie gar nicht sehen." Die Mutter streichelte das Gesicht ihres Kindes und küsste es immer und immer wieder. „Wie ist sie in den paar Monaten bloß gewachsen!"

Pierre schaute sich sehr wachsam in der Gegend um und lauschte auf Anzeichen, ob ihnen jemand gefolgt war.

Als er keine Gefahr entdecken konnte, meinte er: „Es ist wohl am besten, dass wir hier unser Nachtlager aufschlagen."

Und Jean übernahm das Kommando über die Truppe: „Armond, schau bitte, ob du genügend trockenes Holz zum Feuermachen findest. Ich kümmere mich um die Pferde." Er zupfte an seinen engen Kniehosen herum. „Und dann ziehe ich erst einmal diese Verkleidung wieder aus und meine eigenen Sachen an."

Pierre lachte. „Ich weiß nicht, Jean. Ich habe das Gefühl, dass du deine Berufung verpasst hast. Du machst eine recht gute Figur als Musketier."

Jean brummelte etwas, während er sich die Uniformjacke vom Leib riss und sie nach Pierre warf.

Der Höfling stopfte sie wieder in seinen Ranzen und sagte: „Also ich habe Hunger, wie sieht es bei Euch aus?"

Madeleine wiegte, immer noch auf dem Baumstumpf sitzend, ihr schlafendes Kind. „Ich habe die ganze Zeit gar nicht an Essen gedacht, aber jetzt merke ich, dass ich richtig hungrig bin. Haben wir denn noch etwas von unserem Proviant übrig?"

Pierre grinste und holte einen Brot- und einen Käselaib unter seinem Umhang hervor. Beides hatte er in der Klosterküche stibitzt.

Jean war entsetzt. „Pierre! Wir sind doch keine Diebe."

Pierre hielt das Brot und den Käse in der Hand, während er zu seiner Verteidigung ansetzte. „Einen Augenblick bitte für mein Verteidigungsplädoyer." Er nahm eine gespielte stolze Pose ein. „Madame, haben nicht im Alten Testament David und seine Männer das geweihte Brot gegessen, weil sie in einer heiligen Mission unterwegs waren? Ich sage, auch wir sind in einer heiligen Mission unterwegs und deshalb ist es gerechtfertigt. Ich wünschte nur, ich hätte auch noch etwas von dem Wein mitgehen lassen können."

Armond, der dabei war, Holz zu sammeln, um ein Feuer zu machen, stimmte in das Lachen ein. „Da stimme ich völlig zu.“

Vangie setzte sich auf dem Schoß ihrer Mutter auf und rieb sich die Augen. Sie blinzelte, schaute sich in dem Kreis von Männern um und drehte sich dann nach hinten zu Madeleine um.

„Mama!“ Sie schlang ihre Ärmchen um den Hals ihrer Mutter und schmiegte sich ganz eng an sie. Dann sah sie zu Jean und Pierre hinüber. „Wer ist das?“, fragte sie und zeigte auf den jungen Höfling.

„Das ist ein Freund, den ich in Versailles kennengelernt habe und der deine Befreiung geplant hat.“ Sie lächelte Vangie beruhigend an. „Er heißt Pierre.“

Pierre kniete sich neben die beiden. „Ich bin hocherfreut, endlich die Prinzessin kennenzulernen, zu deren Befreiung wir gemeinsam aufgebrochen sind.“

Weil Vangie sein formelles Auftreten bemerkte, fragte sie: „Bist du ein Prinz?“

Pierre warf den Kopf zurück und lachte. „Nein, das bin ich nicht. Aber für Euch, schönste Prinzessin, könnte ich versuchen, einer zu werden – und dann warten, bis Ihr erwachsen wäret, damit wir heiraten könnten und glücklich leben bis an unser seliges Ende.“

Vangie kicherte.

Pierre griff in seine Uniformjacke und nahm ein Méreau heraus. „Bitte schön, meine Prinzessin – zur Erinnerung an mich.“ Er drückte ihr das Méreau in die Hand und gab ihr einen Kuss auf die Wange.

Madeleine schüttelte den Kopf. „Pierre, könnt Ihr es denn niemals sein lassen?“

„Nicht, wenn es um schöne Frauen geht.“

Madeleine lächelte. Sie würde diesem stürmischen jungen Mann ewig dankbar sein. Dennoch begriff sie immer noch nicht, wieso er das große Risiko einging, seinen Vater zu verstimmen, ins Kloster zu gehen und sich dort mit einer Nonne zu verbünden und dann eine Mannschaft zur Befreiung ihres Kindes zusammenzustellen und auf den Weg zu bringen. Sie sah zu, wie er davonschlenderte und im Feuer stocherte. Wie war es möglich, dass er Kommandeur Bovées Sohn und gleichzeitig so voller Nächstenliebe sein konnte?

❊

Die Befreiungsmannschaft war schon im Morgengrauen wieder auf den Beinen und abmarschbereit.

Pierre führte sein Pferd am Zügel und trat dann vor die Gruppe. „Hier muss ich Euch leider verlassen, meine Freunde.“

„Was?“ Madeleine sprang auf die Füße. „Warum? Wohin wollt Ihr denn?“

„Nach Versailles. Zurück an den Hof.”

„Aber wie könnt Ihr an den Hof zurück nach dem, was letzte Nacht passiert ist? Ludwig wird doch sicher erfahren, dass Ihr etwas mit Vangies Befreiung zu tun hattet.“

„Nur Schwester Marie-Aimée weiß, wer ich wirklich bin, und sie war ja an der Verschwörung selbst beteiligt. Es könnte schon sein, dass ich enttarnt werde, aber es gibt am Königshof so viele Menschen, dass ich das ernsthaft bezweifle.“ Pierre nahm Vangie noch einmal hoch, wuschelte ihr durchs Haar und wirbelte sie einmal im Kreis herum. „Und denk dran, meine kleine Prinzessin, ich warte, dass du erwachsen wirst.“

Vangie kreischte und bettelte: „Noch mal, Pierre!“

Pierre wirbelte sie noch einmal herum und behielt sie dann auf dem Arm. „Wenn du unsere kleine Prinzessin bist, wieso nennst du mich dann nicht Prinz?“

„Also gut, Prinz.“

Pierre kraulte sie unter dem Kinn und lächelte. „Na, das gefällt mir schon viel besser.“

Dann setzte er Vangie wieder ab und umarmte Jean und Armond kurz.

Jeans Stimme klang heiser und erstickt. „Wie sollen wir dir jemals danken?"

„Das ist nicht nötig." Pierre vollführte eine außerordentlich elegante, höfische Verbeugung und griff nach Madeleines Hand. Diesmal reichte sie sie ihm bereitwillig. Er hauchte einen Handkuss darauf und murmelte dann leise: „Ich bete, dass wir uns eines Tages wiedersehen."

„Möge Gott mit Euch sein, Monsieur Pierre." Sie brachte es einfach nicht fertig, diesen gütigen und freundlichen jungen Mann mit dem Namen Bovée in Verbindung zu bringen.

„Und mit Euch. Auf Wiedersehen." Pierre saß auf, wendete das Pferd scharf und ritt ohne ein weiteres Wort davon. Der durch den nächtlichen Regen aufgeweichte Boden dämpfte den Hufschlag des Pferdes, als es auf den rosa Streifen der Morgenröte am Horizont zuritt.

Madeleine nahm Vangie wieder auf den Arm und setzte sie sich auf die Hüfte. Mit einer Stimme, die weich war vor Staunen darüber, wie Gott die Umstände gefügt hatte, aber gleichzeitig auch entschlossen und stark, betete sie: „Himmlischer Vater, danke, dass du diesen jungen Mann in unser Leben gestellt hast. Beschütze ihn vor den Tücken am Hofe Ludwigs. Ebne du ihm den Weg. Wir bitten dich auch für uns um diesen Schutz auf unserem Weg in die Sicherheit. Und lass bitte auch François wissen – wo immer er jetzt sein mag –, dass du bei ihm bist. Amen."

Jean und Armond sagten ebenfalls Amen und trafen dann letzte Vorbereitungen für die Weiterreise.

Madeleine sah Pierre nach, bis er verschwunden war. *Und ja, mögen er und ich uns eines Tages wiedersehen.*

❊

Ein schriller Schrei durchdrang die Nacht, sodass Madeleine schlagartig aufwachte und Vangie von ihrem Schlaflager hochnahm. Schweißperlen standen dem Kind auf der Stirn und ihr Haar war ganz feucht. Madeleine wiegte ihre Tochter in den Armen und spürte ihr Herz durch das Nachthemd hindurch schlagen.

„Hab keine Angst, Vangie, Mama ist ja bei dir." Sie strich dem kleinen Mädchen eine Haarsträhne aus dem Gesicht. „Du bist in Sicherheit." Das Kind beruhigte sich wieder, während die Mutter ihm gut zuredete. „War es wieder derselbe Traum, mein Kleines?"

Vangie nickte. „Es macht mir angst. Etwas Schwarzes und Weißes hält mich auf einem Pferd fest und ich kann nicht weg." Sie legte ihre Arme um den Hals der Mutter und zog sie fester an sich. „Ich rufe und rufe dich, aber du antwortest nicht und ich kann dich nicht finden."

„Ich weiß, dass das unheimlich ist, meine süße Vangie, aber es ist nur ein Traum. Es geschieht nicht wirklich." *Jedenfalls jetzt nicht mehr*, fügte Madeleine in Gedanken noch hinzu.

Wenigstens kamen die Träume nicht mehr jede Nacht, so wie am Anfang. Madeleine wiegte ihre Tochter so lange weiter, bis sie wieder eingeschlafen war. Sie legte Vangie nicht zurück auf ihre Pritsche, sondern nahm das verschreckte Kind mit zu sich ins Bett.

Madeleine schloss die Augen, aber sie konnte nicht wieder einschlafen. François, *wo bist du? Was soll ich tun? – Hierbleiben und auf dich warten? Einen Ort für uns suchen, wo wir wieder ein eigenes Zuhause haben? Musst du auch befreit werden, so wie Vangie? Wie soll ich dich nur finden?*

Ihre Versuche einzuschlafen wurden immer wieder durch quälende Gedanken an François unterbrochen. Bilder von ihm verfolgten sie bis in ihre Träume hinein – Bilder, auf denen er allein war, fror und hungerte, schmutzig, und mit eingefallenem, ausgemergelten Gesicht. Zwar döste sie irgendwann dann doch noch ein, aber es war ein unruhiger Schlaf, der keine Erholung brachte.

*

Am nächsten Morgen öffnete Elisabeth die Tür zu Madeleines Schlafzimmer und steckte den Kopf nur gerade eben so weit zur Tür herein, dass sie ihre Tochter wecken konnte. „Wach auf, Schlafmütze. Zeit zum Aufstehen."

Als sie sah, dass Vangie wieder bei ihrer Mutter im Bett lag, verließ Elisabeth leise das Zimmer.

Madeleine streckte sich und gähnte. „Ist schon gut. Ich bin sowieso gerade aufgewacht."

Elisabeth schlüpfte zurück ins Zimmer. „Wieder Albträume?"

„Ja." Madeleine deckte Vangie mit der Flickendecke wieder zu, die sie während der Nacht weggestrampelt hatte. „Obwohl es dieses Mal fast eine ganze Woche her war seit dem letzten Mal." Sie gab dem schlafenden Kind einen Kuss und stand auf. Dann nahm sie ihren Morgenmantel vom Bettpfosten und legte ihn sich um die Schultern, während sie Vangie betrachtete. „Ich kann mich an ihr gar nicht sattsehen."

Auch Elisabeth betrachtete das schlafende Kind. „Es gibt wirklich nichts Friedlicheres und Schöneres als ein schlafendes Kind."

Madeleine erschauderte und begann, sich anzuziehen. „Und unsere kleine Prinzessin ist das schönste von allen." Der Kosename, den Pierre während der Befreiungsaktion geprägt hatte, war geblieben. „Nun, der Sommer ist fast vorbei. Morgens ist es schon wieder richtig kühl." Sie schaute zu den Pritschen der Jungen hinüber. „Wie ich sehe, sind die Jungen schon auf."

Elisabeth nickte. „Schon längst. Sie sind mit Henri und Armond in der Scheune und versorgen das Vieh. Kommst du auch?"

Madeleine schlüpfte in ihre Schuhe und eilte hinter ihrer Mutter her. „Ich komme schon."

Im Haushalt der Du Puys herrschte bereits emsiges Treiben. Madeleine nahm sich ein paar Löffel Getreidebrei aus dem großen Kessel, der über dem Feuer hing.

Madame Du Puys knetete Brotteig an dem großen Arbeitstisch in der Küche. „Wieder eine schlechte Nacht?"

Madeleine nahm sich einen Löffel und setzte sich mit einem Krug Milch an den Tisch. „Nicht allzu schlimm. Es wird immer ein bisschen besser."

Charles kam in die Küche gepoltert und schwenkte einen hölzernen Eimer mit Eiern. „Seht mal, was ich gefunden habe. Die Hühner haben auf dem Heuboden ein neues Nest gebaut." Aufgeregt hielt er Madeleine den Eimer vor die Nase. „Wo ist denn die Prinzessin?" Charles hatte Vangie kaum aus den Augen gelassen, seit sie wieder bei ihrer Familie war.

„Sie schläft noch – und weck sie bitte nicht auf. Lass sie schlafen."

„Hat sie wieder schlimm geträumt? Wieder denselben Traum? Warum hört das denn nicht auf?"

Madeleine grinste ihren Sohn an und sagte: „Die Antwort lautet: Ja, ja und ich weiß nicht." Sie aß ihren Brei zu Ende und stand dann auf, um das Schälchen zu spülen. „Hast du schon etwas gegessen?"

Charles stellte den Eimer auf den Tisch und rannte schon wieder zur Tür hinaus. „Ja, Mama, hab ich."

Einen Augenblick später war er schon wieder da. „Mama! Komm doch mal heraus! Pastor Le Sueur ist da."

Eine kleine schwarze Kutsche war vorgefahren und die beiden Familien versammelten sich vor dem Haus, um den beleibten Pastor und seine Frau zu begrüßen. Madame Le

Sueur hatte einen Korb dabei, der bis zum Rand mit Gebäck gefüllt war, und den sie jetzt mithilfe von Pastor Du Puys ablud.

Pastor Le Sueur schäumte förmlich über vor ebenso wortreichen wie freundlichen Begrüßungsfloskeln. „Wir haben erfahren, dass das kleine Mädchen befreit worden ist und wir wollten einfach gern herkommen und die kleine Vangie kennenlernen." Er umarmte alle Anwesenden herzlich, einschließlich der Kinder. „Und, wo ist sie?"

Madeleine erwiderte seine Umarmung begeistert. „Ich gehe sie gleich holen. Sie schläft noch."

Aber als Madeleine sich gerade umdrehen wollte, um ins Haus zu gehen, tauchte der Gegenstand ihres Gespräches schon in der Tür auf, die noch ganz verschlafenen Augen mit den Händen vor der grellen Sonne schützend. Madeleine nahm Vangie bei der Hand und ging mit ihr zum Pastor und seiner Frau.

„Das hier ist Vangie, unsere kleine Prinzessin."

Madame Le Sueur beugte sich hinunter und sprach das Kind an. „Ach, was bist du für eine hübsche Prinzessin."

Aber in diesem Augenblick fing Vangie an zu zittern und schrie los. „Geh weg von mir! Mama! Mama! Ich will nicht wieder weg von dir! Geht weg! Weg!"

Madeleine konnte ihr Kind, das völlig außer sich war, kaum beruhigen. Sie sah Madame Le Sueurs schwarzen Hut und das schwarze Kleid mit dem weißen Kragen und zog sich dann ins Haus zurück. „Es tut mir furchtbar leid. Bitte entschuldigt mich. Ich beruhige sie im Haus und bin dann gleich wieder zurück."

Madeleine trug das Kind nach oben und redete besänftigend auf es ein. „Vangie, hast du gedacht, dass Madame Le Sueur eine Nonne ist?"

Vangie schniefte und nickte.

„Sie ist keine Nonne, meine Kleine. Das sind Pastor Le Sueur und seine Frau aus Genf. Sie haben uns geholfen, als wir aus Frankreich geflohen sind. Sie mögen uns und sind unsere Freunde."

Das Kind wimmerte und weinte weiter, aber es gelang Madeleine schließlich doch, sie zu beruhigen und anzuziehen. Als sie wieder unten bei den anderen ankamen, machte das Kind einen großen Bogen um den Pastor und seine Frau und beäugte sie argwöhnisch, während sie einmal den Raum umkreiste und dann sofort wieder zur Tür hinausschoss, um mit den anderen Kindern zu spielen.

Nachdem er ein paar Stücke von dem leckeren Gebäck seiner Frau verzehrt hatte, nahm Pastor Le Sueur Madeleine beiseite. „Anfang der Woche kam ein Bote zur Kathedrale. Ich weiß nicht, woher er gekommen ist, und kenne auch nicht den Inhalt seiner Nachricht."

Er gab ihr einen schlichten Pergamentumschlag, auf dem in ihr vertrauter Handschrift ihr Name geschrieben stand.

Meine liebe Madeleine,

ich habe erfahren, dass François zur Galeere verurteilt worden ist. Es tut mir so leid. Am besten, Ihr betrachtet ihn als tot und setzt Euer eigenes Leben fort.

Liebe Grüße an alle. Ein ganz besonderer Gruß an meine kleine Prinzessin von ihrem Prinzen.

Immer
Euer Pierre

⁂

François schleppte sich neben und hinter seinen Mitgefangenen her, die Schritte immer nur so groß, wie die Länge der Fußketten es zuließ. Die Halsmanschette lag schwer auf seiner Haut und scheuerte bei jedem Schritt. Viele Reihen Unglücklicher, unter ihnen zahlreiche Hugenotten, aber auch ein paar Verbrecher, waren den ganzen Weg zu Fuß zur Küste marschiert. Jetzt standen sie ausgemergelt, schwach und schmutzig in Reihen aufgestellt und wurden den verschiedenen Schiffen zugewiesen.

François bekam den Befehl, sich an Bord einer Galeere mit dem Namen *La Fidelle* zu begeben, die von einem Flottenadmiral namens de La Bourbonnais befehligt wurde. François schätzte, dass das Schiff etwa 45 Meter lang und 15 Meter breit war. Das Schiffsdeck stieg in der Mitte ein wenig an und war zu den Seiten hin etwas abschüssig, damit das Wasser ablaufen konnte.

Ein raubeinig aussehender Matrose kam auf François zu, als dieser an Bord gehen wollte. „Du siehst aus wie ein Mann, der Vermögen hat. Ich mache dir einen Vorschlag. Du gibst mir ein bisschen ab von dem, was du besitzt, und ich sorge dafür, dass dir hier nichts zustößt."

François versuchte, den Mann zu ignorieren, aber der Matrose ließ nicht locker. Schließlich antwortete der ehemalige Lehnsherr dem hartnäckigen Matrosen: „Lasst mich in Ruhe, Monsieur. Ich habe nichts. Mir ist bereits alles genommen worden."

„Verscherze es dir lieber nicht mit mir, Verräter! Du bist ein Hugenotte, oder etwa nicht?" Der Matrose machte sich über ihn lustig, indem er ihn mit einem Stock ärgerte. „Du hättest meinen Schutz genießen können, aber deine Weigerung wird ihren Preis haben. Wir sprechen uns noch."

François sah zu, wie der Rohling zum Galeerenmeister hinüberging, kurz mit ihm sprach und dann auf François zeigte.

Der Galeerenmeister, der eine Silberpfeife um den Hals trug und eine Peitsche in der Hand hielt, kam auf François zu. „Mein Kollege hat mir gesagt, dass du furchtbare Gotteslästerungen von dir gegeben hast gegen die heilige Jungfrau und alle Heiligen im Paradies."

François schnappte nach Luft. „Nein, Monsieur. So etwas habe ich nicht getan. Er hat Geld von mir verlangt und ich habe keines."

„Du bist doch Hugenotte, oder?"

„Ja, aber ..."

Der Galeerenmeister blies in seine Pfeife und befahl dann François, seine Schuhe auszuziehen. „Ich werde diese neuen Hugenottenrekruten lehren, sich über die Autorität des Königs nicht lächerlich zu machen. Mach dich bereit für die *Bastonade*."

„Aber ich habe nichts getan, wofür ich eine solche Strafe verdient hätte."

„Schweig! Oder es wird noch schlimmer für dich!"

Ein blonder Matrose kam mit einem Stock in der Hand und einem grimmigen Grinsen auf ihn zu. „Wir haben noch nicht einmal die Segel gesetzt und schon gibt es hier Aufruhr?"

„Kümmere dich darum und dann geh sofort wieder zurück auf deinen Posten."

„Jawohl, Monsieur. Wie Ihr befehlt." Der brutale Matrose zwang François auf die Ruderbank hinunter.

In dem Augenblick, als er mit seinem Stock nach François' nackten Füßen ausholte, kam ein großer grauhaariger Mann in Offiziersuniform an Bord. Vor François blieb er stehen und fragte: „Wegen welchen Vergehens soll denn dieser Mann bestraft werden? Wie kann er denn bereits Schwierigkeiten gemacht haben, wo er erst so kurz an Bord ist?"

Der Matrose zuckte mit den Achseln. „Ich befolge nur meine Befehle, Monsieur. Fragt den Galeerenmeister."

„Halte deinen Stock bei dir – und wo wir schon dabei sind, auch den Mund –, während ich mich erkundige."

„Jawohl, Monsieur."

François fing an zu zittern, aber nicht vor Kälte, sondern in angstvoller Erwartung der Grausamkeit, die ihm bevorstand. Ob er schuldig oder unschuldig war, hatte hier offenbar keinerlei Bedeutung, also wappnete er sich für das offenbar Unvermeidliche.

Der Offizier kam wieder zurück und fragte ihn: „Wieso hast du dich einer solchen Dummheit schuldig gemacht, sowohl der Unverschämtheit als auch der Blasphemie gegen den katholischen Glauben?"

„Das ist eine falsche Anschuldigung, Monsieur. Ich habe nichts von all dem gesagt. Meine Religion verbietet es mir, über den Glauben anderer zu lästern. Ich hatte einfach kein Geld, um es einem Eurer Matrosen zu geben, der es von mir verlangte."

„Ich verstehe. Du scheinst ja ein ehrlicher Mann zu sein, auch wenn du in Ketten gelegt bist. Es sind zurzeit offenbar zahlreiche Sträflinge hier, die aus keinem anderen Grund zur Zwangsarbeit verurteilt wurden als der Tatsache, dass sie Hugenotten sind." Der Admiral ging vor François auf und ab und musterte ihn. Dann befahl er: „Lasst diesen Mann los und legt den Stock beiseite. Niemand wird mit der Bastonade bestraft ohne meinen ausdrücklichen persönlichen Befehl."

„Jawohl, Admiral."

Es war eine Lektion, die François nie vergessen sollte. Selbst in der Hölle der Galeere ließ Gott sein Kind nicht ohne Retter, die sich an den unerwartetsten Orten einstellten.

François wurde zu einer Ruderbank gestoßen, die mit einem Stück Sackleinen und einer Kuhhaut bedeckt war, und dann zusammen mit sechs weiteren Männern an die Geräte angekettet. Es gab fünfzig Ruderbänke in der Galeere, fünfundzwanzig an jeder Seite. Er stieß mit seinem Fuß gegen irgendetwas und fand ein Brett, das ein bisschen höher war als die Deckplanken. Er nahm an, dass es sich um eine Art Fußstütze handelte, die dazu diente zu verhindern, dass die Füße der Sträflinge die ganze Zeit im Wasser standen.

Schon bald lernte er das Rudern. Er saß halb nackt auf der Ruderbank, einen Fuß auf der Fußstütze, den anderen gegen die Ruderbank vor ihm gestemmt, das gewaltige Ruder in der

Hand. Er lernte, wie er seinen Körper und die Arme strecken musste, um das Ruder dann über die Rücken derer zu ziehen, die vor ihm saßen, und es im Rhythmus ins Meer einzutauchen. Diese Arbeit, von der man eigentlich spätestens nach anderthalb Stunden völlig erschöpft war, ging stundenlang weiter. Viele um ihn herum wurden vor Müdigkeit und Elend ohnmächtig, nur um mithilfe der Peitsche des Galeerenmeisters sofort wieder zurückgeholt zu werden. Manchmal bekamen sie ein Stück in Wein getauchtes Brot, wenn sie das Bewusstsein verloren, manchmal wurden völlig geschwächte Männer aber auch einfach abgekettet und ins Meer geworfen.

François schwor sich, stark zu bleiben. Sein Glaube wurde stärker, sein Körper immer schwächer. Er betete im Ruderrhythmus. Im Ruderrhythmus sang er die Psalmen der Hugenotten. Und im Ruderrhythmus dachte er an Madeleine und an seine Kinder.

Kapitel 23

Madeleine quälte sich Tag für Tag durch die alltäglichen Aufgaben im Haushalt. Sie hatte erlebt, wie ihr Leben vor ihren Augen in Schutt und Asche zerfallen war, und sie war davon immer noch wie betäubt. Ihr einziger Antrieb, jeden Morgen wieder aufzustehen, war die Sorge um ihre Kinder. Wieder nahm sie Pierres Brief aus ihrer Schürzentasche und las ihn noch einmal. Jedes Mal, wenn sie die Nachricht las, regte sich in ihrem Innern etwas, und jedes Mal kamen ihr die Tränen. Warum sie den Brief immer wieder las, wusste sie nicht. Dessen Inhalt hatte sich nicht verändert. *François leidet am Ruder einer Galeere und ist vielleicht schon tot.*

In ihren Gedanken ging es hin und her. Sie wussten nicht mit Sicherheit, dass François tot war. Vielleicht hatte er ja überlebt. Vielleicht gelang ihm sogar die Flucht.

Aber sie wusste, dass sie sich der Realität stellen musste. Kaum jemand überlebte die Galeere – und wenn es doch einmal geschah, war der Überlebende meist so krank und hinfällig, dass man seine Existenz kaum noch als Leben bezeichnen konnte. Selbst wenn der Körper noch am Leben war, so waren Geist und Seele meist zerstört. Sie liebte François jedoch so sehr, dass sie ihre Hoffnung nicht aufgeben konnte. Sie war bereit, wenn nötig, den Rest ihres Lebens damit zu verbringen, ihn wieder gesund zu pflegen, dessen war sie sich ganz sicher.

Aber konnte sie sich den Luxus leisten, Hoffnung zu haben? Was, wenn er gar nicht zurückkam? Ihre Kinder brauchten einen Vater, der für sie sorgte. Wie lange sollte sie noch warten? Die ständige Grübelei zerrte an ihr, sodass sie sich völlig zerrissen fühlte.

Madeleine hörte Vangie und die Jungen lachen, die draußen herumtollten und eine Schneeballschlacht veranstalteten.

Vangie kam auf die Veranda gerannt und schrie: „Mama! Sag ihnen, dass sie aufhören sollen!“ Ihre zerzausten mahagonifarbenen Locken, die genau die gleiche Farbe hatten wie die von Madeleine, kamen unter ihrer Haube hervor und waren von den Schneebällen tropfnass.

Madeleine rief ihren angriffslustigen Söhnen zu: „Jungs! Hört auf damit! Sie ist zu klein ... und außerdem ist sie ein Mädchen.“ Dann sah sie zu, wie Vangie wieder zurücklief, um ihre Brüder zu necken.

Madeleine hielt einen Moment lang die Tür offen und betrachtete die öden Merkmale des Winters, die an den Tod erinnerten – tote Bäume, abgestorbene Blumen, grauer Himmel. Sie war einfach nicht in der Lage, sich an der Unberührtheit des frisch gefallenen Schnees zu erfreuen. Sie zog ihr Schultertuch fester um sich.

„Brrrr. Der Winter ist hier viel zu lang.“

Madeleine fiel es schwer zu glauben, dass jetzt schon fast zwei Frühjahre vergangen waren, seit die Dragoner ihren Herrensitz überfallen und niedergebrannt hatten.

Elisabeths Husten holte Madeleine wieder ins Haus zurück. Die alte Frau hatte sich auf einem Kanapee vor dem Kamin hingelegt.

Madeleine ging an ihrer Mutter vorbei zum Kamin, um das Feuer wieder anzustochern. „Egal, wie viel Holz wir in diesen Kamin stopfen, es wird einfach nicht richtig warm hier drinnen." Sie setzte sich auf einen Hocker an das Krankenlager der Mutter. „Kann ich dir irgendetwas bringen? Möchtest du noch eine Decke mehr?"

Elisabeth schüttelte den Kopf. „Nein, im Augenblick nicht." Das Sprechen fiel ihr schwer und ihre Antwort mündete in einen Hustenanfall, in dessen Anschluss sie nach Luft rang.

„Die Arznei, die wir nach Anweisung des Arztes gebraut haben, hilft auch nicht. Ich werde Daniel noch einmal nach dem Doktor schicken."

„Gleich, Madeleine. Setz dich doch erst noch ein Weilchen zu mir her." Elisabeth nahm die Hand ihrer Tochter in ihre. „Meine Kleine, ich mache mir Sorgen um dich. Du musst dein Leben weiterleben. Das würde François ganz sicher auch wollen." Schwer atmend hielt sie im Reden inne. „Verstehst du, was ich sage?"

Madeleine schüttelte nachdrücklich den Kopf. „Nein, Mama, was willst du mir sagen? Dass ich versuchen soll, mir einen neuen Mann zu suchen? Daran kann ich zurzeit nicht einmal denken. François könnte ..."

Elisabeth sah ins Feuer. Madeleine hörte das Rasseln in der Brust ihrer Mutter und merkte, wie schwer ihr das Atmen fiel.

„Du musst den Tatsachen ins Auge blicken." Elisabeth stützte sich auf ihren einen Ellenbogen. „Ich weiß, dass François jung und stark war. Aber trotzdem – es ist jetzt schon über ein Jahr her. Nur sehr wenige überleben das so lange und wir haben bis jetzt noch nichts von ihm gehört. Wenn sich irgendwie die Gelegenheit ergeben hätte, dir eine Nachricht zukommen zu lassen, dann hätte er sie genutzt. Du musst daran denken ..." Ein weiterer Hustenanfall unterbrach sie mitten im Satz. „Überlege, was für die Kinder am besten ist."

Es folgte noch ein Hustenanfall, nach dem sie so entkräftet war, dass sie auf ihr Kissen zurücksank.

Madeleine schüttelte das Kissen auf und legte ihrer Mutter die Decke fester um die Beine. „Solange noch Hoffnung besteht, dass François am Leben ist, kann ich keinen Gedanken daran verschwenden, mir einen neuen Gefährten zu suchen." Sie nahm ein Taschentuch aus ihrer Schürzentasche und tupfte sich damit die Nase ab. „Ich bin so wütend, dass Ludwig dermaßen grausam zu unserer Familie ist und nicht einmal davor zurückschreckt, jemanden von uns zur Zwangsarbeit auf der Galeere zu verurteilen. Das ist nicht der Ludwig, den ich einmal gekannt habe."

Elisabeth legte sich die Hand auf die Augen und seufzte. „Madeleine, das ist wahrscheinlich der vernünftigste Kommentar, den du jemals über Ludwig gemacht hast. Er ist wirklich nicht der Ludwig, den du einmal gekannt hast. Wir haben alle versucht, dir das klarzumachen, bevor du damals nach Versailles aufgebrochen bist, um einen alten Liebesschwur einzulösen."

Madeleine korrigierte ihre Mutter. „Nein, Mama. Es war Ludwig, der einen alten Liebesschwur einzulösen versucht hat. Ich habe lediglich an seine Barmherzigkeit appelliert."

Ein langes, unbehagliches Schweigen unterbrach ihr Gespräch – beide Frauen waren ganz in ihre eigenen Gedanken versunken. Das Feuer knisterte und knackte. Madeleine konnte das Gelächter der Kinder hören, die immer noch draußen im Schnee spielten. Elisabeth schloss ihre Augen. In dem Glauben, ihre Mutter sei eingeschlafen, wollte Madeleine gerade aus dem Zimmer gehen, als Elisabeth sagte: „Madeleine, bitte setz dich wieder."

Madeleine gab nach und nahm erneut auf dem niedrigen Hocker Platz.

Elisabeth griff nach der Hand ihrer Tochter, starrte dabei aber ins Leere. Dann füllten sich ihre Augen mit Tränen und sie sah Madeleine direkt an. „Was ich zu sagen versuche, ist Folgendes: Ich, ich glaube nicht, dass ich noch sehr lange bei dir sein und dir zur Seite stehen kann."

„Unsinn, Mama. Es geht dir bestimmt bald wieder besser. Und außerdem kannst du mich doch nicht einfach allein lassen. Das lasse ich gar nicht zu!“ Madeleine zog ihre gebrechliche Mutter in ihre Arme und Tränen liefen ihr übers Gesicht. „Bald bist du wieder ganz gesund. Du musst dich nur ausruhen und immer gut warm halten.“ Sie ließ Elisabeth wieder auf ihr Kissen sinken. „Ich geh jetzt und hole dir heißen Tee.“

„Ja, Liebes, das wäre nett, danke.“ Elisabeths Stimme war jetzt nicht viel mehr als ein Flüstern.

*

Madeleine hielt die ganze Nacht Wache am Bett ihrer Mutter. Jean leistete ihr dabei Gesellschaft und kümmerte sich um das Feuer und Pastor Du Puy schaute in regelmäßigen Abständen nach ihnen. Elisabeths Atem ging immer schwerer. Madeleine kühlte ihr die fieberheiße Stirn mit einem feuchten Tuch und redete ihrer Mutter in regelmäßigen Abständen gut zu, ein wenig zu trinken.

Irgendwann sah Elisabeth Madeleine an und sagte: „Was tust du hier noch so spät? François wird sich Sorgen machen.“

Und dann am frühen Morgen hob sie plötzlich die rechte Hand und zeigte nach oben. „Siehst du sie?“

Madeleine schaute sich im Zimmer um, konnte aber nichts entdecken. „Nein, Mutter, ich sehe nichts. Leg dich wieder hin. Es ist niemand hier außer dir und mir.“

„Doch, da in der Ecke. Siehst du sie denn nicht? Sie sind gekommen, um mich abzuholen.“

„Was siehst du denn, Mama?“ Madeleines Augen wurden größer und suchten jeden Winkel des Zimmers ab. „Siehst du Engel?“

Elisabeth sah ihre Tochter an, nickte und lächelte. „Und da sind Vater und Dina mit einem jungen Mann. Ach, siehst du sie denn nicht? Sieh doch die Farben. Nie habe ich solche

Farben gesehen. Und die Lichter. Sie sind so strahlend. Oh wie wunderschön!“ Sie legte sich mit einem Lächeln auf den Lippen auf ihr Kissen zurück und fiel in einen tiefen Schlaf.

Madeleine stieß ein unterdrücktes Schluchzen aus und sah Jean an, der ans Bett getreten war und alles mit angehört hatte, was Elisabeth gesagt hatte.

„Ihre Zeit ist gekommen, Madeleine. Lass sie los“, sagte er sanft.

Elisabeths Atem wurde immer flacher und am Morgen war sie heimgegangen.

Madeleine wiegte sich auf dem Hocker neben dem Bett vor und zurück, weinte und betete. „Mein Gott, mein Gott, warum hast du sie mir genommen? Ich brauche sie doch. Was soll ich denn jetzt ohne sie tun?“

Sie wollte ihrer Mutter nicht von der Seite weichen, als Madame Du Puys und ihr Mann kamen, um Elisabeth für das Begräbnis herzurichten, und sie fegte Pastor Du Puys Hand von ihrer Schulter. „Erzählt mir nur nicht, dass sie es dort, wo sie jetzt ist, besser hat. Ich brauche sie hier. Ist es Gott eigentlich völlig egal, was *ich* brauche? Mein Mann ist wahrscheinlich tot. Ich habe kein Zuhause mehr. Meine Mutter konnte nicht einmal in ihrem eigenen Bett sterben, sondern ihr Leben hat auf einem geborgten Sofa geendet, mein Gott!“ Ihr ganzer Körper wurde von Schluchzern geschüttelt. „Ich kann sie noch nicht einmal neben meinem Vater begraben.“

Mit ihrem tränenüberströmten Gesicht blickte sie zu Pastor Du Puys auf. „Kommt mir jetzt nicht mit irgendwelchen religiösen Phrasen. Wenn Gott mich so sehr liebt, warum lässt er mich dann so im Stich? Habt Ihr darauf eine Antwort, guter Pastor? Sagt, habt Ihr die?“ Madeleine ging zur Treppe. „Es liegt doch an Gott, dass wir überhaupt in dieser furchtbaren Lage sind. Wir hätten Ludwigs Spiel mitspielen und einfach konvertieren sollen. Wenigstens wären wir dann noch alle am Leben, und mein Mann und meine drei Kinder hätten ein richtiges Zuhause. Oder vielleicht hätte ich mich auch einfach einverstanden erklären sollen, Ludwigs Mätresse zu werden. Selbst das wäre besser gewesen als das hier." Sie rannte die Treppe hinauf und ließ ein erstauntes Publikum, bestehend aus Familie und Bediensteten, zurück.

Jean wollte schon hinterhereilen, aber Henri hielt ihn auf. „Nicht, Jean. Gebt ihr Zeit zum Trauern. Es wird schon wieder werden."

❊

Henri lenkte das Gespann mit dem Sarg seiner langjährigen Herrin zur Kathedrale St. Peter. Madeleine, die mit der schlafenden Vangie auf dem Schoß in der rumpelnden Kutsche saß, sprach leise mit Jean. „Ich weiß, sie hätte sich gewünscht, neben Vater begraben zu werden, aber das war ja nicht möglich." Sie sah Jean an, die dunklen Wimpern nass von Tränen. „Glaubst du, sie würde es verstehen?"

Jean hatte schützend seinen Arm um ihre Schultern gelegt. „Auf jeden Fall. Unter normalen Umständen hätten wir es ja auch so gemacht, aber die Umstände, unter denen wir zurzeit leben, sind nun mal nicht normal."

Madeleine nickte. „Ich weiß." Sie legte ihre behandschuhte Hand auf Jeans Knie. „Was würde ich nur ohne dich machen? Du bist ein echter Held."

Jean errötete trotz seines dunklen Teints. Er nahm seinen Arm von Madeleines Schultern und zupfte an seinen Handschuhen. „Ich bin immer für dich und deine Söhne da – so lange ihr mich braucht. Ich liebe Philippe und Charles, als wären sie meine eigenen Kinder ... und wo Dina ja nicht mehr lebt, ich habe ja keine ... keine anderen Verpflichtungen." Er hielt inne und seine Augen füllten sich mit ungeweinten Tränen. „Ich habe sonst keinen Platz, an den ich gehen könnte oder wollte."

„Dein Platz ist hier bei uns, Jean, und ich brauche dich."

Jean nickte, wandte sich von Madeleine ab und schaute zum Kutschenfenster hinaus auf die Winterlandschaft.

Die Kutsche bog ab und kam vor der Kathedrale zum Stehen. Madeleine band die schwarze Taftschleife ihrer Haube fester und weckte Vangie. „Wir sind da, meine Kleine."

Der Rest der Familie, Bedienstete und Freunde folgte in drei weiteren Kutschen der ersten, eine Wolke aus trauerndem Schwarz in einem weißen Schleier aus Schnee. Pastor Le Sueur und Jacob kamen aus der Kirche in das Schneetreiben hinaus, um die Trauergesellschaft zu begrüßen und ihr hereinzuhelfen.

Pastor Du Puy ging neben Madeleine und Jean her die Treppe zur Kathedrale hinauf. Schnee wehte ihnen in die Augen und blieb im Bart des Pastors hängen.

Madeleine nahm seinen Arm. „Gérard, die Nacht, in der meine Mutter starb – ich hab das nicht so ... es tut mir alles so leid, was ich gesagt habe. Ich ... also ich entschuldige mich für meinen Ausbruch. Bitte vergebt mir."

„Macht Euch darüber keine Gedanken, mein Kind. Ihr hattet ja guten Grund, Euch so zu fühlen. Und außerdem ..." Er lächelte. „Gott wird mit unseren Ausbrüchen schon fertig und ich nehme an, dass Elisabeth sich darüber amüsiert hätte."

In dem Beerdigungsgottesdienst wurden einige von Elisabeths Lieblingspsalmen gesungen, die Pastoren sagten jeder ein paar Worte, und dann folgte eine schnelle Beisetzung nahe bei der Kirche, weil der Schneesturm immer stärker wurde. Die tatsächliche Bestattung musste bis zum Frühjahr warten, weil der Boden steinhart gefroren war und kein Grab ausgehoben werden konnte.

Pastor Le Sueur wandte sich nach dem Gottesdienst an die Familie. „Ich glaube nicht, dass Ihr es heute Abend noch zurück nach Hause schafft. Wir nehmen Euch gern für die Nacht bei uns auf."

*

Madeleine lag nach einer weiteren von Madame Le Sueurs nahrhaften Mahlzeiten in ihrem Bett. Sie wusste, dass sie einige wichtige grundsätzliche Entscheidungen treffen musste. Sie musste entscheiden, wohin sie gehen und was sie tun sollten. Sie wünschte, ihre Mutter mit all ihrer Weisheit und Erfahrung hätte ihr dabei weiterhelfen können.

Mein Gott, kann ich immer noch zu dir beten? Hörst du meine Gebete eigentlich? Kümmern dich unsere Bitten überhaupt? Du hast uns heil nach Frankreich und wieder zurück gebracht, und dafür danke ich dir. Und du hast uns den Weg geebnet, Vangie wiederzufinden.

Madeleine wischte die Tränen ab, die auf ihr Kopfkissen tropften.

Wahrscheinlich war ich ziemlich undankbar, als nicht alles so ging, wie ich es mir gewünscht hätte, nicht wahr? Mir wird langsam klar, dass, auch wenn Prüfungen, Leid und Tod uns treffen, es nicht bedeutet, dass du uns verlassen hast. Ich bitte dich um Vergebung. Wenn es nicht bei dir Hoffnung gibt, dann gibt es sie nirgends. Würdest du mir bitte zeigen, was ich als Nächstes tun soll?

Laut zitierte sie den Vers, der ihr in der unbeschreiblich schwierigen Zeit der vergangenen beiden Jahre immer ein Halt gewesen war. Sie sagte den Vers laut auf, damit sie ihn mit eigenen Ohren hören konnte: „Deine Ohren werden hinter dir das Wort hören: ‚Dies ist der Weg; den geht! Sonst weder zur Rechten noch zur Linken.'"

Ich höre, mein Gott. Wirklich. Und ich werde so lange weiter für François beten, bis ich zweifelsfrei weiß, dass er tot ist. Würdest du ihm bitte deine Engel zur Hilfe schicken?

*

Der geschwächte alte Mann saß an seinem Schreibtisch über den Büchern seiner Schiffsflotte. Die Zeit seiner Haft in der Bastille hatte von seinem Körper ihren Tribut gefordert. Obwohl er in dem Gefängnis des Königs für Sträflinge aus der Oberschicht einigermaßen gut behandelt worden war, hatte die feuchte Kälte dort seinen Gelenken sehr zugesetzt. Als er schließlich begnadigt und dann entlassen worden war, waren seine Geschäfte ein einziges Chaos gewesen.

Er schlug das schwere Kontobuch mit einem lauten Knall zu. „Bah! Wozu stellt man eigentlich Mitarbeiter ein, wenn nicht dazu, die Bücher ordentlich zu führen? Ich kann ja nicht einmal erkennen, wie viel auf der Haben- und wie viel auf der Sollseite steht."

Staubwolken stiegen von den Büchern auf, als er sie eines nach dem anderen aus den Regalen zog. Sein schütter werdendes Haar löste sich aus dem Band, mit dem er es im Nacken zusammengebunden hatte, und fiel ihm ins Gesicht und über die Augen.

Seine verkrümmten, arthritischen Finger fuhren die Listen seiner Angestellten entlang, einschließlich der Galeerensklaven – der unverzichtbaren Ware Mensch, die seine Schiffe antrieb.

Er hielt inne, als er dort einen Namen las, den er kannte. „Was ist denn das?" Er kratzte sich das stoppelige Kinn. „Ja, ist denn das die Möglichkeit?" Er murmelte den kleinen Spottvers vor sich hin: „François Clavell, François Clavell stahl des Königs Mademoiselle."

Dann erhob er sich von seinem Schreibtisch, nahm seinen mit Gold beschlagenen Gehstock in die Hand, setzte sich den Hut auf, klemmte sich das Buch unter den Arm und ging zur Bürotür hinaus direkt zum Hafen. Der Geruch des Meeres gab dem alten Herrn immer das Gefühl, wieder jung zu sein.

Weiter den Landungssteg hinunter entluden seine Scheuerleute eine große Schiffsladung mit Waren aus Spanien. Der Flottenkapitän brüllte den Männern Kommandos zu. „Geht das denn nicht schneller? Jetzt pack aber mal ein bisschen fester zu da, Junge."

Der Flotteneigner ging auf den bärbeißigen Schiffskapitän zu. „Guten Tag! Wie geht es Euch, Kapitän?"

Der Kapitän, der auf einer besudelten Pfeife herumkaute, spuckte den ekeligen Tabaksaft seitlich aus und sagte dann mit der Pfeife im Mund: „Guten Tag, Monsieur. Also, wenn die Jungs ein bisschen schneller machen würden, dann könnten wir noch heute wieder in See stechen, aber es sieht ganz so aus, als könnten wir erst morgen wieder auslaufen." Er nahm die Pfeife aus dem Mund und spuckte auf den hölzernen Steg.

Der ältere Herr schlug jetzt das mitgebrachte Buch auf und zeigte mit dem Finger auf den Namen. „Ich möchte diesen Mann sehen."

Der Kapitän schaute in das Buch. „Einen Galeerensklaven? Ihr wollt einen Galeerensklaven sehen?"

„Genau so lautet mein Befehl. Bringt ihn sofort zu mir." Er zeigte in Richtung der *La Fidelle*, die an gewaltigen Holzpollern vertäut war. „Auf *diesem* Schiff dort müsste er sein."

Kapitel 24

Kalt. Eisig. So eisig, dass einem die Kälte durch Mark und Bein ging. Madeleine kämpfte gegen die Stille. Ihr Mund war verzerrt, weil sie zu schreien versuchte, aber keinen Ton herausbrachte. Geflüster schrie in die Stille der Nacht hinaus. *Tot, Madeleine. François ist tot. Gib auf. Niemand überlebt die Galeeren. Du wirst François nie wiedersehen.*

Makabre Bilder von blutigen Rücken, die sich gegen die Ruder der Galeere stemmten, verhöhnten sie. Ihr Atem wurde schneller und sie rollte sich unter der schweren Flickendecke zusammen. Schaurige Augen taumelten am Rande ihres Bewusstseins entlang. Sie kämpfte gegen die Finsternis, aber das Gefühl, dass hier etwas Böses im Raum war, überfiel ihr Inneres und zerrte an ihrer Seele. Das war kein Traum. Sie war völlig wach. Schweiß lief ihr den Hals hinunter, sodass ihr Nachthemd schon ganz nass war.

Madeleine reichte zu Vangies Pritsche hinüber. Ihre Tochter regte sich und drehte sich auf die andere Seite, als Madeleine ihre Decke zurechtzog, die von den kleinen Beinen im Laufe der Nacht weggestrampelt worden waren. Sie legte sich wieder hin. In der Dunkelheit blieb die bedrückende

Atmosphäre bestehen, legte sich ihr um die Schultern wie eine schwere, nasse Decke. Sie konnte nichts sehen. Sie hielt sich eine Hand vors Gesicht – nur schwarze, pechschwarze Dunkelheit.

Ist es so zu sterben? Völlig allein in erstickender Dunkelheit? Ist es so für François?

Mit den Füßen tastete sie auf dem Fußboden nach ihren Hausschuhen. Als sie sie gefunden hatte, schlüpfte sie hinein, griff dann nach ihrem Morgenmantel und tastete nach der Kerze, die auf ihrem Nachttisch stand. Damit ging sie zum Kamin, tastete nach dem Stochereisen, fasste es am Metallgriff und stocherte damit in der Restglut. Sie legte ein Stückchen Kienspan an den Kerzendocht und entlockte den Funken ein kleines flackerndes Flämmchen.

Nun schaute sie nach ihren beiden Söhnen, die auf ihren Pritschen schliefen. Es war so kalt in dem Zimmer, dass Madeleine ihren Atem sehen konnte. Seltsam – es fühlte sich an, als wäre alle Wärme von der Erde gewichen – als wäre sie der pechschwarzen Feuchtigkeit des Grabes überlassen worden.

Sie ging zum Kamin zurück, und obwohl das Feuer gut anging, strömte keine Wärme in den Raum.

Charles stöhnte leise im Schlaf. „Papa, nicht ... nicht ...!" Seine Stimme verstummte allmählich in seinem Traum.

Vangie wimmerte leise vor sich hin.

Dann begannen die zugezogenen Vorhänge vor den Fenstern sich zu bewegen. Ah! Das war es also – sie musste ein Fenster offen gelassen haben, als sie ins Bett gegangen war. Madeleine zog den Vorhang zurück, um das Fenster zu schließen, aber es war fest verschlossen. Verblüfft schaute sie zu, wie die Vorhänge weiter hin und her schwangen. Mit wild pochendem Herzen trat sie einen Schritt zurück.

Eine belegte Stimme zischte vom Fenster her: *Madeleine.*

Ein kalter Schauer lief ihr über den Rücken.

Gib doch einfach auf. Er ist tot – François ist tot. Er ist einen qualvollen, grausamen Tod gestorben, und das alles, weil er deinem sogenannten Gott nicht entsagen wollte. Ein abscheuliches Lachen erfüllte den Raum. *Und dasselbe wird auch mit dir geschehen, wenn du nicht aufgibst. Und überlege, was deinen Kindern alles Schreckliches zustößt, wenn du nicht mehr da bist.*

Madeleines Haut kribbelte vor Angst und sie taumelte rückwärts, bedeckte ihre Ohren mit den Händen. „Aufhören! Hör auf! Ich weiß, wer du bist – du bist der Vater der Lüge und ich werde nicht auf dich hören. Im Namen Jesu weiche von uns."

Sie rannte zur Tür, riss sie auf und rief in den Gang hinaus: „Pastor Du Puy! Pastor Du Puy! Kommt schnell – hier drinnen ist irgendetwas im Gange!"

Vangie setzte sich mitten in ihrem zerwühlten Bettzeug auf und begann zu weinen. Philippe, ganz der beschützende Bruder, sprang von seiner Pritsche auf und rannte zum Kamin, um seine Muskete zu holen. Charles setzte sich auf die Knie, rieb sich die Augen und blinzelte verwirrt. Die Vorhänge hörten auf, hin und her zu schwingen, und das Feuer knisterte munter vor sich hin, sodass die eisige Atmosphäre langsam schwand, und dann begannen auch schon auf dem Heuboden die Hähne zu krähen.

Mit zerzaustem Haar und dünnen O-Beinen, die unten aus seinem Nachthemd hervorschauten, kam Gérard mit seiner rundlichen Frau im Schlepptau in Madeleines Zimmer gestürzt. „Im Namen Jesu, was ist denn das für ein Tumult?"

Jean kam die Treppe hinaufgepoltert. „Madeleine!"

Madeleine zog ihren Morgenmantel fest um sich. „All dieser Tumult hat nichts mit Jesus zu tun – es ist der Teufel selbst, das ist es." Und dann berichtete sie rasch, was sich gerade ereignet hatte.

„Oh ja, das ist wahrscheinlich der alte Beelzebub, der hinter Euch her ist."

Ein paar Sekunden lang sagte niemand etwas. Jean lehnte am Treppengeländer. Die Kinder starrten ihre Mutter an und Charles kletterte zu Vangie ins Bett.

Madame Du Puy drehte sich um und ging wieder zur Tür hinaus. „Aber jetzt scheint ja alles wieder in Ordnung zu sein. Soll ich anfangen, das Frühstück zu machen?

Der freundliche Pastor kratzte sich den Bart. „Natürlich, natürlich. Das musst du." Er sah zu, wie seine Frau den Raum verließ, und als sie fort war, fragte er: „Geht es Euch allen gut?"

Madeleine schlang die Arme um sich und seufzte: „Ich glaube, ja. Ja, es geht mir gut."

„Also gut. Dann zieht Euch jetzt an und kommt nach unten." Er legte seine Hand auf den Türriegel und überblickte den Raum. „Darüber müssen wir sprechen. Und lasst Euch nicht von der Angst überwältigen. Gott lässt seine Kinder nicht im Stich."

Madeleine drängte Charles und Vangie, die immer noch im Nachthemd waren, die Treppe hinunter, gemeinsam mit Philippe, der sich im Gehen die Hose anzog. Dann zog auch sie sich rasch an und folgte den anderen nach unten.

Der Haushalt erwachte mit der üblichen morgendlichen Geschäftigkeit zum Leben, sich der nächtlichen übernatürlichen Ereignisse im Zimmer über ihnen gar nicht bewusst. Jean ging nach draußen, um sich um das Vieh zu kümmern, Henri kam mit einem Eimer frischer Milch durch die Hintertür herein, gefolgt von Suzanne, die im Hühnerstall ihre Schürze voller brauner Eier gesammelt hatte.

Pastor Du Puy setzte sich ans eine Ende des Esstisches und schlug die Bibel auf. „Setzt Euch, Madeleine. Lasst uns über Eure Begegnung von heute Morgen sprechen."

Madeleine setzte sich ihm gegenüber. Die Seiten seiner Bibel umblätternd, machte Pastor Du Puys beim Epheserbrief im Neuen Testament halt. „Ich glaube, der Teufel will Euch weismachen, dass Ihr aufhören sollt, weiter nach François zu suchen. Und ich glaube, das tut er, weil er weiß, dass François noch am Leben ist."

Madeleine beugte sich zum Pastor vor und sagte: „Das sind auch genau meine Gedanken."

„Natürlich. Wieso sollte er sich auch sonst die Mühe machen?" Gérard blätterte ein paar Seiten weiter und las: „Denn wir haben nicht gegen Fleisch und Blut zu kämpfen, sondern mit Mächtigen und Gewaltigen, nämlich mit den Herren der Welt, die in dieser Finsternis herrschen, mit den bösen Geistern unter dem Himmel."

„Das ist genau das, was ich oben erlebt habe." Madeleine platzierte ihre Kinder am Esstisch und brachte jedem von ihnen eine Schale mit heißem Brei. „Aber warum sollte der Teufel in uns eine Bedrohung sehen? Ich will doch nur, dass meine Familie wieder vereint ist."

„Genau deshalb. Eine starke und vereinte Familie, die an Gott glaubt und ihm nachfolgt, ist eine Bedrohung für den Teufel. Ihr und Eure Vorfahren haben ein Erbe der Furchtlosigkeit weiterzugeben, Madeleine. Ihr erzieht Eure Kinder in Ehrfurcht vor Gott. Ihr habt Euch persönlich dagegen entschieden, etwas mit dem Mund zu bekennen, aber dennoch gemäß der fleischlichen Begierden zu leben."

„Meint Ihr damit Ludwig?"

„Ich meine damit alle, die dem spotten, was die Bibel lehrt. Ich meine diejenigen, die ihren Glauben an Gott bekennen, aber weiter in Sünde und Ausschweifung leben. Alle, die fromm niederknien, gleichzeitig aber ihre Pflicht versäumen, sich um die Armen zu kümmern und Mitgefühl mit den Hungrigen zu haben." Pastor Du Puy legte seine Hand auf Madeleines. „Erst in der Ewigkeit wird deutlich werden, was hier heute auf dem Spiel steht. Unser wahrer Feind ist nicht Ludwig. Der Feind unserer Seele, Satan selbst, ist unser eigentlicher Gegner und der eine, der keine Gelegenheit ungenutzt lässt, uns zu besiegen."

Madeleine betrachtete die feinen Züge des Mannes Gottes, der ihr gegenübersaß. Er war ihr in den vergangenen zwei Jahren so oft zur Rettung gekommen. Tränen traten ihr in die Augen. „Ich möchte nicht mit dem Feind kämpfen. Ich bin nur eine Frau – eine Ehefrau und Mutter. Ich möchte meinen Mann wiederhaben und ich möchte wieder nach Hause zurück."

„Genauso ist es auch Deborah im Alten Testament ergangen, sie war auch nur eine Frau – und auch Esther und Abigail. Maria, die Mutter unseres Herrn, war auch nur eine Frau, ebenso wie Priscilla und Phöbe – und die Jungfrau von Orleans."

Madeleine schüttelte den Kopf. „Ihr wollt mich doch sicher nicht mit diesen Frauen vergleichen – und ganz sicher nicht mit der Jungfrau von Orleans. Ich habe keine Schlacht gegen den König zu schlagen, sondern möchte nur meine Familie wiederhaben und in Frieden leben."

„Nein, meine Liebe. Ich sage nicht, dass Ihr eine Ritterrüstung tragen, ein Schwert in die Hand nehmen und eine Armee anführen sollt, sondern ich sage, dass, so wie Johanna eine Schlacht geschlagen hat, von der sie glaubte, sie diene der Sache Gottes, so kämpft auch Ihr einen Kampf, der dem Bau des Reiches Gottes dient. Aber es ist ein geistlicher Kampf." Pastor Du Puy schlug die Bibel zu und faltete die Hände vor sich auf dem Tisch. „Und deshalb werdet Ihr vom Teufel bedrängt."

Madeleine stand auf und ballte ihre Fäuste. „Ich bin das Kämpfen so leid und ich bin das Rennen so leid." Ihre Stimme war hysterisch schrill und überschlug sich beinah. „Ich will mich nicht mehr in einem fremden Land verstecken im Haus von Fremden. Ich will nach Hause – in mein eigenes Haus – und zusammen mit meinem Mann auf unserem Anwesen meine Kinder großziehen. Und ich will ..."

Ihre Worte hingen noch in der Luft, als Madame Du Puy mit dem Löffel in der Hand innehielt, sodass der Getreidebrei in den Kessel zurücktropfte. Henri und Suzanne starrten ihre Herrin ob ihres Ausbruchs nur wortlos an. Die Kinder sahen mit großen Augen zu, wie ihre Mutter wetterte.

Ich will … Ich will. Sie klang wie ein verwöhntes Kind. Madeleine setzte sich langsam und erschöpft wieder auf ihren Platz an dem Tisch, der nicht ihr gehörte, in einer Küche, die ihrer Familie als willkommener Zufluchtsort angeboten worden war, und sie verbarg ihr Gesicht in den Händen.

„Aber das ist unmöglich, nicht wahr?“ Sie sah Pastor Du Puy an, während ihr die Tränen übers Gesicht liefen. „Es ist unmöglich, oder nicht? Es wird nie wieder sein, wie es einmal war.“

Vangie krabbelte auf den Schoß ihrer Mutter und fing an, ihr mit dem Ärmel die Tränen abzuwischen. Philipps schlaksige Gestalt stand hinter der Mutter und Charles schoss zu Madeleine hinüber, stand neben ihr und legte seinen Kopf auf ihre Schulter.

„Gérard …“ Madeleines Abwehr bröckelte angesichts der beunruhigenden Ereignisse dieses Morgens. „Was soll ich nur tun? Meine Mutter ist von uns gegangen. François ist nicht bei uns, zumindest zurzeit nicht, und unser Geld geht zur Neige. Ich weiß nicht, wohin ich mich wenden soll.“

Pastor Du Puy schüttelte den Kopf. „Ich weiß es auch nicht. Wir werden beten, und dann wird Gott es uns zeigen. Er wird zu Euch sprechen, aber Ihr müsst auf das hören, was er Euch sagt, und es dann auch tun.

Finde François.

Madeleine legte den Kopf ein wenig zurück und hielt inne. Die Aufforderung war so stark und klar, als hätte Gott selbst sie ihr vom Himmel aus zugerufen. Nach einer Weile konnte sie wieder reden, ihre Stimme wurde ruhiger und ihre Worte waren wieder gemäßigt. „Noch während Ihr gesprochen habt, hat Gott mir gezeigt, was ich tun soll.“

„Sprecht.“

„Ich muss noch einmal versuchen, François zu finden."

„Und wenn die Suche vergeblich ist?"

„Dann werde ich überlegen, ob ich nicht in die Neue Welt gehe, um dort ganz von vorne anzufangen." Madeleine zog ihre Kinder fester an sich und sah die Du Puys an. „Ihr beide seid die zweite Meile mit uns gegangen – und noch viel weiter als wir jemals hätten erwarten können –, aber es ist einfach zu schmerzlich für mich, so nah an Frankreich zu sein und nicht mehr zurückzudürfen. Vielleicht können wir in einer ganz neuen Umgebung – in einer, in der wir unserem Glauben gemäß Gott anbeten und ihm nachfolgen können – noch einmal neu beginnen." Sie verlagerte das Gewicht von Vangie auf ihrem Schoß. „Das versteht Ihr doch, oder?"

„Aber natürlich, doch lasst uns nichts überstürzen. Über die Reise in die Neue Welt können wir später immer noch reden." Der Pastor rutschte auf der Bank hin und her. „Ich denke gar nicht gern daran, dass Ihr ein solches Abenteuer in Angriff nehmt – eine alleinstehende Frau mit Kindern. Natürlich habt Ihr Jean bei Euch, aber er ist noch so jung. Er wird sicher irgendwann wieder eine eigene Familie gründen wollen." Er schüttelte den Kopf. „Nein, lasst uns erst alle anderen Möglichkeiten ausschöpfen, die uns einfallen."

Gérard stand auf und begann, auf und ab zu gehen. „Wir müssen einen Plan aufstellen, wie wir François suchen können. Aber ich bin nicht sicher, ob mir dazu etwas einfallen wird. Wir können ja nicht zu jedem Hafen in Frankreich fahren und dort nach ihm suchen."

„Nein, natürlich nicht." Madeleine zögerte. „Vielleicht ... vielleicht sollte ich mich noch einmal mit Pierre in Verbindung setzen, um zu erfahren, ob er inzwischen noch einmal etwas Neues herausgefunden hat."

Gérard schüttelte den Kopf. „Glaubt Ihr nicht, er hätte es Euch mitgeteilt, wenn er etwas Neues wüsste?"

„Möglich. Aber ich muss es wenigstens versuchen. Pierre ist immer noch unsere beste Quelle." Madeleine stand auf und ging zum Fenster. „Ich habe das Gefühl …“ Sie blieb stehen und sah weiter in Richtung Süden, in Richtung ihrer Heimat. Sie legte sich die eine Hand auf ihr Herz. „Das Herz, das wahrhaft liebt, nimmt einfach wahr, ob der andere noch lebt – und mein Geist nimmt wahr, dass François noch am Leben ist.“

Die Kriegerin wider Willen wandte sich der frühmorgendlichen Versammlung mit neuer Entschlossenheit in der Stimme zu. „Genau das werden wir tun. Ich werde Pierre benachrichtigen und ihn bitten, sich mit mir in der Kathedrale in Genf zu treffen, und dort werde ich in Erfahrung bringen, was genau er weiß.“

Sie hatte immer noch das Bild des gut aussehenden Höflings im Kopf, wie er nach Vangies Befreiung fortgeritten war. Ohne ihn wären sie niemals so weit gekommen, hätten sie Vangie nicht zurückbekommen. Ob er wohl bereit war, noch einmal seine Stellung und womöglich sogar sein Leben zu riskieren, um ihnen zu helfen? Der Gedanke, ihn wiederzusehen, erregte sie, aber sie tat ihn rasch wieder beiseite.

Pastor Du Puy trat zu Madeleine ans Fenster. „Denkt aber auch daran, meine Liebe, dass er vielleicht seine gute Stellung am Hofe von Ludwig verloren hat, nachdem er Euch dabei geholfen hat, Vangie aus dem Kloster zu befreien.“

„Nun ja, ich denke, das werden wir schon bald erfahren.“

Kapitel 25

François hörte ein Schlurfen, Balgen und Raufen, wagte aber nicht, die Augen zu öffnen. Er konnte den Anblick nicht ertragen, wie die Ratten in den ekelerregenden Zuständen der Galeere herumhuschten und jeden Krümel zu ergattern versuchten, der auf die glitschigen Schiffsplanken heruntergefallen war, oder auch ein Stück ungeschütztes menschliches Fleisch. Er zog seine Hände hoch an die Brust, um sie vor dem Ungeziefer zu schützen – und merkte erst da, dass er sich in einem Bett befand und nicht auf einer harten hölzernen Ruderbank.

Er atmete ein – und nicht der Gestank von Urin und menschlichem Unrat, sondern der willkommene Duft von einem heißen Eintopf stieg ihm in die Nase. War das alles nur ein grauenvoller Albtraum gewesen? War er zu Hause?

François befeuchtete sich mit der Zunge die ausgetrockneten Lippen und blinzelte zwischen halb geöffneten Lidern hindurch. Die verschwommene Gestalt eines bebrillten älteren Herrn, der mit einem Diener sprach, tauchte vor ihm auf. Der Diener hielt einen mit einem Tuch abgedeckten Kessel am Henkel. François beobachtete, wie der Diener ein paar glühende Kohlen aus den Flammen des Kamins zur Seite schob, den Kessel daraufstellte und dann das Zimmer wieder verließ.

Der alte Mann schlurfte zu einem Schaukelstuhl, den er nah ans Feuer schob. Er zog sich seinen Schal fester um die Schultern, fing an, auf dem Schaukelstuhl rhythmisch vor und zurück zu schaukeln und griff dabei nach einer Bibel. Die Dielen knarrten, als der alte Mann weiter schaukelte.

François stemmte sich auf seinen Ellenbogen hoch und stöhnte. Ein Schmerz durchfuhr ihn, als die Verbände über den Striemen auf seinem Rücken herunterrutschten.

„Ah, endlich seid Ihr wach." Der Mann stand auf und trat an François' Bett. „Immer langsam, mein Junge, Eure Wunden eitern noch." Er schob seine Brille weiter zur Nasenspitze hinunter und begutachtete die Striemen.

François mühte sich in eine aufrechte Sitzposition. „Werwer seid Ihr? Und wo bin ich?"

„Erinnert Ihr Euch denn nicht mehr an mich?"

„Tut mir leid, Monsieur, aber ich erinnere mich nicht." François zuckte zusammen, als sein Retter die Striemen auf dem Rücken begutachtete.

„Mein Name ist Isaac Fourié, aber Ihr kennt mich sicher nicht mit Namen. Ich bin Besitzer der Flotte, auf der Ihr Galeerensklave wart."

„Aber ... wieso bin ich ...?"

„Schschsch. Nur Geduld, mein Junge. Ich werde alle Eure Fragen beantworten – die jedenfalls, die ich beantworten kann –, wenn es so weit ist. Immer eins nach dem andern. Erst einmal kümmern wir uns jetzt um das hier, bevor wir weiterreden." Monsieur Fourié ging zu einer Bank am Fußende des Bettes, auf die der Diener saubere Leintücher und heißes Wasser gestellt hatte. Er riss die Tücher in Streifen, trug behutsam Salbe auf und legte saubere Verbände auf François Rücken an. „So, jetzt fühlt es sich bestimmt gleich besser an."

„Seid Ihr Arzt?"

„Nein, das bin ich nicht, aber ich versorge Eure Wunden gern. Wie ich bereits gesagt habe, ich bin Reeder und besitze eine Flotte. Habt Ihr Hunger?"

„Durst – ich bin so durstig."

„Das war zu erwarten. Ihr habt eine Menge Blut verloren." Monsieur Fourié entkorkte eine Flasche Wein und half François, sich aufzusetzen. „Das wird Euch sowohl gegen die Schmerzen als auch gegen den Durst helfen."

François trank die streng schmeckende Flüssigkeit in großen Schlucken und sank dann zurück auf das Kissen.

„Danke."

„Ihr seid sehr schwach und braucht mehr als nur Wein." Der freundliche Herr füllte irgendeine Art heiße Brühe aus dem Kessel in eine Schale und stellte sie auf den verzierten Tisch neben dem Bett. Er schüttelte das Kissen auf und stopfte es François wieder in den Rücken, damit er bequem saß, nahm dann die Suppenschale und den Löffel und begann, François wie ein Kind zu füttern.

Die heiße Mischung aus Gemüse und Brühe wärmte ihm die Kehle und den Bauch und er nahm seinem Wohltäter Schale und Löffel aus der Hand und aß selbst weiter.

„Langsam, langsam. Nicht zu viel und zu schnell." Der alte Herr lachte leise und nahm François die fast leere Schale wieder ab. „Euer Magen wird rebellieren, wenn Ihr ihm zu schnell und zu viel auf einmal zumutet."

François seufzte und legte sich wieder hin in dem Bett, das, wie er jetzt bemerkte, ein luxuriöses Baldachinbett mit weichen Decken und Kissen war. Ein winziger Sonnenstrahl fiel durch einen Spalt zwischen den schweren Vorhängen. François konnte nicht sagen, ob es Morgen oder Nachmittag war. Er schloss die Augen und ließ sich dankbar in das weiche Bettzeug zurücksinken. Er drehte den Kopf und sah zu, wie der alte Mann die blutigen Verbände einsammelte und nach dem Diener klingelte. Feines weißes Haar hatte sich aus dem Zopf seines Wohltäters gelöst und fiel ihm ins Gesicht.

Plötzlich schossen François' Gedanken zurück zu dem alten Mann, den er im Gefängnis getroffen hatte – das strähnige graue Haar, das ihm in das wettergegerbte Gesicht gefallen war. „Oh mein Gott, Ihr seid der aus der Bastille!

Monsieur Fourié lächelte François an, während der Diener das Zimmer wieder betrat und das Verbandszeug mitnahm. „Ja, da habt Ihr recht, genau der bin ich."

„Ist das hier Euer Haus? Wie seid Ihr aus dem ... Wie bin ich hierhergekommen? Warum bin ich hier?"

Monsieur Fourié saß an François' Bett und fing an, die Geschichte von seiner Entlassung aus dem Gefängnis zu erzählen, kurz nachdem er François kennengelernt hatte.

„Ich war aufgrund einer Laune unseres ruhmreichen Königs in der Bastille. Ich habe mich ihm widersetzt und er wollte mir nur zeigen, wer das Sagen hat. Als ich wieder zu meinem Schiffsgeschäft zurückgekehrt war – das, wie ich leider sagen muss, in meiner Abwesenheit völlig heruntergewirtschaftet worden war –, bin ich auf einer Liste mit Galeerensklaven auf Euren Namen gestoßen, und ich habe mich gefragt, ob es sich dabei wohl um denselben jungen Mann handeln könnte, den ich im Gefängnis des Königs getroffen hatte."

Er lachte leise vor sich hin. „François Clavell, François Clavell stahl des Königs Mademoiselle. Wenn ich nicht diesen kleinen Vers immer noch im Kopf gehabt hätte, wäre mir Euer Name unter all den vielen anderen ganz sicher gar nicht aufgefallen. Gott greift doch wirklich immer wieder auf geheimnisvolle Weise ein, nicht wahr?"

François starrte den offensichtlich reichen älteren Herrn an. „Ihr seid sehr freundlich, Monsieur. Ich stehe tief in Eurer Schuld." Er drehte seine Handflächen nach oben und rieb sich die empfindlichen Handgelenke, die noch wenige Tage zuvor in eisernen Handschellen gelegen hatten.

„Aber was habt Ihr mit mir vor?“

„Mit Euch vor?“ Monsieur Fourié lachte lauthals und stieß gegen das Bett.

François zuckte zusammen.

„Ach, wie unbedacht von mir. Es tut mir leid.“ Isaac stand von der Bettkante auf. Er zog den Schaukelstuhl quer durch das Zimmer näher ans Bett und fing wieder an, rhythmisch zu schaukeln, sodass die Dielen knarrten. „Erinnert Ihr Euch, dass ich Hugenotte bin, wie Ihr?“

François nickte.

„Ich bin zur Haft in der Bastille verurteilt worden, weil ich den königlichen Befehl hinterfragt habe, meine Handelsschiffe zu Kriegsschiffen umzurüsten. Als ich dann aber nachgab und mich einverstanden erklärte, einen Teil der Schiffe für Kriegszwecke herzugeben, hat der König mich aus dem Gefängnis entlassen. Natürlich hätte er die Schiffe auch einfach beschlagnahmen lassen können, aber Ludwig hat auch seine guten Seiten – manchmal.“

François schnaubte verächtlich. „Davon habe ich aber noch nichts bemerkt. Meine Frau ist allerdings auch Eurer Meinung.“

Isaac lächelte. „Außer irgendeiner freundlichen Neigung, die der König vielleicht in Bezug auf meine Person haben mag, sind wir auch noch irgendwie verwandt – oder sollte ich lieber sagen verbunden.“ Er rieb sich seinen Kinnbart mit einem Lächeln, das langsam zu einem leisen Glucksen wurde. „Seine Mätresse ist meine Cousine und ich nehme an, dass sie ein gutes Wort für mich eingelegt hat.“

„Madame de Montespan?“

„Ja. Und das ist vielleicht eine Frau!“ Isaac beugte sich vor. „Ich gebe nur das Glück, das ich gehabt habe, an Euch weiter. Sobald es Euch wieder besser geht und Ihr in der Lage seid zu reisen, könnt Ihr gehen.“

Er drückte seine schmächtige Gestalt aus dem Schaukelstuhl hoch und ging vor dem Kamin auf und ab. „Ich fürchte, meine Zeit in dieser ganz speziellen Einrichtung des Königs hat auch bei mir ihren Tribut gefordert. Mich plagt die Arthritis, ich bin schwach und ich bin alt und es ist abzusehen, dass es mit mir bald zu Ende geht. Aber Ihr, Ihr habt noch die Möglichkeit, Euch vollständig zu erholen und Euer Leben fortzusetzen. Unsere Wege haben sich gewiss nicht zufällig gekreuzt. Gott lenkt menschliche Ereignisse und ich bin einfach nur sein Werkzeug, um zur Heilung eines Mitgliedes seiner Herde beizutragen."

François' Augen füllten sich mit Tränen. „Ich stehe tief in Eurer Schuld, mein Freund. Möge Gott Euch Eure Freundlichkeit vergelten. Aber ich habe nichts, was ich Euch zurzeit geben könnte." Er schwang seine Beine über die Bettkante und zögerte kurz, bevor er die Füße auf den kalten Boden setzte. „Wenn ich nur irgendwie zu meinem Besitz und meiner Familie gelangen könnte ..."

Isaac stand auf und nahm François beim Ellenbogen, als der junge Mann versuchte aufzustehen.

„Lasst mich ein bisschen gehen. Ich muss versuchen, wieder zu Kräften zu kommen."

Die beiden gebrechlichen Männer, der arthritische alte und der jüngere durch Austrocknung und Mangelernährung geschwächte, setzten langsam einen Fuß vor den anderen und gingen quer durch den Raum.

Unter dem hohen Fenster mit den schweren Vorhängen brach François auf einer eleganten Couch zusammen. „Wo bin ich eigentlich? Ich meine, wie weit bin ich von Grenoble entfernt?" Er zog den Vorhang beiseite, um die Landschaft draußen zu betrachten. Was er sah, war keine Hügellandschaft, wie er sie gewohnt war, sondern ein wimmelnder Hafen an der Küste, die gebauschten Segel der Schiffsflotten sowie schreiende Möwen und Fischhändler. „Welcher Hafen ist das?"

„Brest. Ihr seid in Brest."

François stöhnte auf. „Innerhalb von Frankreichs Grenzen könnte ich wohl kaum weiter von Grenoble entfernt sein.“ Er ließ sich auf die kleine Couch zurücksinken. „Ich muss zu meiner Frau und meinen Kindern. Sie brauchen mich.“

„Ja, natürlich. Aber was nützt es ihnen, wenn Ihr Euch jetzt auf den Weg zu ihnen macht und dann unterwegs sterbt? Ihr müsst erst wieder gesund werden und zu Kräften kommen, und dann schaffen wir Euch schon irgendwie zurück nach Hause.“ Isaac nahm die Decke, die am Fußende der Couch lag, und deckte François' Beine damit wieder zu. „Versucht jetzt zu schlafen, mein Junge.“

François schloss die Augen. Er döste ein, und dann wich sein Bewusstsein einer Traumwelt tosender Wellen, knarrender Ruder und dem grausamen Knallen einer Peitsche, das in ein unwillkürliches Aufstöhnen aus François' Kehle mündete. Und dann versank er wieder in der willkommenen Erlösung durch den Schlaf.

*

Das Feuer war heruntergebrannt und es lag ein kühler Hauch über dem Zimmer. François wachte auf und merkte, dass er immer noch auf der Couch lag. Mühsam setzte er sich auf, griff nach dem schweren Fenstervorhang und zog ihn zur Seite. Wolken, die von der untergehenden Sonne angestrahlt wurden und aussahen wie strahlend orangefarbene Fackeln, erstreckten sich aus dem dunkel werdenden Abendhimmel und schwebten über dem Wasserhorizont. Monsieur Fourié war nirgends zu sehen.

François zwang sich, auf wackeligen Beinen zwar, aber dennoch aufzustehen und zuzuschauen, wie es langsam Nacht wurde. Er stieß das kleine bleiverglaste Fenster auf und der ekelhafte Geruch von faulem Fisch aus dem nahe gelegenen Hafen stieg ihm in die Nase. Die Erinnerung an Handfesseln und Schläge überfiel ihn erneut.

Das Tageslicht kämpfte noch gegen die einsetzende Nacht, als wäre es nicht bereit, der Nacht das Licht abzutreten. Möwen kreischten und der Hafen leerte sich. Händler deckten ihre Verkaufskarren zu und die *La Fidelle* trieb träge im ruhigen Hafenbecken, zerrte an den dicken Tampen, mit denen sie am Ufer vertäut war.

Seltsam. Von dieser Perspektive aus war die *La Fidelle* ein richtig schönes Schiff. Die meisten Menschen, die vorübergingen, hatten keine Ahnung von dem Grauen, das sich im Innern des Schiffes abspielte, um ihm überhaupt erst seine Fahrten zu ermöglichen.

Warum hat Gott in seiner Barmherzigkeit beschlossen, dass ich leben soll? Warum hat er mich so gnädig gerettet? François hatte darauf keine Antwort.

Müde und erschöpft kehrte er zu seinem Bett zurück. Er nahm die Flasche Wein in die Hand und goss mit so stark zitternder Hand ein Glas voll, dass der Flaschenhals am Rand des Glases klapperte. Er trank es bis zum letzten Tropfen leer, bevor er sich dem willkommenen Genuss der weichen Matratze hingab.

Bilder seiner Tochter, wie sie in den Armen des Dragonerkommandeurs gefangen war und mit ihm auf seinem Hengst davonritt, quälten ihn. Kommandeur Bovée – dieser Name war für immer in sein Gedächtnis eingebrannt. Ob Vangie in Sicherheit war? Oder war ihr kalt und sie hatte Hunger?

François' körperliche Schmerzen beeinträchtigten sein Denken so stark, dass er offenbar nicht in der Lage war, sich einen klaren Plan zu machen, wie er zu seiner Familie wieder zurückgelangen sollte. Eines wusste er jedoch ganz sicher, dass er sich so schnell wie möglich dorthin auf den Weg machen musste. Weitere grausame Fragen prasselten auf seine Erinnerung ein.

Konnten die Jungen aus der Höhle entkommen? Konnte Madeleine sie aus ihrem Versteck retten und nach Genf bringen? Ist Jean bei ihnen? Weiß Madeleine überhaupt, dass ich noch am Leben bin? Weiß sie, dass ich zur Zwangsarbeit auf der Galeere verurteilt worden bin? Wie soll sie es überhaupt erfahren haben? Was ist, wenn sie die Suche nach mir längst aufgegeben hat? Wie lange ist es her?

Er hatte versucht, die Zeit, die verstrich, irgendwie zu markieren, selbst als er auf dem Schiff gewesen war, aber irgendwann hatte er dann doch das Zeitgefühl verloren. War es wirklich möglich, dass schon zwei Jahre vergangen waren?

François' dunkle Augen gingen ruckartig auf und sein Herz raste. Er versuchte zu schlafen, aber die Erinnerungen an Madeleine vereitelten jeden Versuch, in die süße Welt des Nichtdenkens zu entfliehen. Er füllte sich ein weiteres Glas Wein ein – und dann noch eins. Das Zimmer begann sich zu drehen und irgendwann fiel er schließlich in einen unruhigen Schlaf.

Kapitel 26

Pierre zog sich die Handschuhe an, bahnte sich seinen Weg durch das Labyrinth der Gänge und dann hinaus auf den wimmelnden Vorplatz des Schlosses von Versailles. Diplomaten aus aller Herren Länder kamen von den Ställen her, versammelten sich in Trauben auf dem Platz und debattierten über die eine oder andere politische Frage. Es war einfach, die Neuankömmlinge unter ihnen auszumachen.

Die Pracht von Versailles überwältigte Pierre immer wieder, egal, wie lange er sich dort aufhielt oder wie oft er schon dorthin zurückgekehrt war. Der Palast schien eine eigene blühende Seele zu haben. Die ständigen Bauarbeiten regten die Fantasie an, weil man sich immer wieder fragte, was wohl als Nächstes entstehen würde. Inmitten der üppigen Blütenpracht gab es überall Wasserspiele, Fontänen, große Vasen und Statuen in einem der üppigsten und prächtigsten Gärten der Welt. An jeder Ecke war für den Betrachter wieder Ludwigs Vorliebe für exotische Pflanzen deutlich zu erkennen und zeigte sich an deren satter Farbenpracht. Der Appetit des Königs nach immer größer und besser schien schier unersättlich.

Als Pierre die riesigen Stallungen betrat, bat er einen der Stallburschen, ihm sein Pferd zu bringen, und zog dann den

Brief aus seiner Uniformjacke, den Francina ihm in der vergangenen Nacht gebracht hatte.

Die fröhliche Art der Domestikin heiterte ihn immer auf. Sie hatte geknickst, ihm einen mit einer vertrauten Handschrift adressierten Brief überreicht und gesagt: „Monsieur, ich habe Nachrichten von meinen Verwandten in Genf."

Daraufhin hatte Bovée übers ganze Gesicht gestrahlt und gesagt: „Ach, und geht es deiner Familie gut?"

„Ja, Monsieur. Bitte, der Brief hier ist für Euch. Ich glaube wirklich, dass Ihr eine Bewunderin habt." Sie lächelte, knickste noch einmal und ging wieder.

Pierre hatte auf seinen Namen auf dem Umschlag geschaut. Trotz seiner Entschlossenheit, sein Herz zu schützen, zitterten seine Hände, als er das Siegel brach.

Mein lieber Pierre,
ich vertraue darauf, dass Euch mein Brief in guter Stellung bei Hofe erreicht.

Pierre musste leise über Madeleines Schlauheit lachen. Er wusste, dass sie sich fragte, ob seine Beteiligung an der Befreiung Vangies aus dem Kloster herausgekommen war.

Werde am ersten Sabbath nächsten Monat in Genf sein. Würde Euch dann dort sehr gerne sehen. Wäre es möglich, mich dort an unserem üblichen Ort zu treffen?

Grüße, M

Unser üblicher Ort. Der Unterton war der eines Liebesbriefes. Pierres Herz schlug schneller und seine Hoffnung wuchs in Anbetracht der möglichen Bedeutung dieser Formulierung. Er wusste, dass sie die Kathedrale meinte, in der sie und ihre Familie Zuflucht gefunden hatten, nachdem sie aus Frankreich geflohen waren. Pastor Le Sueur war immer ein mitfühlender und verlässlicher Freund gewesen, über den die Herstellung eines Kontakts möglich war.

Nachdem Pierre Francinas mollige Gestalt in der Dunkelheit des gewaltigen Säulenganges wieder hatte verschwinden sehen, hatte er den Brief zusammengefaltet, ihn an einer sicheren Stelle seiner Uniformjacke verstaut und war zu seinen abendlichen Pflichten zurückgekehrt.

Jetzt brachte ihm ein junger Stallbursche sein Pferd. Pierre zurrte sein Gepäckbündel hinter dem Sattel fest. Er sah die Ahnungslosigkeit und den Eifer im Gesicht des Jungen. „Wärest du gern Höfling hier am Hof?"

„Oh ja, Monsieur, das wäre ich sehr gern."

„Ich wünschte, ich könnte es dir versprechen, mein Junge. Aber sei auf der Hut. Hinter der äußerlichen Pracht am Hof verbirgt sich ein Netz aus Intrigen und Fallgruben."

„Ja, aber ist das nicht gerade das besonders Aufregende?"

„Ach, das Bekannte wird nur allzu schnell langweilig."

Pierre bekam alles und wen auch immer er wollte mit einem Kopfnicken oder auch nur einem geflüsterten Wunsch. Er tanzte mit den schönsten und elegantesten Frauen des Landes, aber es war Madeleines Gesicht, das er in jeder Tanzpartnerin sah, und es war ihre Stimme, die er in der Musik hörte.

„Ich glaube nicht, dass mir am Hof von König Ludwig langweilig würde."

Der Junge hielt die Zügel des nervös tänzelnden Hengstes. „Geht Ihr auf eine lange Reise?"

„Das weiß ich noch nicht." Pierre stieg auf seinen Percheron. „Aber wenn Gott es gut meint, dann könnte daraus eine lebenslange Reise werden." Er tippte sich an den Hut und winkte dem Jungen noch einmal zu, als er zu den Toren von Versailles hinausgaloppierte.

⁂

Madeleine stieg aus der Kutsche und ließ ihre Hand noch kurz auf dem Türknauf ruhen. Sie schaute in den Himmel. Die quadratischen Türme der Kirche von Johannes Calvin standen für den Glauben, dem die Familien Vaudois und Clavell ihr Leben anbefohlen hatten.

„Jean, würdest du bitte Pastor Le Sueur suchen und ihm sagen, dass wir eingetroffen sind? Judith und ich warten hier auf dich."

Judith stieg aus der Kutsche aus und beklagte sich über die holprige Fahrt.

„Ich bin schließlich auch nicht mehr die Jüngste."

„Ich weiß und ich stehe tief in deiner Schuld, dass du dich einverstanden erklärt hast, mich zu begleiten."

Judith holte Madeleines Reisekoffer aus der Kutsche und stellte ihn auf dem Gehsteig ab.

Bevor Jean oben auf der Treppe zur Kathedrale angekommen war, ging die schwere Tür bereits quietschend auf und das mürrische Gesicht von Le Sueurs Gehilfen schaute dahinter hervor.

„Ah, Monsieur Clavell, welch angenehme Überraschung. Kommt herein, kommt doch herein." Pastor Veron hielt die Tür auf und der Hauch eines Lächelns huschte über sein sonst stets so ernstes Gesicht.

Madeleine erreichte die oberste Stufe und gab ihm die Hand. „Pastor Veron, wie schön, Euch wiederzusehen."

Pastor Veron ergriff ihre Hand mit seiner schlaffen, zierlichen, die für eine Männerhand zu weich war. „Ich werde Pastor Le Sueur gleich sagen, dass Ihr hier seid. Was führt Euch nach Genf?"

„Ich denke, man könnte es Geschäfte nennen. Wir brauchen wieder einmal einen Treffpunkt und appellieren einfach aus der Not noch einmal an Eure großzügige Gastfreundschaft."

„Aber selbstverständlich, Madame." Er nickte und geleitete sie in die beeindruckende Vorhalle.

Jean nahm Madeleines Ellenbogen, als sie in den nur trübe beleuchteten Gang bogen.

„Ich komme schon zurecht. Du kannst dich um die Pferde kümmern. Judith bleibt bei mir."

„Jean zögerte. „Aber ..."

„Geh nur, Jean. Ich komme wirklich zurecht. Sorge dafür, dass sich jemand um unsere Kutsche kümmert, und dann komm wieder zu mir herein."

Nur zögerlich wich Jean ihr von der Seite.

Pastor Veron zeigte den Weg mit einer Handbewegung. „Bitte folgt mir doch. Ich weiß, dass Pastor Le Sueur unbedingt das Neueste von Euch erfahren möchte. Er arbeitet gerade an seiner Predigt für morgen."

Madeleine und Judiths Schritte hallten durch die Flure und sie mussten sich beeilen, um mit Pastor Veron Schritt halten zu können.

„Und, habt Ihr von Eurem Mann gehört?"

„Nein, leider nicht."

„Ach, das tut mir wirklich leid."

Zum ersten Mal entdeckte Madeleine einen Unterton echten Mitgefühls in der Stimme des drahtigen Hilfspastors. „Vielen Dank."

Sie gingen schweigend weiter durch den dunklen Gang und betraten das muffige Büro, das der Familie Clavell einmal ein willkommener Zufluchtsort gewesen war. Über seine Bücher gebeugt, saß da an diesem historischen Ort der Anbetung der Mann Gottes und blickte nicht sofort auf.

Madeleine zögerte, weiter in das Büro hineinzugehen, obwohl Jacob direkt vor den Schreibtisch trat und sich räusperte.

„Ahem, Monsieur – wir haben Besuch – die Clavells."

„Ach!" Pastor Le Sueur stand auf und eilte auf Madeleine zu, um sie zu begrüßen, wobei er eines der Bücher von dem hohen Bücherstapel riss.

Madeleine knickste vor dem schwergewichtigen Mann, als er auf sie zukam.

„Madame Clavell, wie schön Euch wiederzusehen.“ Lachend gab er ihr die Hand. „Wir denken so oft an Euch und fragen uns, wie es Euch wohl ergangen sein mag. Eure Kinder – habt Ihr sie dabei? Und die Du Puys, geht es ihnen gut? Und gibt es etwas Neues über Euren Mann?“

Madeleine musste leise lachen. Sie hatte Pastor Le Sueurs Vorliebe für wortreiche Begrüßungen und Fragen völlig vergessen. „Es geht uns allen gut. Die Du Puys senden viele Grüße. Die Kinder haben wir in ihrer Obhut zurückgelassen. Jean und ich sind gekommen, um noch einen Versuch zu unternehmen, etwas über François' Schicksal in Erfahrung zu bringen.“ Sie sah sich nach einem Stuhl um.

„Ach, vergebt mir, Madame. Bitte, nehmt doch hier Platz.“ Pastor Le Sueur zog einen schweren Sessel hinter dem Schreibtisch hervor und stellte ihn Madeleine hin, die sich auf das weiche Polster sinken ließ. „Ah, das tut gut nach der langen Kutschfahrt.“ Sie wich dem Blick des Pastors aus und schaute auf ihre Hände hinunter, während sie sprach. „Ich habe nach Pierre Bovée geschickt. Er ist die zuverlässigste Quelle, die wir bei Hofe haben. Gottes Hand hat uns so gelenkt, dass wir die Suche nach François wieder aufnehmen sollen, aber dazu brauchen wir Informationen, und Pierre ist dafür unsere beste Quelle.“ Sie setzte sich auf dem Sessel ein bisschen vor. „Ich bete, dass Ihr unsere Bemühungen unterstützt, indem Ihr uns einen Ort zur Verfügung stellt, an dem wir uns treffen können.“

Pastor Le Sueur strich sich über den Bart. „Ich wüsste nicht, warum wir Euch nicht bei der Suche nach Eurem Mann behilflich sein sollten.“ Er sah Madeleine in die Augen und griff nach ihrer Hand. Einige Sekunden vergingen.

„Mein Kind, darf ich ganz offen sein?“ Der Pastor wartete ihre Antwort gar nicht erst ab, sondern fuhr gleich fort. „Gebt auf Euer Herz acht. In diesen unsicheren Zeiten steht sehr viel mehr auf dem Spiel als die Befriedigung der eigenen gefühlsmäßigen Bedürfnisse. Solange François am Leben ist, seid Ihr an ihn gebunden."

„Aber natürlich, Monsieur. Ich würde doch nicht ..."

„Ich weiß und ich bin in dieser Angelegenheit auch ganz sicher." Der väterliche Pastor tätschelte Madeleines Hand, während er weitersprach. „Aber wem auch immer Ihr am meisten Nahrung gebt – dem Herzen oder Euren Überzeugungen –, das wird stärker werden und letztlich den Sieg davontragen. Seid also auf der Hut. Lasst nicht zu, dass Euer Herz Euer Handeln bestimmt."

Madeleine senkte den Kopf und nickte.

Der Pastor fuhr fort: „Gott weiß von Anfang an, wie etwas ausgeht. Er hat unseren Auftrag vorherbestimmt. Seht auf die wichtigen Stellen, an die er Euch gestellt hat, um zu seiner Ehre das Wort zu ergreifen. Ihr hattet das Ohr des Königs – und wenn ich es recht verstanden habe, auch ein Stück seines Herzens."

„Ja, aber er hat nicht auf mich gehört."

„Egal, wie etwas zu sein scheint. Gott verlangt von Euch nicht mehr, als dass Ihr treu seid. Nur Gott weiß, was im Innern eines Menschen vorgeht. Es ist möglich, ja sogar sehr wahrscheinlich, dass der Heilige Geist unsere Entschlossenheit nutzt, damit wir in unseren Überzeugungen fest bleiben und er das Herz des Königs erreichen kann. Vielleicht sogar während wir jetzt gerade sprechen."

Kaum noch ein Flüstern zustandebringend, antwortete Madeleine: „Danke, Pastor. Ich werde Eure Worte beherzigen."

❊

Am nächsten Morgen führte Pastor Vernon die Clavells zu einer Kirchenbank sehr weit vorn am Altar und wies ihnen ihren Platz für den Gottesdienst zu. Ein Ältester stand am

Eingang und gab Méreaux an die Getreuen aus, die am Abendmahl teilnehmen durften.

Wie immer befiel Madeleine eine große Ehrfurcht, als sie das weithin bekannte Haus Gottes betrat, in dem Johannes Calvin gepredigt hatte. Und Erinnerungen an die Beerdigung ihrer Mutter in der Kathedrale vor einigen Monaten gingen ihr durch den Kopf. Verborgene Gefühle kamen an die Oberfläche und ließen ungewollt Tränen fließen. Sie tupfte sich die Augen mit ihrem Taschentuch ab.

Jean berührte ihre Hand, ohne sie dabei anzusehen.

Pastor Le Sueur eröffnete den Gottesdienst mit der traditionellen Psalmlesung: „Meine Hilfe stehet im Namen des Herrn, der Himmel und Erde gemacht hat."

Und dann fuhr er mit der Beichte fort und dem Zuspruch der Vergebung und dem Singen des *Kyrieeleisons*. Madeleine erfuhr großen Trost durch die Rituale der Kirche und in der Kirche Calvins am Abendmahl teilzunehmen, hatte etwas fast Mystisches. Ein anderer Ältester stand am Abendmahlstisch und sammelte von jedem Teilnehmer sein Méreau ein, bevor er Brot und Wein gereicht bekam.

Der gute Pastor predigte mit Eifer und Überzeugung über den Frieden Gottes. Als er seine Predigt abschloss, wurde der Friede, über den er gesprochen hatte, plötzlich Wirklichkeit und erfüllte Madeleines Herz. Sie beugte sich zur Seite und flüsterte Jean zu: „Wir sind auf dem richtigen Weg. Das spüre ich tief in meinem Inneren genau."

Jean sah sie lächelnd an und flüsterte: „Mir geht es auch so."

Jean stand auf, als der Gottesdienst zu Ende war, und half Madeleine und Judith aus der Kirchenbank. Als sie die Hälfte des Mittelganges zum Ausgang zurückgelegt hatten, blieb Madeleine abrupt stehen. Dort, ganz hinten im Schatten, saß eine vertraute Gestalt, die tief ins Gebet versunken zu sein schien.

„Pierre?" Madeleines leise Stimme reichte dennoch über die Reihen hinweg durch die gesamte Kirche.

Der Höfling, der noch besser aussah, als sie ihn in Erinnerung hatte, stand auf und kam rasch auf Madeleine und ihre Begleiter zu. Er nahm ihre Hand, gab ihr einen Handkuss und machte eine elegante Verbeugung.

„Madeleine, äh ... Madame Clavell ... ich bin entzückt, von euch hierher bestellt worden zu sein. Womit kann ich Euch dienen?“ Er hielt ihre Hand länger, als es schicklich gewesen wäre.

Madeleines Herz raste, aber sie mahnte sich selbst zur Ruhe. „Danke, dass Ihr gekommen seid. Ich hatte Euch erst später erwartet. Ich hätte nie ... das heißt ... Ich wusste nicht, dass Ihr ... Ich wusste nicht, dass Ihr einen Hang zu Gott habt.“

„Haben nicht alle Menschen das Bedürfnis, ihren Schöpfer kennenzulernen und mit ihm zu tun zu haben?“

„Ja, aber ...“

„Habt ihr mich deshalb in die berühmte Kathedrale bestellt – um mich nach meinem Glauben zu befragen?“ Er warf den Kopf zurück und grinste sie an, und da erst merkte sie, dass er sie neckte. „Wieso bittet Ihr erneut um meine Dienste?“

Die kleine Gruppe bewegte sich zum Ausgang hin und Pastor Le Sueur unterbrach sein Geplauder mit Gemeindegliedern, um Pierre zu begrüßen. „Willkommen, Monsieur Bovée.“ Er klopfte Pierre zur Begrüßung auf den Rücken. „Kommt mit, Madame Le Sueur hat ein üppiges Mahl für uns zubereitet. Wichtige Entscheidungen lassen sich besser mit vollem Bauch treffen.“ Sein herzhaftes Lachen hallte in der Sakristei wider, während er sie zu seiner Wohnung geleitete.

Pierre bot Madeleine seinen Arm, als sie Pastor Le Sueur folgten. Jean eilte an ihre andere Seite, nicht willens, seine Rolle als vorübergehendes Oberhaupt der Familie Clavell aufzugeben. Judith machte ein finsteres Gesicht zu den Rangeleien der beiden Männer.

*

König Ludwig hörte Pater Bourdaloue zu, der mit dröhnender Stimme darüber wetterte, wie schlecht die Armen behandelt würden. Rein äußerlich hörte der König aufmerksam zu und nickte, aber innerlich fragte er sich, was das eigentlich mit ihm zu tun hatte. Er ging jeden Tag zur Messe und zur Kommunion und er betete zu den richtigen Zeiten. Es gab Augenblicke, da fühlte er sich der Wollust und des Ehebruchs überführt, aber die mangelnde Fürsorge der Regierung für die Armen war nun wirklich nicht seine Angelegenheit. Darum sollte sich doch gefälligst die Kirche kümmern.

Ganz kurz flackerten in seinem Innern Gesichter aus der Vergangenheit auf – der sogenannte „Mann in der Eisenmaske" und François Clavell, aber dabei hielt sich das verstandesbetonte Gewissen des Monarchen nicht länger auf. Er machte sich viel mehr Gedanken über seine persönliche Absolution wegen des Stelldicheins der vergangenen Nacht, also neigte er sein Haupt und murmelte ein kurzes auswendig gelerntes Beichtgebet.

Ludwig verstand nicht die Hingabe und Demut der streng Gläubigen. Religiöse Pflichten, ja, das verstand er noch. Aber Dinge wie Opfer, Hingabe, Frömmigkeit und religiöser Eifer kamen in seinem Denken gar nicht vor und waren ihm deshalb zutiefst fremd. Besonders die Hugenotten verstand er so ganz und gar nicht. Warum konvertierten sie nicht einfach, wenn sie dadurch doch den Verlust ihrer Geschäfte, ihres Zuhauses und ihrer Familie verhindern konnten? Es war nur wichtig zu glauben, was man glauben musste, und zwar im Zusammenhang einer vereinten Kirche Frankreichs.

Dann schwebte ihm in seiner Vorstellung plötzlich Madeleines Gesicht vor Augen. Und Ludwig wurde sich ärgerlicher Gewissensbisse bewusst, die er bezüglich seines Umgangs mit ihr, ihrem Glauben und ihrer Familie hatte. Er schüttelte seinen Kopf, woraufhin ihn die Königin grimmig ansah, aber er ignorierte sie.

Er kehrte in die Abgeschiedenheit seiner eigenen Gedanken zurück, während der Priester fortfuhr. Er versuchte, sich Madeleines Sohn vorzustellen. Wie sah er aus? Wie alt war er genau? Er musste ungefähr so alt sein wie sein eigener Ludwig, der Dauphin, vielleicht ein bisschen älter. Wenn Madeleines Sohn ... wenn er ... wenn Madeleine und er einen .... wenn sie einen Sohn gehabt hatten, dann wäre er älter als sein Ludwig und hätte damit Anspruch auf den Thron.

Das Herz des Königs begann heftig zu klopfen und Schweißperlen traten ihm auf die Stirn. Er zog sein Spitzentaschentuch aus dem Ärmel und tupfte sich damit die Stirn ab. Die Königin blickte wieder zu ihm hinüber und schaute ihn fragend an. Er nickte ihr kaum merklich zu, um sie wissen zu lassen, dass alles in Ordnung war.

Nein, er würde sich nicht gestatten, daran zu denken. Madeleine hätte es ihm gesagt. Aber hätte sie das wirklich?

*

„Ich war angenehm überrascht, von Euch herbestellt zu werden." Pierre lehnte sich zu Madeleine hinüber und sprach derart leise, dass nur sie ihn verstehen konnte.

Jean drehte seinen Kopf so, dass er sie besser verstehen konnte.

„Ja. Ich ... ich brauche Euch ..."

Pierres Blick verriet, was in ihm vorging. „Was immer Ihr braucht, Madeleine. Ich stehe zu Euren Diensten." Er berührte durch das Taschentuch verdeckt ihre Hand. „Ich bin so glücklich, Euch wiederzusehen."

„Ich ... ich freue mich ebenfalls, Euch zu sehen." Madeleine zog ihre Hand vorsichtig weg. Sie errötete. „Wir müssen reden." Sie legte ihre Serviette auf den Tisch und stand auf.

„Wohin können wir gehen, um ein vertrauliches Gespräch zu führen, Pastor Le Sueur?“

Der Pastor warf einen Blick zu dem Trio Jean, Madeleine und Pierre, während er sich noch eine Portion Kartoffeln auffüllte. „Ihr könnt mein Studierzimmer nehmen. Dort seid Ihr ungestört.“

Jean und Pierre sprangen beide gleichzeitig auf, um Madeleine beim Aufstehen behilflich zu sein. Pierre wartete auf Jean und folgte dann beiden. Jean starrte den charmanten Höfling wütend an.

Als sie das düstere Studierzimmer betraten, drehte sich Madeleine um und schaute die beiden Männer an. Sie betrachtete ihre Gesichter – das gebräunte Gesicht ihres Schwagers und die gut aussehenden Gesichtszüge des weltgewandten Höflings. „Pierre, noch einmal, wir stehen tief in Eurer Schuld dafür, dass Ihr die lange Reise hierher auf Euch genommen habt, als wir Euch riefen.“

Bei der Pluralform *wir* zog Pierre kaum merklich die Augenbraue ein wenig hoch.

„Wir brauchen Eure Hilfe bei einem letzten Versuch, François zu finden.“

„Ich verstehe.“ Pierre wandte Madeleine den Rücken zu. Er fasste sich wieder und setzte eine Fassade rein platonischer Sorge auf. „Madame, Ihr glaubt doch nicht allen Ernstes, dass er noch am Leben ist, nachdem er zur Zwangsarbeit auf der Galeere verurteilt wurde. Die Tortur dieser Strafe zu überleben, ist praktisch unmöglich.“

„Ich spüre ...“ Madeleine legte ihre Hand auf ihr Herz. „Ich spüre in meinem Herzen, dass François noch am Leben ist, und erst wenn ich alles getan habe, um ihn zu finden ...“ – sie wählte ihre Worte sorgfältig, „... kann ich mein eigenes Leben fortsetzen.“

Pierre schüttelte ungläubig den Kopf. Er ging zu den überquellenden Bücherregalen hinüber und trommelte mit den Fingern auf einen der staubigen Regalböden. „Ich weiß, dass es schmerzlich ist, aber wenn François an Bord eines Schiffes als Galeerensklave umgekommen ist, dann ist er einfach ..."

Pierre hielt mitten im Satz inne, als Madeleines Blick sich verfinsterte.

„Einfach was?"

„Den Sklaven wird auch das kleinste bisschen Würde verweigert. Die Leichen werden einfach über Bord geworfen. Wir würden niemals in Erfahrung bringen können, was passiert ist."

Madeleine presste Ober- und Unterkiefer fest aufeinander, um ihre Gefühle im Griff zu behalten. „Versteht Ihr denn nicht? Wir müssen es wenigstens versuchen. Was auch immer wir dabei in Erfahrung bringen, wir haben dann wenigstens Gewissheit."

Jean blieb an Madeleines Seite. „Wenn auch nur die geringste Aussicht besteht, dass mein Bruder noch am Leben ist, dann müssen wir versuchen, ihn zu finden."

Madeleine trat auf Pierre zu. „Ihr seid unsere einzige Hoffnung. Wir wissen sonst niemanden, der Zugang zu den Listen der Galeerensklaven bekommen und uns dann Nachricht geben könnte." Ihre Stimme brach, als sie ihn bat. „Würdet Ihr uns bitte helfen?"

Pierre sah die Frau an, die sein Herz erobert hatte, als sie so dastand, gebrochen, verletzlich, ihn anflehend, das Leben ihres Mannes zu retten. „Also gut. Ich werde tun, worum Ihr mich bittet. Aber ich warne Euch nochmals, es ist so gut wie aussichtslos, dass er noch am Leben ist."

Er sah die beiden Clavells an, ging dann zu Madeleine und nahm ihre beiden Hände in seine. „Ihr müsst auf alles vorbereitet sein, was wir finden – oder nicht finden."

„Ja, das verstehe ich. Ich bin bereit."

„Und wenn ..."

„Pierre, wir dürfen unsere Zeit nicht mit Spekulationen über Dinge vertun, die nur Gott weiß."

„Ja." Pierre seufzte. „Ich werde morgen früh wieder aufbrechen und über Paris zurückreisen. Dort werde ich so diskret wie möglich Erkundigungen einholen." Dann sagte er zu Jean: „Passt gut auf sie auf."

Jeans Mund wurde angespannt. „Seid versichert, genau das habe ich vor."

Pierre nahm Madeleines Hände in seine und küsste beide. „Auf Wiedersehen." Er ging zur Tür des Studierzimmers und blieb mit der Hand am Türknauf stehen. „Ich werde keine Nachricht schicken. Welches Ergebnis auch immer ich finde, ich werde persönlich kommen und es Euch mitteilen – egal, ob es gut oder schlimm ist. Möge Gott uns allen gnädig sein."

Kapitel 27

Madeleine saß an dem Toilettentisch im schlichten Gästezimmer der Kathedrale und bürstete sich die Haare.

„Judith, hilf mir doch bitte hierbei. Ich komme nicht an das Haar im Nacken heran."

Die Zofe legte den Morgenmantel ihrer Herrin auf das Fußende des Bettes und nahm ihr die Haarbürste ab. „Und wie wollt Ihr Euch morgen früh frisieren, wenn Ihr jetzt alle Haarsteife herausbürstet?"

„Die liebe Judith. Immer in Sorge um das Äußere. Wir fahren doch nur zurück zu den Du Puys. Ich werde meine Haube aufhaben. Mach dir also keine Sorgen."

„Was ist denn das?" Judith hielt mitten im Bürsten inne.

„Ich habe nichts gehört."

Judith lauschte noch einmal. „Doch, da ist es wieder. Jemand klopft an die Tür."

„Reich mir bitte meinen Morgenmantel."

Die Dienerin half Madeleine in ihren Morgenmantel und huschte zur Tür, um nachzuschauen, wer da kaum hörbar geklopft hatte. „Monsieur Bovée! Madame haben sich bereits zurückgezogen." Missbilligend verzog Judith den Mund.

„Bitte, ich muss unbedingt mit Madame Clavell sprechen."

„Tut mir leid. Ich fürchte, das ist unmöglich."

Madeleine zog die Tür ganz auf. „Es ist schon in Ordnung, Judith."

„Aber Madame ..."

„Ich habe gesagt, dass es in Ordnung ist." Madeleine bedeutete dem jungen Mann mit einer Geste, dass er hereinkommen könne.

Pierre schaute sich noch einmal um, blieb aber in der Tür stehen. „Ich muss mit Euch sprechen ... allein."

„Also gut, Judith, du kannst dich jetzt zurückziehen."

„Madamc ..."

„Ich sehe dich dann morgen früh. Sorge bitte dafür, dass wir gleich nach dem Frühstück abreisen können."

„Judith knickste und ging irgendetwas vor sich hin brummelnd zur Tür.

„Judith."

„Madame?"

„Ich weiß deine Sorge um mich wirklich zu schätzen, aber es ist alles in Ordnung. Du brauchst dir keine Gedanken zu machen."

„Aber das sieht nicht ..."

„Ich bin darüber hinaus, mir Gedanken darüber zu machen, wie etwas aussieht. Unser Leben ist doch bereits völlig am Boden und wir kämpfen ums nackte Überleben. Pierre ist hier, um uns zu helfen. Es besteht keine Gefahr der Unschicklichkeit. Du kannst ruhig schlafen gehen und wir sehen uns dann morgen früh."

Madeleine hielt ihr die Tür auf und die Zofe zog sich zurück. Als sie gegangen war, trat Pierre ein, Madeleine schloss die Tür und lehnte sich von innen dagegen. „Was ist denn los, Pierre? Habt Ihr es Euch doch noch anders überlegt, uns bei der Suche nach François zu helfen?"

„Nein, ich bin immer noch bereit, Euch zu helfen. Zwar bin ich nicht gerade zuversichtlich, was den Erfolg meiner Suche nach ihm angeht oder auch nur etwas über ihn in Erfahrung zu bringen, aber ich werde tun, was ich kann."

„Also – warum seid Ihr dann hier?"

„Weil es Dinge gibt, die ich Euch sagen möchte – Dinge, die Ihr unbedingt wissen müsst."

„Habt Ihr etwas über François in Erfahrung gebracht, was Ihr mir nicht sagen wollt? Was ist es? Habt Ihr Gewissheit, dass er schon tot ist?" Madeleines Stimme wurde immer lauter und schriller, fast panisch.

„Nein, nein. Beruhigt Euch doch." Pierre ging zu Madeleine hin und nahm ihre Hände in seine. „Ich weiß nicht mehr über François als das, was ich Euch bereits mitgeteilt habe."

„Und was wollt Ihr mir sonst sagen?" Madeleine hielt inne und ein unbehagliches Schweigen breitete sich im Zimmer aus. „Ich warte ..."

Pierre ließ Madeleines Hände los und schloss sie gleich darauf fest in die Arme. „Ich muss Euch sagen, wie es um mein Herz steht."

Madeleine schnappte nach Luft und versuchte, sich von dem schmucken Höfling zu lösen. „Nein, Pierre, das dürft Ihr nicht. Bitte, bitte nicht."

Doch Pierre hielt sie fest. „So hört mich doch an. Ich habe gar nicht die Absicht, etwas anzustreben, was Ihr nicht wollt." Pierre lockerte seinen Griff ein wenig, ließ sie aber noch nicht ganz los. In der sanften Beleuchtung der Kerze auf dem Nachttisch sah er ihr direkt in die Augen und strich ihr übers Haar. „Aber Ihr müsst wissen – und habt es sicher auch bereits vermutet –, dass ich mich in Euch verliebt habe."

Madeleine löste sich von ihm und schüttelte nur fassungslos den Kopf, aber er packte sie bei den Schultern und zwang sie, ihn anzusehen.

„Ich kann bei Hofe jede Frau haben, die ich möchte, aber Ihr seid die einzige Frau, die jemals mein Herz erobert hat. Seit ich Euch zum ersten Mal gesehen habe – als Ihr damals auf dem Maskenball in Versailles hinter Eurer Maske mit mir geflirtet habt –, bin ich wie verzaubert. Damals habe ich Euch einfach als eine von vielen Eroberungen betrachtet, einen weiteren Pokal, den ich meiner Sammlung noch hinzufügen konnte. Aber als sich unsere Wege dann immer wieder kreuzten, ich in das Drama des Kampfes Eurer Familie mit hineingezogen wurde, verwandelte sich die ursprüngliche Herausforderung immer mehr in Bewunderung für Euren Mut und Eure Furchtlosigkeit – und dann in Liebe."

Madeleine entspannte sich und legte ihren Kopf an seine Brust. Er umfasste sie mit seinen muskulösen Armen und sie begann zu weinen. „Es darf nicht geschehen. Das werde ich nicht zulassen."

„Gibt es für uns eine Chance? Darf ich hoffen, dass Ihr ähnlich empfindet wie ich? Ich muss es wissen." Sein Atem wurde schneller. „Wie – wie kann die einzige Frau, die ich jemals geliebt habe, diese Gefühle nicht erwidern? Wie kann das Schicksal so grausam sein, mir das Einzige, was ich je geliebt habe, vorzuenthalten?"

„Ich kann nicht lügen." Madeleine löste sich erneut von ihm und schaute in die Augen des Mannes, der ihr mehr als nur einmal zum Retter geworden war. Wer käme wohl nicht in Versuchung durch einen so schneidigen, gut aussehenden Höfling mit einem strahlenden Lächeln, das er vom einen Moment auf den anderen auf sein Gesicht zaubern konnte?

„Doch, ich muss gestehen, dass auch ich Gefühle für Euch hege. Als ich Euch davonreiten sah, nachdem Ihr Vangie aus dem Kloster befreit hattet, da loderten sehr wohl Gefühle für Euch in mir auf. Die Leidenschaft, die ich zu empfinden begann, erschreckte mich. Und jedes Mal, wenn wir uns wieder begegnen, kommen die Gefühle wieder und fegen über mich hinweg. Aber ich kann nicht zulassen, dass es weitergeht." In ihren Augen hatten sich Tränen gesammelt und liefen jetzt über. „Ich liebe François und ich bin an mein Ehegelöbnis gebunden."

Pierre fiel auf die Knie und stöhnte auf. Er umfasste Madeleines Beine und weinte leise. „Ich liebe Euch. Oh Gott, helfe mir, aber ich bin hoffnungslos in Euch verliebt."

Madeleine fuhr ihm mit der Hand durchs Haar und kniete sich vor ihn. „Nicht hier und nicht jetzt. Ich bin an meinen Mann gebunden und ich liebe ihn. Ich liebe meine Familie und bin auch ihr verpflichtet. Ich kann nicht ... es geht einfach nicht."

So knieten die beiden da und hielten sich bei den Händen. Es vergingen einige Momente, bis sie dem anderen wieder in die Augen sehen konnten – die Stille nur durch ihren heftigen Atem unterbrochen.

Schließlich flüsterte Pierre: „Das ist wohl auch die Antwort, die ich erwartet hatte. Ich würde niemals versuchen, Euch zu etwas zu überreden, das gegen alles gerichtet ist, was Ihr glaubt und wer Ihr seid. Ihr wäret gar nicht in der Lage, gegen Eure Überzeugung zu leben."

„Ihr müsst mir versprechen, dass Ihr mir nie wieder Eure Liebe erklärt – jedenfalls nicht, solange noch Hoffnung besteht, dass François am Leben ist." Madeleines schwache Stimme stockte. „Versprecht es mir."

Pierre zog Madeleines Hände an seine Lippen und bedeckte sie mit Küssen. Sie immer noch festhaltend, blickte er auf und sagte: „Ihr sollt aber wissen, dass mein Herz immer Euch gehört – nur Euch. Vielleicht werdet Ihr mich in Begleitung anderer Frauen sehen oder davon hören, dass ich mit anderen Frauen zusammen bin, aber mein Herz wird immer nur Euch gehören."

Pierre umarmte Madeleine behutsam und verbarg sein Gesicht in ihrem Haar. Ein kaum hörbares ersticktes Flüstern kam über seine Lippen. „Ihr habt mein Wort. Ich werde nie wieder aussprechen, dass ich Euch liebe." Dann trat er einen Schritt zurück und verbeugte sich. Einen Moment lang blieb er noch in der Tür stehen und sah sie an, als wolle er sich jede Einzelheit ihres Gesichtes genau einprägen. „Mein Ehrenwort."

Und dann war er fort.

❋

Vom Fenster ihres Zimmers aus sah Madeleine zu, wie Pierre im ersten Morgengrauen sein Pferd sattelte. Schwerer Tau tropfte von den Rändern des steilen Daches. Es war kein Stallbursche in Sicht, der ihm behilflich war. Der Höfling erledigte zügig seine Arbeit und stieg dann auf sein Pferd. Ohne Vorwarnung sah er zu Madeleines Fenster hinauf und ihre Blicke trafen sich.

Pierre berührte den Rand seines Hutes und tippte sich über dem Herzen auf die Brust. Madeleine nickte und hob die Hand, um ihm zu winken, aber Pierre gab seinem Pferd bereits die Sporen, wendete und ritt davon.

❋

François wachte mit pochenden Kopfschmerzen auf. Er drehte sich auf die andere Seite und stöhnte auf, als er die Weinflasche auf seinem Nachttisch erblickte. Die Wunden auf seinem Rücken erinnerten ihn nach wie vor an die Peitsche des Galeerenmeisters, aber die stechenden Schmerzen waren einem dumpfen Pochen gewichen. Monsieur Fouriés Salbe half also gut.

Die klare Frische der frühen Morgensonne strömte an der Stelle durch die Vorhänge, an der François sie in der vergangenen Nacht zurückgezogen hatte. Er setzte sich auf und schlug seine Bettdecke zurück. Irgendjemand hatte einen Laib Brot und ein großes Stück Käse auf den Tisch gelegt. Er brach ein Stück von dem Brot ab und verzehrte es heißhungrig. Dann drehte er die Weinflasche um, aber es tropfte nur noch ein letzter kleiner Rest in das Weinglas.

François' Gedanken begannen zu rasen. Trotz seiner Kopfschmerzen, die er dem vielen Wein zu verdanken hatte, konnte er klarer denken als am Vortag. Er musste so schnell wie möglich Madeleine benachrichtigen. Aber wo sollte er nur beginnen? Wenn sie und die Kinder in Sicherheit waren und die Gefahr vorüber war, dann war sie bestimmt auf den Herrensitz zurückgekehrt. Vielleicht hatte Ludwig seine Entscheidung ja widerrufen und ihr erneut seinen Schutz gewährt. Wenn sie nach Genf geflohen war, wie sie es besprochen hatten, dann hatte sie vielleicht beim Herrensitz eine Nachricht für ihn hinterlassen. Womöglich hatte sie auch Henri und Armond zurückgelassen, um das Gut in Gang zu halten.

Er stemmte sich von seinem Krankenlager hoch und humpelte zum Fenster. Dort spähte er durch den Spalt zwischen den Vorhängen hinaus und beobachtete, wie der Hafen zum Leben erwachte. Die *La Fidelle* lag immer noch am Anleger und Matrosen schleppten Ladung die Gangway hinauf.

François erschauerte und ließ den Vorhang wieder los, der dabei gegen eine Klingelschnur für den Diener schwang. François griff nach dem schweren Strang und zog daran – und dann immer und immer wieder.

Daraufhin kamen gleich zwei Diener ins Zimmer gestürzt, gefolgt von einem atemlosen Monsieur Fourié. „Monsieur Clavell! Was ist denn los? Was können wir für Euch tun?"

François wandte sich vom Fenster ab. „Ich muss meine Frau benachrichtigen. Bitte besorgt mir einen Boten – sofort."

Die Diener huschten wieder aus dem Zimmer und Monsieur Fourié legte seine arthritische Hand auf François' Schulter. „Wir schicken sofort einen Boten nach Grenoble, mein Junge. Vertraut auf Gott."

François setzte sich mit hängenden Schultern auf die Couch neben dem Fenster. „Ich muss sie so schnell wie möglich benachrichtigen. Was, wenn es schon zu spät ist? Ich weiß ja nicht einmal, ob ... Ich weiß nicht, wo ..." Panisch sah er seinen Wohltäter an und verbarg dann das Gesicht in seinen Händen. „Bitte gib mich nicht auf, Madeleine. Ich bin am Leben und ich werde dich finden. Gib nicht auf!"

Kapitel 28

Sie erinnerte sich nicht mehr ganz genau an François' Gesicht, denn die Erinnerung an ihn verblasste langsam. Während die Kutsche über die holprige Straße rumpelte und die kleine Reisegesellschaft von Genf aus wieder zurück aufs Land brachte, schloss Madeleine die Augen und setzte ihren ganzen Willen ein, um sich Einzelheiten des Aussehens ihres Mannes ins Gedächtnis zu rufen – seine dunklen Augen, die Narbe quer über seiner Stirn, das dichte dunkle Haar. Bilder ihres längst vergangenen Lebens auf ihrem Besitz in Frankreich blitzten in ihren Gedanken auf: François, wie er den Kindern zeigte, die Pferde aufzuzäumen und zu satteln; gemeinsame Abende am Kamin nach dem Abendessen; sein Blick, wenn er sie neckte; wie sicher sie sich immer gefühlt hatte, wenn sie seine starken Arme spürte; und dann der Schrecken in seinem Gesicht, als er gerufen hatte, dass die Dragoner im Anmarsch seien.

Sein Gesicht tanzte am Rande ihres Erinnerungsvermögens herum und verschwand dann immer genau in dem Augenblick, wenn sich sein Bild gerade vor ihrem inneren Auge einstellte. Sie fragte sich, ob seine ohnehin schon schlanke Gestalt wohl durch die Zwangsarbeit auf der Galeere noch ausgezehrter war. Und vielleicht noch schlimmer waren die Gedanken an die Folter, denn sie war sich ganz sicher, dass François Folter erlebt hatte. Sie schüttelte den Kopf und weigerte sich, solche morbiden Bilder in ihrer Vorstellung zuzulassen.

Ein weiteres Gesicht kam vor ihr inneres Auge und verdrängte langsam das schwindende Bild ihres Mannes: Es war das Gesicht von Pierre Bovée. Er hatte seine Karriere und sogar sein Leben aufs Spiel gesetzt, um ihr zu helfen, ihre Tochter aus dem Kloster zu befreien, und er hatte immer wieder seine Dienste angeboten. Jetzt hatte er seine tiefsten Gefühle offenbart und ihr seine Liebe erklärt.

Früh an diesem Morgen, als er Genf verlassen hatte und wieder Richtung Frankreich geritten war, hatte sie zugesehen, wie sich seine Gestalt immer weiter entfernte, bis sie ihn nicht mehr hatte sehen können; und sie hatte ein geflüstertes Gebet gen Himmel geschickt: *Gott sei mit Euch, Pierre. Gott. Mein Gott. Kennst du wirklich meinen Gott, Pierre? Himmlischer Vater, ich kann seine Liebe nicht erwidern, aber mir liegt unendlich viel an ihm.*

Ihre Gefühle waren ein Labyrinth aus Widersprüchen. Sie erinnerte sich, wie Pierre in der Kathedrale in Genf im Gebet den Kopf gesenkt hatte. Seltsam. War er ein wahrer Gläubiger? Oder tat er nur fromm, wenn es gerade in seinen Plan passte? Sie wusste es nicht. In Wirklichkeit kannte sie diesen Mann, der ein großer Teil ihres Lebens geworden war, gar nicht – sie wusste nichts über ihn –, außer dass ihrer beider Leben zutiefst miteinander verwoben war.

Madeleine wusste, dass die Mitglieder ihrer Familie nicht die einzigen Opfer der Verfolgung waren. Vangie war nur eines von Tausenden von Kindern, die entführt und ihren Familien entrissen worden waren, François nur einer von unzähligen Männern und Frauen, die eingesperrt, gefoltert, zu Zwangsarbeit verurteilt oder wegen ihres Glaubens sogar getötet worden waren.

Sie fragte sich, ob Pierre überhaupt wusste, dass die Familie Vaudois für ihren furchtlosen Einsatz gegen die Hugenottenverfolgung bekannt war. So entscheidend diese Kämpfe für ihre persönliche Glaubensfreiheit auch waren, im großen Ganzen waren sie nicht mehr als ein winziges Mosaiksteinchen. Madeleine wusste nur zu gut, dass ihre persönlichen Sehnsüchte angesichts des allumfassenden Planes Gottes mit seiner Kirche nur eine untergeordnete Rolle spielten.

Aber an diesem Punkt war es ihr eigentlich egal, ob ihre Familie in dem Drama eine zentrale Rolle spielte oder nicht. Sie wusste nur, dass sie es leid war, sich zu verstecken und davonzulaufen, dass sie den Wunsch hatte, wieder mit ihrer Familie vereint zu sein – und dass sie sich stärker zu Pierre Bovée, diesem inzwischen vertrauten Fremden, hingezogen fühlte, je länger François vermisst wurde.

Die Kutsche kam mit einem Ruck zum Stehen, sodass Judiths Kopf hochschoss. Madeleine hörte, wie ihr Schwager die Pferde anhielt und dann die Tür der Kutsche öffnete und seinen Kopf hineinstreckte.

„Gleich kommt ein Gasthaus. Wir werden dort Rast machen und etwas essen, aber ich möchte erst noch hier am Fluss die Pferde tränken. Wir schaffen es sicher, vor der Dunkelheit wieder zu Hause zu sein."

Madeleine nickte und sie und Judith entflohen der Enge der Kutsche. „Fein, Jean. Wie weit ist es denn noch bis zu dem Gasthaus?"

„Wahrscheinlich etwa eine Viertelstunde."

Jean spannte die Pferde aus und führte sie zu dem friedlich dahinplätschernden Fluss. Madeleine ging hinter ihm her. Nur das Platschen der Pferdehufe am Flussufer unterbrach die Stille. Madeleine raffte ihre Röcke zusammen, setzte sich auf einen Baumstumpf und schaute flussabwärts. „Jean, was ist, wenn es in den Aufzeichnungen über die Galeerensklaven keinen Eintrag über François gibt? Hast du schon einmal überlegt, was wir tun sollen, wenn Pierre François nicht findet?"

Jean hielt weiter die Zügel der trinkenden Pferde fest, aber er drehte sich zu Madeleine um und schüttelte den Kopf. „Ehrlich gesagt habe ich es mir bis jetzt noch nicht erlaubt, so etwas überhaupt zu denken. Mein großer Bruder ... er ist ... er ist immer mein Held gewesen." Er schaute zum anderen Flussufer hinüber. „Aber sosehr ich den Gedanken auch verabscheue, ohne ihn weitermachen zu müssen, wahrscheinlich ist es besser, wenn wir – nur für alle Fälle – überlegen, wie es dann weitergehen könnte." Er hatte Mühe, seine Gedanken in Worte zu fassen. „Ich weiß, dass wir die Gastfreundschaft von Pastor Du Puy nicht ewig in Anspruch nehmen können, aber es fällt mir so schwer, darüber zu sprechen, vielleicht ohne François weiterleben zu müssen."

„Das verstehe ich gut." Madeleine stand auf. „Du bist ohne eigenes Zutun in die Position des Familienoberhauptes geraten und es war auch nicht deine Entscheidung." Sie berührte ihn am Arm und sah ihm in die Augen – Augen, die denen von François so ähnlich waren. „Ich weiß nicht, wie ich das alles ohne dich geschafft hätte, aber wir müssen uns der Tatsache stellen, dass wir vielleicht ein paar sehr schwere Entscheidungen treffen müssen, wenn wir François nicht finden."

Jean wechselte die Zügel in die andere Hand. „Wenn wir wirklich bei Anbruch der Dunkelheit zu Hause sein wollen, machen wir uns jetzt besser wieder auf den Weg."

Gemeinsam gingen sie zurück zur Kutsche, jeder tief in die eigenen Gedanken versunken. Madeleine spürte, dass sie ein neues Kapitel in ihrem Leben aufschlugen. Jean war ein Mann von Charakter und Integrität. Er hatte das Leben ihrer Söhne gerettet. Er hatte während François' Abwesenheit die Verantwortung für die ganze Familie übernommen und gar nicht den Versuch gemacht, wieder eine eigene zu gründen.

Sie würde auf ewig in seiner Schuld stehen, aber wie lange konnte sie noch von ihm erwarten, dass er ihretwegen sein eigenes Leben opferte?

Die beiden hielten das ungewisse Schicksal des Erbes der Vaudois' und Clavells in ihren Händen.

⁂

François schaute zum Fenster hinaus auf den Hafen. Abwesend trommelte er auf den Schreibutensilien herum, die Isaac ihm auf den Schreibtisch im Schlafzimmer der oberen Etage gelegt hatte.

Möwen kreischten und fingen sich Beute zu Wasser und zu Lande, um sie dann auf den Holzpfählen am Hafenbecken zu verzehren. Die *La Fidelle* lag immer noch am Anleger, aber die Aktivitäten an Bord deuteten darauf hin, dass die Reisevorbereitungen kurz vor ihrem Abschluss standen.

Er kniff die Augen zusammen, als ob er dadurch die Einzelheiten des Schiffes deutlicher erkennen könnte, auf dem er an den Rudern geschuftet hatte und sein Körper durch Hunger, Folter und Verzweiflung geschunden worden war. Die Erinnerung an die Anfeuerungsrufe des Galeerenmeisters dröhnte ihm noch immer in den Ohren. Ihm kamen die Tränen, und von einer Stelle tief in seinem Innern, die von einem bösartigen Sklaventreiber grausam zugerichtet worden war, begannen Gefühle nach oben zu kommen, die so stark waren, dass er sie nicht mehr zurückdrängen konnte. Das Gift seiner Gefangenschaft und der Hoffnungslosigkeit hatte fast zwei Jahre lang an diesem finsteren Ort in ihm gewirkt und geschwärt, und jetzt brach diese Eiterbeule auf. Es gab kein Halten mehr. Er barg sein Gesicht in seinen Händen und weinte, wie er noch nie zuvor geweint hatte.

François hörte ein Geräusch an der Tür, und als er aufblickte, stand Monsieur Fourié dort.

Isaac kam durch die Tür auf François zu und legte ihm die Hand auf die Schulter.

„Mein Freund, habt Ihr Schmerzen?“

François hatte Mühe, seine Fassung wiederzuerlangen. „Äh ... äh ... nein, mein Körper hat nicht mehr Schmerzen, als unter den Umständen zu erwarten ist.“ Er sah den freundlichen älteren Herrn an. „Dank Eurer mitfühlenden Fürsorge wird es besser.“ François seufzte. „Aber innerlich leide ich Qualen.“

Noch ein wenig wackelig auf den Füßen, stand François auf und lehnte sich an den Schreibtisch. „Ich muss so schnell wie möglich zu meiner Frau.“

„Ich habe bereits einen Boten geschickt“, sagte Monsieur Fourié. „Ihr seid viel zu schwach, um selbst zu reisen.“

„Bitte, Monsieur. Bitte hindert mich nicht.“ François blieb vor Isaac stehen und suchte Blickkontakt mit den Augen seines Engels der Barmherzigkeit. „Ich spüre, wie ich jeden Tag stärker werde. Werdet Ihr mir helfen? Bitte!“

Isaac schüttelte resigniert den Kopf, sodass sein strähniges weißes Haar ihm um den Kopf flog.

„Ach! Es ist zwar wider jedes bessere Wissen, aber ich weiß, dass man einen Mann nicht aufhalten kann, der so lange getrennt war von den Menschen, die er liebt. Ich werde Euch helfen.“ Er setzte sich auf den Schreibtischstuhl und beugte sich über den Tisch. „Wenn ich könnte, würde ich sogar persönlich mitreisen.“

„Vielen Dank, mein großzügiger Freund. Ich stehe einmal mehr in Eurer Schuld.“

„Unsinn. Ihr an meiner Stelle hättet auch nicht anders gehandelt.“

„Ich werde Euch alles zurückzahlen, sobald ich meine Besitztümer wiederhabe. Madeleine hat ...“ François' Stimme erstarb, als ihm klar wurde, wie er davon ausging, dass Madeleine auf den Herrensitz zurückgekehrt war und ihr altes Leben fortgesetzt hatte. Aber was, wenn das gar nicht der Fall war? Was, wenn sie ebenfalls mittellos war? „Und ich weiß noch nicht einmal, ob ich die Mittel haben werde, Euch alles zurückzuzahlen, Isaac."

„Das ist mit Sicherheit unsere geringste Sorge. Wer weiß, ob ich überhaupt noch lange genug lebe, dass Ihr mir alles zurückzahlen könnt." Er schaukelte mit den Händen auf den Knien vor und zurück und gluckste.

Ein großer muskulöser Mann mit lockigem roten Haar stieß die Tür auf.

„Ah, Joost. Komm doch herein." Isaac bedeutete dem jungen Mann einzutreten.

Joost kam herein und drehte seinen Hut in den Händen. Er wirkte sehr selbstbewusst und strahlte Sicherheit aus, obwohl er kaum älter als zwanzig Jahre sein konnte.

Isaac klopfte dem jungen Mann liebevoll auf die Schulter. „François, das hier ist mein Enkel Joost."

„Monsieur Fourié, diese Reise wird ganz sicher lang und beschwerlich werden – und höchstwahrscheinlich auch gefährlich", protestierte François. „Ich kann nicht verantworten, dass Euer Enkel um meinetwillen sein Leben aufs Spiel setzt."

„Ihr werdet in meinem ganzen Haus keinen mutigeren Mann finden – und auch keinen, der besser mit dem Schwert umgehen kann. Er ist ein hervorragender Reiter und kennt die Landstraßen zwischen Nord- und Südfrankreich besser als Ihr Euren eigenen Besitz. Er ist jung, aber er hat bereits vier Jahre lang als Kurier in der Armee des Königs gedient."

„Beim königlichen Militär?"

„Ja, Monsieur." Joost trat vor. „Aber jetzt diene ich einem höheren Herrn. Ich bin wieder nach Hause gekommen, um für den geistlichen Beruf zu studieren."

Isaac räusperte sich. „Ein bisschen fanatisch zwar, fürchte ich, aber ein guter Mann."

Joost grinste zu seinem Großvater hinüber. „Und es gibt keinen zuverlässigeren Kurier in ganz Frankreich."

„Aufgrund einer Laune von König Ludwig bin ich vor zwei Jahren von meiner Familie getrennt worden“, erklärte François. „Ich muss jetzt unbedingt meine Frau und meine Kinder benachrichtigen, dass ich noch am Leben bin. Meine Frau war eine Jugendfreundin von König Ludwig und hat kürzlich sein Angebot ausgeschlagen, wieder an den Hof und zu ihm zurückzukehren.“ François zögerte. „Ist Euch klar, in welche Gefahr wir uns möglicherweise begeben?“

Joost schaute zu seinem Großvater hin. „Ja, Monsieur, ich verstehe.“

„Könnt Ihr bis morgen zum Aufbruch bereit sein?“

„Ja, Monsieur. Ich muss nur mich selbst bereit machen. Ich bin nicht verheiratet – zurzeit jedenfalls nicht.“ Er grinste und bekam dabei auf einer Wange ein tiefes Grübchen.

„Ach? Vielleicht ein Schatz?“

„Vielleicht, aber nichts Ernsthaftes. Ich bin noch frei von familiären Verpflichtungen.“

Isaac trat neben seinen Enkel. „Joost ist gerade erst vor ein paar Wochen von seinem Dienst beim königlichen Militär zurückgekehrt und kann sich anscheinend noch nicht so recht in sein Studium einfinden.“ Der Großvater zwinkerte dem Jungen zu. „Er ist ein wenig rastlos und könnte deshalb vielleicht noch ein Abenteuer gebrauchen. Diese Mission für Gott kommt da eigentlich gerade recht. Er hat bereits einige Male zuvor Hugenotten über die Grenze ‚begleitet‘. Offenbar hat er ein ganz besonderes Talent dafür, seine offiziellen Pflichten für den König mit der Sorge um eine sichere ‚Reise‘ für Menschen unseres Glaubens zu verbinden.“

„Ich verstehe. Gut, Joost!“ François packte den jungen Mann bei der Schulter. „Ich freue mich darauf, in Begleitung eines so vielversprechenden Kuriers König Ludwigs zu sein – und dazu noch eines Kuriers, der offenbar unter dem Schutz des allmächtigen Gottes steht!“

Kapitel 29

„Schickt nach Pierre Bovée."

Nach dem Ende von König Ludwigs allmorgendlicher Ankleidezeremonie schauten sich die anwesenden Höflinge an. Nur das Rascheln der Leinenbettwäsche, die gerade vom königlichen Schlaflager abgezogen wurde, war zu hören. Die Jagdperücke des Königs lag auf einem dafür vorgesehenen Gestell für den Nachmittag bereit.

Ludwig entließ den königlichen Perückenmacher und schritt zur Tür, die in sein Arbeitszimmer führte, immer noch den morgendlichen Becher mit Weißwein, versehen mit Zucker und Gewürzen, in der Hand. Der Duft von Ambra umwehte ihn.

„Was ist los?" Wütend schaute er seine Bediensteten an. „Wo ist Monsieur Bovée?"

Einer der Höflinge trat vor. „Wenn Majestät gestatten, Monsieur Bovée ist vergangene Woche auf Reisen gegangen."

„Reisen? Nein, ich gestatte nicht." Die Stimme des Königs dröhnte durch den Raum, in dem es inzwischen ganz ruhig geworden war. „Er hat keine Erlaubnis zu verreisen. Hat er eine Genehmigung eingeholt?" Der Blick des Königs schweifte durch den Raum und die Anwesenden wichen diesem Blick aus.

Es herrschte angespannte Stille. Ängstlich zu Boden schauend, schüttelten die Anwesenden den Kopf. Einige murmelten: „Nein, Eure Majestät."

„Und weiß denn auch niemand, wohin Monsieur Bovée gereist ist – ohne meine Erlaubnis?" Die Stimme des Monarchen bebte vor wachsendem Zorn. Er klopfte mit seinem Gehstock auf den Boden. „Niemand?" Er ging zur Tür, drehte sich aber plötzlich noch einmal um und fragte mit einer Stimme, die kaum mehr als ein finsteres Knurren war: „Ist er etwa nach Paris gereist?"

Derselbe Höfling, der es gewagt hatte, bereits zuvor zu antworten, verbeugte sich jetzt und sagte: „Nein, Eure Majestät. Ich erinnere mich, dass jemand gesagt hat, Monsieur Bovée habe ganz plötzlich abreisen müssen, um sich um eine persönliche Angelegenheit zu kümmern."

Die Miene des Sonnenkönigs entspannte sich daraufhin merklich. „Nun gut." Er lachte leise vor sich hin. „Eine persönliche Angelegenheit also, ja? Eine schöne Mademoiselle doch wahrscheinlich, oder?"

Das Gefolge des Königs ging, still vor sich hinlächelnd, hinter ihm her.

„Sorgt dafür, dass er sofort zu mir kommt, wenn er wieder zurück ist." Der glorreiche König Ludwig betrat sein Arbeitszimmer und bedeutete seinen Ministern, die Tür hinter ihm zu schließen.

„Wieso machen sich Eure Majestät heute Morgen Gedanken über den Verbleib eines einfachen Höflings, wo es doch weit wichtigere Angelegenheiten gibt, auf die wir unser Augenmerk richten sollten?"

„Aber natürlich! Ihr habt ja recht, Monsieur Colbert. Was habt Ihr denn heute für mich?" Ludwig blieb an seinem Schreibtisch stehen und blätterte in seinem Bilanzbuch. „Was sagt der Bericht des Schatzmeisters? Es geht uns doch gut, oder? Die Einnahmen der französischen Krone haben sich in den vergangenen zehn Jahren verdoppelt."

Der Finanzminister des Königs schüttelte den Kopf. „Noch einmal, Eure Majestät, ich möchte eindringlich an Euch appellieren. Die Ausgaben für den Bau von Versailles entgleiten uns immer mehr; pompös gestaltete Giebel, große Appartements, Tanzsäle, Emporen und Büros werden uns noch ruinieren, wenn wir nichts unternehmen." Er ging zum Fenster hinüber. „Und die Gärten – Pavillons, Gitter, Grotten, Springbrunnen, Wasserspeier – und, mein Gott – die Orangenbäume. Wo soll das enden? Ihr habt doch bereits den prächtigsten Garten in ganz Europa."

Ludwig hob seine Hand. „Darüber werde ich nicht mehr diskutieren, Colbert. Ihr seid ein Genie darin, Geld für den Staatshaushalt zusammenzubekommen und den Staatsschatz zu verwalten. Kümmert Ihr Euch darum." Er reichte den Bericht seinem Minister. „Sonst noch etwas?"

Colbert drehte sich noch einmal um und seufzte. „Ja, Eure Majestät. Ich bemerke einen zunehmenden, sagen wir Druck auf die Hugenotten. Solange sie politisch loyal und gehorsam bleiben, sind die Protestanten ein wertvoller Aktivposten für die Wirtschaft und den Handel unseres Landes. Wir tun uns selbst keinen Gefallen, wenn wir sie zur Flucht zwingen, weil sie Verfolgung fürchten oder den Druck zu konvertieren."

„Was wollt Ihr damit sagen? Geht es vielleicht auch ein wenig genauer?"

Nun sprach Colbert es dem König gegenüber aus: „Sire, wir haben ihre Krankenhäuser und Schulen geschlossen, sie dürfen keine öffentlichen Ämter mehr bekleiden, wir entführen ihre Kinder, um sie in Klöstern umzuerziehen – und jetzt hat die jüngste Versammlung beschlossen, dass Mischehen für ungültig erklärt werden und die Kinder aus solchen Verbindungen als unehelich gelten sollen. Das ist für uns keineswegs von Vorteil." Er hielt inne. „Meiner Beobachtung nach ist die öffentliche Meinung nicht aus religiösen Gründen gegen diese Menschen, sondern weil ..." Colbert zögerte.

„Weshalb, Colbert? Sprecht es aus."

„Weil sie bessere Geschäftsleute sind als ihre katholischen Konkurrenten. In Orten, wo die Hugenotten in der Überzahl sind, blüht die Wirtschaft."

„Genug! Unsere Leute erinnern sich an Geschichten ihrer katholischen Vorfahren, die berichten, wie in Dörfern, in denen die Hugenotten das Sagen hatten, Bauernhöfe niedergebrannt und die Hostie in Dorfkirchen entweiht wurde. Beruht nicht die Stabilität unserer Regierung auf der gesellschaftlichen Ordnung? Und die gesellschaftliche Ordnung beruht auf Moral, und die würde ohne die Unterstützung einer Staatsreligion zusammenbrechen. Nein, Colbert, Ihr irrt Euch. Wir müssen die Nation einen. *Un roi, une loi, une foi* – ein König, ein Gesetz, ein Glaube."

„Frankreich kann nicht ‚geeint' werden, wenn hugenottische Dörfer und Häuser von Dragonern überfallen und verwüstet werden und wenn protestantische Beerdigungen, Hochzeiten und Gottesdienste von katholischen Aufständischen angegriffen werden. Die Dragoner ignorieren völlig, dass sie den Auftrag haben, für den Schutz der Hugenotten zu sorgen, der ihnen durch das Edikt von Nantes garantiert wird, ein Edikt, das Ihr selbst ausgegeben habt. Eure Majestät, ich bitte Euch inständig, das muss ein Ende haben."

Ludwigs Gesicht wurde zornesrot, er stand auf und schlug mit der Faust auf den Tisch. „Ich werde nicht weiter über die Hugenotten diskutieren! Eure Aufgabe ist es, für die Einnahmen zu sorgen, die nötig sind, um diese Regierung zu führen, nicht, Euch mit der Staatsreligion zu befassen. Überlasst die Religion dem Kardinal de Bérulle und den Priestern."

Der König gab ihm einen Wink mit der rechten Hand. „Ihr könnt wegtreten."

„Aber Eure Majestät ..."

„Wegtreten habe ich gesagt. Auf der Stelle!"

Colbert verließ mit einer tiefen Verbeugung rückwärts das Arbeitszimmer.

„Wartet."

Colbert blieb stehen und sah den Monarchen an.

„Bitte holt meine Korrespondenz und bringt sie mir."

„Ja, Eure Majestät. Ich bin gleich wieder zurück."

Ludwig saß reglos auf seinem Sessel. Er nahm seinen Stock, stand auf, ging zum Fenster, zog die schweren Vorhänge beiseite und betrachtete die Gärten dort unten. Er wusste, dass Colbert in Bezug auf die Kosten für die Gärten recht hatte. Der Park von Versailles wurde immer bekannter als einer der schönsten und elegantesten seiner Zeit. Aber damit war König Ludwig immer noch nicht zufrieden. Er wollte mehr.

Er packte den Rand des schweren Vorhangs und presste ihn mit der Faust fest zusammen. Aber die Hugenotten – was diesen Stachel im Fleische Frankreichs betraf, da hatte Colbert unrecht. Man musste mit ihnen fertig werden.

Und Ludwig konnte nicht an die Hugenotten denken, ohne dass dabei auch Madeleine eine Rolle spielte. Er war überzeugt, dass nur ihre Entschlossenheit, am protestantischen Glauben festzuhalten, verhindert hatte, dass sie zu ihm zurückgekehrt war. Trotz seiner Fehde mit dem Glauben der Hugenotten empfand Ludwig innerlich ein überraschend starkes Mitgefühl mit den einzelnen Familien, die von der zunehmenden öffentlichen Stimmung gegen sie erfasst wurden. Eine Generation lang waren die Katholiken verfolgt worden, und dann fiel in den darauffolgenden vierzig Jahren das Fallbeil auf den Hals der Hugenotten. Wieso konnten sie nicht einfach wenigstens nach außen der katholischen Kirche gegenüber Ehrerbietung erweisen? Sollten sie doch glauben, was sie wollten, aber der Kirche die Treue geloben zugunsten einer vereinten Nation.

Ludwig war bezüglich der Einheit des Staates absolut sicher in seiner Überzeugung, aber innerlich hatte er auch Mitgefühl mit den Menschen in seinem Königreich, die darunter litten – besonders mit einem dieser Menschen.

*

Pierre Bovée steckte seinen Schlüssel in das Schloss zu seiner Wohnung in Versailles. Es war spät und er wollte nur noch ins Bett und schlafen. Die Tür war unverschlossen, dabei erinnerte er sich ganz genau, dass er abgesperrt hatte, als er abgereist war.

Mit einer Hand griff Pierre nach seinem Schwert. Im Zimmer war es stockdunkel.

Die Tür quietschte und verkündete jemandem, der sich im Innern des Raumes aufhielt, dass Monsieur Bovée wieder zurück war. Pierre trat ein und eine dunkle Gestalt sprang zum Angriff bereit vom Bett auf.

In diesem Augenblick erkannte Pierre die Gestalt. „Vater! Was machst du denn hier?"

„Ach, du bist es, Pierre!" Die Gestalt entspannte sich. „Ich wusste nicht, wann du zurück sein würdest." Kommandeur Paul Bovée ging zum Tisch und zündete eine Kerze an.

„Schön, dich zu sehen, mein Sohn." Er gab Pierre einen flüchtigen Klaps auf den Rücken.

„Ja, auch schön, dich zu sehen." Pierre warf seinen Hut und die Handschuhe auf einen Stuhl und setzte sich auf die Bettkante, um seine Stiefel auszuziehen. „Aber ich bin tagelang geritten und freue mich jetzt darauf, wieder in meinem eigenen Bett zu schlafen." Die Stiefel polterten auf den Boden. „Ich komplimentiere dich also freundlich hinaus."

„Aber natürlich. Ich gehe wieder zurück zu meinen Männern in unser Quartier." Der ältere, aber immer noch schneidige Dragonerkommandeur bedachte seinen Sohn mit dem typischen strahlenden Bovée-Lächeln. „Ich dachte nur, ich könnte den Vorteil einer weichen Matratze nutzen, solange sich die Chance bot. Und weil du mir großzügigerweise einen Schlüssel für deine Wohnung überlassen hast ..."

„Die Tür war aber gar nicht abgeschlossen."

„Ich nehme an, ich habe vergessen abzuschließen, als ich ins Bett gegangen bin. Entschuldige bitte."

Pierre sah seinen Vater an, der sich, so lange er denken konnte, ihm gegenüber immer distanziert und gleichgültig verhalten hatte. Woher kam jetzt dieses plötzliche Interesse an ihrer Beziehung?

„Ist ja nichts passiert. Ich habe mich nur erschreckt, sonst nichts." Pierre deutete mit dem Kopf auf die Couch. „Du kannst gern auf der Couch schlafen, wenn du willst, aber ich muss dich warnen, sie ist nicht besonders bequem."

Pierre sah zu, wie sein Vater seine Sachen zusammensuchte. Vielleicht wurde der Kommandeur ja sentimental auf seine alten Tage oder er bedauerte, dass er Pierres Mutter nicht geheiratet und sie und den Sohn ganz und gar unversorgt sitzen gelassen hatte. Vielleicht wollte er auch nur mit seinem Sohn prahlen, der es in der höfischen Gesellschaft bereits weit gebracht hatte. Oder führte er vielleicht einfach etwas Böses im Schilde – wollte er möglicherweise etwas über Pierres Bekanntschaft mit Madeleine Clavell in Erfahrung bringen?

„Danke, aber ich gehe lieber wieder hinunter zu meinen Männern."

Pierre war erleichtert. Er wollte nicht gern darüber ausgefragt werden, wo er gewesen war und was er gemacht hatte.

„Übrigens, wo warst du eigentlich? Auf einer Mission für den König?"

„Das könnte man so sagen."

„Und du bist mehrere Tage lang geritten, sagst du?"

„Ja."

„Hmmm, verstehe. Du willst nicht darüber sprechen, oder?"

„Ich bin müde. Ich habe tagelang im Sattel gesessen."

„Glaube mir, das verstehe ich." Kommandeur Bovée zog sich die Stiefel an, setzte seinen Dragonerhut auf und stopfte dann seine übrigen Sachen in eine Tasche, die er sich über die Schulter schwang, als er mit Packen fertig war. „Ich bin da auf eine interessante Sache gestoßen und frage mich, ob du darüber vielleicht Klatsch unter deinen Mithöflingen gehört hast."

„Und das wäre?" Pierre zog seine Uniformjacke aus und goss den Rest Wasser, der noch im Krug auf dem Waschtisch stand, in die Schüssel.

„Tut mir leid, mein Sohn, ich wusste nicht, dass du heute Nacht zurückkommen würdest."

Pierre seufzte, tauchte das Handtuch ins Wasser und wischte sich damit das Gesicht ab. „Wenn du nicht hier gewesen wärest, dann wäre jetzt wahrscheinlich gar kein Wasser im Krug gewesen."

„Ich habe vor ein paar Wochen im Kloster der Töchter Mariens hereingeschaut. Allem Anschein nach ist dort ein kleines Hugenottenmädchen, das ich befreit und zu seinem eigenen Schutz ins Kloster gebracht hatte, entführt worden." Kommandeur Bovée sah seinen Sohn durchdringend an. „Du hast davon wahrscheinlich nichts gehört, oder?"

Pierre warf das Handtuch auf den Waschtisch und spürte, wie ihn die Panik packte. Er legte sich auf sein Bett und atmete in einem langen Seufzer aus. „Aahhh, das fühlt sich einfach himmlisch an." Er kreuzte seine Beine und legte die Hände unter den Kopf. „Woher sollte ich denn darüber etwas wissen und wieso sollte ich mich überhaupt mit den Eskapaden einer Hugenottenfamilie befassen? Und abgesehen davon bin ich heute Abend wirklich nicht in der Stimmung für solche spekulativen Gespräche."

„Natürlich. In der nächsten Woche werde ich noch am Hof sein, weil es keine neuen Befehle für uns gibt. Ich sehe dich also morgen früh."

„Aber bitte nicht zu früh – ich habe vor, so lange zu schlafen, wie ich kann." Pierre schloss die Augen und hoffte, sein Vater möge nicht merken, dass sein Herz so wild klopfte, dass man es schon durch seinen Brustkorb sehen konnte.

„Schlaf gut. Gute Nacht, mein Sohn."

„Gute Nacht." Pierre stand auf, ging zur Tür und schloss sie hinter der sich entfernenden Gestalt seines Vaters ab.

Sohn. Pierre traute diesem Mann nicht über den Weg, aber er war zu müde, um noch weiter darüber nachzudenken. Er zog seine Kniehosen aus, fiel in das bereits benutzte Bett und war auf der Stelle eingeschlafen.

*

Lautes Hämmern an der Tür drang in Pierres Träume vor. Er bahnte sich seinen Weg durch den Nebel frühmorgendlicher Traumbilder und stöhnte, als ihm klar wurde, dass jemand an der Tür seines Apartments war. Er taumelte aus dem Bett und zur Tür und murmelte vor sich hin. „Ich habe ihm doch gesagt, dass ich heute Morgen ausschlafen will."

Pierre öffnete mit Wucht die Tür, sodass sie innen gegen die Wand schlug. „Ich habe doch gesagt ..."

Nicht sein Vater, sondern ein junger Page stand in der Dunkelheit des Ganges und schaute mit großen Augen den völlig verschlafenen Höfling an. „Der König wünscht Euch auf der Stelle zu sehen."

Pierre fuhr sich mit der Hand durch sein langes, zerzaustes Haar und strich es sich aus der Stirn.. „W-wieso denn? Ich bin gar nicht im Dienst."

„Der König hat seit Eurer Abreise jeden Morgen nach Euch verlangt. Er ist gar nicht glücklich darüber, dass Ihr ohne seine Erlaubnis fort wart, und er möchte Euch auf der Stelle sehen." Der Junge trat von einem Fuß auf den anderen. „Was soll ich Seiner Majestät ausrichten?"

„Ich brauche ein bisschen Zeit, um mich frisch zu machen." Pierre wusste, dass er dem peniblen König nicht unter die Augen treten durfte, ohne zuvor seine Toilette beendet zu haben. „Bring mir frisches Wasser und hilf mir.

Beeil dich!“ Pierre drehte sich zum Waschtisch um und gab dem Jungen den leeren Krug.

„Ja, Monsieur. Ich bin sofort wieder da.“ Der Page nahm den Krug und rannte den Gang entlang davon, sodass seine Schuhe auf den schwarz-weißen Bodenfliesen klapperten.

Pierre grummelte, öffnete seinen Kleiderschrank und suchte dem Anlass des königlichen Ankleiderituals entsprechend angemessene Kleider heraus. Er setzte sich auf die Bettkante und beugte sich vor, die Ellenbogen auf den Knien, den Kopf in die Hände gestützt. Dabei murmelte er: „Ich fühle mich, als hätte ich die ganze Nacht getrunken.“

„Monsieur?“ Der Page stand mit dem Krug in der Tür und verschüttete gerade Wasser auf dem Fußboden.

„Komm schon herein und gieß das Wasser in die Waschschüssel.“ Pierre reichte dem Jungen seine Jacke. „Knöpfe mir schon mal die Uniformjacke auf.“

Der Page tat, was ihm gesagt wurde, während Pierre sich rasch wusch. Er zog seine Hofgarderobe an, entließ den Pagen und achtete darauf, beim Verlassen seiner Wohnung die Tür zu verschließen. Er rückte seine Perücke noch zurecht und eilte zum Quartier des Königs.

Pierre wusste, dass er sich beruhigen musste. Er blieb deshalb stehen und holte noch einmal tief Luft, bevor er zusammen mit den anderen Höflingen den Vorraum des königlichen Arbeitszimmers betrat.

Seine Mithöflinge rempelten Pierre freundschaftlich an, als er durch die Gruppe hindurchging.

„Ach, seht doch mal, wen wir da haben!“

„Der König hat schon nach Euch gefragt.“

„Legt Euch bloß eine gute Geschichte bereit.“

Er grinste und begrüßte sie, als er zur Tür des königlichen Arbeitszimmers ging. Dankend nickte er den Wachen zu, als sie ihn einließen.

Pierre sah, dass der König und Colbert am Ende des Raumes über dem Schreibtisch die Köpfe zusammengesteckt hatten. Colbert, der ein großes, in Leder gebundenes Buch in der Hand hielt, richtete sich auf, um Pierre zu begrüßen.

Ludwig gab Pierre ein Zeichen, näher zu kommen. „Ah, Pierre. Endlich seid Ihr wieder da.“ Er senkte die Stimme. „Wenn ich recht verstanden habe, hattet Ihr persönliche Angelegenheiten zu regeln?“

„Ja, Eure Majestät. Bitte vergebt mir, dass ich in der Eile vergessen habe, Euch um Euer Einverständnis zu ersuchen. Die Botschaft der Dame war dringend und ich ...“

„Was habe ich Euch gesagt, Colbert? Ich wusste, dass es mit einer Frau zu tun hat. Es ist Euch alles vergeben.“ Ludwig tat die Entschuldigung mit einer Handbewegung ab. „Zuerst war ich erzürnt, weil ich dachte, Ihr wäret ohne mein Einverständnis nach Paris gereist.“ Er lächelte. „Wenn es jedoch so dringend war – nun – dann musstet Ihr ja wohl unverzüglich aufbrechen, nicht wahr?“ Der König sah Pierre mit einem lüsternen Grinsen an.

Ob dem König bewusst war, dass er abgereist war, um Madeleine zu treffen? Wie konnte er davon wissen? Wirre Gedanken gingen Pierre durch den Kopf. *Beruhige dich. Der König kann unmöglich etwas über die Verbindung zwischen Madeleine und mir wissen.*

Pierre spielte das Spiel des Königs mit. „Was soll man machen, wenn man von einer schönen Dame gerufen wird – und ihr Ehemann nicht da ist?“

„Ein abwesender Ehemann? Ach, das war dann also das Problem? Das klingt mir ganz nach einer Mission, die es wert war.“ Der König lachte schallend. „So, genug der amourösen Eskapaden. Ich möchte Euch eine Frage stellen.“

„Stets zu Diensten, Eure Majestät.“

„Erinnert Ihr Euch an die schöne Madeleine Clavell, die Ihr vor ein paar Jahren zu mir in den Großen Trianon begleiten solltet?“

Pierre wusste, dass er sich auf dünnem Eis bewegte, beschloss aber im Bruchteil einer Sekunde, dass es nur verdächtig wirken würde, wenn er ausweichend antwortete. „Aber natürlich erinnere ich mich, Eure Majestät. Wie könnte ich eine solche Frau vergessen? Und wenn ich mich recht erinnere, hattet Ihr ein ganz besonderes Interesse an ihr, was Euch gewiss niemand verübeln kann ...“

Wieder unterbrach ihn der König. „Ach, nur eine alte Jugendliebe. Ihre Familie ist allerdings ein stetiger Quell des Ärgernisses für mich. Sie ist Hugenottin.“

„Das ist mir in jener Nacht damals nicht entgangen.“ Pierre räusperte sich. „Aber weshalb macht sie Euch Sorgen? Ich habe sie seitdem nicht wieder am Hofe gesehen.“

„Nein, und genau das ist der Punkt. Sie ist verschwunden, zusammen mit ihrer Tochter. Ihren Mann habe ich zur Zwangsarbeit auf der Galeere verurteilt, und wenn er noch am Leben sein sollte, dann geht es ihm ganz sicher mehr als elend.“ Ludwig rückte die ganze Zeit die Papiere auf seinem Schreibtisch zurecht. „Euer Vater berichtet mir, dass jemand ihre Tochter aus dem Kloster der Töchter Mariens entführt hat, wohin ich sie zur Erziehung und zu ihrem eigenen Schutz hatte überstellen lassen. Und jetzt ist Madeleine nirgends zu finden.“ Der König blickte ganz plötzlich zu Pierre auf. „Ihr wisst nicht zufällig etwas darüber, oder?“

Hinter alldem steckte sein Vater, da war Pierre sicher.

Mit Spott in der Stimme antwortete er: „Wieso sollte ich mich wohl mit einer verheirateten Hugenottin herumschlagen – und sei sie noch so schön? Ich kann jede Frau haben, die ich an Eurem berühmten Hofe haben will.“ Pierre verneigte sich. „Mit Eurem Einverständnis natürlich.“

„Hmm – ja. Genau.“ König Ludwig stand auf. „Da Ihr ja wisst, wie sie aussieht, und einen Abend lang mit ihr zusammen wart, habe ich einen Auftrag für Euch.“

„Sire?“

„Ich möchte, dass Ihr herausfindet, was mit ihr geschehen ist. Ich habe angeordnet, ihren Familiensitz südlich von

Grenoble zu zerstören, und habe wie gesagt ihren Mann zur Zwangsarbeit auf der Galeere verurteilt."

„Vielleicht wäre das ja ein guter Ausgangspunkt. Wenn ich ihren Mann befragen könnte – vielleicht weiß er ja, wo sie sich aufhält."

„Vielleicht – falls er noch am Leben ist." Ludwig wandte sich an Colbert. „Sucht für Pierre die Galeerenregister heraus."

„Aber es stehen Hunderte von Namen in den Galeerenarchiven. Das kann Wochen dauern."

„Wie viele Schiffe haben wir derzeit in der königlichen Marine, auf der Galeerensklaven arbeiten?"

„Vierzig, Eure Majestät."

„Die könnten doch sicherlich zügig durchgesehen werden."

„Aber da sind dann auch noch die Handelsschiffe, auf denen Galeerensklaven sind. Und von diesen Sklaven gibt es keine Listen. Diese Galeeren liegen in jedem Hafen Frankreichs."

„Was ist mit den Sträflingen, die direkt von der Bastille aus zur Zwangsarbeit gebracht wurden? Werden die gesondert von den allgemeinen Büchern aufgeführt?"

„Ja, Sire. Die sind in den Büchern der Bastille verzeichnet."

„Dann haben wir ja Glück. Ich habe François Clavell nämlich direkt von der Bastille aus zur Zwangsarbeit auf der Galeere verurteilt. Sein Bestimmungsort müsste dann doch bei den Dokumenten dort sein, oder?"

Colbert seufzte, war aber klug genug, nicht weiter mit dem König zu diskutieren. „Ich werde mich sofort darum kümmern." Dann warf er Bovée ein durchtriebenes Lächeln zu. „Vielleicht hat Monsieur Bovée ja dann jetzt doch die Einwilligung Eurer Majestät, nach Paris zu reisen, dieses Mal allerdings geschäftlich?"

Ludwig lachte. „Ganz sicher."

Pierre verfolgte das Gespräch mit ungläubigem Staunen. War das hier nur eine weitere höfische Anspielung? Oder war es eine Falle? Wenn es keine Falle war, dann war es zu schön, um wahr zu sein – vom König genau den Auftrag zu bekommen, dessen Ausführung er Madeleine versprochen hatte. Pierre verließ den König völlig verblüfft darüber, welch ein Glück er doch hatte.

Kapitel 30

François eilte in der frühen Morgendämmerung die Treppe hinunter. Er hatte noch etwas weiche Knie, aber so gut hatte er sich seit zwei Jahren nicht mehr gefühlt. Sein quälender Husten hatte nachgelassen dank Isaacs beruhigendem Hustensirup aus warmem Honig und Wein, den er jeden Abend bekam. Die Striemen auf seinem Rücken waren abgeheilt und taten nicht mehr weh, sondern waren nur noch empfindlich.

Er hörte das Geplauder des Küchenpersonals und ging die Rückseite des Hauses entlang. Ihm lief das Wasser im Munde zusammen, als er die Küche betrat und den Getreidebrei riechen konnte, der bereits in einem Kessel über dem Feuer Blasen schlug.

„Monsieur Clavell." Erschrocken über das plötzliche Auftauchen ihres Hausgastes, hielt die Köchin Sara in ihren Frühstücksvorbereitungen inne.

„Ihr seid früh auf, Monsieur, und Ihr seht aus, als ginge es Euch schon viel besser."

„Ich werde täglich kräftiger dank der guten Pflege und Versorgung – und des guten Essens." François berührte die Narbe auf seiner Stirn und lächelte die Bedienstete an.

Sie senkte schnell den Kopf und murmelte ein leises Danke. Ein dunkelhaariges Kleinkind blickte neugierig hinter ihrer Schürze zu François hinauf.

„Hallo, Kleines." François kniete sich hin und stupste sie mit dem Zeigefinger unterm Kinn. „Du bist aber eine kleine Hübsche. Du erinnerst mich an meine Vangie."

„Vangie – ist das die Kurzform von Evangeline?"

„Ja, sie müsste inzwischen fünf Jahre alt sein. Ich hoffe, dass sie sich noch an mich erinnert."

„Ach, das wird sie sicher. Das hier ist meine Enkelin. Sie steht jeden Morgen im Morgengrauen mit mir auf. Ich weiß auch nicht, warum sie nicht schläft. Wahrscheinlich hat sie Angst, etwas zu verpassen." Sara lachte und wischte sich die roten, rauen Hände an der Schürze ab, um dann eine Schale vom Regal zu holen. „Nehmt doch im Esszimmer Platz. Ich bringe Euch dann gleich das Frühstück."

Sie huschte um ihn herum, als wäre er ein Ehrengast.

„Vielen Dank, aber ich würde eigentlich lieber in der Küche essen." Er zog eine schwere Bank heran und setzte sich an den langen Gesindetisch.

Die Köchin protestierte zwar, füllte ihm aber eine großzügige Portion von der dampfenden Mahlzeit auf den Teller und schnitt ihm dazu eine dicke Scheibe Brot ab.

François tauchte mit Lust seinen Löffel in den Brei. „Ich habe wieder Appetit."

„Wollt Ihr uns verlassen? Seid Ihr deshalb heute Morgen so früh aufgestanden?"

„Ja, ich mache mich heute auf den Weg, meine Familie zu suchen. Wir sind jetzt seit zwei Jahren getrennt und ich muss erfahren, wo sie sind und wie es ihnen geht."

Joost kam in die Küche gestürmt und rief den Bediensteten laut und munter Grüße zu. Er klatschte François auf den Rücken und setzte sich neben ihn. „Guten Morgen! Ist es nicht ein wunderschöner Morgen? Der perfekte Tag für ein Abenteuer."

François mochte den jungen Mann, der so tüchtig, selbstsicher und optimistisch war. Obwohl fast zwanzig Jahre jünger, würde Joost der ideale Reisebegleiter für ihn sein, denn zu all dem anderen kam noch dazu, dass er Gott wirklich vertraute und sich außerdem beim französischen Militär auskannte. François hatte das Gefühl, den perfekten Reisegefährten gefunden zu haben – sowohl im Glauben als auch für seine ganz konkreten Zwecke und Absichten.

Die beiden Männer verzehrten rasch ihr Frühstück und gingen dann in die Ställe, wo sie die schon für sie bereitgestellten Pferde aufzäumten und sattelten.

Joost zeigte auf eine Fuchsstute für François. „Das ist Madame. Wir haben sie so genannt, weil sie die Königin des Stalles ist und es bereits als Fohlen war. Sie ist eine solide Stute. Auch nicht mehr so nervös und zappelig, aber wenn es nötig ist, kann man sie noch richtig auf Tempo bringen. Ein Pferd mit einem so wundervollen Temperament hatten wir nie wieder."

François tätschelte das Pferd und die Stute wieherte leise.

Joost lachte. „Sieht ganz so aus, als hättet Ihr euch bereits angefreundet."

„Guten Morgen, ihr beiden. Ihr hattet doch wohl nicht vor aufzubrechen, ohne mir vorher Auf Wiedersehen zu sagen, oder?" Isaac tauchte am Hintereingang auf.

„Nein, Großvater. Ich habe François nur gerade Madame vorgestellt."

Isaac trat neben François und gab ihm einen Lederbeutel. „Vielleicht hilft Euch das unterwegs weiter."

François nahm den Beutel und konnte durch das weiche Leder Münzen ertasten. „Mein Freund, Ihr habt mich sehr viel reicher beschenkt, als ich es verdient habe. Wie kann ich Euch das jemals vergelten?"

„Das ist gar nicht nötig. Ich werde schon bald zum Herrn gehen, das spüre ich deutlich. Macht Euch keine Gedanken über die Rückzahlung, sondern konzentriert Euch ganz auf das Wiedersehen mit Eurer Familie und darauf, weiter am Reich Gottes mitzubauen. Die meisten Menschen begreifen nie ganz, wieso es im großen Ganzen genau auf unser Leben ankommt. Wir fühlen uns klein, unbedeutend und wertlos, aber Gottes Pläne für uns sind in sein Buch geschrieben, und wir müssen sie erkennen, so gut wir eben können."

Isaac wandte sich an Joost und hielt ihn beim Arm. „Ich bin stolz auf dich. Ich hinterlasse dir als Vermächtnis unser Erbe. Kümmere dich gut darum."

„Was redest du denn da, Großvater? Bist du krank? Ich kann nicht aufbrechen, wenn es dir nicht gut geht."

„Ich plappere wie ein alter Narr – das sind nur die krausen Gedanken eines alten Mannes. Wir sehen uns, wenn du zurück bist." Isaac umarmte Joost und drückte dann auch François an sich. „So, und jetzt ab mit euch. Reitet keine zu langen Tagesetappen, Joost. Er ist immer noch nicht ganz wiederhergestellt.

„Wir sind vorsichtig. Und ich bin zurück, so schnell ich kann."

Joost und François stiegen aufs Pferd und winkten zum Abschied. Sie ritten auf der Kopfsteinpflasterstraße am Hafen entlang, vorbei an der *La Fidelle* und von da aus nach Südosten. François erschauerte und wandte dem schwimmenden Gefängnis den Rücken zu.

⁂

Pierre führte sein Pferd durch den östlichen Haupteingang zu den Toren der Bastille hinaus und ritt dann in Richtung des Seehafens von Brest. In der Hand hatte er ein Stück Pergament, auf dem der Name *François Clavell, La Fidelle, Brest* stand. Er überlegte, dass er die Reise in etwa einer Woche würde schaffen können, wenn er nach Süden ritt, um die Berge zu umgehen. Der Vorfrühling würde dort oben noch den einen oder anderen Schneefall mit sich bringen.

Weiter im Süden würde er wahrscheinlich besseres Wetter haben.

Pierres Gefühle wechselten zwischen Zufriedenheit darüber, dass er François ausfindig gemacht hatte, und Niedergeschlagenheit über das, was mit Sicherheit der Verlust von Madeleine bedeuten würde; und dann Traurigkeit bei dem Gedanken, Madeleine vielleicht sagen zu müssen, dass ihr Mann tot sei. Die Wendungen des Lebens waren manchmal wirklich unerträglich grausam.

Ob Gott die Notlagen der Menschen überhaupt interessieren? Sieht er sie gar nicht? Ist er taub, dass er das Stöhnen und die Schreie seiner Leute um Gnade gar nicht hört?

Pierres Gedanken an einen Gott, der sich zum Menschen hinunterneigt und selbst am Leben der Menschen beteiligt ist, verzehrten ihn förmlich, während er so dahinritt. Madeleines Gott war eine reale Kraft in ihrem Leben. Er beneidete sie um ihren Glauben an einen solchen Gott. Er war das Leben am Hof so leid, die Täuschungen, die Tatsache, dass er jede Frau haben konnte, wann immer ihm danach war. Das Leben, das er führte, war nichts als Fassade und er wünschte sich Wahrhaftigkeit und Klarheit. Er wollte Gott wirklich kennenlernen. Aber er wusste nicht, wie er ihn finden sollte.

Nachdem er ein paar Stunden geritten war, lenkte er sein Pferd zu einem Wäldchen hin, wo er sich auf einen Baumstamm setzte und die Zügel schleifen ließ, damit sein Pferd grasen konnte. Er holte eine Flasche Wein hervor und das Pergament, auf dem François' Name eingekreist war. Er konnte jetzt auch einfach in die Schweiz zurückkehren und Madeleine sagen, dass er nichts herausgefunden hätte. Ihm war jedoch auch klar, dass er ihr das nicht antun konnte. Wenn François noch am Leben war, dann konnte ihre Familie wieder vereint werden. Doch wie sollte er François von der Galeere befreien, wenn er ihn tatsächlich fände? Das musste er überlegen, wenn es so weit war.

Pierres Gedanken schweiften wieder zurück zu seiner Beziehung zu Gott – oder vielmehr zum Fehlen einer solchen. Er nahm seinen Hut ab und legte ihn neben sich auf den Baumstamm. Dann schaute er eine Weile durch das Blätterdach der ausladenden Eiche hindurch in den Himmel und beobachtete die Wolken.

Ach Gott, ich habe ja von alldem keine Ahnung. Ich bin durcheinander, aber irgendwo ganz tief in meinem Innern spüre ich, wie es meinen Geist zu dir hinzieht. Wenn du wirklich real bist, wenn dir irgendetwas an einem niederen menschlichen Subjekt liegt, ich – ich brauche dich.

Pierre merkte erst jetzt, dass er in dem weichen Moos neben dem Baumstamm kniete. Wildblumen nickten mit ihren vielfarbigen Köpfen, als eine frische Brise seinen Hut von dem Baumstamm wehte. Schmetterlinge taumelten in der Luft von Blüte zu Blüte. Die Brise zerzauste ihm das Haar und kühlte sein Gesicht ab und in seinem Innern nahm ein ganz klarer Eindruck immer mehr Raum. *Alles ist gut, Pierre. Du brauchst dich nicht mehr zu fragen. Ich bin bei dir. Friede. Sei ganz ruhig.*

Die Brise legte sich wieder und Pierre setzte sich erneut auf den Stamm und beobachtete den sanften Rhythmus der Natur um sich her. Er empfand tiefen Frieden, ein Wohlgefühl – so als wäre ihm eine Last von den Schultern genommen worden. War das real oder bildete er sich diese Veränderung in seinem Innern nur ein?

Wie lange er dort auf dem Baumstamm gesessen hatte, wusste er nicht. Er wollte gerade seinen Hut wieder aufzusetzen, hielt dann aber inne, als er sah, dass sich ein Schmetterling auf der Krempe niedergelassen hatte, dann auf seine Hand flog und dort eine Weile sitzen blieb. Pierre zog seine Hand behutsam näher an sein Gesicht, um die zarten Muster und strahlenden Farben der Flügel dieses wunderschönen Geschöpfes genauer betrachten zu können, bevor es wieder davonflog. Er sah die Schöpfung Gottes nun mit ganz neuen Augen.

Nach einer Weile stieg Pierre wieder auf sein Pferd und verließ diesen heiligen Ort nur ungern wieder. Er hatte zwar immer noch nicht auf alle seine Fragen eine Antwort, aber er spürte, dass er jetzt eine Beziehung zu seinem himmlischen Vater hatte, der die Antworten kannte. Alles, was er jetzt noch zu tun brauchte, war, Gott nachzufolgen, auch wenn er keine Ahnung hatte, wie das ging.

„Gott ..."

Sein Pferd wandte den Kopf und sah Pierre an.

„Mir dir rede ich nicht." Er tätschelte dem Hengst den Hals. „Ich rede mit Gott." Pierre fing an zu lachen. Er lachte, wie er noch nie zuvor gelacht hatte – laut und unbeschwert. „Pierre Bovée redet mit Gott." Er legte die Zügel auf den Sattelknauf und breitete die Arme weit aus. *Danke, Gott. Danke!*

Pierre suchte nach Worten. Staunend wurde ihm plötzlich klar, was es war, das er da gerade erlebt hatte. „Ich fühle mich sauber. Das ist es, was ich empfinde. Ich bin sauber."

Mein Gott, danke für was auch immer es sein mag, was mit mir geschehen ist. Ich weiß nicht, ob ich verrückt bin oder was sonst – aber es fühlt sich ganz wunderbar an.

Er nahm die Zügel erneut in die Hand und gab seinem Pferd die Sporen. *Und jetzt zeig mir, was ich tun und wohin ich gehen soll. Merci, merci, merci!*

*

Joost drehte sich auf seinem Sattel nach hinten um und rief François etwas zu: „Wie geht es Euch, mein Freund?"

François nickte und winkte. „Mir geht es gut. Weiter."

Sie waren jetzt seit fünf Tagen unterwegs und trotz der langen Stunden im Sattel wurde François zusehends kräftiger.

„Wenn Ihr glaubt, dass Ihr noch ein bisschen weiterkönnt, dann würde ich gern bis nach Nantes reiten. Ich kenne dort ein Gasthaus, wo wir übernachten können. Vielleicht können wir dort sogar ein paar Tage bleiben und uns ausruhen."

„Ja, das ist gut. Wir können ja sehen, wie es mir geht, wenn wir dort angekommen sind. Eine Nacht bequem zu schlafen, würde mir wahrscheinlich guttun."

François staunte nach wie vor darüber, wie weit der junge Mann seinem Alter an Reife bereits voraus war. Joost kannte die Straßen und Städte wie seine Westentasche, also hatten sie unterwegs keine Zeit mit Umwegen oder der Suche nach dem richtigen Weg verloren.

Als es über Nantes zu dämmern begann, kamen sie dank Joosts Führung bei dem Gasthaus an. Reiter und königliche Sendboten gingen zum Haupteingang ein und aus. Die beiden Reisenden banden ihre Pferde an und gingen hinein, um zu fragen, ob es noch ein freies Zimmer gab. In der Herberge wimmelte es von Menschen, die sich Grüße zuriefen oder laut miteinander redeten. Joost und François wurden von dem Geruch von gebratenem Fleisch begrüßt und grinsten einander an.

Joost zeigte zu einem Tisch hinüber. „Setzt Euch, François, dort hinten an den Tisch beim Fenster. Ich besorge uns ein Zimmer."

„Ich gehe gleich hinüber und besetze den Tisch, aber ich glaube, ich möchte mir gerne erst noch ein bisschen die Beine vertreten. Das fühlt sich gut an."

François besetzte anschließend den Tisch, zog seine Handschuhe aus und streckte sich ein bisschen, um seinen lädierten Rücken zu entspannen.

Joost ging zum Tresen hinüber, wo er vom Wirt begrüßt wurde, einem kleinen, gut gebauten Mann mit einem buschigen Schnauzbart. „Schön, euch wiederzusehen, Monsieur Fourié. Wo habt Ihr Euch in letzter Zeit herumgetrieben?"

„Ich bin wieder zu Hause, Albert – nicht mehr im Dienst des Königs."

„Na, dann ist es ja kein Wunder, dass ich Euch hier schon länger nicht mehr gesehen habe. Geht es Eurer Familie gut?" Der Wirt holte einen Schlüssel aus einem Fach in der Wand hinter sich.

„Ja, danke. Ich brauche dieses Mal ein Zimmer mit zwei Betten." Joost deutete mit dem Kopf zu François hinüber.

Albert hängte den Schlüssel wieder zurück und nahm dafür einen anderen aus dem Fach, den er Joost aushändigte. „Der ist für das Zimmer neben dem, das Ihr sonst immer habt." Er schob das Anmeldebuch über den Tresen. „Wer ist Euer Freund?"

„Ein Bekannter meines Großvaters. Er heißt Clavell, ein Lehnsherr aus der Gegend von Grenoble. Er ist krank gewesen und ich begleite ihn zu seinem Anwesen zurück." Joost lachte. „Mein Großvater war wohl der Meinung, dass ich eine Beschäftigung brauche." Joost bezahlte den Wirt und ging dann zu dem Tisch hinüber, den François für sie besetzt hatte.

„Ziemlich viel los hier", sagte François.

„Hier ist es immer voll. Das hier ist einer der Lieblingsrastplätze der königlichen Kuriere, Soldaten und Höflinge. Das Essen ist gut, die Betten sind bequem und er liegt an einer Hauptdurchgangsstraße."

Joost und François setzten sich auf die schweren Holzstühle.

„Und außerdem", fuhr Joost fort, „ist es ein guter Ort, um die Augen und Ohren offenzuhalten. Hier bekommt man fern von den Formalitäten und der Etikette des Hofes viele wertvolle Informationen."

Eine stämmige Magd kam an ihren Tisch geeilt. „Hallo, Fremder. Wo wart Ihr so lange? Was hättet Ihr denn gern? Das Übliche?"

Joost lächelte. „Ja, und davon ganz viel. Wir sind am Verhungern."

„Kommt sofort."

Wie versprochen, kam die Magd unmittelbar darauf schon wieder zurück und stellte eine herzhafte Mahlzeit aus Braten, Kohl und Kartoffeln, einem Laib Brot, Käse und Krügen mit hellem Bier auf den Tisch. Die beiden Männer verzehrten ihr Essen und blieben dann noch ein Weilchen sitzen, beteiligten sich an dem freundschaftlichen Gerangel und Scherzen mit den Männern an den Nachbartischen.

Doch es dauerte nicht lange, da begann François herzhaft zu gähnen.

Joost gab ihm den Zimmerschlüssel und sagte: „Geht ruhig schon nach oben aufs Zimmer. Ich komme gleich nach, aber Ihr braucht nicht auf mich zu warten."

„Macht Euch keine Sorgen, ich komme schon zurecht."

*

Pierre erreichte kurz nach Einbruch der Dunkelheit das überfüllte Gasthaus und hoffte, dort noch ein Zimmer zu bekommen. Als er die Tür zum Schankraum öffnete, sah er den Wirt in ein Gespräch mit einer Gruppe von königlichen Kurieren vertieft. Pierre ging zu der Gruppe hinüber. „Guten Abend, Albert."

„Aahh, Monsieur Bovée", sagte der Wirt. „Wie geht es Euch? Heute ist anscheinend ein Abend für alte Stammkunden."

„Ach ja? Wer ist denn sonst noch hier?"

„Joost Fourié. Er sitzt dort drüben auf seinem Stammplatz."

„Gut, ich setze mich gleich zu ihm. Hast du auch noch ein Zimmer für mich alten Stammkunden?" Pierre griff nach seinem Geldbeutel.

„Für Euch habe ich immer ein Zimmer. Ich habe sogar eines direkt neben Joosts. Er brauchte dieses Mal nämlich ein Zimmer mit zwei Betten." Pierre sah hinüber zu dem

Tisch, an dem Joost saß. „Ich sehe aber niemanden bei ihm."

„Sein Freund ist schon aufs Zimmer gegangen. Ich glaube, sie sind schon seit ein paar Tagen unterwegs."

„Danke." Pierre nahm den Schlüssel und ging dann durch das Gedränge zu Joosts Tisch. Über die Köpfe der Männer hinweg rief er: „Joost Fourié – hallo!"

„Pierre!" Joost sprang auf und umarmte seinen ehemaligen Kollegen. „Ich habe dich vermisst."

„Und ich dich. Ich dachte, du wärest in Brest."

„Das bin ich auch eigentlich, aber mein Großvater hat mir einen Auftrag gegeben. Und selbst? Was führt dich in diese Gegend des Landes?"

„Ein Auftrag des Königs. Um genau zu sein, bin ich unterwegs nach Brest, um da auf einer der Galeeren etwas zu überprüfen."

„Auf welcher denn?"

„Auf der *La Fidelle*. Weißt du etwas über sie? Liegt sie gerade im Hafen?

„Das ist eines der Schiffe meines Großvaters und du hast Glück. Sie ist gerade im Hafen. Fehlt etwas?"

„Nein, nein, gar nicht. Ich muss nur einige Routinekontrollen durchführen."

Pierre wechselte das Thema. „Albert hat gesagt, du hättest einen Freund dabei. Störe ich, wenn ich mich auf einen Happen zu euch setze?"

„Es ist mir eine Ehre." Joost klopfte auf den Tisch. „Setz dich doch. Mein Freund hat sich bereits zurückgezogen."

Die beiden Männer tauschten den neuesten Hofklatsch aus und nach und nach legte sich auch der Lärm im Schankraum ein wenig.

Pierre beugte sich zu Joost hinüber. „Kann ich dich etwas fragen?"

Joost trank den letzten Schluck aus seinem Bierkrug. „Aber natürlich. Das klingt ja so ernst."

„Ich glaube, das ist es auch.“ Pierre suchte nach den richtigen Worten. „Soweit ich mich erinnere, bist du doch nach Hause zurückgekehrt, weil du studieren und Priester werden willst, stimmt das?“

„Das stimmt zum Teil. In meinem Glauben gibt es keine Priester, aber ich habe vor, zu studieren und Geistlicher zu werden, ein Pastor.“

„Du bist Hugenotte?“

„Richtig.“

Die Tatsache, dass sie an diesem Abend an genau dem Ort waren, wo das Edikt von Nantes unterzeichnet worden war, durch welches Protestanten geschützt werden sollten, drang langsam in Pierres Gedanken vor. Er sah sich in dem Raum um. Wer wohl Katholik war und wer Protestant?

Joosts Haltung wurde wachsam. „Wieso interessiert dich das eigentlich?“

Pierre hob die Hände, um das Unbehagen seines Freundes zu zerstreuen. „Ich bin einer, der auf der Suche nach Gott ist. Ich habe nichts Böses im Sinn.“ Einen Moment lang sah er nach unten und dann Joost direkt ins Gesicht. „Kannst du mir helfen?“

Joost zögerte. „Ich dachte immer, Katholiken wollen, dass die Leute auf ihre Seite konvertieren und nicht umgekehrt.“ Die furchtbare Wahrheit von Joosts Aussage drang Pierre bis ins Mark. „Mir ist es egal, ob Gott Katholik ist oder Protestant. Ich möchte ihn einfach nur kennenlernen.“

Joost entspannte sich wieder. Er legte seine Hand auf die von Pierre. „Mein Freund, Gott ist weder Protestant noch Katholik. Er ist mehr als das und steht über allen Religionen. Er möchte eine persönliche Beziehung zu seinen Kindern haben durch Jesus Christus.“ Joost hielt inne.

Pierre saß immer noch aufmerksam vorgebeugt da, also fuhr Joost fort. „Darum geht es bei der Kreuzigung und der Auferstehung – dass Jesus der Vermittler zwischen Gott und den Menschen wird.“

Pierre nickte. „So langsam ergibt das alles einen Sinn für mich. Ich habe nie verstanden, worum es da eigentlich geht, bis – na ja, bis vor Kurzem. Ich war hierher unterwegs durch die Wälder und ..." Pierre erzählte Joost von seiner Bitte an Gott und die Brise – und selbst den Schmetterling ließ er nicht aus.

Joost brach in Lachen aus. „Du weißt gar nicht, was mit dir passiert ist, nicht wahr? Ist dir eigentlich klar, was du getan hast?"

Pierre war verwirrt. Er wusste nicht so genau, ob er beleidigt sein oder mit Joost mitlachen sollte.

Joost senkte die Stimme. „Der Geist Gottes hat dein Herz berührt, mein Freund. Du hast den Schritt in ein Leben mit Gott getan. Das nennt die Bibel Erlösung oder neue Geburt. Du bist ein neues Geschöpf in Christus."

„Heißt das, dass ich jetzt auch Hugenotte bin?"

„Nein, ganz und gar nicht. Es heißt nur, dass du jetzt ein echter Gläubiger bist."

„Und wie geht es jetzt weiter?"

„Irgendwann musst du dich taufen lassen. Du brauchst jemanden, der dich begleitet und dich in der Bibel unterweist. Aber für den Moment benötigst du nichts. Danke einfach Gott und freu dich an ihm."

Pierre setzte sich auf seinem Stuhl wieder zurück und schwieg eine Weile. Er sah Joost an und lächelte, und dann kamen ihm die Tränen. „Warum weine ich?"

„Das sind Freudentränen – Tränen der Rührung über das Wirken des Geistes Gottes. Pierre, mein Bruder, du wirst nie wieder derselbe sein."

Joost und Pierre redeten an dem Fenstertisch noch bis tief in die Nacht hinein. Alle anderen Gäste waren schon längst gegangen oder auf ihren Zimmern verschwunden, als sie schließlich ebenfalls weit nach Mitternacht ins Bett gingen.

Bevor er die Tür zu seinem Zimmer öffnete, blieb Pierre noch einmal stehen. „Sehe ich dich morgen früh noch?"

„Vielleicht. Aber wenn nicht, Gott befohlen, bis wir uns wiedersehen. Ich bete für dich."

„Danke. Gott hat sicher unsere Schritte so gelenkt, dass wir uns heute Abend hier in diesem Gasthaus treffen. Klingt das verrückt?"

„Nein, ganz und gar nicht. Kein Zweifel, dass Gott uns zusammengebracht hat. Schlaf gut."

„Gute Nacht." Pierre schloss die Tür auf und betrat das Zimmer. Er setzte sich aufs Bett, stand dann aber noch einmal auf, um sich daneben hinzuknien und zu beten: „Gott, eigentlich weiß ich gar nicht, wie man betet und was ich sagen soll. Alles, was ich weiß, ist, dass ich dir dafür danken möchte, dass du mich angerührt hast. Danke, dass du diese Begegnung mit Joost heute Abend so geführt hast. Was soll ich jetzt als Nächstes tun? Weiter nach Brest reisen?"

Pierre spürte nichts, also zuckte er mit den Achseln, stand auf und machte sich bereit, ins Bett zu gehen. *Ich schätze, dass ich einfach so weitermache wie geplant, bis er mir etwas anderes sagt. Wer weiß, was morgen früh noch geschieht?*

Kapitel 31

Pierre hörte, wie sich unten in der Küche etwas regte, das Klappern von Töpfen und Pfannen, und er wusste, dass das Frühstück in Vorbereitung sein musste. Auf dem Gang schlugen Türen und auf der hölzernen Treppe war das Gepolter von Schritten zu hören. Er schlug die Decke zurück, sprang aus dem Bett und spritzte sich Wasser ins Gesicht. Er wollte heute Morgen unbedingt Joost noch einmal sehen.

„Gott, ich bitte dich heute um deine Führung." Er stopfte seine Sachen in seinen Ranzen und öffnete die Zimmertür. „Äh ... Amen."

Die Tür von Joosts Zimmer stand bereits offen. Pierre ging durch die offene Tür und schaute in das Zimmer. Der Raum war bereits verlassen.

Er ging nach unten und sah sich um. Kein Joost. Pierre war enttäuscht, aber er würde in ein paar Monaten noch einmal versuchen, seinen Freund zu finden. Er nahm sich etwas Brot und Käse und bat die Magd, seine Weinflasche aufzufüllen. Als er bezahlte, hörte er draußen ein vertrautes Lachen. Joost!

Durch das Fenster konnte er sehen, wie der Freund sein Pferd sattelte. Ein schlanker Mann, wahrscheinlich Ende dreißig oder Anfang vierzig, saß bereits auf einem Fuchs neben ihm. Pierre schnappte sich sein Packzeug und rannte nach draußen, das Brot immer noch in der Hand.

„Joost! Ich dachte, du wärest schon wieder aufgebrochen."

„Guten Morgen! Und ich dachte schon, du würdest den ganzen Tag schlafen." Joost hielt sein Pferd am Zügel. „Ich bin froh, dass du uns noch erwischt hast. Ich möchte dir gern meinen Freund vorstellen."

Joost stellte Pierre vor, der sich an den Hut tippte. „Sehr erfreut."

„Pierre, das ist François Clavell aus Grenoble."

Pierre trat einen Schritt zurück und ließ das Brot fallen, das er immer noch in der Hand gehalten hatte.. „W-wie sagtest du, war der Name?"

„François Clavell."

Pierre starrte den Mann nur völlig entgeistert an.

François stieg ab. „Seid Ihr krank? Ihr seht aus, als hättet Ihr einen Geist gesehen."

Pierre lehnte sich an den Anbindepfahl. Er sah erst zum Himmel hinauf und dann Joost an. „I-ich weiß nicht, was ich sagen soll."

Joost sah seinen Freund an. „Was redest du da eigentlich?"

„Monsieur Clavell, ich war unterwegs nach Brest, um Euch dort zu suchen – im Auftrag des Königs."

François trat zurück und Joost stellte sich zwischen die beiden Männer, seine Hand am Schwert.

Pierre hob die Hände hoch. „Kein Grund zur Panik. Ich hatte auch einen Auftrag von Eurer Frau Madeleine." Er schüttelte den Kopf. „Das ist sehr kompliziert."

„Madeleine! Wo ... ist sie ...?

„Es geht ihr gut und sie wartet ungeduldig auf Nachricht von Euch." Pierre nickte in Richtung der Tür des Gasthauses. „Können wir noch einmal hineingehen? Glaubt mir, was ich Euch zu sagen habe, wird Eure Reise außerordentlich beschleunigen."

Die drei gingen wieder in das Gasthaus hinein und nahmen erneut an dem Tisch am Fenster Platz. Nachdem Pierre fertig berichtet hatte, stellten die beiden anderen Männer jede Menge Fragen. Die Nachricht vom zerstörten Herrensitz machte François zwar traurig, aber zu wissen, dass seine geliebte Familie entkommen war, tröstete ihn in seinem Kummer um den Verlust.

François berichtete Pierre von seiner Begegnung mit Ludwig und seiner Zeit auf der Galeere und Pierre erzählte von der waghalsigen Befreiung der kleinen Vangie aus dem Kloster. Joost hörte zu, freute sich und weinte mit ihnen.

Nachdem sie fast zwei Stunden geredet hatten, beschlossen die Männer, noch eine weitere Nacht in dem Gasthaus zu verbringen und dann am nächsten Morgen in Richtung Schweiz aufzubrechen. Joost verließ seine beiden Freunde, die Gott auf eine Weise zusammengeführt hatte, wie nur er es vermochte, und ging zu Albert, um noch einmal Zimmer für die Nacht zu reservieren.

Als er zum Tisch zurückkam, sagte er: „Alles erledigt. Ich gehe und bringe die Pferde wieder in den Stall zurück."

François deutete auf einen der Stühle und sagte: „Setzt Euch erst noch einmal."

„Was ist denn los?"

„Bevor wir in die Schweiz reiten, möchte ich erst noch bei meinem Anwesen vorbeireiten."

Joost warf Pierre einen Zimmerschlüssel zu. „Aber François, das Herrenhaus ist nur noch eine Ruine und Madeleine ist auch nicht dort. Das wird ein sehr schmerzlicher Besuch werden."

„Das stimmt, aber ich muss es mit eigenen Augen sehen. Ich muss auf dem Grund und Boden dort stehen und sehen, ob es noch etwas zu retten gibt. Ich möchte auch nach den Leuten schauen – ob noch jemand von ihnen da ist."

„Das verstehe ich." Joost stand auf und ging zur Tür. „Also, wenn ich es mir recht überlege, dann werde ich Euer Pferd in den Stall stellen, aber ich glaube, ich reite noch in die Stadt und kaufe uns Proviant für unsere Reise morgen. Ihr zwei habt sicher noch viel zu besprechen. Ich bin bis heute Abend wieder zurück." Er schaute zum Himmel. „Danke, Herr, für diese göttliche Begegnung."

Er winkte seinen beiden Kameraden zu. „Wir brechen morgen in aller Frühe auf."

*

Nach dem ersten Schock und der Aufregung darüber, François gefunden zu haben, versank Pierre in Trübsinn, denn dass seine Suche erfolgreich gewesen war, bedeutete auch den Todesstoß für jegliche Hoffnung, dass aus der Verbindung zwischen ihm und Madeleine etwas werden konnte. Sie würde seine Dienste jetzt nicht mehr benötigen und hätte keinen Grund mehr, nach ihm zu rufen. Vielleicht würde er sie ja eines Tages bei Hofe wiedersehen. Nein, wenn er genauer darüber nachdachte, dann war ihm eigentlich klar, dass sie nie wieder einen Fuß in das Schloss von Versailles setzen würde. Es war dort viel zu gefährlich für sie geworden.

Die drei Männer ritten viele Meilen schweigend dahin, Joost immer voraus. Die Sonne hatte bereits den Zenit erreicht, als Pierre rief: „Was meint Ihr, wie lange wir noch bis Grenoble brauchen?"

„Das hängt ganz von François' Kräften ab. Wenn wir flott reiten, könnten wir es in zehn Tagen schaffen. Aber ich glaube, es ist besser, wenn wir ungefähr zwei Wochen einplanen."

Pierre lächelte. „Das passt mir gut. Ich habe keine Eile, wieder an den Hof zurückzukommen." Er lenkte sein Pferd näher zu Joosts. „Das Leben dort scheint mir jetzt so weit weg. Die Welt der Politik, der Bälle und der feinen Gesellschaft kommt mir so künstlich vor. Ständig muss man überlegen, ob der andere das, was er sagt, wirklich meint oder ob es etwas ganz anderes bedeutet hat. Ich habe immer gedacht, mir gefielen diese Intrigen und das Katz-und-Maus-Spiel, aber das ist jetzt nicht mehr so. Ich bin es einfach leid."

Joost nickte. „Was glaubst du wohl, warum ich den Dienst beim König quittiert habe. Ich habe einen höheren Zweck gefunden, dem ich dienen möchte."

Pierre fühlte sich, als wäre er nicht nur von der einen Seite Frankreichs zur anderen gereist, sondern hätte ein völlig neues Land betreten. Seine Sicht vom Leben, seinem Vater, seinem Heimatland, seinem Glauben, hatte sich verschoben – hatte sich ein für alle Mal verändert.

Joost trieb sein Pferd an. „Wir sollten jetzt lieber etwas schneller reiten, sonst brauchen wir drei Wochen bis Grenoble", und dann an François gewandt: „Wenn es Euch gut genug geht, dann lasst uns jetzt ein paar Meilen schnell reiten."

François nahm seinen Hut ab und schwenkte ihn in der Luft. „Ich bin direkt hinter Euch. Los, Madame, auf zu *meiner* Madame. Madeleine, wir kommen!"

„Pierre, ich glaube, es geht ihm schon besser." Joost gab einen Jauchzer von sich und das Trio galoppierte Richtung Osten.

*

Die Dämmerung senkte sich auf die üppige Landschaft im Süden Frankreichs. François hatte die Führung übernommen, je näher sie Grenoble kamen. Er drehte sich im Sattel zu ihnen um. „Hier ist es. Das ist die Straße zum Herrenhaus."

Niemand sagte etwas, als sie in die Allee einbogen, die zum Haus führte. François saß aufrechter im Sattel und war innerlich auf das vorbereitet, wovon er wusste, dass es sie erwartete.

Die Steinmauern des Hauses erhoben sich in den sich immer mehr verfärbenden Abendhimmel, als versuchten sie, die Würde vergangener Zeiten zurückzuerobern. Das Dach war eingestürzt und die hölzernen Türen waren angesengt von den Flammen, die von innen daran gezüngelt hatten.

François zügelte sein Pferd am Brunnen neben der Auffahrt zum Haus, von wo aus Madeleine seine ersten Warnrufe bezüglich der Dragoner gehört hatte. Nur ein einzelner Anbindepfahl war neben der Haustür stehen geblieben.

François stieg vom Pferd, band es gut an und bedeutete dann Joost und Pierre, ihre Pferde ebenfalls dort anzubinden. Das Dach des Hauses fehlte, aber die Schornsteine an beiden Enden des Gebäudes waren stehen geblieben wie schweigende Wächter über der Ruine des einst herrschaftlichen Gebäudes. Der Turm auf der Rückseite schien noch intakt zu sein.

François drückte mit der Schulter gegen die massive Eingangstür. Erst widerstand sie seinen Bemühungen, gab dann aber langsam nach und scharrte dabei über den Schutt, der auf dem Boden lag. François stöhnte auf, als er einen Blick auf das Innere seines einst eleganten Zuhauses warf. Vandalen hatten alles geplündert, was vielleicht noch übrig geblieben war, nachdem die Dragoner abgezogen waren, und die Kothaufen im ehemaligen Wohnzimmer deuteten darauf hin, dass hier auch Tiere Unterschlupf gefunden hatten.

François ging die Trümmer mit dem Fuß durch und bückte sich hier und da, um einen Gegenstand näher zu untersuchen. Joost und Pierre folgten ihm und schauten die Verwüstung betroffen an.

Pierre schüttelte den Kopf. „Wenn ich daran denke, dass dies hier das Werk meines Vaters ist. Und das nur, weil Ihr an Eurem Glauben festgehalten habt." Mit Tränen in den Augen sah er François an. „Es tut mir so leid. Ich schäme mich, den Namen Bovée zu tragen. Könnt Ihr mir vergeben?"

François antwortete kaum lauter als mit einem Flüstern: „Das war ja nicht Euer Werk. Das war das Werk von Soldaten, die Befehle eines irregeleiteten Königs ausgeführt haben."

„Ja, aber seht Euch doch nur diese Zerstörung an. Für eine solche Art der Vernichtung gibt es unter zivilisierten Menschen keinen triftigen Grund. Wir dienen doch alle demselben Gott, oder?"

„Doch, das tun wir", sagte Joost. „Aber dies hier ist eine Folge von *Religion*, vom Staat verordneter Religion – und hat mit echtem Glauben an Gott nicht das Geringste zu tun."

François entdeckte einen glänzenden Gegenstand in den verkohlten Trümmern und hob ihn auf. Es war eine kleine Metallschachtel. Er blies Ruß davon weg, und als er sie öffnete, fand er darin die Spielzeugsoldaten, mit denen Charles gespielt hatte, als die Dragoner gekommen waren. Er erinnerte sich, wie Madeleine einen davon vom Boden aufgesammelt hatte, als die Jungen zusammen mit Jean zur Höhle aufgebrochen waren.

François steckte die kleine Schachtel in seine Jackentasche und kletterte über schwere heruntergestürzte Dachbalken, um zur ehemaligen Küche zu gelangen. Der große Steinsims, von dem der gewaltige Küchenkamin eingefasst gewesen war, stand noch.

„Den könnte man wieder aufbauen." François nickte und sprach eigentlich mit niemandem direkt, während er die Ruine begutachtete. „Aber es werden nicht die Clavells sein, die dieses Vorrecht haben werden. Jedenfalls nicht mehr, solange ich am Leben bin."

Er stieg über die Trümmer hinweg, die vor dem Kamin lagen. „Kommt her, Joost, und hebt mich auf Eure Schultern."

Der junge Mann stemmte François mühelos hoch, sodass dieser an einem lockeren Stein über dem Kaminsims ruckeln konnte. Der lockerte sich immer mehr, bis François ihn herausziehen konnte, allerdings nicht ohne sich dabei die Fingerknöchel so aufzuschürfen, dass sie bluteten.

„Autsch! Das passiert mir jedes Mal."

Joost, der auf den Trümmern keinen sicheren Stand hatte, warnte François. „Beeilt Euch. Ich glaube, ich kann Euch nicht mehr lange halten. Was macht Ihr da eigentlich?"

François lächelte, als er eine kleine Metallkassette hinter der Wand hervorzog. „Ihr könnt mich jetzt wieder absetzen. Ich habe schon gefunden, wonach ich gesucht habe. Ich hatte wirklich gehofft, dass Kommandeur Bovées Truppen es so eilig gehabt haben, hier alles niederzubrennen, dass sie sich nicht die Zeit genommen haben, vorher noch nach Wertsachen zu suchen."

Joost ließ François von seinen Schultern herunter und trat zurück.

François öffnete die Kassette. „Wir haben hier immer zur Sicherheit einen Vorrat an Münzen und einen Teil von Madeleines Schmuck versteckt."

François lachte und die nervöse Anspannung legte sich, nachdem der Schatz gefunden und wieder in Besitz genommen worden war. Joost und Pierre stimmten ein und am Ende herrschte nur noch ein atemloses Gelächter.

Pierre konnte nach einer ganzen Weile als Erster wieder sprechen. „Mein Vater wäre weiß vor Wut, wenn er wüsste, dass er von einem einfachen Protestanten vom Lande überlistet worden ist."

Wieder lachten die Männer und gingen zur Hintertür hinaus, die schief in den Angeln hing, und dann den Weg zur Scheune hinunter. Die Gärten waren von Unkraut überwuchert, aber manche der mehrjährigen Pflanzen waren wiedergekommen und versuchten, eine bunte Farbenpracht in die Landschaft zu malen.

Die Scheune stand völlig unbeschädigt da, abgesehen von den Spuren der beiden Jahre ohne Instandhaltung. François zog an der Tür. Sie quietschte und ging dann auf.

„Heute Nacht können wir hier schlafen." Er zeigte auf die ehemaligen Pferdeboxen. „Ich habe so manche Nacht in dieser Scheune verbracht, um Fohlen auf die Welt zu helfen." Er ging an dem Gatter der Box vorbei, wo nur noch blasse braune Punkte von den Blutflecken übrig waren, die dort hingelangt waren, als Jean den Dragoner getötet hatte. François fuhr mit der Hand über das raue Holz.

Dann inspizierte er die Sattelkammer, aber Plünderer oder Soldaten hatten sich längst die guten Sättel und das Zaumzeug unter den Nagel gerissen, die die Clavells hier untergebracht hatten. Das Heu in den Boxen war alt und roch muffig.

Die Esse und der Amboss standen immer noch in der Mitte der Scheune – zu schwer, um von Plünderern fortgeschleppt zu werden. François deutete auf die Schmiedewerkzeuge und erinnerte sich daran, wie er in der Nacht, bevor sie nach Versailles aufgebrochen war, noch versucht hatte, die kleine Kutsche zu reparieren.

„Wir können hier ein Feuer anzünden und Wasser heißmachen." In der Ecke einer der Boxen fand er einen Eimer. „Ich gehe und schöpfe am Brunnen etwas Wasser. Ihr beiden könnt derweil das Feuer machen."

Der Abend verging in gedämpfter Stimmung, so als hörten ihnen die Geister derer, die einst auf dem Besitz gelebt hatten, zu. Joost stellte François Fragen über die Aufgaben und Verantwortung eines Lehnsherrn, wie er Madeleine kennengelernt hatte und über die Kinder. Die Schatten des Feuers in der Esse tanzten auf François' Gesicht und er erzählte ihnen von der Nacht, in der Jean in der Scheune den Dragoner getötet hatte. Joost und Pierre saßen jetzt ganz nah an der Stelle, wo das irdische Leben des jungen Dragoners ein jähes Ende gefunden hatte.

François stocherte mit einem Stock im Feuer herum. „Pierre, Ihr seid so still heute Abend."

„Ich bin einfach nur entsetzt über die Verwüstung, die im Namen Gottes in Eurer Familie angerichtet worden ist. Weil mein Vater Offizier bei den Dragonern war, habe ich ihn als Kind schon kaum zu Gesicht bekommen, und dann hat er uns ganz verlassen, als ich noch ein kleiner Junge war. Ich wusste nicht ..." Pierre kamen die Tränen und seine Augen waren gerötet. „Ich glaube, ich bin bis jetzt mein ganzes Leben mit meinem selbstsüchtigen Ehrgeiz beschäftigt gewesen, ohne Rücksicht auf das Schicksal anderer. Ich kann gar nicht sagen, wie traurig mich das innerlich macht."

François legte Pierre die Hand auf die Schulter. Worte waren hier nicht nötig. Die Seelen der beiden Männer waren auf dem Amboss der Verfolgung zusammengeschmiedet worden. Einer war im Feuer gewesen und der andere war als Hammer am Schmiedevorgang beteiligt, der das Werkzeug schmiedete. Beide waren Teil des Prozesses.

In dieser Nacht legte Pierre sein inneres Verlangen ab, Madeleine für sich zu gewinnen. Angesichts der Furchtlosigkeit und Treue ihres Mannes würde Pierres Liebe zu ihr für immer unausgesprochen bleiben. Er würde sein Versprechen halten, seine Liebe zu ihr nie wieder zu erwähnen.

Joost legte seinen Kopf auf seinen Sattel und war schon bald eingeschlafen. François und Pierre sprachen noch einmal stundenlang über das Schwere, das sie zusammengebracht hatte.

„Morgen brechen wir nach Gent auf und in ein paar Tagen müssten wir dann eigentlich dort sein. Ich kann es gar nicht erwarten, meine süße Madeleine und meine Kinder endlich wieder in die Arme zu schließen." François richtete sich auf und band sein widerspenstiges Haar noch einmal neu zu einem Zopf zusammen. „Glaubt Ihr, sie findet mich immer noch attraktiv? Sehe ich zu ausgemergelt und schlecht aus?"

Pierre lächelte über die plötzliche Eitelkeit eines Mannes, der so viel durchgemacht hatte. „Ich bin sicher, dass sie Euch gut aussehend wie eh und je finden wird. Und jetzt schlaft, damit auch Eure Wangen ein bisschen Farbe bekommen."

Die drei Männer schliefen nacheinander ein, während das Feuer langsam erlosch.

*

Joost weckte sie mit Gesang und stieß die Scheunentür auf. „Aufstehen, Ihr Schlafmützen. Ich muss etwas mit Euch besprechen."

Rasch standen die anderen beiden auf und waren bereit, die letzte Etappe ihrer Reise in Angriff zu nehmen.

„Was ist denn los, Joost?" Pierre spritzte sich aus dem Eimer Wasser ins Gesicht.

„Ich habe beschlossen, Euch hier zu verlassen."

François sah von der Pferdebox auf, in der er sein Pferd untergebracht hatte. „Wie meint Ihr das?"

„Ihr braucht mich jetzt nicht mehr. Pierre kennt den Weg durch die Berge und Euch geht es von Tag zu Tag besser. Außerdem verspüre ich den starken Drang, zu meinem Großvater zurückzukehren." Joost holte seinen Sattel. „Aber es gibt etwas, das ich vorher noch gerne tun möchte." Er grinste zu Pierre hinüber.

„Und das wäre?"

„Ich möchte Euch gerne im Fluss taufen." Joost lachte leise in sich hinein. „Träfe das auf Eure Zustimmung?"

„Ich denke schon. Ist das denn auch ‚legal'? Was meint Ihr, François?"

„Absolut! Schließlich bereitet Ihr Euch auf den Dienst als Geistlicher vor, Joost, und ich bin Ältester in meiner Gemeinde. Wir machen es amtlich. Sattelt Eure Pferde. Wir machen uns jetzt auf den Weg und erledigen es sofort."

„Lasst uns erst einen Happen essen und dann können wir zur Taufe zum Fluss hinuntergehen. Dort werde ich Euch dann verlassen und nach Hause aufbrechen und Ihr könnt nach Genf weiterreiten."

Sie ritten den kurzen Weg zum Fluss und banden ihre Pferde an Bäumen fest, die das Ufer säumten. Joost und Pierre zogen ihre Stiefel und Hüte aus und wateten in das kalte Wasser.

Pierre bibberte. „Bist du auch ganz sicher, dass es so gemacht wird?“

Joosts Gesichtsausdruck spiegelte seine Freude wider. „Unser Vorfahre Johannes Calvin hat gesagt, dass die Art und Weise nicht so wichtig ist, sondern die Erklärung, dass du eine neue Kreatur in Christus bist.“ Er legte eine Hand auf Pierres Schulter, tauchte die andere ins Wasser und schüttete dann etwas Wasser mit der hohlen Hand über Pierres Kopf. „Pierre Bovée, ist es dein Wunsch, vor allen hier Anwesenden zu erklären ...“

Er nickte François zu, der bestätigend lächelte und seinen Hut abnahm.

„... dass du zum Glauben gekommen bist und für den Rest deines Lebens Gott nachfolgen willst?“

„Ja, das ist es.“

„Dann taufe ich dich, mein Bruder, im Namen des Vaters, des Sohnes und des Heiligen Geistes.“

Joost tauchte Pierre in dem kalten Wasser unter und alle drei riefen: „Amen!“

Zitternd und tropfnass hielt Joost Pierre an den Schultern, als sie wieder aus dem Wasser stiegen. „Leb wohl, mein neuer Bruder. Ich werde in meinen Gebeten an dich denken.“

„Ich fühle mich geehrt. Ich wünschte, ich könnte bei dir bleiben und von dir lernen. Für einen so jungen Mann verfügst du bereits über sehr viel Weisheit.“

„Ich muss zurück und meinem Großvater zur Seite stehen. Aber unser Haus steht dir immer offen.“

François umarmte Joost, obwohl er klatschnass war. „Wie kann ich Euch und Isaac jemals danken? Ihr habt mich vor dem sicheren Tod gerettet, mich gesund gepflegt und mir die Suche nach meiner Familie bezahlt.“

Joost schüttelte den Kopf, während er versuchte, sich mit einer Decke notdürftig abzutrocknen. „Ihr seid Ältester in Eurer Gemeinde und wisst nicht, dass Gott solche Dinge fügt? Das solltet Ihr aber auf jeden Fall wissen.“

„Aber ich muss sagen, ich habe gelernt, dass man die Umstände anders betrachtet, wenn man Empfänger einer solchen Großzügigkeit ist."

„Neigt Euer Haupt und sagt Dank. Mehr braucht Ihr nicht zu tun."

Alle drei Männer schwangen sich in ihre Sättel.

François packte zum Abschied Joost noch einmal beim Arm. „Ich werde Euch und Eure Familie nie vergessen. Umarmt Euren Großvater noch einmal von mir. Gott sei mit Euch."

Joost wandte sich in Richtung Westen und galoppierte winkend davon. „Und auch mit Euch. Auf Wiedersehen."

„Auf Wiedersehen!" Pierre und François wendeten ihre Pferde und ritten nach Norden weiter nach Grenoble.

Kapitel 32

François drehte sich im Sattel um und warf noch einen letzten Blick auf sein ehemaliges Zuhause. Die Sonne stand hoch am Himmel, aber die beiden Reiter hatten es nicht eilig. François hatte Pierre erzählt, dass sie bis zum Abend nicht weiter als bis Grenoble kommen würden, selbst wenn sie sich beeilten. Deshalb machte es wenig Sinn, die Pferde anzutreiben. François zeigte Pierre im Laufe des Nachmittags die angrenzenden Anwesen und besondere Wahrzeichen und Sehenswürdigkeiten der Gegend.

In den Hügeln setzte bereits die Abenddämmerung ein, als die beiden ihre Pferde in eine Senke führten und dort das Nachtlager aufschlugen. François hatte etwas Kohl gesammelt, der unter einer dicken Humusschicht im Garten des Herrensitzes überlebt hatte. Über dem Feuer brauten sie aus dem bisschen strohigen Gemüse eine dünne Suppe.

„Erzählt mir, wie es ist, Hugenotte zu sein.“ Pierres Neugier in Bezug auf die Religion seines neuen Freundes und sein eigener kürzlich neu gefundener Glaube bewirkten, dass er den anderen, den er zunehmend bewunderte, ausfragte. „Ich kann mir nicht vorstellen, wie es sein muss, nur aufgrund des Glaubens immer Angst um sein Leben haben zu müssen. Wie ist es dazu eigentlich gekommen? Wenn wir alle denselben Gott anbeten, warum dann all die Feindseligkeit und Grausamkeit?"

„Ach, das ist eine lange Geschichte."

„Wir haben doch Zeit."

„Ihr kennt sicher die Geschichte der Reformation."

„Ja, ich weiß von dem deutschen Mönch Martin Luther. Aber ich frage mich langsam, ob uns Katholiken vielleicht gar nicht alle Zusammenhänge vermittelt worden sind."

François lächelte. „Missstände und Gräueltaten gibt es auf beiden Seiten."

Pierre warf François eine Flasche Wein zu und er trank einen Schluck daraus.

„Der Ursprung der Hugenotten geht auf Johannes Calvin zurück, der ebenfalls ursprünglich ein Mönch war. Er wurde protestantischer Pastor in Paris und war aufgrund von Verfolgung irgendwann gezwungen, nach Genf zu fliehen. Calvinistische Hugenotten gibt es etwa seit 1550, seitdem Prediger ins Französische übersetzte Bibeln von der Schweiz aus nach Frankreich brachten. Wir waren eine neue ‚reformierte' Religion, die auch von vielen Mitgliedern des französischen Adels angenommen und ausgeübt wurde. Trotzdem wurden wir als Protestierer betrachtet – *Protestanten.*"

„So wie beispielsweise auch Madeleines Familie?"

„Ja. Monsieur Vaudois musste damals einen Balanceakt bewerkstelligen zwischen seinen persönlichen Überzeugungen auf der einen und den Launen des Königs und der Minister seiner Regierung auf der anderen Seite." François begann vor dem Feuer auf und ab zu gehen. „Wir Hugenotten glauben an die Erlösung durch den Glauben des Einzelnen und an das Recht, die Bibel für uns persönlich auszulegen. Dadurch geraten wir in einen direkten Konflikt mit der katholischen Kirche und mit dem König von Frankreich. Darf ich Euch etwas fragen, Pierre?"

„Aber natürlich."

„Habt Ihr bei dem, was Ihr in letzter Zeit mit Gott erlebt habt, das Gefühl gehabt, dass in Eurem Geist etwas Neues geboren wurde?“

„Ja.“

„Glaubt Ihr, dass diese Erneuerung des Geistes von Gott selbst bewirkt wurde?“

„Auf jeden Fall.“

„Und habt Ihr die Hilfe eines Priesters gebraucht, um das zu erleben?“

„N-nein. Obwohl ich hinterher einige Erklärungen gebraucht habe, mit denen Ihr und Joost mich ja großzügig versorgt habt.“

„Sicher, wir brauchen alle Anleitung, wenn wir in diesem neuen Leben wachsen und reifer werden wollen. Aber für die eigentliche Erfahrung der Erlösung war doch kein Priester nötig, oder?“

„Stimmt.“

„Und genau das ist es im Großen und Ganzen, worum es bei dem Streit geht. Wir glauben nicht, dass ein Priester oder sogar der Papst eine besondere Vollmacht hat, auch nicht die, die Sünden zu vergeben.“

Pierre stieß einen langen Seufzer aus. „Oh Gott, das habe ich ja gar nicht gewusst. Jetzt verstehe ich erst, warum der Hass auf die Hugenotten so schlimm ist. Sich gegen den Papst zu stellen ...“

„Ja, der Konflikt war unausweichlich. Die Kirche hatte Sorge, die Kontrolle über die Seelen ihrer Schäfchen zu verlieren. Die Regierung fürchtete protestantische Forderungen nach einem Mitspracherecht in der Politik vor Ort. Und dann fingen protestantische Adelige an, ihre Macht für ihre eigenen politischen Bestrebungen und Ziele einzusetzen. Das alles brach 1572 in dem Massaker am St. Bartholomäustag hervor, nach der kirchlichen Trauung der arrangierten Ehe zwischen dem Protestanten Heinrich IV. von Navarra und der katholischen Tochter von Katharina de Medici. Tausende von Hugenotten wurden damals niedergemetzelt. Heinrich IV. selbst entging dem nur, indem er bereit war, zum Katholizismus überzutreten."

François warf ein Stück Holz ins Feuer und fuhr dann fort: „Aber als Heinrich dann König wurde, hat er doch das Edikt von Nantes erlassen, das den Hugenotten grundlegende Bürgerrechte und auch Religionsfreiheit zusicherte. Und obwohl das Edikt in den vergangenen siebzig bis achtzig Jahren für Erleichterungen und Entspannung gesorgt hat, sieht es jetzt so aus, als ob Ludwig sich dem Druck der katholischen Kirche beugen würde. Madeleine versicherte mir, dass der König kaum etwas weiß über die derzeitigen Aktivitäten seiner Dragoner – aber das kann ich mir nur sehr schwer vorstellen."

Pierre trat voll Unbehagen von einem Fuß auf den anderen und schüttelte den Kopf. „Also, ich halte das durchaus für möglich. Auch wenn der König Regierungsentscheidungen fest im Griff hat, sind die Aktivitäten des Militärs wieder eine ganz andere Sache, besonders was die Dragoner angeht. Sie sind in den letzten Jahren zu einer Art Vorzeigeabteilung des Militärs geworden – schneidig und männlich. Aber sie sind auch das niederste Element, eine brutale Truppe." Pierre stocherte mit einem Stock im Feuer herum. „Am Hof ist man allgemein der Meinung, dass die meisten Hugenotten bereits konvertiert sind, aber das ist ja offenbar ein Irrtum."

„Ob Ludwig einfach nicht weiß, was los ist, oder ob er persönlich die Befehle erteilt – die Verfolgung der Hugenotten eskaliert. Und was unsere Familie speziell angeht ... wir werden immer eingeschränkt sein, bis ..."

„Bis wann?"

„Ich weiß es nicht. Bis wir außerhalb von Ludwigs Reichweite sind. Er wird Madeleine niemals freiwillig ziehen lassen. Und er hat einen langen Arm. Viele unserer Glaubensgeschwister flüchten ins Ausland. Es ist eine schwere Zeit für Hugenotten."

Pierre schaute ins Feuer. „Es tut mir so leid. Und ich schäme mich unendlich."

„Es bringt doch auch nichts, sich über Umstände den Kopf zu zermartern, auf die man gar keinen Einfluss hatte. Ihr habt eine innere Verwandlung erlebt. Und Gott ist barmherzig."

Ein schwerer Vorhang aus Schweigen senkte sich auf die beiden Männer herab und eine Weile sagte keiner von ihnen etwas.

Dann fragte Pierre vorsichtig: „Habt Ihr jemals daran gedacht zu konvertieren, um Eure Familie zu retten und dann aber trotzdem Euren Glauben Eurer Überzeugung entsprechend zu praktizieren? Das hätte Euch doch sicher niemand zum Vorwurf gemacht."

„Doch, das hätte ich beinahe getan."

Schockiert fragte Pierre nach. „Wirklich?"

François nickte. „Als ich nach meiner Gefangennahme König Ludwig vorgeführt wurde, habe ich fast meinen Glauben widerrufen. Was hätte es geschadet? Bestimmt hätte Gott es verstanden und mir vergeben und ich hätte dadurch meine Familie geschützt." François musste so stark husten, dass er nicht weitersprechen konnte. Er trank die letzten Tropfen Wein aus der Flasche.

Nachdem er wieder zu Atem gekommen war, fuhr er fort: „Aber dann war ich plötzlich von einer Kraft erfüllt, die nicht von mir selbst kam, und ich war in der Lage, dem Druck standzuhalten. Wenn unser Glaube es nicht wert ist, dafür zu leben – oder eben zu sterben –, was ist er dann wert? Gott kümmert sich sicher besser um meine Familie als ich – ein sterblicher Mann – es jemals selbst könnte. Wir müssen ihm gerade auch in solch gefährlichen Zeiten vertrauen, wenn wir Angst haben."

„Ich habe noch viel von Euch zu lernen." Pierre sah den kriegsmüden Helden an. „Wie habt Ihr die Galeere überlebt?"

„In der Bibel steht, dass Gott allein genügt. Ich habe festgestellt, dass das wahr ist – ob angesichts von Grausamkeit oder Todesdrohungen, seine Gnade hat mich am Leben erhalten. Die *La Fidelle* war ursprünglich ein Schiff der Kriegsflotte und der Dienst dort war mörderisch und grausam, aber dann ist das Schiff nach Brest gesegelt und wurde wieder zum Handelsschiff. Zu dem Zeitpunkt hat Monsieur Fourié mich gefunden. In alldem war die Führung Gottes ganz klar zu erkennen."

Pierre schob mit einem Stock Laub auf dem Boden herum. „Ich weiß nicht, ob ich so tapfer hätte sein können wie Ihr. Dieses neue Leben in Jesus Christus bewirkt, dass ich mich wie ein neugeborenes Kind im Körper eines Erwachsenen fühle."

Er sah François durch die dünne Rauchfahne an, die aus dem Feuer emporstieg, dann stand er auf und machte vor dem Helden wider Willen eine leichte Verbeugung – keine übertriebene, wie es am Königshof üblich war, sondern eine bescheidene Anerkennung eines außergewöhnlichen Mannes.

„Ihr habt meine äußerste Bewunderung, Monsieur Clavell."

Kapitel 33

Am darauffolgenden Morgen wachte Pierre vom Husten und schweren Atmen seines Reisegefährten auf. „Euer Husten klingt aber gar nicht gut. Das ist etwas Ernstes." Er wühlte sich aus seinem Schlaflager heraus und streckte sich. „Kann ich etwas für Euch tun?"

François saß neben dem schwelenden Feuer und hielt sich ein Stück Stoff vor den Mund. Mit den rot geränderten Augen einer schlaflosen Nacht sah er zu Pierre hinüber. „Wasser – ich hätte gern etwas Wasser."

Als François das Tuch von seinem Mund wegnahm, um zu sprechen, sah Pierre Blutflecken darauf. „Mir gefällt nicht, was ich da sehe. Ich bin gleich wieder zurück."

Pierre kam von dem nahe gelegenen Fluss mit einem Behälter voll kalten Wassers schnell wieder zurück. Er goss von der klaren, kühlen Flüssigkeit etwas in einen Becher. „Ich dachte, es ginge Euch schon besser."

„Das war auch so. Aber ich fürchte, es ist wieder schlimmer geworden." Er griff nach seinem Tornister und nahm noch ein Taschentuch heraus. „Lasst uns nach Grenoble hineinreiten. Ich kenne dort eine Apothekerin, eine kluge Frau, die sich mit guten Arzneien auskennt. Sie kann mir sagen, was ich tun soll."

Pierre schaute grimmig drein. „Ich habe das Wirken der königlichen Ärzte miterlebt – Schlächter – allesamt. Verschont mich bloß mit all diesen Scharlatanen."

„Da stimme ich Euch zu. Aber so ist Madame Benoit nicht. Sie weiß einfach viel über die Heilwirkung von Pflanzen und Kräutern, die Gott uns zur Verfügung stellt. Ich brauche wahrscheinlich etwas Wildkirschenblätter oder einfach noch etwas mehr Honigwein-Hustensaft. Sie hat Madeleine gezeigt, wie sie alle möglichen Arten von Salben und Mittelchen für unsere Familie selbst herstellen kann."

„Pfff." Pierre schien immer noch nicht ganz überzeugt. „Wenn Ihr meint, dass wir das tun sollten, dann werde ich mich Euren Wünschen fügen. Aber seid Ihr dort in der Stadt auch sicher? Das hier war schließlich Euer Distrikt, oder?"

„Wenn die Soldaten des Königs nicht in der Nähe sind, dann sind wir dort so sicher wie in Abrahams Schoß. Wir haben unsere Leute hier stets gerecht behandelt und deshalb haben sie uns immer geliebt und akzeptiert. Ich glaube eigentlich nicht, dass sich daran etwas geändert hat."

Pierre begann ihre Sachen zusammenzupacken. „Trotzdem werde ich vorausreiten und alles auskundschaften, wenn wir am Stadtrand ankommen. Auf eine Dragonergruppe zu stoßen, ist ja nicht gerade das, was wir uns wünschen, besonders wenn es sich um die Leute meines Vaters handelt. Es ist schließlich möglich, dass sie Euch wiedererkennen."

„Also gut. Aber höchstwahrscheinlich können wir uns unbemerkt hinein- und auch wieder herausschleichen." François sah zur aufgehenden Sonne hin. „Wir können es mühelos bis Mittag nach Grenoble schaffen."

*

Pierre ritt mit dem Namen der Apothekerin und einer Wegbeschreibung in Grenoble ein. Beides hatte er auswendig gelernt. Das Hufgeklapper seines Pferdes auf der Straße verlor sich schon bald in den normalen Aktivitäten des Stadtgetümmels – Frauen mit Kindern im Schlepptau, Geschäfte, die zum Handel geöffnet waren, Pferde und Pferdekutschen, die vor den Geschäften angebunden waren, hier und da ein paar Bettler, die in Hoffnung auf ein Almosen mit müden Augen zu Passanten aufblickten.

Er ritt zu der Adresse, die François ihm gegeben hatte, aber es gab dort keinen Hinweis auf das Gewerbe der Bewohner. Er band sein Pferd vor dem Haus an und läutete eine kleine Glocke, die seitlich an einem offenen Fenster hing. Direkt unter der Glocke befand sich eine kleine Luke, die offenbar zur Warenausgabe diente.

Eine runzelige alte Frau öffnete das Fenster und spähte hinaus. Sie hatte einen Stößel und einen Mörser in der Hand und zermahlte die darin befindlichen Kräuter weiter, während sie sprach. Eine Duftmischung aus Lavendel, Thymian, Salbei und einer Mischung anderer Kräuter kam zum Fenster heraus.

„Was kann ich für Euch tun, junger Mann?" Die alte Frau stellte ihre Geräte auf dem Fensterbrett ab und wischte sich ihre Hände an der Schürze ab. Ein langer, grauer Zopf kam unter ihrer eng sitzenden Haube hervor und hing den Rücken hinunter. Die Bänder der Haube hingen ihr lose auf die Schultern. „Ich habe Kräutermischungen für alle möglichen Leiden."

„Etwas gegen Husten."

„Ja, Monsieur. Was ist es denn für ein Husten? Trocken? Fest? Verschleimt? Eher im Hals oder eher aus der Brust?"

„So viele unterschiedliche Sorten ..." Pierre lehnte sich auf das Fensterbrett. „Es ist ein Husten, der mit Macht kommt und dann gar nicht wieder aufhören will. Einer, der begleitet ist von ..."

Die alte Frau zog die Augenbrauen hoch und wartete, dass er fortfuhr.

„... einer, der mit Blut im Auswurf endet."

„Ich verstehe. Ihr seht aber eigentlich ganz gesund aus. Ist es für Euch selbst?"

„Nein, für meinen Reisegefährten. Ich habe ihn ... ich habe ihn zurückgelassen, damit er sich ausruhen kann."

Pierre war lieber vorsichtig. Sollte er ihr erzählen, dass ihr ehemaliger Lehnsherr François Clavell am Stadtrand auf ein Mittel gegen sein Leiden wartete?

Wenn sie wusste, dass es François war, für den sich Pierre erkundigte, vielleicht würde sie ihn dann ja sogar selbst behandeln. Ebenso gut war es aber auch möglich, dass sie ihn den Behörden auslieferte. Wie konnte er sicher sein, dass sie ihn nicht verriet?

„Kommt herein, kommt doch herein."

Pierre betrat die Diele. An den Wänden standen überall dunkle Holzregale mit Hunderten von Flaschen, jede mit einem Etikett darauf, alle ordentlich in alphabetischer Ordnung aufgereiht. Bündel duftender getrockneter Kräuter, Gräser und Blüten hing von Haken an der Decke herunter.

„Ich kenne mich hier in der Gegend nicht aus. Grenoble scheint ja eine blühende Stadt zu sein. Gehen die Geschäfte gut?"

„Oh ja. Wir haben großes Glück. Das Wetter ist in diesem Jahr sehr mild und es gibt reichlich Pflanzen in Feld und Flur. Wir haben zurzeit keinen Lehnsherrn, aber der, den wir früher hatten, war ein guter Mann."

„Und wo ist er jetzt?"

„Von den Dragonern des Königs weggebracht worden. Wir wissen weder, wo er ist, noch wo sich seine Familie aufhält. Seinen Besitz haben sie niedergebrannt."

„Und warum sind sie weggebracht worden?"

„Sie sind Hugenotten und haben sich geweigert zu konvertieren. Und ..."

„Ja?“

„Sie sagen, dass Madame Clavell einmal die Geliebte von König Ludwig war und dass er sie eingeladen hat, als seine Mätresse wieder an seinen Hof zurückzukehren.“

„Und das hat sie abgelehnt?“

„Ja. Woher wisst Ihr das?“

„Habt Ihr die Clavells gut gekannt?“

„Ja, ja Monsieur. Sie haben in all der Zeit wegen aller möglichen Heilmittel oft nach mir geschickt. Und ich habe auch schon die Familie Vaudois behandelt, die Familie von Madame Clavell, die hier regiert hat, bevor Madeleine François Clavell geheiratet hat.“

Die Frau bewegte sich zwischen dem Tresen und den Regalen hin und her, mischte zerstoßene Blätter, Samen und Blüten. „Eine Schande ist das. Sie waren eine so wundervolle Familie.“

Pierre senkte die Stimme. „Es ist François Clavell, der mich schickt.“ Die Frau schnappte nach Luft und hielt in ihrem Tun inne. „Ihr habt ihn gesehen? Ist er noch am Leben?“

„Ja, aber er ist sehr krank. Die Hustenmedizin ist für ihn.“ Pierre senkte die Stimme noch weiter. „Monsieur Clavell ist der Reisegefährte, von dem ich gesprochen habe. Ich bin in großer Sorge um ihn.“

Madame Benoit nahm die Situation sofort in die Hand. „Ich mische jetzt diese Arznei hier zu Ende und dann bringt Ihr mich zu ihm. Ich werde mich selbst um ihn kümmern.“ Dann band sie ihre Schürze ab und warf sie auf den Tresen.

„Ja, Madame.“ Pierre lächelte darüber, wie die Frau plötzlich das Kommando übernahm. Sie stellte rasch die Arznei fertig und schloss dann die Haustür ab. Anschließend wies sie Pierre an, ihr in den hinteren Teil des Ladens zu folgen.

„Mein Pferdekarren steht hinter dem Haus. Kommt.“

Die beiden gingen durch ein Hinterzimmer, das offenbar als Madame Benoits Labor diente. Vor einem langen Tisch mit Schüsseln und Tabletts voller unterschiedlicher Mischungen aus Saaten, Blättern und Blüten stand ein Hocker. Große Krüge mit Wasser waren an den Wänden aufgereiht und Schüsseln mit Wasser und Öl standen an dem Tisch entlang.

Die Frau nahm einen groben schwarzen Wollumhang mit unzähligen Flicken von einem Haken neben der Tür und humpelte dann die Stufen hinunter zu dem kleinen Stall hinter dem Laden.

Pierre half ihr, das Pferd vor einen alten, klapprigen Karren zu spannen. „Ich gehe nach vorn und hole mein Pferd. Monsieur Clavell erwartet sicher schon ungeduldig unsere Rückkehr. Er wird sich freuen, Euch zu sehen."

Pierre rannte durch die Gasse neben dem Laden und stieg auf sein Pferd. Er hörte den klappernden Karren kommen, und als Madame Benoit aus der Gasse auf die Straße bog, winkte sie ihm zu.

Pierre führte die alte Frau den Weg zurück, auf dem er in die Stadt gekommen war.

Herr, tue ich gerade das Richtige? Wird uns diese Frau an die Behörden ausliefern? Er hörte nichts als Antwort auf seine Frage, aber er wurde innerlich ganz ruhig. *Danke, Herr. Dann mache ich so weiter.*

❋

Das seltsame Paar, ein Höfling König Ludwigs und eine alte Frau, die einen Pferdekarren lenkte, kam bald an der besagten Stelle an. Pierre war überrascht, wie gut sie sein Tempo mithalten konnte.

François saß zitternd an einen Baum gekauert da, eine Decke fest um die Schultern gezogen. Pierre sprang vom Pferd und gab Madame Benoit ein Zeichen, ihren Karren anzuhalten. Sie nahm ihre Pferde am Halfter und führte sie in das kleine Wäldchen, in dem François gewartet und sich ausgeruht hatte.

„Madame Benoit!“ François stand auf, sodass dabei die Decke von seinen Schultern zu Boden fiel. „Ich bin so froh, Euch zu sehen, aber Ihr hättet doch meinetwegen nicht Euren Laden allein zu lassen brauchen.“ Er machte eine leichte Verbeugung, während sie auf ihren ehemaligen Lehnsherrn zuhumpelte.

Die Frau verschwendete keine Zeit mit Höflichkeitsgeplänkel. „Nach dem, was Monsieur Bovée mir erzählt hat, braucht Ihr sofort eine Behandlung.“ Sie fing an, ihre Tasche auszupacken. „Holt doch bitte auch noch meine andere Tasche, junger Mann.“

Pierre war gerade damit fertig, die Pferde anzubinden, und holte eine große schwarze Tasche hinten von dem Karren.

„Und lasst Euch bloß nicht in Grenoble sehen. Die königlichen Dragoner tauchen dort in unregelmäßigen Abständen auf. Man weiß nie, wann sie in der Stadt sind.“

„Danke, Madame. Ihr habt Euch all die Jahre so gut um uns gekümmert. Ich habe nur einen solchen Husten, den ich anscheinend nicht wieder loswerde. Ich bin sicher, dass Eure guten Mittel mich schnell wieder auf die Beine bringen.“ François lächelte und tätschelte ihr die Hand.

Madame Benoit bemerkte das blutbefleckte Taschentuch auf dem Stein, von dem er sich erhoben hatte. „Ihr spuckt also Blut? Wie lange schon?“

Sie bedeutete ihm, sich wieder hinzusetzen.

„Schon seit ein paar Monaten. Es hat auf der Galeere angefangen. König Ludwig hat mich zur Zwangsarbeit auf der Galeere verurteilt wegen ... wegen ...“

„Es ist doch egal, weshalb der König Euch dorthin verbannt hat. Wie ich höre, ist heutzutage nicht mehr nötig, Hugenotte zu sein, um zur Galeere verurteilt, gehängt oder in der Bastille eingekerkert zu werden. Es klingt ganz so, als hättet ihr eine große Portion königlichen Zorns auf Euch gezogen.“ Behutsam berührte die alte Frau François’ Stirn. „Hmmm, Ihr habt Fieber.“

„Wahrscheinlich. Ich habe mich daran schon gewöhnt und mache ganz einfach weiter wie immer."

„Fällt Euch das Atmen schwer? Verspürt Ihr einen Druck auf dem Brustkorb?"

François nickte. „Ja, genau."

„Ich kann Euch etwas zur Linderung geben und um vorübergehend den Husten zu beruhigen, aber ..."

„Sagt mir, was Ihr festgestellt habt. Ich möchte es wissen."

Madame Benoit zögerte. „Ich fürchte, Ihr habt die Schwindsucht. Ich kann mir gut vorstellen, dass sie auf den Galeeren grassiert."

„Sagt mir bitte genau, was das bedeutet. Was habe ich zu erwarten?"

„Ihr könnt Zeiten erleben, in denen Ihr Euch ganz normal fühlt, und dann wieder Zeiten, in denen es Euch sehr schlecht geht. Aber im Laufe der Monate ..." Madame Benoit senkte den Kopf. Sie nahm ihre Tasche, stellte sie auf den Stein und fing an, die Behälter zu öffnen.

„Bitte sprecht weiter. Ich muss die ganze Wahrheit wissen."

„Es tut mir leid, Monsieur Clavell, aber wenn Gott kein Wunder tut, werdet Ihr sterben."

Eine Zeit lang, die ihnen ewig vorkam, sagte keiner der drei etwas. Das Einzige, was zu hören war, waren die Geräusche des Waldes, das Vogelgezwitscher und das Rascheln der Blätter im Wind.

„Wie lange noch?" Trotz der Krankheit war François' Stimme kräftig und fest.

„Das ist schwer zu sagen. Und wer weiß, was Gott in seiner Gnade Euch noch gewährt. Ihr könnt noch zwei bis drei Jahre haben, wenn Ihr gut auf Euch achtgebt. Es können aber auch ein paar Monate, vielleicht sogar nur Wochen sein."

„Ich verstehe. Das habe ich schon vermutet, obwohl es mir jetzt auf dem Weg zurück zu meiner Familie schon so viel besser ging. Es ist erstaunlich, was die Aussicht auf das Wiedersehen mit der Frau, die man liebt, bei einem Mann bewirken kann."

„Die Liebe hat unermessliche Heilkraft."

Pierre beobachtete den Mann, dem das Herz der einzigen Frau gehörte, die er je geliebt hatte, und er empfand überraschend Mitgefühl für ihn. Unter Pierres Obhut befand sich dieser Mann, der verhinderte, dass er die Frau seiner Träume sein Eigen würde nennen können. Aber Pierre würde auf jeden Fall gut auf ihn achtgeben. Er würde seinen Auftrag erfüllen.

Madame Benoit gab ihnen einen Vorrat an Hustenarznei und Kräutern mit.

„Das müsste eigentlich für mehrere Wochen reichen. Wohin seid Ihr unterwegs?"

„Nach Genf. Madeleine erwartet mich in der Nähe von Genf."

„Das ist gut. Dort werdet Ihr wahrscheinlich mehr von den Kräutern kaufen können. Ich glaube, dass Euch der Kriechende Günsel am meisten Linderung verschaffen wird."

Sie trat zurück und verstaute die Flaschen in einem Lederbeutel. „Ich muss jetzt wieder zurück in meinen Laden."

Pierre band das Pferd der alten Frau wieder los und verlud ihre Sachen auf dem Karren. François half Madame Benoit beim Aufsteigen, und Pierre ging zu seinem Pferd, um ebenfalls aufzusteigen.

Die Frau winkte jedoch ab. „Das ist wirklich nicht nötig. Ich kenne den Weg."

„Aber ich begleite Euch wirklich gern zurück."

„Kümmert Ihr Euch lieber um Monsieur Clavell."

François nahm Madame Benoits Hand. „Danke, dass Ihr gekommen seid."

„Das habe ich doch gern getan. Gebt gut auf Euch acht. Gelangt heil und unversehrt zu Eurer Familie und verschwendet Eure Liebe an sie. Nutzt die Zeit, die Ihr noch gemeinsam habt. Gott sei mit Euch, Monsieur Clavell."

François gab ihr einen Kuss auf die runzelige raue Hand. „Gott segne Eure heilenden Hände."

François wandte sich an Pierre, als die alte Frau davonfuhr. „Pierre, darf ich Euch um einen Gefallen bitten?"

„Um jeden, mein Freund."

„Ihr müsst mir Euer Wort geben." François schaute Pierre bittend an.

„Madeleine darf nicht wissen, wie krank ich bin."

„Aber ..."

„Euer Wort."

Pierre stieß einen langen Seufzer aus und nickte dann. „Ihr habt mein Wort."

„Und jetzt bringt mich zu ihr – rasch. Wir haben keine Zeit zu verlieren."

Kapitel 34

Madeleine stieg die Treppe hoch, beladen mit einem Armvoll schwerer Decken, die gewaschen, getrocknet, zusammengelegt und für den kommenden Sommer weggeräumt werden sollten. Sie summte einen bekannten Hugenottenchoral vor sich hin, während sie den Deckel der Truhe öffnete und die Decken hineinlegte.

Oh Gott, ich vertraue immer noch darauf, dass du dich erhebst und zu unserer Rettung kommst. Zerstreue unsere Feinde, verwirre sie und bringe unsere ...

Madeleine konnte ihr Gebet nicht beenden. Sie betete täglich, mehrmals täglich, dass François sicher zu seiner Familie zurückkehren möge. Wann würde Gott antworten?

Du kennst mein Herz, Vater. Ich bin müde und ich frage mich, ob meine Gebete überhaupt etwas nützen, ja, ob sie dich überhaupt erreichen. Gott, erbarme dich über uns. Ich gebe nicht auf. Ich werde nicht aufgeben. Ich werde nie aufgeben!

Der Duft von Hähnchen und Kaninchen, die unten in der Küche über dem Feuer kochten, zog die Treppe herauf. Madeleine beeilte sich, um noch vor dem Abendessen mit allen Hausarbeiten fertig zu sein. Vangie saß auf dem Fußboden, spielte mit ihrer Puppe und einer kleinen Wiege, die Henri für sie gebaut hatte.

„Vangie, räum bitte dein Spielzeug weg und ruf dann deine Brüder. Und wascht euch alle bitte noch vor dem Essen."

Das kleine Mädchen zog ein Gesicht und fing an, sich zu beschweren. „Aber, Mama ..."

„Keine Ausreden. Geh."

Vangie sammelte ihre Spielsachen zusammen und warf sie in eine Holzkiste in der Ecke des Zimmers, behielt aber die Puppe in der Hand. „Darf ich Lisbeth nicht zum Essen mitnehmen? Sie hat auch Hunger."

„Ja, das kannst du."

Vangie hüpfte aus dem Zimmer und dann die Treppe hinunter. Madeleine hörte, wie sie Charles und Philippe rief, die Jean und Armond beim Füttern des Viehs halfen.

Plötzlich kam in einem Durcheinander aus Rufen und Füßegepolter auf der Treppe Philippe ins Zimmer gestürmt, atemlos und mit weit aufgerissenen Augen. „Mama, Mama! Es ist ... es ist...." Er hielt inne, um wieder zu Atem zu kommen.

„Was ist denn? Was ist passiert?"

„Es ist Papa! Sieh doch mal aus dem Fenster – es ist Papa!"

Madeleine rannte ans Fenster und schaute auf die Straße hinunter, auf die beiden Reiter und auf Charles, der auf und ab hüpfte und auf die beiden Männer zurannte. Sie sauste die Treppe hinunter und spürte dabei kaum noch ihre Füße. Philippe folgte ihr auf den Fersen. Sie drängelten sich an Claudine vorbei, die mit einer vor Aufregung zappeligen Vangie auf dem Arm in der Tür stand. Vangie sah die beiden Männer an. Henri rannte, so schnell ihn seine betagten Füße trugen, und rief dabei Jean und Armond herbei, die sich draußen vor dem Abendessen noch wuschen.

Suzanne tauchte in der Tür ihrer Kate auf. Sie raffte ihren Rock hoch und rannte los zum Haupthaus. „Madame! Madame! Monsieur ist da. Er ist am Leben! Oh mein Gott, er lebt!"

Madeleine und Philippe blieben vor der Tür stehen und stießen dabei fast mit Suzanne zusammen, als diese die Verandatreppe hinaufflog. Pastor Du Puys und Madame Du

Puys standen auf der Veranda, klatschten in die Hände und strahlten übers ganze Gesicht. „Ach, lobt Gott, von dem aller Segen kommt!“

François sprang vom Pferd, reichte Pierre die Zügel und rannte zu Madeleine.

Sie taumelte die Treppe hinunter in seine Arme und weinte und lachte dabei gleichzeitig.

„Du lebst! Du bist zu uns zurückgekommen!“ Sie trat einen Schritt zurück und sah ihm ins Gesicht. „Lass dich anschauen.“

„Ich fürchte, ich bin ein bisschen müde und erschöpft von der Reise.“

Sie nahm ihm den Hut ab, strich seine Haare von der Narbe weg und berührte sie sanft. „Du siehst gut aus, mein lieber Mann. Ach, ich liebe dich so. Ich wusste, dass du lebst und uns finden würdest.“

François nahm ihr Gesicht in beide Hände und küsste sie. „Ja, ich bin noch ziemlich lebendig. Und ich liebe dich mehr, als du dir vorstellen kannst.“

Charles und Philippe tobten um ihre Eltern herum und François nahm sie alle mit in seine Umarmung hinein, warf den Kopf zurück und lachte. Jean platzte in den Familienkreis hinein und umarmte seinen Bruder ebenfalls ungestüm.

François sah sich unter seiner Familie und den Freunden um. Dann entdeckte er Vangie, die immer noch auf Claudines Arm war. Er ging zu dem Kind hin. „Komm her, Vangie. Kennst du deinen Papa nicht mehr?“

Zögerlich sah sie weg, den Finger im Mund, und dann streckte sie die Arme nach ihm aus.

„Ja, so ist es recht, meine Kleine. Ich bin dein Papa. Erinnerst du dich noch an mich?“

Sie sah ihn aber nur weiter unverwandt an. Dann zeigte sie zu Pierre hinüber. „An ihn erinnere ich mich.“

„Ah ja. Er hat dich aus dem Kloster befreit, nicht wahr? Dein Held.“

Vangie sprang von François' Armen in Pierres.

Er lachte und wirbelte sie herum. „Guten Tag, Prinzessin."

„Guten Tag, Prinz", quietschte Vangie. „Noch mal!"

François lächelte. „Na, das sieht ja ganz so aus, als hättest du einen Verehrer."

„Das beruht auf Gegenseitigkeit, das versichere ich Euch. Schließlich werde ich sie heiraten, wenn sie erwachsen ist, nicht wahr, Vangie?"

Vangie grinste nur und nickte mit Nachdruck.

Nachdem er Vangie wieder abgesetzt hatte, verbeugte er sich vor Madeleine, schwenkte seinen Hut und nahm ihre Hand.

„Unsinn, Pierre. Wir haben zu viel gemeinsam durchgemacht, um uns noch mit solchen Förmlichkeiten aufzuhalten. Kommt her." Madeleine umarmte ihn. „Danke, tausend Dank, mein treuer Freund. Wie kann ich Euch jemals danken? Ihr habt alles riskiert, was Ihr hattet, um meine Familie zu retten."

„Es war mir ein Vergnügen, Madame. Stets zu Euren Diensten."

Sie sah ihm in die Augen und entdeckte dort etwas Neues. Seine Zuneigung zu ihr war noch in seinem Blick, aber da war noch etwas, etwas Tiefes schimmerte durch seine Augen in ihre. „Ihr kommt mir verändert vor, Pierre."

„Ja, Madame, das bin ich auch."

François trat ein. „Du hast ja keine Ahnung, wie verändert. Pierre und ich haben unterwegs stundenlang miteinander geredet. Gott hat sich in all unseren Geschichten als mächtig erwiesen. Es gibt viel zu erzählen."

François schaute sich die versammelte Gesellschaft um sich herum an. „Wo sind Elisabeth – und Thérèse?"

Henri schüttelte den Kopf und Madeleine nahm François' Arm. „Sie sind beide von uns gegangen, mein Liebster. Wie du selbst gesagt hast, es gibt viel zu erzählen."

Pastor Du Puys stieß jetzt zu der Gruppe dazu. „Was für ein großartiger Tag! Wir müssen Gott für seine Treue loben." Ohne Einleitung oder irgendeine Vorbereitung begann er: „Himmlischer Vater, unser Herz ist so voller Dank, dass wir es kaum fassen können. Du bist gut und dein Erbarmen währet ewig."

Madeleine stand neben François und griff nach seinem Arm und seiner Hand. Die Kinder scharten sich um ihre wiedervereinten Eltern. Jean nahm seinen Hut ab und senkte den Kopf. Madame Du Puys pries Gott mit erhobenen Händen und Henri, Armond und die anderen senkten ebenfalls die Köpfe, während der Pastor betete.

Madeleine sah zu François und packte seinen Arm noch fester. Aus dem Augenwinkel konnte sie sehen, wie Pierre im Staub kniete. Tränen liefen ihm über sein Gesicht.

Der Pastor schloss das Gebet mit einem herzhaften Amen ab. „So, und jetzt kommt bitte erst einmal alle herein! Dies ist der Tag, den der Herr gemacht. Jetzt wollen wir alle zusammen feiern und uns freuen."

Alle fingen gleichzeitig an zu reden und gingen ins Haus.

„Wo habt ihr einander denn gefunden?"

„Geht es dir gut, François?"

„Wie hast du bloß die Galeere überlebt?"

François hob seine Hände. „Das ist eine lange und unglaubliche Geschichte. Eine Geschichte von der Gnade und Barmherzigkeit Gottes." Wieder lachte er. „Kommt, wir setzen uns erst einmal und dann fange ich an zu erzählen."

*

Nach seinem Ankleidezeremoniell ging König Ludwig rasch zu seinem Büro, um dort noch vor der Messe die Tagesbefehle auszugeben. Mitten in den Anweisungen des hoch Erhabenen bei Hofe trat ein Höfling ein.

„Eure Majestät, ein Gesandter aus der Schweiz bittet um eine Audienz bei Eurer Majestät."

„Ahh! Sehr gut. Schick ihn herein."

Ein offensichtlich von der Reise müder Kurier wurde in den Privatraum geführt und verneigte sich vor dem König.

„Ja, mein Junge. Welche Neuigkeiten hast du aus Genf für mich?"

„Wir haben Euer Mandat überbracht, Eure Majestät, die Hugenotten aus der Stadt zu jagen. Dann haben wir uns dort postiert, um die Durchführung zu überwachen. Sie haben die französischen Protestanten darüber informiert, dass sie nicht mehr willkommen seien, und ein paar Tage später haben sie sie dann in einer großen Zeremonie zur Stadt hinausbegleitet."

Ludwigs Gesicht hellte sich auf. „Fahrt fort."

Der Kurier zögerte.

„Weiter, weiter."

„Sire, ich bedaure, Euch mitteilen zu müssen ..." Der junge Mann schien nicht in der Lage fortzufahren. „Sie, also sie ..."

„Ich befehle Euch zu berichten, was dann geschehen ist!", donnerte Ludwig und klopfte dabei mit seinem Gehstock auf den Boden.

Der Kurier, der sichtlich erschüttert war, berichtete schließlich dem König, was er herausgefunden hatte: „Die Schweizer haben den Hugenotten einfach erlaubt, durch das Hintertor wieder zurückzukommen! Und sie haben sie nicht nur wieder hereingelassen, sondern sie sogar mit offenen Armen empfangen." Der Junge war nicht in der Lage aufzublicken.

Ludwigs Stimme fing an zu grollen und explodierte dann zu einem lauten Gebrüll. „Was sagt Ihr da? Dass die Schweizer sich geweigert haben, meinem Mandat zu folgen und die Hugenotten aus ihren Städten zu werfen?"

„Es scheint unglaublich, a-aber genau das haben wir beobachtet."

Ludwig sauste herum, ging auf und ab, sodass seine Minister und Beamten immer weiter zurücktreten mussten, damit er genügend Platz dazu hatte. Er sah den Kurier an. „Ihr könnt gehen. Haltet Euch im Schloss für weitere Aufträge zur Verfügung."

„Jawohl, Eure Majestät." Der katzbuckelnde Kurier ging in einem großen Bogen rückwärts aus dem Zimmer und rannte dann, so schnell ihn die Füße trugen, fort von der Unterkunft des Königs.

„Das werden wir ja sehen. Die Schweizer können sich nicht so einfach dem König von Frankreich widersetzen. Das wird Folgen haben." Der König setzte sich an seinen Schreibtisch und murmelte zu sich selbst. „Wir werden ja sehen ..."

Später an diesem Tag sah König Ludwig seinem Sohn zu, dem Thronfolger Frankreichs, wie er hinter der Hundemeute herjagte, welche einen Wolf verfolgte. Er war ein perfekter Sohn. Ludwig war sehr stolz auf ihn, seinen einzigen ehelichen Sohn, seinen Erstgeborenen.

Ludwig lachte über die Aggressivität seines Sohnes bei der Jagd leise vor sich hin. Nichts tat der Grand Dauphin lieber, als auf Wolfsjagd zu gehen. Sie waren hinter einem ganz besonders schlauen Tier her, das dem Dauphin immer wieder entkam. Dreimal war er schon auf der Jagd nach ihm gewesen, aber das schlaue Tier war ihm jedes Mal wieder entkommen. Doch der König war sich ganz sicher, dass der Wolf eines Tages kein Glück mehr haben würde und sie ihn dann zu fassen bekämen. Nichts konnte auf ewig dem Zugriff des Königs entkommen.

❊

Die wiedervereinte Familie Clavell, ihre Gastgeber und Freunde redeten die gesamte Mahlzeit hindurch, sprangen von einem Thema zum anderen, immer wieder unterbrochen durch Fragen der Kinder. Nach dem Essen saßen sie plaudernd um den Kamin und Vangie schlief auf dem Schoß ihres Papas ein. Henri, Armond und Suzanne gingen in ihre Kate und die Du Puys zogen sich ebenfalls irgendwann zurück. Charles schlief auf dem Fußboden ein, umgeben von den Soldaten, die sein Vater aus den Trümmern des Herrensitzes gerettet hatte.

Madeleine saß neben François, ihre Hand immer auf seinem Arm. Sie streichelte ihm übers Haar und drückte hin und wieder zärtlich seine Hand. Sie wollte ihm einfach nahe sein, ihn berühren, sich vergewissern, dass er wirklich wieder zu Hause war. Er war wirklich wieder zu Hause.

François wandte sich an Madeleine und gab ihr ein Zeichen, dass sie mit ihm nach draußen kommen solle. Er öffnete die Haustür und sie traten auf die Veranda. Der Vollmond schien auf die Berggipfel und bemalte die Landschaft mit Schattenfingern.

François nahm seine Frau in die Arme. Seine Stimme war kaum noch ein Flüstern, als er ihr die Frage stellte, die ihm die ganze Zeit auf der Seele gebrannt hatte: „Madeleine, als ich in der Bastille Ludwig vorgeführt wurde, bevor er mich auf die Galeere geschickt hat, da hat er angedeutet, dass Philippe sein Sohn sein könnte. Versteh bitte – nach allem, was wir erlitten haben, würde sich dadurch nichts daran ändern, wie ich für dich empfinde und auch für Philippe. Ich bin einfach so dankbar, dass wir am Leben und wieder vereint sind. Aber ich muss es wissen. Es würde zumindest die Frage beantworten, wieso der Vergeltungsdrang des Königs unserer Familie gegenüber so hartnäckig ist.“

Er löste sich von ihr und sah sie so durchdringend an, wie sie es noch nie zuvor erlebt hatte. „Ich möchte, dass alles sauber und frisch ist, wenn wir den Rest unseres gemeinsamen

Lebens beginnen. Ich hab das Gefühl, als ob mir mein Leben ein zweites Mal geschenkt worden ist, dass ich neugeboren wurde. Ich muss es einfach wissen."

Madeleine strich ihm das Haar aus den Augen. „Das habe ich so vermisst. Ich liebe dein widerspenstiges Haar." Sie lächelte ihn an. „Mein süßer, sanfter François. Du bist so gut." Sie nahm seine Hände in ihre. „Als ich am Hof war, waren Ludwig und ich noch so jung, und ich habe törichte Entscheidungen getroffen. Ich war in ihn verliebt. Er hat mich bezaubert und betört. Ich dachte, er würde sich an die Liebesschwüre halten, die er mir gemacht hat."

Sie machte eine lange Pause. François wartete. Das Geräusch der Grillen, die in der Nachtluft zirpten, wurde geradezu ohrenbetäubend.

Schließlich sprach sie weiter: „Als meine Eltern merkten, was da zwischen Ludwig und mir geschah, haben sie mich vom Hof weggebracht. Ich habe meinen Eltern nie Einzelheiten unserer Beziehung erzählt, aber sie hatten ihre Vermutungen. Nachdem wir den Hof verlassen hatten, habe ich Ludwig nie wiedergesehen, obwohl er immer wieder Kuriere und Boten schickte, durch die er mich anflehte zurückzukommen. Drei Monate später hat er dann Maria Theresia geheiratet und in der Zwischenzeit bist du in mein Leben getreten."

Madeleine lachte. „Und in deiner stillen Art hast du mich verzaubert. Mir wurde klar, dass das, was ich für Ludwig empfunden hatte, nur Vernarrtheit gewesen war. Welches junge Mädchen wäre wohl nicht fasziniert gewesen von den Aufmerksamkeiten des Königs? Aber was ich für dich empfand, war echte Liebe – Liebe, die eine Familie und ein Leben erhalten konnte." Wieder zögerte sie. „Nein, mein Liebster, ich war nicht schwanger, als wir geheiratet haben. Philippe ist nicht Ludwigs Sohn. Er ist dein Sohn, François. Er ist ein Clavell."

François blickte in den Nachthimmel hinauf, schloss dann die Augen und atmete einmal tief durch. Seine Frau im

Mondlicht betrachtend, umschloss er ihr Gesicht mit beiden Händen. „Du bist so schön." Er küsste sie auf die Wange und dann auf die andere. „Danke, meine Liebste. Danke, dass du mich liebst, an mich glaubst und ... dafür, dass du nicht aufgegeben hast. Danke, dass du dafür gekämpft hast, unsere Familie zu erhalten."

Das Paar blieb noch ein wenig auf der stillen Veranda. Madeleine stand mit dem Rücken vor François, in seinen Armen, und die Freiheit des Vertrauens wusch den Schmutz der vergangenen beiden Jahre von ihren Seelen ab. Sie schauten zum Mond, der die Hügel und die Wiesen mit seinem hellen Schein erleuchtete.

François drehte sie zu sich um. „Einfach nur ‚ich liebe dich' zu sagen, kommt mir so trivial vor, aber ich weiß keine anderen Worte, um dir zu sagen, was ich fühle und was für ein Schatz du für mich bist. Wir sind wirklich gesegnet."

Nach ein paar weiteren Minuten gingen Madeleine und François wieder ins Haus und schlossen sich erneut der kleinen Schar an. Pierre saß am Rand des Kreises der Familie Clavell und beteiligte sich hin und wieder auch am Gespräch. Madeleine lächelte ihn quer durch den Raum an und wandte dann ihre Aufmerksamkeit erneut etwas zu, das François sagte. Aber da hatte sie bereits ein Flackern eines Gefühls in den grauen Augen des schneidigen Höflings entdeckt. Den Rest des Abends wich er ihrem Blick aus.

Madeleine beobachtete ihre Kinder und die Männer, die um den Kamin saßen, und zum ersten Mal seit zwei Jahren fühlte sie sich im Schoß ihrer Familie sicher. Was würden sie jetzt tun? Wohin würden sie gehen? Sie wusste es nicht – vielleicht würden sie nach Holland weiterziehen oder vielleicht sogar übers Meer in die Neue Welt. Wohin auch immer sie gingen, sie wusste, dass sie nie wieder den Schrecken religiöser Verfolgung ertragen würde. Sie waren zusammen. Sie waren frei. Sie waren aus dem Schatten des Sonnenkönigs getreten.

Anmerkung der Autorin

Ein seltsamer Geruch – alt und säuerlich – entwich der Plastiktüte und vermischte sich mit der muffigen Dachbodenluft. Braune brüchige Teile trockenen Leders flatterten aus der Tasche, als ich behutsam das antike Buch aus der Schutzhülle nahm – ein Buch aus dem siebzehnten Jahrhundert über die Geschichte meiner Familie. Was für ein Schatz! Nur durch eine Laune des Schicksals war das abgenutzte Buch in meinen Besitz gelangt, als meine alte Tante starb. Es war mir gar nicht testamentarisch vermacht worden, sondern es war einfach nur irgendwie bei mir gelandet.

Insgeheim hoffte ich, dass keiner meiner Cousins und Cousinen sich daran erinnern und eines Tages vor der Tür stehen und mit ausgestreckter Hand darauf Anspruch erheben würde.

Ich blätterte die empfindlichen Seiten um und fing an, über die Glaubensunruhen in Frankreich zu lesen, die die Überzeugungen und das Schicksal der Familie Clavell bestimmt hatten. Die französische Schreibweise des Namens war anders – *Clavel,* manchmal auch *Clavell.* Wieso war es meinen Vorfahren wichtig gewesen, die Schreibweise zu ändern? Mir schien das eher nebensächlich.

Ich schaute mir die Tagebuchaufzeichnungen einer Person aus meiner Familie an, die wirklich gelebt hatte. Ich wurde ganz demütig vor den Opfern, die meine Vorfahren für ihren Glauben erbracht hatten. Die Worte in dem Buch zogen mich mit in ihre Welt hinein.

Und so begann in meiner Fantasie die Rekonstruktion des Weges der Familie Clavell aus Grenoble, in der Provinz Dauphiné in Frankreich.

Ich habe mich bemüht, das Skelett der Geschichte der Verfolgung der Hugenotten im Frankreich des siebzehnten Jahrhunderts möglichst präzise wiederzugeben. Die Informationen über König Ludwig und Versailles beruhen auf Fakten, abgesehen von seiner Verbindung zur Familie Clavell. Die Sehnen, Muskeln und das Fleisch der Geschichte sind erfunden.

Vielen Dank, dass Sie sich mit mir zusammen auf diese Reise begeben. Ich vertraue darauf, dass Sie beim Lesen über die Suche der Familie Clavell nach Glaubensfreiheit dankbar sein werden für all die Menschen, die uns vorangegangen und ihrem Glauben treu geblieben sind.